ullstein

Das Buch

Der Sommer in Venedig ist ungewöhnlich heiß und Unwetter ballen sich regelmäßig über der Stadt zusammen. Der Biograph Urbino Macintyre und seine Freundin, die Contessa da Capo-Zendrini, beobachten wie jeden Sommer ergeben die Touristenströme, die sich durch Venedigs Gassen drängen. Eine große historische Regatta steht an. Eigentlich möchte sich Urbino endlich in das Studium von Goethes »Italienischer Reise« versenken, doch drei Todesfälle wecken seinen Argwohn: Ein kränklicher deutscher Kunstkenner segnet in seinem Palazzo am Canal Grande das Zeitliche und kurz danach sterben zwei Einheimische. Nichts scheint die drei zu verbinden – auf den ersten Blick.

Der Autor

Edward Sklepowich, Jahrgang 1943, hat in New York Kunstgeschichte und Literatur studiert und als Dozent in Kairo und an italienischen Universitäten gelehrt. Lange Zeit lebte er in Venedig und gilt als intimer Kenner der Lagunenstadt.

In unserem Hause sind von Edward Sklepowich bereits erschienen:

Mord im Palazzo
Die schwarze Brücke von Venedig
Die letzte Gondel

Edward Sklepowich

Sturm über der Lagune

Kriminalroman

Aus dem Englischen von
Franziska Weyer

Ullstein

Besuchen Sie uns im Internet:
www.ullstein-taschenbuch.de

Umwelthinweis:
Dieses Buch wurde auf chlor- und säurefreiem Papier gedruckt.

Deutsche Erstausgabe im Ullstein Taschenbuch
1. Auflage September 2007

Titel des amerikanischen Originals: *Frail Barrier*
Umschlaggestaltung: HildenDesign, München,
und Büro Hamburg
Titelabbildung: Foto © Jupiterimages
Satz: LVD GmbH, Berlin
Gesetzt aus der Sabon
Druck und Bindearbeiten: Ebner & Spiegel, Ulm
Printed in Germany
ISBN 978-3-548-26493-6

… du fürchtest die dünne Grenze zwischen dir
und der tosenden See.

Kassiodorus, römischer Staatsmann, 523

Prolog

Tod beim Festmahl

Wieder einmal war es Urbino Macintyre und seiner Freundin Barbara, der Contessa da Capo-Zendrini, gelungen, ihren Lieblingstisch im Café Florian zu ergattern.

Der elegante Chinesische Salon mit den Spiegeln, dem kastanienbraunen Mobiliar, den bronzenen *amorini,* dem vergoldeten Holz, den Gemälden unter Glas und dem polierten Parkett gab ihnen an jenem Nachmittag Ende Juli jedoch nicht das übliche Gefühl, einen Zufluchtsort gefunden zu haben. Die Türen zwischen Salon und der breiten Arkade, die in der kalten Jahreszeit stets geschlossen sind, standen weit offen. Dadurch wirkte der Raum eher wie eine Erweiterung der Piazza und hatte für die beiden Freunde nicht den gewohnten Charme eines heimlichen Aussichtspunktes.

Auf der Piazza, die Napoleon einst den feinsten Salon Europas genannt hatte, drängten sich Touristen und kämpften um etwas Platz und einen Anteil an der schwülwarmen Luft, die wie ein nasses Betttuch über allem lag.

Einige, die verrückt genug waren, ein paar Sekunden innezuhalten, um die Kuppeln der Basilika, den karminroten Campanile und den Uhrenturm mit seinen Tierkreisfiguren eingehender betrachten oder fotografieren zu können, gingen dabei ein beträchtliches Risiko für Leib und Leben ein, denn dieser Akt der Bewunderung war nichts für Schwache und Schüchterne.

Selbst die allgegenwärtigen Tauben schienen sich davor zu fürchten, auf dem Pflaster zertrampelt zu werden, und mieden die wenigen freien Stellen des Platzes. Stattdessen ließen sie sich auf Köpfen und Schultern nieder und blickten von den Dächern und Fensterbänken der umliegenden Gebäude herab. Ein Kind drehte sich kreischend um sich selbst, als zwei Tauben versuchten, auf seinem blonden Schopf zu landen.

Ein Mann half einer fast ohnmächtigen Frau, die sich die Hand an die Stirn presste, in den relativen Schutz der Arkaden vor dem Florian zu gelangen, denn dort hielt eine von den hohen Bögen herabhängende, cremefarbene Markise die Sonnenstrahlen fern. Ein Vater nahm seinen kleinen Sohn fest an der Hand, bevor er sich mit ihm in das Gewühl stürzte. Vor dem Chinesischen Salon schleppte sich eine ältere, gebrechliche Frau mit Gehstock bis zu einem freien Stuhl an einem Tisch, den ein junges Paar in Beschlag genommen hatte, und betupfte sich mit einem Taschentuch das Gesicht.

Unter dem blassblauen Himmel liefen zwei Reisegruppen aufeinander zu, als seien sie verfeindete Armeen. Sie teilten das Meer aus menschlichen Körpern und lösten neue Wellen aus, die bis an die vorderen Tische, die Orchesterbühne und die Arkaden schwappten. Um ihre Streitkräfte zum nächsten, für Kamera und Auge wichtigen Punkt zu lenken, schwenkte einer der beiden Reiseführer einen mit gelben Bändern verzierten roten Regenschirm, während der andere die Deutschlandfahne hochhielt, die in der Windstille schlapp herunterhing.

Unablässiges Geschrei und Gezeter hallten als Echo von den Gebäuden wider. Urbino wünschte, er könnte aus dieser tosenden Masse zumindest einige bewundernde Ausrufe heraushören, als Entschädigung dafür, dass seine geliebte Stadt gerade mit fast so einer zerstörerischen Wucht überschwemmt wurde, wie sie eigentlich nur die *acque alte*, die Stürme und die besitzergreifende Adria besaßen.

Im Florian ging es beinahe so turbulent wie draußen auf der Piazza zu. Touristen strömten durch die Räume des Cafés, als seien sie weitere Ausstellungsstücke der Lagunenstadt und als seien Stammkunden wie Urbino und die Contessa lediglich äußerst lebensecht geschaffene Wachsfiguren. Lärmende Grüppchen saßen gedrängt um die kleinen Marmortische herum. Längst mit Essen und Trinken fertig, hatten sie sich noch nicht sattgesehen und noch nicht genug Aufnahmen gemacht, um später beweisen zu können, dass sie tatsächlich inmitten dieser verblichenen Wände geweilt hatten. Wie fürs Florian geschaffene, weiß gekleidete Kellner bedienten jeden Gast anmutig und mit einem Anflug von Hochmut, indem sie geschmeidig durch die Räume eilten und dabei mit der Zunge schnalzten, um Aufmerksamkeit zu erheischen.

Wieder ein Sommer, in dem das uralte Schauspiel von Schönheit und Konsum dargeboten wurde.

Die Contessa empfand all diese Betriebsamkeit ermüdend, doch Urbino genoss sie auf seine Weise, denn sie rief angenehme Erinnerungen in ihm wach. Es schien ihm, als habe auch er erst gestern mit großen Augen und aufgerissenem Mund die Stadt während der Hauptsaison für sich erobert und dabei schöngeistige Kopfschmerzen oder Schlimmeres riskiert. Genau wie jetzt war damals Vivaldis »Sommer«, der von der Bühne des Quadri-Orchesters leise herüberwehte, zu hören gewesen, als er vor mehr als zwanzig Jahren zum ersten Mal das Pflaster der Piazza betreten hatte.

So sah Urbino in dem jungen, rotwangigen Mann mit dem alten Baedeker, der gerade in den Chinesischen Salon hineinspähte, sich selbst, wie er in jenem Sommer von Amerika nach Venedig gereist war und die Stadt seitdem nie wieder wirklich verlassen hatte.

Urbino lächelte ihn an. Sein jüngeres Ich jedoch wandte sich gerade ab, verließ die Türschwelle und verschwand im Gedränge.

»Haben Sie etwas von Habib gehört?«, fragte die Contessa.

Habib war Urbinos junger marokkanischer Freund. Urbino hatte dem Maler, der gerade seine Familie in Fes besuchte, geholfen, in Venedig Fuß zu fassen.

»Gestern. Es geht ihm gut. Ende September wird er wieder zurück sein.«

Die Contessa nahm ein weiteres der kleinen Petit Fours, die vor Kurzem auf ihren Tisch gestellt worden waren. Nun lag nur noch eins auf dem Teller.

»Zu spät für die Regatta«, meinte sie. »Er hatte letztes Jahr so viel Spaß daran.«

Die historische Regatta mit der Boot-Parade und dem Gondelrennen fand am ersten Sonntag im September auf dem Canal Grande statt. Zu diesem Anlass gab die Contessa eine Party in ihrem Palazzo am Kanal. Vor fünf Tagen hatte sie ihre kühle, ruhige Villa, in die sie sich jeden Sommer zurückzog, oben in Asolo verlassen, um das Fest des Erlösers zu feiern und erste Vorbereitungen für ihre Party zu treffen.

Nach dem zweimonatigen Aufenthalt in dem kleinen Bergdorf wirkte die Contessa erholt. Es war ihr stets gelungen, die anderen über ihr Alter im Unklaren zu lassen, ganz nach Coco Chanels Philosophie, dass man mit zunehmendem Alter die Jugend durch ein Geheimnis ersetzen müsse. Urbino schätzte, dass sie zwanzig Jahre älter war als er, doch wann genau sie während ihrer langen Freundschaft die fünfzig und dann die sechzig überschritten hatte, war unbemerkt an ihm vorbeigegangen und absichtlich von ihr nicht erwähnt worden. Es hätte natürlich nicht seiner Fähigkeiten als Hobbydetektiv, ganz zu schweigen von denen als Biograf bedurft, um den genauen Zeitpunkt und das Jahr ihrer Geburt herauszufinden. Doch man sollte den Menschen ihre kleinen Geheimnisse lassen, solange sie damit niemandem schadeten. Ihm reichte es zu wissen, dass die Contessa sich, unabhängig von ihrem Alter, gesund und wohl fühlte. Ihre markanten Gesichtszüge und der Verzicht auf Make-up unterstützten diesen Eindruck.

Die beiden Freunde kannten sich so gut, dass sie einander verstanden, egal was sie sagten und taten oder auch was sie nicht sagten und taten. Einige Venezianer hatten sie ohne allzu freundliche Absicht »die angloamerikanische Allianz« getauft, was das Paar lediglich amüsierte. In Wirklichkeit hatte jeder ein paar Züge des anderen angenommen, und so war die Sprache der Contessa gelegentlich von Amerikanismen durchzogen, während Urbino manchmal wie die Contessa klang. Wenn man bei alldem noch berücksichtigte, dass sie beide Ausländer waren und Italienisch mit deutlichem Akzent sprachen, so bildeten sie in vielerlei Hinsicht ein ungewöhnliches Paar.

An diesem drückend heißen Tag trug die Contessa eines der Kleider, die ihr besonders gut standen. Das dünne Kleid mit einem Muster aus Ringelblumen auf dunkelweinrotem Grund passte nicht nur zu ihren grauen Augen und ihrem honigblondem Haar, sondern auch zu den gehaltvollen Farben des Chinesischen Salons und sogar zu der Farbe ihres First-Flush-Jasmintees und dem Sherry in Urbinos Glas.

»Eine ziemlich kleine Gesellschaft«, meinte sie hinsichtlich ihrer Regatta-Party und schielte in Richtung des letzten Petit Fours. »So klein, dass jeder auf der *altana* und der Loggia Platz nehmen kann, um die Boot-Parade und die Rennen zu sehen.«

Am Canale Grande zwischen dem Cannaregio-Kanal und der Rialto-Brücke gelegen, bot die Ca'da Capo-Zendrini einen wunderbaren Blick auf die meisten Rennen, und auch die Boot-Parade, die in der großen Kurve am Kanal endete, war noch gut zu sehen.

»Romolo und Perla werden natürlich kommen«, sagte die Contessa und meinte damit den Gesangslehrer und seine Frau. Die Contessa hatte Romolo Beato in ihrer Studentenzeit am Konservatorium in Venedig kennengelernt, wo sie vor ihrer Ehe Klavier studiert hatte.

»Und Sebastians Nick wird kommen«, fügte sie hinzu.

Hierbei handelte es sich um einen Engländer, der auf Empfehlung des jungen Cousins der Contessa – Sebastian Neville – kam. Nick Hollander, den bis jetzt weder die Contessa noch Urbino kennengelernt hatten, hatte vor, während der historischen Regatta in Venedig zu weilen.

Sie nannte noch weitere eingeladene Gäste. Die meisten zählten zu dem gesellschaftlichen Umfeld der Contessa oder waren Mitglieder der Familie des Conte oder ihrer eigenen. Einige würden auch wegen des bevorstehenden Filmfestivals nach Venedig kommen.

Das Orchester des Florian, das mit dem Quadri- und dem Lavena-Orchester im Wechsel spielte, ließ jetzt eine Broadway-Melodie erklingen. Ein Mann mittleren Alters und eine Dame erhoben sich von ihrem Tisch, der vorne in der Nähe der weiß überdachten und mit zahlreichen Blumenkübeln geschmückten Bühne stand, und schafften es, sich in der Menge genug Platz zu verschaffen, um ein paar schnelle Tanzschritte aufs Parkett zu legen.

Urbino und die Contessa beobachteten das tanzende Paar.

»Der arme Mann«, meinte die Contessa.

Ihr Kommentar verwirrte Urbino zunächst. Warum sagte sie so etwas über einen Mann, der sich offensichtlich auf dieser etwa einen halben Quadratmeter großen Piazzafläche amüsierte?

Doch jemand anderer, von dem sie gerade den Blick wieder abwandte, hatte ihre Aufmerksamkeit erregt. Er war der Grund für ihre Bemerkung und den Seufzer, den sie nun ausstieß.

Es handelte sich um einen außerordentlich dünnen, glatzköpfigen Mann Anfang fünfzig mit einem perfekt geschnittenen, hellbraunen Anzug und einer zitronengelben Krawatte. Er drückte sich ein Taschentuch gegen die Nase. Ein Zipfel des weißen Stoffes – kaum weißer als das Gesicht des Mannes – war blutbefleckt.

Ein Mann Anfang zwanzig mit dickem schwarzem Haar und einem meergrünen Kaschmirpullover begleitete ihn. Er führte den älteren Mann unter der Arkade entlang in Richtung Correr-Museum und sprach dabei dicht an seinem Ohr. Der von seinem Begleiter gestützte glatzköpfige Mann kam leicht ins Schwanken.

»Eine schwere Krankheit ist stets erkennbar«, meinte die Contessa. Sie nahm das letzte der Petit Fours, nicht weil sie noch hungrig war, sondern wohl eher, um sich zu trösten.

»Wenigstens hat er jemanden, der sich um ihn kümmert. Dem Anschein nach ein Italiener.«

Mit mitleidvollem Blick verfolgte die Contessa die sich langsam fortbewegenden Männer, bis sie aus ihrem Gesichtsfeld verschwanden, und schaute anschließend erneut in das muntere Getümmel auf der Piazza.

»Tod beim Festmahl.« Sie schauderte leicht. »Ein junger Mann. Ja, jung, *caro,* zu jung dafür. Und seine feine Kleidung nützt ihm dabei auch nichts, oder? Wie eben nichts Materielles helfen kann.«

Urbino berührte ihre Hand.

»Aber Geld kann schon einen Unterschied machen, wenn man krank ist«, entgegnete er. »In einigen Fällen kann man sogar eine bessere Gesundheit erkaufen. Möchten Sie noch eine Kanne Tee?«

»Ich wünschte, das Leben wäre anders, aber da besteht wohl keine Chance, oder? Ja, bitte, ich hätte gerne noch einen Tee.«

Als Urbino sich nach dem Kellner umschaute, näherte sich dieser bereits dem Tisch.

Claudio war ein großer, gut aussehender Mann Mitte dreißig mit stechend dunklen Augen und ersten grauen Strähnen im schwarzen Haar. Seit er vor zehn Jahren im Café Florian begonnen hatte, war er ihr Lieblingskellner. Claudio war Opernliebhaber und hatte eine ausgezeichnete Tenorstimme. Die Contessa hatte dafür gesorgt, dass er bei Romolo Beato Gesangsunterricht bekam.

Zudem war Claudio ein erfolgreicher Ruderer. Er hatte mit Urbinos Gondoliere Gildo trainiert, um als sein Partner an der Qualifikation für das *gondolini*-Rennen im nächsten Monat teilnehmen zu können. Das Gondelrennen mit kleinen, speziell dafür gebauten Gondeln war der Höhepunkt der Regatta.

»Sie wissen, was ich möchte, noch bevor ich es weiß, Claudio«, sagte sie.

»Und das wäre, Contessa?«

Claudio sprach flüssig Englisch, allerdings mit starkem Akzent.

»Noch eine Kanne Tee, bitte.«

»Selbstverständlich, Contessa. Doch Sie haben eine zu hohe Meinung von mir.« Er setzte ein breites Lächeln auf. »Ich kam, um Ihnen dies hier zu geben.«

Er öffnete die Hand und gab den Blick frei auf ein Armband von schlichter Eleganz, das aus drei goldenen Ketten und den ineinandergeflochtenen Buchstaben *B* und *A* bestand. Dieses Geschenk ihres verstorbenen Ehemannes Alvise zu ihrem letzten Hochzeitstag gehörte zu den Schätzen, an denen die Contessa am meisten hing.

»Aber ich verstehe nicht.« Sie schaute auf ihr nacktes Handgelenk und dann wieder auf das Armband, als erwartete sie, dass Claudio lediglich eine Fälschung in der Hand hielte und sie immer noch das Original trüge.

»Albina hat es gefunden, Contessa.«

Albina Gonella war die Toilettenfrau. Die Contessa mochte sie gerne und besuchte sie und ihre Schwester Giulietta, eine Näherin, manchmal in ihrer Wohnung in Dorsoduro in der Nähe des Campo Santa Margherita.

»Ich habe noch nicht einmal bemerkt, dass ich es verloren hatte. Wie konnte das nur geschehen? Wie unachtsam von mir! Armer Alvise!«

»Albina hat es auf einem Teppich im Vorraum der Toiletten gefunden.« Claudio legte ihr das Armband in die Hand. »Sie hatte es an Ihrem Arm gesehen. Sie sollten den Verschluss reparieren lassen. Beim nächsten Mal haben Sie vielleicht nicht so viel Glück. Ich bringe Ihnen den Tee.«

»Danke, Claudio. Und richten Sie Albina meinen Dank aus – ach nein«, unterbrach sie sich selbst und stand auf. »Ich muss sie selbst sehen. Ist sie noch oben?«

»Ja, Contessa.«

Während Urbino auf die Rückkehr der Contessa wartete, blickte er hinaus über die Piazza.

Sein Blick schweifte ziellos über das Getümmel, bis er zwei junge Männer bemerkte, die am Rand der Menge unter der Arkade in der Nähe des Florian standen. Sie aßen Sandwiches und reichten eine Flasche Mineralwasser zwischen sich hin und her. Sie lauschten dem Orchester des Florian und bewunderten die gleißende Fassade der Basilika, bis ihr Blick auf die zwei Bronzefiguren auf dem reich verzierten Uhrenturm fiel. Die Figuren schlugen die fünfte Stunde.

Sie waren so offensichtlich entzückt, dass Urbino unerwartet einen Anflug von Neid verspürte. Gleich darauf hatte er das dringende Bedürfnis, sie auf ein paar Drinks und ein paar dieser kleinen, für das Café typischen Sandwiches in den Chinesischen Salon einzuladen.

Natürlich tat er es nicht. Wie aufdringlich und anmaßend von ihm, so etwas auch nur zu denken. Als ob es ihre Freude an dieser venezianischen Szenerie steigern könnte, eingequetscht im Chinesischen Salon zu sitzen und ein ganzes Menü zu bestellen.

Und wenn die beiden jungen Männer ihn nicht beneiden mussten, so musste er sie eigentlich auch nicht beneiden.

Zufriedenheit erfüllte ihn. Welch ein Glück er doch hatte. Nein, nicht weil er sich, wann immer er Lust darauf verspürte, allein oder in der Begleitung der Contessa, im Florian verwöhnen lassen konnte. Seine Zufriedenheit rührte vielmehr daher, dass ihm bewusst wurde, dass seine Liebe zu dieser Stadt in all diesen Jahren nicht im Geringsten nachgelassen hatte. Er war immer noch sehr verliebt in Venedig.

Als Claudio den Tee der Contessa brachte, bestellte Urbino einen weiteren Sherry und einen großen Teller Scones.

Ein Teil seiner Euphorie verflog jedoch, als die Contessa zurückkam und müde und traurig aussah.

»Oh, wunderbare Albina!«, rief sie aus. »Wäre sie nicht so wunderbar, wo wäre ich dann? Wo wäre Alvises Armband?«

Sie schauten auf das goldene Schmuckstück, das sich nun wieder an ihrem Handgelenk befand.

Während sich die Contessa etwas verstohlen nach den anderen Gästen umblickte, sagte sie mit gesenkter Stimme: »Jeder hier hätte es einfach in die Tasche stecken können, ohne zu wissen, wie wertvoll und unersetzlich es für mich ist.«

»Wie wäre es mit einem Scone, Barbara? Darf ich es Ihnen mit etwas Konfitüre und Sahne bestreichen?«

Er nahm ihr Schweigen als Einverständnis und wandte sich dem kleinen, weichen Gebäck zu. Als er es ihr reichte, blickte sie gedankenverloren auf ihr Armband. Er wartete einen kurzen Moment und aß es dann selbst.

»Wie beunruhigend, *caro.*« Die Contessa klang nachdenklich und schaute auf. »Wie leicht kann man doch etwas Wertvolles verlieren und es noch nicht einmal bemerken.

Zumindest nicht, bevor es viel, viel zu spät ist.« Sie tätschelte seine Hand. »Das sollten wir nicht vergessen. Es gibt so viel Wertvolles, was man verlieren kann.«

Doch dann machte sich Überraschung auf ihrem Gesicht breit.

»Wo ist mein Scone? Sagten Sie nicht, Sie würden eines für mich zubereiten?«

»Ich –«

Er machte eine Handbewegung in Richtung Teller.

»Nein, ich möchte Ihnen eines zubereiten. Sie gehören zu dem Wertvollsten, was ich habe. Ich genieße es, mich um Sie zu kümmern.«

Die Contessa strich etwas Konfitüre auf ein Scone und gab einen Klacks Sahne obendrauf. Ihre Bewegungen waren viel geschmeidiger als die Urbinos, und zudem war sie großzügiger, was die Sahne betraf.

»Sollte ich je beginnen, Sie zu verlieren«, sagte sie, während sie ihm den Leckerbissen gab, »würde ich das sofort bemerken.«

»Daran zweifele ich nicht im Geringsten, doch wir sollten es als Schicksal annehmen. Niemals wird das Risiko bestehen, mich zu verlieren.«

»Noch werden Sie mich je verlieren.«

Ein Schatten überflog das schöne Gesicht der Contessa. Ihr Blick wanderte zu der Stelle unter der betriebsamen Arkade, an der vorhin der magere Mann mit dem blutigen Taschentuch und seinem jungen Begleiter vorbeigekommen war.

Urbino, der ihren melancholischen Gedankenanflug erriet, begann über Asolo zu reden, ein Thema, das sie stets aufheiterte, und danach sprachen sie noch über weitere angenehme Dinge.

In der nächsten Stunde plauderten die beiden Freunde im Chinesischen Salon über Sachen, die sie nicht verloren hatten, und über fröhliche, bevorstehende Ereignisse: die Regatta, die Party der Contessa, die Stadt mit all ihrer Schönheit und Verrücktheit und die Liebe und Freundschaft, die sie füreinander hegten und von der sie hofften, dass sie noch viele Jahre bestehen würde.

Erster Teil
Stürme

I

Trotz seiner wunderbaren Paläste und geschäftigen Plätze, dem sonnenverblichenen Zattere-Kai und den Kunstgässchen, den Oleandergärten und den schmucken Innenhöfen ist Dorsoduro an jenem Nachmittag Anfang August ein Viertel des Todes.

Unter der hohen Kuppel der Salute-Kirche starrt eine alte Frau auf die Schwarze Madonna über dem Hauptaltar. Sie bittet um Befreiung von der Plage des Alters, die ihren Körper zerfrisst.

Maria, salute degli infirmi, prega per noi. Geheiligte Jungfrau Maria, Heilerin der Kranken und Gebrechlichen, bete für uns.

Durch das Fenster in der Kuppel fällt Licht auf den Kopf der Frau, doch sie zittert.

Auf einem Gemüsekahn im Kanal in der Nähe des Campo San Barnabà teilt ein Mann mittleren Alters eine Melone, um ihr leuchtend orangefarbenes Fleisch zu zeigen. Er schneidet sich in einen seiner Finger. Er lacht, leckt das Blut ab und scherzt mit einer hübschen, jungen Hausfrau. In zwei Wochen wird er in einem Krankenhausbett auf der anderen Seite von Venedig sterben.

Auf einer Bank auf dem Campo Santa Margherita beobachtet eine blasse, junge Frau, wie ihr Sohn ein Maulbeereis lutscht, und überlegt, ob sie wohl nächstes Jahr noch lebt, wenn die dunklen Beeren in ihrem Hof reifen und Flecken auf den Fensterbänken hinterlassen.

Ein alter Mann wird in seinem Rollstuhl den Zattere-Kai entlanggeschoben, vorbei an rosafarbenen Steinmauern und unter herabhängendem Geißblatt. Ein eleganter weißer Kreuzer glitzert in der Sonne, während er den Giudecca-Kanal in Richtung Adria fährt. Der Mann wendet seinen Kopf, um mit tränenverschwommenem Blick zur Insel Giudecca hinüberzuschauen, auf der er sich zum ersten Mal verliebt hat. Bei der nächsten Ebbe, wenn die Ratten der Stadt hervorkommen, wird er tot sein.

Eine Frau, die fünfunddreißig Jahre lang allwöchentlich die Accademia-Galerie besucht hat, liegt in einem abgedunkelten Zimmer in der Nähe der Ca'Foscari in den letzten Atemzügen. Ihr nun auf Erinnerungen reduziertes Leben wird schwächer und schwächer. Als letztes Bild hat sie nicht die neben ihr sitzende Enkelin vor Augen, sondern Giorgiones *La Vecchia*.

Als sie zum ersten Mal das Gemälde der alten Frau gesehen hatte, war ihr dieser Tag noch unendlich weit weg erschienen. Die Warnung auf dem Stück Papier in den Händen der Frau war ihr völlig unverständlich erschienen: *Col tempo*. Mit Zeit.

In einer kleinen, stickigen Wohnung in der Nähe der luxuriösen Ca'Rezzonico, in der Robert Browning gestorben ist, küsst ein Vater die noch warmen – zu warmen – Wangen seines kleinen Sohnes.

In einem Schlafzimmer eines Palastes am Canale Grande gegenüber des Gritti Palace Hotels liegt ein bleichgesichtiger Mann in einem Bett aus dem achtzehnten Jahrhundert, auf dessen Baldachin die heilige Ursula gemalt ist. Neben dem Bett sitzt ein weiterer Mann in einem pfauenblauen Pullover. Ein dritter, kahlköpfiger Mann in einem cremefarbenen Anzug läuft auf dem türkischen Teppich auf und ab.

»Er ist tot«, sagt der Mann neben dem Bett.

Der andere Mann hält inne und starrt auf den Verstorbenen.

Es ist eingetreten, was sie, jeder auf seine Weise, erwartet hatten.

Und es wird nicht lange dauern, bis auch sie beide in diesem Sommer sterben werden und Urbino und die heitere Welt der Contessa erneut erschüttert werden.

2

Eine Woche später wurde die Stadt von dem heftigsten Sturm des Jahres heimgesucht.

Bis drei Uhr nachmittags war der Himmel über der Stadt und der Lagune strahlend blau. Dann wurde das Blau innerhalb von Sekunden genau beim Glockenschlag der Mohren auf der Piazza San Marco zu einem Dunkelviolett, in das sich leuchtend rote Wirbel mischten. Ein Gemälde, das des Peggy-Guggenheim-Museums würdig gewesen wäre. Die Touristen bestaunten den wunderschönen Himmel, doch die Venezianer wussten, dass ein Chaos bevorstand.

Zuckende Blitze teilten den Himmel über dem schmalen Ufer des Lidos. Ein orkanartiger Wind ließ das spiegelglatte Wasser der Lagune aufspritzen. Regengüsse peitschten nieder auf alles, was diesem plötzlichen Angriff ausgesetzt war – Menschen, Tiere, Boote, Gebäude, Brücken, Statuen. Schiffe mussten ihren Kurs ändern, um gefährliche Anlegestellen zu vermeiden, an denen die Stege heftig im Wind schaukelten oder überspült wurden.

Die Sirenen mit ihrer *aqua alta*-Warnung waren über das Getöse des Sturms kaum zu hören. Die Piazza San Marco mit den Orchesterbühnen und Stühlen sah aus wie das verlassene Deck eines sinkenden Schiffes.

Der über Venedig hinwegpeitschende Sturm stellte für diese zerbrechliche Stadt eine stärkere Bedrohung dar, als es sämtliche Barbaren, rivalisierende Machthaber und napoleonische Truppen je gewesen waren. Alles, was diese Stadt zu ihrer Verteidigung bauen könnte, würde unter Stürmen wie diesem, sollten sie noch häufiger werden, zusammenbrechen.

Und an diesem Tag Anfang August schlug die Macht des Sturms auf teuflische Weise doppelt zu.

Kurz nach zehn durchzuckten Blitze in immer kürzeren Abständen den Himmel und erleuchteten die *campi* und Brücken heller als Bühnen in grellem Scheinwerferlicht. Der Donner war so ohrenbetäubend, dass es schien, er allein habe die im Wind zerbrochenen Fensterscheiben zerschmettert.

All dies endete völlig abrupt um Mitternacht. Welch heimtückische Macht auch immer die Grenzen und Bollwerke jener auf Sümpfen gebauten Lagunenstadt herausgefordert hatte, sie ließ ihre Beute wieder los. Und in diesem schnellen Loslassen zeigte sich die Macht noch deutlicher als in den vorangegangenen Stunden des entfesselten Wütens.

3

Drei Tage später glitt Urbinos schwarze, sargförmige Gondel den schmalen Kanal entlang ins Dorsoduro-Viertel.

Es war ein heller, sonniger Tag, aber die Folgen des Sturms waren noch unübersehbar. Ab und zu trieb Müll, der vom Wind oder Regen in den Kanal geweht worden war und den die Flut immer noch nicht fortgetragen hatte, an der Gondel vorbei oder blieb an Gildos Ruder hängen. Der widerwärtige Gestank des gestauten Abwassers verpestete die Luft.

An einer kürzlich für die Regatta frisch gestrichenen Gondel fehlte das *ferro*, und ein Teil des dekorativen Bugs schwamm in dem gut zehn Zentimeter hohen Wasser im Boot.

Auf Urbinos Stirn bildeten sich Schweißperlen. Die Luft in der *felze* war feucht und drückend. Auch wenn der gelegentliche Luftzug, der in die kleine, mit Jalousien geschlossene Kabine vordrang, nicht faulig stank, so war es doch auch längst nicht die frische und belebende Luft, die die Contessa in Asolo genoss. Trotz dieser Unannehmlichkeiten mochte Urbino die *felze,* die ihm Schutz vor neugierigen Blicken und der stechenden Sonne bot. In der Tat bat er Gildo selten darum, den Aufbau zu entfernen, obwohl die Gondel dadurch nur noch mehr neugierige Blicke auf sich zog, da die meisten längst ohne *felze* fuhren.

Doch Urbino ertrug all diese Blicke schlecht, und um die Wahrheit zu sagen, wollte er auch auf keinen Fall für einen Touristen gehalten werden, der den Gondoliere gegen ein Trinkgeld gebeten hatte, unter der Seufzerbrücke durchzufahren.

Es mag merkwürdig klingen, dass jemand, der so schüchtern ist, dass er nicht gesehen werden will, ein so auffälliges Transportmittel wählt. Doch Urbino hatte längst aufgehört, über seine Widersprüchlichkeiten nachzudenken oder sie überhaupt noch zu bemerken. Gute Freunde wie die Contessa, die ihm die Gondel am zwanzigsten Jahrestag ihrer Freundschaft geschenkt hatte, amüsierten sich lediglich über seine Marotten.

Obwohl er ein trainierter Spaziergänger war und gerne zu Fuß durch die Stadt wanderte, passte eben auch das Individuelle und Auffällige seines Fortbewegungsmittels zu seinem Charakter, und das wusste die Contessa nur zu gut. Während sich Urbino von dem jungen, kräftigen Gildo rudern ließ, konnte er seine Kräfte sparen. Er brauchte nur mit einem Finger die nächste Buchseite aufzuschlagen, den Kopf zu drehen, um durch die Jalousien zu spähen, oder seine Kissen neu zu arrangieren.

Zudem berührte Urbino das Altmodische, das man gemeinhin mit Gondeln verband. Wenn er eingeschlossen in seiner *felze* dahinglitt, hatte er das Gefühl, die Zeit sei zurückgedreht worden und er befinde sich im ausgehenden viktorianischen Zeitalter auf dem Weg zu Sargent, um sich porträtieren zu lassen.

Die stärkste Anziehungskraft, die dieses Fortbewegungsmittel auf ihn ausübte, war jedoch die Tatsache, dass er, während er über das Wasser glitt, die Welt draußen beobachten konnte, ohne selbst beobachtet zu werden.

Seine momentane Situation war ein hervorragendes Beispiel für diesen Vorteil. Denn draußen erweckte etwas seine Aufmerksamkeit. Er legte den Goetheband in seinen Schoß und markierte die Seite mit einer Postkarte – Tischbeins Porträt des Schriftstellers.

Die Gondel näherte sich einer typischen venezianischen Steinbrücke – klein, einbögig, mit niedriger Brüstung. Auf beiden Seiten führten mit grünen Algen überzogene Stufen hinab ins Wasser. Mitten auf der Brücke stand vor azurblauem Himmel eine Frau mittleren Alters. Sie trug ein grünes Kleid. Ihr blasses, dünnes Gesicht wurde von einer roten Haarmähne umrahmt, sicherlich eher ein Kunstprodukt als Natur. Sie stand mit einem Pinsel in der Hand neben einer Staffelei.

Urbino sah in ihr sofort einen bestimmten Typus. Sie gehörte zu den vielen englischen oder deutschen Frauen – es waren fast ausschließlich diese beiden Nationen –, die mit Staffeleien, Leinwänden, Aquarellfarben und Klappstühlen in die Stadt kamen, um mit unterschiedlichem Talent, jedoch stets dem gleichen Eifer, eine venezianische Ansicht festhalten wollten.

Auf der Leinwand konnte Urbino vage die Form eines Campanile ausmachen. Er ähnelte dem, der hinter der Brücke in Richtung des Campo Santa Margherita über die Hausdächer hinausragte.

Zwei Nonnen und ein junges asiatisches Paar begutachteten die Arbeit der Frau aus respektvoller Distanz. Deutlich näher stand ein kleiner, dicker Mann, der sich angeregt mit ihr unterhielt. Er zeigte auf die Leinwand und den entfernten Campanile und nickte zustimmend. Die Frau setzte einen Strohhut mit rotem Band, wie ihn die Gondolieri tragen, auf und lächelte.

Die Gondel fuhr unter der Brücke hindurch. Als Urbino danach die beiden durch die Schlitze der Jalousie wieder sehen konnte, hatte sich die Szene deutlich verändert. Der dicke Mann hatte mit seinen ausladenden Bewegungen versehentlich die Staffelei umgeworfen. Mit rotem Gesicht und Gesten der Entschuldigung half er der Frau, die Staffelei wiederaufzustellen. Die Frau verzieh die Unannehmlichkeiten mit einem warmherzigen Lächeln und einer Berührung seiner Schulter. Ihr leises Lachen drang bis zu Urbino hinunter in den Kanal.

Urbino hatte Gefallen an diesem kleinen Szenario. Einen Moment der Ruhe und Ordnung, dann eine Unterbrechung und die darauffolgende Wiederherstellung von Ruhe und Ordnung. Es war wie Venedig nach dem schrecklichen Sturm. Es war wie schon so oft in seinem Leben.

Doch nicht immer ließen sich Ruhe und Ordnung wiederherstellen. Als die Gondel sich von der Brücke entfernte, gingen ihm wieder die Worte der Contessa aus dem Florian, wie leicht man doch Wertvolles verlieren konnte, durch den Kopf.

4

Urbino schlug den Goetheband wieder auf. Er begutachtete das Tischbein-Porträt des Schriftstellers. Goethe war darauf im Halbprofil zu sehen. In einen weiten weißen Reiseumhang gehüllt und mit einem dunklen Hut mit runder, breiter Krempe auf dem Kopf, lehnte er sich auf einer Bank zurück, sah intelligent und gedankenverloren aus. Die antiken, mit Efeu überwachsenen Ruinen im Hintergrund unterstrichen seine noble Erscheinung. In der Ferne erstreckten sich die Hügel der Campania unter einem bewölkten Himmel.

Urbino mühte sich mit der deutschen Originalausgabe der *Italienischen Reise* ab, doch sein Deutsch war längst nicht so fließend wie sein Italienisch und Französisch.

Zu Beginn des Sommers hatte er sich einem neuen Schreibprojekt zugewandt. Es handelte sich um eine Ergänzung seiner Reihe *Venezianische Leben,* mit der er sein Interesse an Biografien mit seiner Liebe zu seiner Wahlheimat verband. In *Goethe und Venedig* sollte die Rolle, die die Stadt für das Leben und für die Kunst des Schriftstellers gespielt hatte, herausgearbeitet werden. Dabei sollte Goethes Aufenthalt im Herbst 1786 in der Lagunenstadt im Mittelpunkt stehen. Mit Abbildungen von Gemälden und Fotografien venezianischer Ansichten wollte er dokumentieren, was für Goethe während seines Aufenthalts wichtig gewesen war.

Goethes Empfindungen für Venedig sprachen Urbino aus dem Herzen. Er hatte seit Wochen Goethe gelesen und mit ebenso großem Interesse Parallelen zu seinen eigenen Erfahrungen entdeckt wie Material für sein Buch zusammengetragen. Als Goethe damals in der lebhaften Stadt eingetroffen war, hatte er schnell gespürt, dass er dort seiner geliebten Einsamkeit wunderbar frönen konnte, denn nirgends konnte man sich so alleine fühlen wie in einer großen Menschenmenge. Genauso hatte sich Urbino gefühlt, als er Venedig zu seiner Heimat gemacht hatte. Es schmeichelte ihm, dass Goethe genauso voller Widersprüchlichkeiten war wie er selbst und in einem Moment das unvergleichliche Licht und die leuchtenden Paläste lobte und sich im nächsten Augenblick über den Abfall in den Kanälen und den Matsch unter seinen Füßen nach heftigen Regenfällen beschwerte. Goethe schien wie Urbino ein Mensch zu sein, der Schönheit umso mehr genießen konnte, wenn er all der negativen Dinge außen herum gewahr wurde und diese sogar auf merkwürdige Weise die Schönheit ergänzten.

Gleichzeitig wurde sich Urbino der häufig auftretenden Gefahr bewusst, sich zu sehr mit seinem Thema zu identifizieren. Er glaubte nur zu gerne, dass sein Geschmack und sein Temperament, seine Vorlieben und Abneigungen seinen biografischen Porträts und seiner Detektivarbeit – eine weitere seiner Leidenschaften – nicht im Wege standen. In Wahrheit jedoch taten sie dies häufig.

In Bezug auf seine Bücher stand dadurch höchstens sein Ruf auf dem Spiel, bei der Aufklärung seiner Fälle hingegen vielleicht eine Entscheidung zwischen Leben und Tod, gleichermaßen für ihn wie für andere.

Im Augenblick gab es jedoch keinen Fall, der ihn beschäftigte. Er suchte ja auch nicht nach Fällen, sondern stets waren es Situationen, die er aus den unterschiedlichsten Gründen nicht ignorieren konnte.

Derzeit genoss er es, seine Zeit der Person Goethes zu widmen, der nach einem langen, produktiven Leben ganz natürlich und friedlich in einem seiner großen Ohrensessel in Weimar gestorben war.

Bei diesem tröstlichen Gedanken verlor Urbino jegliches Gefühl für Zeit und Umgebung, und so schreckte er jedes Mal auf, wenn Gildo beim Einbiegen in einen neuen Kanal ein warnendes »*Hoi!*« ausstieß.

Für den restlichen Nachhauseweg vergrub er sich erneut in sein Buch und ließ sich von Goethes Worten zurück in jenes Jahrhundert tragen, in der diese Stadt nichtsdestoweniger der heutigen schon sehr ähnlich war. Jedes Mal wenn er aus seiner *felze* nach draußen auf die Kanäle, die Gebäude und den leuchtend blauen Himmel schaute, durchfuhr ihn ein starkes Gefühl der Anerkennung und Befriedigung, da Goethe vor über hundert Jahren die gleichen Gefühle gehegt hatte.

Als die Gondel sanft an den Wasserzugang des Palazzo Uccello stieß, schloss Urbino das Buch und erfreute sich an dem Anblick der abgetretenen Steine seines venezianischen Palastes. Hier war er zu Hause.

Dieses Gefühl der Zufriedenheit würde ihm in den nächsten Sommerwochen noch oft in den Sinn kommen, wenn der Tod erneut Einzug in seine perfekte kleine Welt hielt und darum bat, aufgeklärt zu werden.

In der Tat kam alles schon ein paar Minuten später ins Rollen, als die Contessa aus Asolo anrief.

5

»Ich habe schreckliche Neuigkeiten, *caro.*«

Die Contessa hielt sich offenbar im Garten der Villa Muta auf. Das ununterbrochene »*Ciao!*« ihres leuchtend gefiederten Papageien, den sie in einem messingfarbenen Käfig auf der Pergola hielt, stand im Widerspruch zum ernsten Ton ihrer Worte.

»Was ist passiert, Barbara?«

»Es geht um diesen armen Mann, den wir unter den Arkaden vor dem Florian gesehen haben, der so totenbleich sein blutiges Taschentuch vor das Gesicht gehalten hat. Er ist tot!«

Urbino war irgendwie verblüfft. Natürlich war es bestürzend, dass der Mann gestorben war, wer auch immer er gewesen sein mochte, doch soweit er wusste, hatte die Contessa ihn nicht gekannt.

Und er auch nicht.

»Es tut mir leid, das zu hören, Barbara.« Er machte eine Pause. »Doch Sie hatten nicht erwähnt, dass Sie ihn kannten.«

»Oh, jetzt schon. Ich meine, ich weiß, wer er ist, oder besser: war!« Ihre Stimme klang verbittert. »Ich weiß es von Sebastian. Ich wollte Sie heute deswegen anrufen, doch dann – dann fand ich heraus, dass er tot ist, Konrad Zoll.«

Ihre Worte ergaben keinen Sinn.

»Ist das der Name des Mannes, den wir gesehen haben?«

»Ja, Konrad Zoll. Ein Deutscher. Er lebte seit einem Jahr in Venedig. Merkwürdig, dass sich unsere Wege nur dieses eine Mal am Florian gekreuzt haben. Letzte Woche erhielt ich einen Brief von Sebastian, dem ein Artikel über ihn mit Foto beigefügt war. So habe ich ihn erkannt, obwohl sich der arme Mann sehr verändert hatte. Er war ein Kunstsammler.«

»Aber warum hat Sebastian Ihnen diesen Artikel geschickt?«

»Wegen Nick Hollander. Da Sebastian mich gebeten hatte, Hollander zur Regatta-Party einzuladen, dachte er, es wäre nett, wenn ich Zoll ebenfalls einladen würde. Hollander ist Zolls Stiefsohn – beziehungsweise war sein Stiefsohn. Nein, nicht weil Zoll tot ist«, fügte sie hinzu, bevor er sie um eine genauere Erklärung bitten konnte. »Hollanders Mutter und Zoll haben sich vor fünf Jahren scheiden lassen.«

»Also sein Exstiefsohn.«

»Ja, so wie Sie nach Ihrer Scheidung einen Exschwager haben. Und ich nehme an, sie standen einander so nahe wie Sie und Eugene. Sebastian hätte nie vorgeschlagen, dass ich sie zusammen einlade, wenn es nicht so wäre.«

Urbino, der sehr wohl wusste, dass der junge Cousin der Contessa dazu und zu noch viel mehr in der Lage war, schwieg. Vor ein paar Jahren war er mit Sebastian durch Marokko gereist. Die Reise war eine Katastrophe gewesen. Sie hatten sich in Fes getrennt.

»Aber ich weiß immer noch nicht, wie Sie herausgefunden haben, dass dieser Zoll tot ist.«

»Sebastian rief heute Morgen an. Hollander hat es ihm gesagt. Und hier kommen Sie ins Spiel.«

»Ich? Wieso?«

»Indem Sie zu Hollander gehen und ihm kondolieren. Hollander wohnt im Gritti Palace Hotel. Ich würde es ja selbst tun, wenn ich nicht hier oben wäre.«

»Er ist nach dem Tode Zolls nicht abgereist?«

»Nicht wenn man Sebastian Glauben schenkt.«

»Ich nehme an, der junge, dunkelhaarige Mann, den wir mit Zoll gesehen haben, ist Hollander.«

»Offensichtlich nicht. Hollander ist nicht dunkelhaarig und hat laut Sebastian fast überhaupt keine Haare. Versuchen Sie, ihn später am Tag oder morgen zu sehen. Vielleicht kann er dieses Wochenende rauf nach Asolo kommen. Sie beide. Ich werde ihn anrufen. Er könnte einen Tapetenwechsel nötig haben. Venedig im August ist nicht der beste Ort für Trauernde. Er ist hier sehr willkommen.« Als hätte er auf seinen Einsatz gewartet, ließ der Papagei erneut sein erstaunlich menschlich klingendes »*Ciao!*« hören. »Und auch wenn er nicht kommt, möchte ich Sie bitten zu kommen. Ich werde Ihnen den Artikel zeigen, den Sebastian geschickt hat.« Die Contessa seufzte. »Armer Mann. Vor Kurzem sah er noch so voller Tatendrang aus.«

6

Urbino dachte über seine Unterhaltung mit der Contessa nach, als es an der Tür zu seiner Bibliothek klopfte. Es war Natalia, seine Haushälterin und Köchin.

»Gildo würde Sie gerne sprechen, Signor Urbino.«

Das Lächeln auf Natalias rundem Gesicht galt nicht Urbino, obwohl sie ihn gerne mochte. Es galt vielmehr Gildo, ihrem absoluten Liebling. Seit der junge Mann vor einem Jahr begonnen hatte, für Urbino als Gondoliere zu arbeiten, hatte sie ihn unter ihre Fittiche genommen. Sie liebte es, ihm Mahlzeiten runter in seine kleine Wohnung neben dem Wasserzugang zu bringen und sich in jeglicher Hinsicht um ihn zu kümmern.

Der junge Mann stand hinter ihr. Er war dünn, doch dank seiner Aufgabe am Ruder der Gondel muskulös. Er schien vor Gesundheit zu strotzen und hatte ein offenes und treuherziges Gesicht.

Die pummelige Natalia fuhr ihm noch mit der Hand durch seine rotblonden Locken, bevor sie wieder in der Küche verschwand.

»Ich wollte wissen, ob Sie mich heute noch brauchen, Signor Urbino.«

»Sie wissen doch, dass ich eigentlich heute Morgen schon nicht in der Gondel ausfahren wollte.«

Urbino sprach Italienisch, wie er es meistens in Gegenwart von Italienern tat. Allerdings beherrschte er den venezianischen Dialekt längst nicht so gut wie die Contessa.

»Ja, aber wie ich bereits sagte«, meinte Gildo. »Es war eine gute Übung für den Qualifikationswettkampf morgen.«

Am nächsten Tag würden all jene *gondolino*-Rudermannschaften, die sich bei der Stadt beworben hatten, auf dem Lido vor Malamocco zu einem letzten Qualifikationsrennen antreten, um sich für die eigentliche Regatta zu qualifizieren.

»Nichtsdestotrotz wünsche ich, dass Sie ab übermorgen all Ihre Aufmerksamkeit und all Ihre Energien dem Training für die Regatta widmen, Gildo.«

»Eins nach dem anderen, Signor Urbino!«

»Nun, egal was morgen geschieht, Natalia, ich und die Contessa sind bereits jetzt schon stolz auf Sie und Claudio. Richten Sie ihm das von uns aus.«

»Sie könnten es ihm selbst sagen. Er ist unten. Er wollte sowieso über irgendetwas mit Ihnen sprechen.«

7

Claudio saß am Fenster mit Blick auf den Kanal und blätterte in einer Bootszeitschrift.

Nachdem sie zu dritt über den bevorstehenden Wettkampf geplaudert hatten, sagte Claudio: »Ich wollte fragen, ob ich mir die *Hamburger Konzerte* mit der Callas ausleihen könnte. Eine gute Art, vor dem morgigen Tag zu entspannen.«

»Eine gute Idee«, antwortete Urbino. »Kein Problem.«

Gildo runzelte übertrieben die Stirn.

»Du bist schon komisch, Claudio. Dieser ganze Opernkram. Oh, bitte entschuldigen Sie, Signor Urbino«, fügte Gildo schnell hinzu. »Ich meinte nicht, dass Sie komisch sind.«

»Wie enttäuschend.«

Diese Bemerkung verunsicherte den jungen Gondoliere noch mehr. Er blickte zwischen Urbino und Claudio hin und her.

»Entschuldigen Sie, Signor Urbino. Natürlich sind Sie anders. Das weiß jeder. Aber anders – auf eine gute Art! Ja! Auf eine gute Art!«

Urbino lachte und klopfte Gildo auf die Schulter.

»Nun werden Sie Claudio erklären müssen, warum er auf eine schlechte Art komisch ist! Ich hole Ihnen die Callas, Claudio.«

8

Nachdem Urbino Claudio die Aufnahme gegeben hatte, ging er in die Küche. Natalia war mit den Vorbereitungen für das Mittagessen beschäftigt. Er freute sich, dass sie etwas Leichtes vorbereitete – einen *insalata mista* und *prosciutto crudo* mit Melone.

»Ich hoffe, Sie üben nicht zu viel Druck auf die beiden

Jungs aus.« Sie warf ihm einen kurzen Blick über die Schulter zu, während sie einen Teller abwusch. »Sie wissen, wie sehr Gildo Ihnen gefallen will, und Claudio macht immer alles für andere und nie für sich selbst.«

»Keine Sorge. Ich habe ihnen deutlich gemacht, dass sie in meinen Augen bereits jetzt schon erfolgreich sind, auch wenn sie sich nicht für die Regatta qualifizieren würden. Sie müssen nichts gewinnen.«

Natalia stieß einen Laut aus, der verdächtig nach *mmhmmh* klang.

»Manchmal sagen Sie etwas, ohne es auszusprechen«, merkte sie an.

Da Urbino dem nichts entgegenzusetzen hatte, schwieg er. Er lächelte stillvergnügt. In nicht einmal einer Viertelstunde war es Gildo und Natalia gelungen, zwei seiner Eigenschaften zu charakterisieren: sein exzentrisches Wesen und seine Art, meist mehr auszudrücken, als er aussprach.

»Und wer weiß«, fuhr Natalia fort. »Auch wenn Gildo sich noch so anstrengt, wird er Sie in dieser Gondel da nie wie einen Dogen chauffieren können.«

Natalia hatte dieses Geschenk der Contessa nie gutgeheißen, wobei ihr anscheinend nicht klar war, dass ihr heiß geliebter Gildo ohne diese Gondel nie in ihr Leben getreten wäre.

»Und wie würden Sie sich fühlen, wenn Claudio Ihretwegen seine wunderbare Stimme ruinieren würde?«, warf sie als Zugabe ein.

Urbino begann die Melone zu zerteilen. Natalia nahm ihm das Messer aus der Hand.

»Vielen Dank, aber erinnern Sie sich noch daran, wie Sie sich letzten Winter bei einer Zucchini in den Finger geschnitten haben und meine Küche voller Blut war? Wenn Sie mir helfen wollen, dann lassen Sie mich einfach tun, was ich zu tun habe.«

Mit einigen geschickten Messerschnitten zerteilte sie die Melone.

»Wenn seiner Stimme irgendetwas zustößt, dann wäre Ihnen Albina Gonella sicher böse, auch wenn sie noch so eine gute Seele ist. Er besucht sie in ihrem Haus und singt für sie und ihre Schwester.«

»Das ist sehr nett von ihm. Ach übrigens, wissen Sie, in welchem Café außer dem Florian Albina noch arbeitet? Ich würde gerne heute Abend dort vorbeigehen, um mich nach ihren Arbeitsbedingungen zu erkundigen. Ich könnte ihr vielleicht eine Vollzeitstelle verschaffen.«

»Das wäre wunderbar. Ihr Chef im Café fordert sie immer auf, noch mehr zu arbeiten. Sie werden selbst sehen, was sie alles tun muss. Sie putzt im Da Valdo und fängt so gegen halb elf an.«

Das Café befand sich am Campo Sant'Angelo in der Nähe des Fortuny-Museums. Es wäre ein schöner abendlicher Spaziergang. Urbino bedankte sich bei Natalia und ließ sie weiterarbeiten.

9

Ein paar Minuten später rief Urbino im Gritti Palace Hotel an und bat darum, mit Nick Hollander zu sprechen. Er wurde mit der Bar verbunden.

»Ja? Nick Hollander am Apparat.«

Eine typisch britische Stimme.

»Hallo, Mr Hollander. Mein Name ist Urbino Macintyre. Ich bin ein Freund der Contessa da Capo-Zendrini, Sebastians Cousine.«

Wären da nicht das Stimmengemurmel, das Klirren der Gläser und die leise Musik im Hintergrund gewesen, hätte Urbino geglaubt, die Leitung sei unterbrochen worden.

»Ah ja, Mr Macintyre. Sebastian spricht häufig von Ihnen.«

»Wie geht es ihm?«

»Sehr gut. Er verbringt den Sommer in Schottland mit Viola.« Viola war Sebastians Zwillingsschwester. »Sie wären so gerne hier bei der Party der Contessa.«

»Es ist schade, dass sie nicht kommen können. Barbara würde die beiden gerne sehen. Es sind jetzt fast vier Jahre her.«

Damals hatte die Contessa ebenfalls eine Party gegeben, während der in der Ca'da Capo-Zendrini ein Mord geschehen war. Sebastian hatte Hollander sicherlich davon erzählt.

»Ich hoffe, dass ich ihre Abwesenheit ein wenig wettmachen kann«, meinte Hollander nach einer Weile. »Ich werde ihr erzählen, was die beiden in letzter Zeit so getrieben haben.« Er kicherte gekünstelt. »Nun, natürlich nicht alles. Sie kennen ja Sebastian und Viola.«

»Nicht so gut, wie ich sie gerne kennen würde.«

Das entsprach nicht ganz der Wahrheit, denn die Neville-Zwillinge hatte ihn bislang nicht sonderlich beeindruckt, zumindest Sebastian nicht. Doch wenn Urbino etwas wusste, dann, dass unsere Welt über unseren Köpfen zusammenbräche, würden wir nicht die Hälfte der Zeit lügen. Gesellschaftliche Lügen. Kleine Notlügen. Wie man sie auch nannte, auf jeden Fall waren sie notwendig. Doch auch wenn sie sein gesellschaftliches Leben vereinfachten, seine Biografien und seine Detektivarbeit erschwerten sie. Er verbrachte Stunden damit, kleine Notlügen von schwerwiegenden, absichtlichen Lügen zu unterscheiden.

»Wie geht es der Contessa? Ich freue mich schon, sie kennenzulernen.«

»Es geht ihr gut. Sie freut sich ebenfalls, Sie zu treffen.«

Urbino wollte gerade die Einladung der Contessa nach Asolo erwähnen, als er plötzlich zutiefst peinlich berührt war. Er hatte den Tod des Stiefvaters von Hollander noch nicht erwähnt, dabei hätte er das als Erstes tun müssen. Sofort korrigierte er sein Versehen.

»Bitte entschuldigen Sie, dass ich über derart triviale Dinge plaudere, Mr Hollander. Ich wollte Ihnen mit meinem Anruf vielmehr zum Tode von Konrad Zoll mein aufrichtiges Beileid aussprechen.« Es schien ihm besser, Zoll mit Namen zu erwähnen als in seiner verwandtschaftlichen Beziehung zu Hollander. »Wie gedankenlos von mir.«

»Nicht im Geringsten. Danke. Kannten Sie und die Contessa meinen Stiefvater?«

Urbino, dankbar, dass Hollander seine Beziehung zu Zoll deutlich gemacht hatte, überlegte nun, ob das fehlende »Ex« darauf hindeutete, wie eng diese Beziehung gewesen war.

»Nein, wir hatten leider nie das Vergnügen. Wir haben erst kürzlich erfahren, dass ein Mann, der im Juli vor dem Florian an uns vorbeiging, Ihr Stiefvater war. Er war in Begleitung eines sehr aufmerksamen jungen Mannes.«

Urbino wartete darauf, dass Hollander die Identität dieses Begleiters lüften würde, doch er schwieg.

»Er hat einen tiefen Eindruck auf uns gemacht«, fuhr Urbino fort. »Vor allem auf die Contessa. Er sah so krank aus. Wir fanden es bewundernswert, dass er trotz seines schlechten Zustandes ausging.«

»Leukämie. Vor einem halben Jahr wurde die Diagnose gestellt.«

Urbino, der nichts so sehr fürchtete wie Krankheiten, überlegte, wie das wohl für Zoll gewesen sein musste.

»Angesichts Ihres kürzlich erlittenen Verlustes mag mein Angebot vielleicht nicht angemessen sein, Mr Hollander«, sagte er. »Doch vielleicht könnten wir uns morgen oder an einem anderen Tag auf einen Drink treffen, natürlich nur, wenn es Ihnen passt.«

Hollander versicherte ihm, dass dies kein Problem sei. Sie

verabredeten sich für übermorgen um fünf Uhr nachmittags auf der Terrasse des Gritti Palace Hotels.

10

Nach dem Mittagessen lag Urbino auf dem Sofa in seiner Bibliothek und lauschte Mozarts Liedern, gesungen von einer Tenorstimme. Serena, die Katze, die er vor vielen Jahren aus dem öffentlichen Park gerettet hatte, hatte sich schnurrend zwischen seinen Beinen zusammengerollt.

Im Zusammenhang mit seinem Interesse an Goethe hatte ein ganz bestimmtes Lied Urbinos Aufmerksamkeit geweckt. Mozarts musikalische Interpretation des Goethegedichts »Das Veilchen« – die Geschichte eines Veilchens, das sich in eine Schäferin verliebt hatte, nur um von ihren Füßen zertreten zu werden – war ein wunderbares Musikstück, das von dem Tenor hervorragend interpretiert wurde.

Als die Musik verstummte, ging Urbino zu dem dunklen Kirchenschrein in der Ecke. Der kleine geschlossene Holzschrank enthielt weder Kollekten noch Abendmahlbecher, obgleich Letzterer, mit einem Spitzentuch aus dem siebzehnten Jahrhundert bedeckt, auf einem Tisch danebenstand. Der Kirchenschrein diente mittlerweile als Barschrank, eine säkulare Funktion und so dem ursprünglich sakralen Zweck nicht ganz unähnlich. Urbino holte ein Sektglas heraus und goss sich eisgekühlten Prosecco ein.

Als er sich erneut auf dem Sofa ausstreckte, nahm Serena sofort wieder ihren ursprünglichen Platz ein. Urbino schlug den Goetheband an der Stelle auf, an der die Tischbeinkarte als Lesezeichen steckte. Er las noch einmal Goethes erste Eindrücke von Venedig und seiner Entdeckung des Labyrinths der Stadt. Genau wie Urbino hatte auch der deutsche Schriftsteller am meisten Freude daran gehabt, alleine seinen Weg durch den Irrgarten zu finden, fest davon überzeugt, dass dies für ihn die beste Methode sei. Nach einer Weile ließ Urbino das Buch auf seine Brust sinken.

Während er auf dem Sofa lag, dachte er über einen von Goethes Gedanken nach. Goethe, dessen Sicht während seines Aufenthaltes in Venedig neue Impulse erhalten hatte, glaubte, dass der Blick durch das, was man von Kindheit an gesehen hat, beeinflusst würde. Goethe folgerte daraus, dass die venezianischen Maler dank der Schätze, die sie seit ihrer Kindheit erblickt hatten, das Glück genossen, die Welt heller und freundlicher zu sehen als die meisten anderen Menschen.

Urbino fragte sich, ob nicht auch seine eigene Sicht auf die Dinge seit seinem Umzug nach Venedig eine neue geworden war.

Er erhob sich vom Sofa und ging zu einem der Fenster, von dem aus er für gewöhnlich seine Blicke über die venezianische Szenerie schweifen ließ. Er stützte sich auf den breiten Marmorsims und gab Acht, nicht an die Töpfe mit den roten Geranien zu stoßen.

Es mochte sich nur um einen kleinen Ausschnitt von Venedig handeln, doch er repräsentierte die Stadt. Eine *calle* führte auf einen kleinen Platz, auf dem die hellen Sonnenstrahlen schmale Rechtecke in den dunklen Schatten schnitten. In der Mitte des kleinen Platzes befand sich ein überdachter Brunnenkopf, der verwitterte Reliefs von Cherubinen und Girlanden erkennen ließ. Auf dem Brunnen, der im siebzehnten Jahrhundert zum Palazzo Uccello gehört hatte, saß eine gefleckte Katze und genoss die Sonne.

Auf der anderen Seite des Platzes erhob sich der Rundbogen einer Brücke über einem schmalen Kanal, auf dem ein flaches, erst kürzlich wegen der Regatta leuchtend blau gestrichenes *sandolo* auf den Wellen schaukelte, die ein gerade vorbeigefahrener Lastkahn verursacht hatte. Mit grünem Moos überzogene Stufen führten an der einen Seite der Brücke hinunter ins Wasser.

Die umstehenden Gebäude waren rosafarben und schon etwas baufällig, was jedoch liebevoll als pittoresk bezeichnet werden konnte.

Eines der Gebäude besaß einen aus den Dachpfannen herausragenden, glockenförmigen Rauchfang und geschwungene Eisengitter vor den Balkonen, die von Efeuranken und Blumen verziert wurden. Auf dem Dach eines anderen Gebäudes befand sich eine *altana,* eine Holzterrasse, auf der die venezianischen Frauen früher mit Hilfe einer Mischung aus pulverisierter Damaskusseife und verbranntem Blei ihre Haare gebleicht hatten. Nun wurden diese Terrassen genau wie die des Dachs des Palazzo Uccello für andere Zwecke verwendet, zum Beispiel zum Trocknen von Wäsche oder zum Lüften von Kleidung und Betten, oder wie Urbinos eigene *altana,* die sich mit ihrer Blumenfülle auch zum willkommenen Ort des Rückzugs eignete.

Während er weiter am Fenster stand, hallten Rufe und Gelächter von den Mauern wider und wurden über das Wasser weitergetragen. Dank der ungewöhnlichen Akustik dieser Stadt ließ sich nicht sagen, ob die Ursache dafür nur ein paar Schritte entfernt oder weiter weg lag. Ein paar Sekunden später rannten zwei Kinder mit einem Fußball die *calle* entlang über die Brücke, gefolgt von den moderaten Schritten ihrer Mutter, die einen Kinderwagen schob. Als sie die Brücke erreichte, drehte sie sich um und zog den Kinderwagen rückwärts die Stufen hoch, wie sie es wohl Dutzende Male täglich tun musste, um ihren Besorgungen nachzugehen. Ein älterer Mann, der aus der entgegengesetzten Richtung kam, half ihr auf der anderen Seite die Stufen hinunter.

Zwei Frauen traten aus der *calle* hinaus. An ihren dunkelgrauen Kleidern und Schultertüchern konnte man sie als Nonnen des nahe gelegenen Ordens der barmherzigen Schwestern der Santa Crispina erkennen. Sie beugten sich vor, um das Baby zu bewundern, und plauderten mit der Mutter, bevor sie ihren Weg über die Brücke fortsetzten.

Leute aus der Nachbarschaft überquerten den Platz und blieben stehen, um sich zu begrüßen und den neuesten Tratsch auszutauschen. Unter Urbinos Fenster kamen zwei Touristen mit Koffern, die sie halb schleppten und halb hinter sich herzogen, die *calle* entlang. Verwirrt und erschöpft sprachen sie eine weißhaarige Frau, eine der Kioskverkäuferinnen auf der Lista da Spagna, an. Nachdem sie ihr ein Stück Papier hingehalten hatten, zeigte sie in die Richtung, aus der sie gerade gekommen waren.

Urbino konnte Stunden damit zubringen, aus dem Fenster seiner Bibliothek oder aus irgendeinem Fenster seines Hauses zu schauen. Die Contessa hatte einmal gescherzt, dass ihr nächstes Geschenk sehr bescheiden ausfallen würde. Es wäre nichts weiter als ein hübsch besticktes Kissen, so wie es ältere Damen zum Abstützen benutzen, um sich aus ihren Fenstern zu lehnen, wenn sie dem Treiben zusehen, schwatzen oder dösen.

Er wollte sich gerade wieder abwenden, da fiel sein Blick auf eine dünne Frau in einem grünen Kleid mit einem Gondoliere-Hut auf dem Kopf, unter dem metallisch rote Locken hervorlugten. Sie war gerade auf der anderen Seite des Kanals aus der *calle* getreten und mühte sich mit einer Tasche über der Schulter, einem Rucksack auf dem Rücken und einem Koffer in der Hand ab. Es war die gleiche Frau, die er zuvor, geschützt von seiner *felze,* auf der Dorsoduro-Brücke beobachtet hatte, jene Malerin, die so freundlich reagiert hatte, als ein Mann versehentlich ihre Staffelei umgestoßen hatte.

Es war nicht ungewöhnlich, sie nun hier im Cannaregio zu sehen. Da Venedig kaum größer war als der Central Park in New York, traf man stets auf Menschen, die man kannte, oder Fremde, die einem schnell vertraut wurden.

Die Frau hielt mitten auf Urbinos Brücke – so nannte er sie in Gedanken – inne und schaute nacheinander in beiden Richtungen den Kanal entlang. Dann ging sie die Stufen zu dem kleinen Platz hinunter und begann sich von ihren Lasten zu befreien. Als die Gepäckstücke sämtlich um sie herumstanden, streichelte sie die Katze.

Sie betrachtete die um den Platz stehenden Gebäude, wobei sie jedem ein paar Augenblicke Aufmerksamkeit schenkte, bis ihr Blick am Palazzo Uccello hängen blieb. Urbino trat vom Fenster zurück, um nicht gesehen zu werden, allerdings nur so weit, dass er selber weiter hinausblicken konnte.

Die Frau starrte das Gebäude an. Urbino hatte sich daran gewöhnt, dass dem Palazzo Uccello mit den überhöhten Bögen, den Marmorverkleidungen und den spitz zulaufenden *extradoses* stets große Aufmerksamkeit zuteilwurde. Häufig wiesen Touristenführer auf diese Nachbildung eines venezianisch-byzantinischen Palastes aus dem siebzehnten Jahrhundert hin und Architekturstudenten erstellten Skizzen davon. Einmal hatte er gehört, wie ein Touristenführer einer kleinen, auf der Brücke stehenden Gruppe erklärte, dass dieses Gebäude nicht nur im siebzehnten Jahrhundert von einem exzentrischen, scheuen Junggesellen erbaut worden war, sondern auch heute noch von einem solchen Menschen bewohnt würde.

Urbino musste lächeln, als er jetzt, in seiner Deckung stehend, daran dachte. Während die Frau die Details des Gebäudes in sich aufzusaugen schien, runzelte sie angestrengt die Stirn. Würde der Palazzo Uccello als Motiv für eines ihrer nächsten Bilder dienen?

Wenn ja, dann allerdings nicht mehr heute, denn sie packte gerade langsam und etwas müde ihre Siebensachen wieder zusammen und ging unter Urbinos Fenster die *calle* entlang.

11

Um neun Uhr abends, kurz nachdem Urbino die bogenförmige Brücke überquert und in die *calle* in Richtung Canale Grande eingebogen war, bereute er es.

Er bereute keineswegs das gewählte Ziel – das Café am Campo Sant'Angelo, in dem Albina Gonella arbeitete –, sondern vielmehr die gewählte Route, um dorthin zu gelangen.

Beinahe unmittelbar traf er auf eine Gruppe Krawallmacher, die nur die Vorhut des Menschenstroms bildeten, gegen den er alsbald ankämpfen würde. Um diese Stunde bewegte sich die sommerliche Menschenflut von der Piazza San Marco langsam in Richtung des am anderen Ende des Canale Grande gelegenen Bahnhofs und Parkplatzes.

Blitze zuckten über den Nachthimmel, der Donner blieb jedoch aus. Als er den Rio Terrà San Leonardo erreichte, blies ihm ein plötzlich aufkommender heißer, feuchter Wind Regentropfen ins Gesicht.

Er wurde von einer Gruppe spanischer Touristen aufgehalten, die eine Weinflasche herumreichten. Als er sich schützend unter das Vordach eines verschlossenen Ladens stellte, um eine weitere Gruppe vorbeiziehen zu lassen, nutzte er seine Ortskenntnis – diese Kunst, sich nie mehr zu verirren – zu seinem Vorteil und bog in eine Seitenstraße ab.

Zunächst ging er zurück in Richtung Palazzo Uccello und umging so das Ghetto-Viertel. Die Menschenmasse nahm ab. Als er in die Nähe der Kirche der Madonna dell'Orto kam, eigentlich schon vorher, traf er nur noch Touristen an, die sich verirrt oder, so wie er, einen indirekten Weg zu ihrem Ziel gewählt hatten.

Er tauchte tiefer in die ruhigen Winkel des Cannaregio ein und gelangte dorthin, wo das Viertel die Lagune berührt und man die Friedhofsinsel, den Damm von Mestre und das Festland sehen konnte.

Ein paar Minuten später betrat er den kleinen *campo,* auf dem die Anwohner auf Bänken saßen und die Kinder unter einem verkümmerten Baum spielten, dessen Stamm von einem rostigen Eisengitter eingeengt wurde. Ein hohes Gebäude, das weniger aufgrund seiner Größe, sondern vielmehr wegen seiner Baufälligkeit besonders auffiel, dominierte den Platz. Sein Schatten wirkte auf dem offenen Platz dunkler als alle anderen.

Es handelte sich um die vom Alter, von der Feuchtigkeit und den giftigen Ausdünstungen der großen Chemiekomplexe im nahe gelegenen Marghera in Mitleidenschaft gezogene San-Gabriele-Kirche. Es war jedoch nicht ihre gotische Fassade aus dem fünfzehnten Jahrhundert, die Urbino innehalten ließ. Er interessierte sich eher für ihre jüngste Geschichte und die Rolle, die sie in seinem Leben gespielt hatte.

Denn die San-Gabriele-Kirche war der Schauplatz jenes Mordes gewesen, der seine Affinität zur Detektivarbeit ins Rollen gebracht hatte.

Ein Seitenschiff der Kirche beherbergte einen gläsernen Sarg, in dem sich der konservierte Leichnam einer weiblichen Heiligen befand. Sie trug ein weißes Gewand, dunkelrote Handschuhe und Schuhe, und ihr Gesicht war unter einer florentinischen Maske verborgen. Sein wohl makaberster Fall hatte damit begonnen, dass die zierliche Leiche von selbsternannten heiligen Dieben der venezianischen Republik aus Sizilien entwendet worden war.

Urbino richtete seinen Blick auf ein Gebäude auf der gegenüberliegenden Seite des Platzes, das mit seinen von der Feuchtigkeit verzogenen und abgeblätterten Läden und den vom Zahn der Zeit angegriffenen Statuen und Mauern trotz der erleuchteten Fenster und des hellen Torbogens unnahbar wirkte. Es handelte sich um den Orden der Barmherzigen Schwestern der Santa Crispina. Während der Karnevalstage war Urbino einst von der Oberin gebeten worden, seine diskreten kriminalistischen Fähigkeiten darauf zu verwenden, ihr Kloster von dem Verdacht zu befreien, Schuld am Tod eines Gastes zu sein. Während der wilden Feierlichkeiten, in denen nichts mehr so war, wie es schien, hatte Urbino eine Reihe von Hinweisen gefunden, die ihm geholfen hatten, den Mörder auf dem Ball der Contessa zu enttarnen, kurz bevor die Glocken das Ende des Karnevals verkündeten.

Er ging weiter und dachte dabei über die beiden Fälle nach, die ihn damals kurz hintereinander beschäftigt hatten. Er folgte den engen Gässchen, überquerte Brücken und Plätze und ging unter den überdachten Gängen des Cannaregio entlang. Der Weg war ihm so vertraut, dass er nicht sonderlich auf ihn achten musste. Und doch nahm er Einzelheiten lebhaft in sich auf – ein mit Blumen bedeckter, der Jungfrau Maria geweihter Straßenschrein, der von einer Votivkerze erleuchtet wurde, eine Frau, die hinter dem Fenster eines geschlossenen Ladens eine Harlekinmaske mit Blattgold bedeckte, Gäste in einem kleinen Gartenrestaurant, ein hell erleuchtetes Fenster, in dem Umhänge, Jacken, Taschen, Stiefel und Truhen aus dem achtzehnten Jahrhundert ausgestellt waren, und eine Todesanzeige, die an der verwitterten Haustür der Hinterbliebenen hing.

Die ganze Zeit über war Urbino jedoch in Gedanken bei dem Auftrag, den er nicht selbst gewählt, sondern der ihm zugetragen worden war.

Die Contessa nannte ihn einen neugierigen Schnüffler. Und es stimmte, dass er, obgleich er seine Privatsphäre so sehr schätzte, mit seinen Ermittlungen ohne diese außergewöhnliche Neugier nie so weit vorangekommen wäre.

Allerdings trieb ihn sein Sinn für Recht und Gerechtigkeit noch stärker voran als seine Neugier. Gerechter Lohn und Strafen waren ihm ein genauso starkes Bedürfnis, wie unbeantwortete Fragen und verworrene Handlungsstränge zu klären.

Während Urbino diesen Überlegungen nachhing, erreichte er die Lagune, in der ein Vaporetto gerade zur für ihre Spitzen bekannten Insel Burano unterwegs war. In Anbetracht seiner Gedankengänge war es nur verständlich, dass ihm das Bild einer Klöpplerin in den Sinn kam. Jene alte, halb blinde Frau, deren Tod ihn damals, natürlich ebenfalls angestachelt von seiner Neugier und seinem Gerechtigkeitssinn, auf sehr verschlungene Pfade geführt hatte.

Er unterbrach seinen Weg, um in dem kleinen Café an der Fondamenta della Sensa ein Glas eisgekühlten Weißwein zu trinken. Während er den Karten spielenden Männern zuschaute, die an der Ecke des Kanals an einem Tisch saßen, wurde ihm klar, was er tun würde, nachdem er das Café verlassen hatte. Er würde nicht direkt zu Da Valdo gehen. Es blieb immer noch genug Zeit, Albina dort abzufangen. Für gewöhnlich erlaubte er sich den Luxus, sich mehr Zeit zu nehmen, als er eigentlich brauchte, um in Venedig von einem Punkt zum anderen zu kommen. Denn er wusste, dass er der Versuchung des Herumschweifens nur schwer widerstehen konnte.

Und genau das würde er heute Abend auch tun. Herumschweifen und noch ein paar Orte besuchen, an denen der Tod ihn zum Handeln veranlasst hatte.

12

Urbino geriet häufig in diesen Zustand. Wie ein Geist, dachte er bei sich selbst, oder wie ein Verbrecher, der immer wieder an den Ort des Geschehens zurückkehrt, nur dass er während seiner Nachforschungen natürlich nur wie ein Verbrecher denken, aber nicht handeln musste. Gelegentlich war ihm unbehaglich bei dem Gedanken, wie dünn die dazwischenliegende Grenze war.

Häufig kamen ihm die Worte der Prediger in New Orleans aus seiner Kindheit wieder in den Sinn: A*n etwas Böses* *denken ist genauso verwerflich wie es tun. Allein der Gedanke ist Sünde.*

Er kehrte in die lebhaften Straßen zurück und war schon bald wieder mitten im Menschenstrom. Als er die breite Geschäftsstraße Strada Nuova entlangging, die Ponte Santi Apostoli überquerte, auf der sich manche ein Abendessen unter dem *sottoportico* angelten, und an der großen Mauer der Fondaco dei Tedeschi mit dem Hauptpostamt vorbeilief, bewegte er sich wieder gegen den Strom.

Auf dem Campo San Bartolomeo schlenderten teuer und modisch gekleidete Venezianer herum oder standen rauchend, lachend und schwatzend in kleinen Grüppchen beisammen. Der von dem Denkmal des Schriftstellers Carlo Goldoni überragte Platz war einer der Haupttreffpunkte der Stadt. Die Bronzestatue schien angesichts des Getümmels und der Vielfalt unterschiedlicher venezianischer Typen, über die er sich vor einigen hundert Jahren satirisch geäußert hatte, amüsiert zu lächeln.

Urbino tauschte ein paar Worte mit Freunden aus, die unterwegs zu einem Weinlokal in der Nähe der La Fenice waren. Er lehnte ihre Einladung, ihnen Gesellschaft zu leisten, ab.

Ein paar Minuten später hielt er kurz mitten auf der Rialto-Brücke inne, um über den Canale Grande in Richtung Ca'Foscari zu blicken. Schon bald würde die Ca'Foscari aufgrund ihrer Lage in der Schleife des Canalazzo, dem Ziel der Regatta, sämtliche Blicke auf sich ziehen.

Auf dem Pflaster rechts und links entlang des Kanals tummelten sich Spaziergänger und Gäste der Terrassenlokale. Menschen standen dicht gedrängt auf den Landungsbrücken. Es war ein lebhafter Verkehrsknotenpunkt und so schoben sich beinahe unablässig Boote unter der Brücke hindurch. In dichter Folge durchfuhren Gondeln voller Touristen den hohen Rialtobogen in Richtung Ca'Foscari.

Urbino stieg die Stufen der Brücke hinunter und ging an der Kirche San Giacomo di Rialto vorbei auf einen großen, offenen Platz neben dem Canale Grande zu. Reste von Salatblättern und zerquetschte Tomaten bedeckten das Pflaster. Er ging langsam und vorsichtig weiter. Am anderen Ende stand eine Gruppe junger Leute, die tranken, lachten und tanzten. Tagsüber fand hier der größte Gemüsemarkt der Stadt statt. An einem späten Novemberabend war dieser Ort Schauplatz eines Doppelmordes gewesen, der sowohl ihn als auch die Contessa direkt berührt hatte.

Nachdem er die Szene eine Weile beobachtet hatte, ging er tiefer hinein ins San-Polo-Viertel. Er entfernte sich weiter von den Geschäften, die jetzt zum Großteil geschlossen hatten, und betrat ein Gewirr aus kleinen Gässchen, bis er die andere Seite des Viertels erreichte. Hier betrat er eine kleine Steinbrücke. Die Luft war erfüllt vom Geruch des schimmeligen Gesteins und verwesender Vegetation. Ein Stückchen weiter unten leuchtete eine Laterne auf dem Heck einer Gondel und schaukelte, als das Boot sich auf dem engen Kanal in Richtung Canale Grande bewegte. Zwei Gondolieri sangen abwechselnd die Strophen des »*Torna a Surriento*«, wobei ihre kräftigen, von einem Akkordeon begleiteten Tenorstimmen miteinander wetteiferten. Das Lied verklang, als die Gondel in einen anderen Kanal einbog, und schon bald war Urbino nur noch vom Klang der Wellen umgeben, die gegen die Mauern der Brücke schlugen.

Er blickte zu der bröckeligen Fassade und den mit Brettern vernagelten Fenstern eines Palazzos auf. An dem Gebäude mit der verfallenen Steinloggia waren noch die Spuren eines Brandes zu erkennen. Bei dem Feuer hätten er und die Contessa leicht ums Leben kommen können, wäre die Sache nur etwas anders verlaufen. Der Palazzo war jedoch nicht nur Zeuge seiner unleugbaren Freude am Herumschnüffeln in Kriminalfällen – denn hier hatte er für Ordnung gesorgt und Gerechtigkeit wiederhergestellt –, sondern auch ein Mahnmal für die Gefahren, in die sein Hobby ihn und all jene, die ihm nahestanden, bringen konnten.

Deutlich trauriger als noch beim Verlassen des Palazzo Uccello nahm er nun den direkten Weg zur Accademia-Brücke.

Auch wenn dieser Weg durch die verschlungenen Gässchen San Polos nach Dorsoduro und zum belebten Campo Santa Margherita seine Lieblingsstrecke war, genoss er sie an diesem Abend weniger als gewöhnlich. Der Anblick des abgebrannten Palazzos hatte ihn frösteln lassen und so fühlte er sich in der feuchten Luft nun nur noch unwohler.

Er hielt nicht mehr inne, bis er die Accademia-Brücke erreicht hatte. Auf beiden Seiten lehnten sich Touristen über die Brüstung und schauten den Canal Grande entlang, fotografierten und zeigten einander die Sehenswürdigkeiten. Urbino gelang es, einen Platz am Holzgeländer zu finden. Zu seiner Linken wurden die reich verzierten Marmordekore des Palazzo Barbaro – eigentlich waren es zwei gotische Gebäude, die den gleichen Namen trugen – angestrahlt. Er blickte zum Palazzo auf und versuchte, seine Laune zu verbessern, indem er an Henry James dachte, der diesen Palast zum Schauplatz einer seiner bekanntesten Geschichten gemacht hatte.

Doch er wurde das Frösteln nicht los, da auch Henry James' Geschichte nicht nur von Liebe, sondern auch vom Tod handelte. Um sein Unbehagen nicht zu verstärken, vermied er es, den Kanal bis zu dem flachen weißen Gebäude auf der rechten Seite entlangzublicken, das die Peggy-Guggenheim-Sammlung beherbergte. An einem Sommernachmittag war dort während der Kunstbiennale in der Nähe der Treppenstufen zum Wasser die Leiche einer hübschen jungen Frau an die Oberfläche getrieben. Urbino, der seinerzeit auf der Terrasse des Palazzos gestanden hatte, musste erkennen, dass eine seiner Nachforschungen zum blutigen Ernst

hatte erkennen müssen

geworden war und die Contessa unter schlimmem Verdacht stand.

Er schaute auf die Uhr. Er musste sich nun beeilen, wenn er Albina noch abfangen wollte, bevor sie das Café Da Valdo verließ.

Am Nachthimmel waren während der letzten halben Stunde tief hängende Wolken aufgezogen. Es donnerte. Offensichtlich sollte die Stadt für kurze Zeit von der schwülen Hitze erlöst werden, doch der Sturm, der die Erleichterung bringen würde, forderte sicher auch seinen Preis.

Urbino verließ die Brücke und bewegte sich langsam durch die Menschenmenge auf die Stufen zu, die hinunter ins San-Marco-Viertel führten. Noch bevor er die Stufen erreichte, stieß er mit einem Paar zusammen. Es waren Romolo und Perla Beato.

13

»Urbino!«, rief Perla erfreut aus. Sie war eine schlanke, blonde Frau Mitte dreißig mit rauchbraunen Augen und hohen Wangenknochen. »Es sollte bessere Chancen geben, einander zu treffen. Wir haben uns ja seit Ewigkeiten nicht gesehen. Aber entschuldigen Sie uns. Es war unser Fehler. Wir versuchen gerade, das Boot noch zu erwischen.«

Romolo war ein korpulenter Mann Anfang sechzig, dessen dickes Haar schon schneeweiß gewesen war, als Urbino ihn vor fünfzehn Jahren kennengelernt hatte. Er trug einen gut geschnittenen Anzug. Seit er vor fünf Jahren Perla geheiratet hatte, legte er deutlich mehr Wert auf sein Äußeres.

»Nein, es war meine Schuld«, entgegnete Urbino. »Ich habe nicht hingesehen.«

»Entweder sehen Sie nicht hin, weil Sie immer in Ihrer eigenen Welt sind«, sagte Romolo lächelnd. »Oder Sie sehen viel zu genau hin. Ein Mann der Extreme.«

Sowohl Romolo als auch seine Frau zogen es vor, mit Urbino Englisch zu sprechen.

»Gehen Sie zu Harry's?«, fragte Urbino.

Romolo und Perla waren Stammgäste in der Bar. Das Vaporetto von Accademia hielt genau vor Harry's Bar.

»Harry's im August!«, rief Perla aus. »Sie müssen den Verstand verloren haben. Mit all diesen Touristen, die den Kopf hineinstecken, um sich kurz umzusehen, ganz zu schweigen von all jenen, die stundenlang Bellinis nuckeln.«

Perla hatte ihr Englisch perfektioniert, als sie in London alternative Medizin studiert hatte, und beherrschte die Sprache daher viel besser als ihr Mann, nur mit den Redewendungen stand sie auf Kriegsfuß.

»Ich bin auf dem Weg nach Santa Lucia«, erklärte Romolo. Santa Lucia war der Name des Bahnhofs. »Um Rocco für eine Woche zu besuchen.«

Sein Sohn Rocco lebte in Padua und unterrichtete dort an der Universität Kunstgeschichte.

»Vergiss bei all dem Vergnügen das Geschäftliche nicht«, erinnerte Perla ihn. Sie drückte ihm einen Kuss auf die Wange und beugte sich dazu aufgrund ihrer Größe leicht zu ihm herunter.

»Werde ich schon nicht. Ich habe Probleme mit einem meiner Mieter«, erklärte Romolo finster dreinblickend. »Er hat schon drei Monate lang keine Miete mehr gezahlt.«

Romolo besaß in Padua Häuser, die er von seinem Vater, einem Industriellen, geerbt hatte. Mit dem Einkommen aus diesen Gebäuden finanzierte er seine Liebe zur Musik – und zu Perla. Was er mit seinen Gesangsstunden verdiente, deckte nicht einmal die Kosten für ihre häufigen Reisen und Perlas Kleiderrechnungen.

»Romolo ist als Geschäftsmann viel zu gutmütig, aber das ist einer der Gründe, warum ich ihn liebe. Ich musste darauf bestehen, dass er nach Padua fährt.«

Perla küsste ihn erneut und legte ihm den Arm um die Schulter.

»Oh, das hast du in der Tat, Liebling.«

Urbino meinte, einen leicht sarkastischen Ton herauszuhören, doch Romolo blickte liebevoll lächelnd zu seiner Frau auf.

»Außerdem solltest du froh sein, mein lieber Romolo, dass du unseren Stürmen hier entfliehst«, sagte Perla.

»Mein Liebling, Stürme kann es immer und überall geben. Wenn ich – oder du – versuchen, einen zu umgehen, wird uns ein anderer treffen.«

»Das stimmt, Liebster. Aber vergiss nicht ›*O sole mio*‹«, meinte Perla mit einem leichten Zittern in der Stimme. »*L'aria serena, dopo la tempesta*!«

Halb sprach, halb sang sie die Worte dieses alten neapolitanischen Liedes, das die Gondolieri für sich in Anspruch nahmen. Ihr Gesichtsausdruck wirkte angespannt.

»*Brava*! Das beweist die gute Schule Ihres Mannes«, rief Urbino als Kompliment aus. »Apropos, Romolo, wie stellt sich Claudio beim Gesangsunterricht an?«

»Sehr gut. Ein junger Mann mit viel Talent. Er ist wirklich –«

»Aber wir müssen uns beeilen«, unterbrach ihn Perla. »Das Boot kommt.«

Das *diretto* fuhr gerade unter der Holzbrücke durch.

»Bis bald, Urbino«, sagte Perla und fasste Romolo am Arm.

Urbino drängte sich bis zum Geländer auf der anderen Brückenseite durch und winkte dem Paar zu, bevor Romolo an Bord ging. Nachdem Perla ihrem Mann noch eine Kusshand zugeworfen hatte, ging sie die Calle Gambara hinunter in Richtung ihrer Wohnung in der Nähe des Zattere.

14

Eine düstere Lampe beleuchtete das Innere des Da Valdo. Die meisten Stühle waren bereits hochgestellt, sodass man die losen Holzleisten unter den Sitzflächen sehen konnte. Der Schatten der Tischbeine zeichnete ein netzartiges Muster an die Wand.

Das von Touristen und Einheimischen besuchte Da Valdo befand sich an der Ecke des Campo Sant'Angelo, von der Accademia-Brücke und dem Markusplatz aus gesehen in Richtung Rialto. Von den draußen stehenden Tischen aus hatte man einen wunderbaren Blick auf den Glockenturm der San-Stefano-Kirche.

Innen baumelten Tonkrüge sowie grüne und blaue Plastiktrauben von den Holzbalken der niedrigen Decke. Hinter der Bar befanden sich eine italienische Fahne und Fotos von Fußballspielern und Valdo, dem Besitzer der Bar, mit Freunden und Kunden. An einer Wand hingen ein Kalender und mehrere Poster, an der anderen eine Fotosammlung, die das *acqua alta* aus dem Jahr 1966 und den Einsturz des Campanile auf dem Markusplatz aus dem Jahr 1902 zeigten. Andere Fotos vom Karneval und der historischen Regatta waren jüngeren Datums.

Zu dieser Stunde befand sich nur noch Albina Gonella in dem sonst leeren Café. Sie hob gerade die Stühle langsam wieder von den Tischen herunter, nachdem sie mit dem Säubern des Bodens fertig war. Sie hielt inne, um Atem zu holen, wobei sie zwei Beine eines Stuhls festhielt, als warte sie darauf, dass ihre Kraft wiederkehre, um ihn herunterheben zu können.

»Lassen Sie mich Ihnen helfen, Albina«, sagte Urbino, während er auf die Frau zuging.

Ihr Gesicht hellte sich auf, als sie ihn erkannte.

»Signor Urbino! Was für eine Überraschung! Danke.« Sie

trat einen Schritt vom Tisch weg. »Ich bin heute Abend etwas müde.«

Albina war eine kleine Frau Ende fünfzig, mit lebhaften Augen und leicht ergrautem Haar, das sie selbst an heißen Sommernächten wie dieser am liebsten unter einer hellgrünen Strickmütze verbarg. Normalerweise besaß sie für ihre geringe Größe eine überraschende Energie, doch heute Abend sah sie erschöpft aus. Sie trug ein gelbes Hemdblusenkleid, das ihr viel zu klein war. Der Saum war völlig ausgeblichen.

»Albina, vielleicht sollten wir eine andere Arbeit für Sie finden, nur eine Stelle mit regelmäßigen Arbeitszeiten.«

Die Frau richtete sich auf und ging zum nächsten Tisch. Sie nahm einen Stuhl und stellte ihn auf den Boden.

»Machen Sie sich meinetwegen keine Sorgen. Es geht mir gut hier und im Florian. Mein Herz ist stärker, als der Doktor sagt. Wenn ich heute Abend etwas erschöpft bin, dann liegt das nicht an der Arbeit, sondern an Giulietta.«

Die beiden unverheirateten Schwestern lebten zusammen in Dorsoduro.

»Ich hoffe, sie ist nicht krank.«

Urbino ergriff einen anderen Stuhl und stellte ihn wieder richtig herum hin.

»Sie ist so stark wie ein Gondoliere. Aber das heißt nicht, dass sie mir heute auch nur eine Sekunde mit den Kisten geholfen hätte, die ich für sie hinauf in die Wohnung tragen musste. Ihre Fingernägel, sagt sie. Lang und lackiert. Sie würde mich in Stücke hacken, wenn auch nur einer abbrechen würde. Da trage ich lieber hundert Kisten zehn, zwanzig Stufen hoch, als sie zu ertragen, wenn sie wütend ist!«

Giulietta und Albina waren so grundverschieden, wie es zwei Schwestern nur sein können. Die Näherin erwartete von Albina unablässig Handlangerdienste und gab außer abgetragener Kleidung augenscheinlich wenig zurück.

»Lassen Sie mich die restlichen Stühle runterstellen«, bat Urbino und ging zum nächsten Tisch. »Erledigen Sie, was sonst noch zu erledigen ist, dann begleite ich Sie nach Hause.«

»Es ist schön, früher nach Hause zu kommen als sonst. Ich wollte noch etwas im Fernsehen gucken.«

Während Urbino die Stühle wieder an ihren angestammten Ort stellte, räumte Albina noch kurz im Café auf, sortierte die Gläser hinter der Spüle ins Regal, leerte den Spülwassereimer ins Abflussgitter und schloss das Fenster hinter der Bar.

»Ich möchte Sie nicht warten lassen, Signor Urbino. Lassen Sie uns gehen.«

»Kein Grund zur Eile.«

»Ich bin fertig.«

Mithilfe einer Stange zog Urbino das Metallgitter runter und fragte sich, wie die Frau das sonst wohl alleine schaffte. Albina holte einen Schlüsselbund mit zwei Schlüsseln aus der Tasche ihres Kleides und schloss mit einem von beiden das Gitter ab.

15

»Das ist nett«, sagte Albina, während sie in Richtung Accademia-Brücke gingen. »Wenn Sie mir nicht geholfen hätten, hätte mich der aufkommende Sturm erwischt.«

Als sie den Campo Santo Stefano betraten, blies ihnen ein starker, feuchter Wind entgegen. All jene Geschäfte und Cafés, die an diesem Sommerabend noch geöffnet hatten, wurden jetzt geschlossen. Markisen wurden aufgerollt und Waren nach innen geschafft. Die Touristen schauten verständnisvoll zum schwarzen Himmel empor. Einige von ihnen verharrten regungslos auf dem Pflaster des Platzes und versuchten zu entscheiden, was sie nun tun könnten. Andere eilten zurück in ihre Hotels oder suchten Schutz in einem noch geöffneten Café.

»Aber ich glaube nicht, dass es so schlimm wird wie vor zwei Tagen«, meinte Albina.

Urbino, der inzwischen das venezianische Gespür für Wetter entwickelt hatte, stimmte ihr zu.

»Hat Sie der Sturm erwischt?«, fragte er.

»Ich war im Restaurant, als er losging. Ich dachte, um mich herum würden die Wände einstürzen. Ein Nachbarssohn kam, um mich zu retten und mich nach Hause zu bringen, genau wie Sie jetzt. Wir wurden vermutlich nur nicht weggeweht, weil wir uns aus Angst um unser Leben aneinandergeklammert haben.«

Als sie die Accademia-Brücke hinaufgingen, ergriff Urbino ihren Arm. »Sie müssen mich nicht bis ganz nach Hause bringen. Da kommt das *diretto*. Sie schaffen es noch zurück nach Cannaregio, bevor der Regen einsetzt.«

»Ich mag Regen.«

»Aber nicht den, der kommt. Aber wie Sie wollen.«

Urbino und Albina betraten die Calle Gambara, in die eine Stunde zuvor Perla Beato eingebogen war, doch schon ein paar Minuten später wählten sie einen anderen Weg als den, den Romolos Frau zurück zu ihrer Wohnung genommen hatte. Albina und ihre Schwester lebten in dem unbeliebten Teil von Dorsoduro – zumindest in den Augen von Perla und den anderen Mitgliedern der Ausländergemeinde, die andere Gegenden in Venedig bevorzugten.

Urbino jedoch liebte dieses Viertel und war in letzter Zeit häufig dort gewesen. Ihm gefiel das Leben auf dem Campo Santa Margherita und die Nähe zur Universität Ca'Foscari. Trotz seiner unerschütterlichen Liebe zum Florian verbrachte er viele Nachmittage in den kleinen Cafés des Campo Santa Margherita. Er hatte einige der Studenten kennengelernt und wurde häufig in stundenlange Diskussionen über Kunst und Politik mit einbezogen.

Auch wenn der Weg über die Brücke und an der San-Barnabà-Kirche entlang zu Albinas Wohnung ein paar Minuten kürzer gewesen wäre, schlug Albina vor, über den Campo Santa Margherita zu gehen.

»Wenn ich kann, nehme ich immer diesen Weg«, sagte sie. »Ich sehe die Menschen gerne, vor allem die Jugend.«

Urbino führte sie über den Campo San Barnabà und über die Ponte degli Pugni.

Als sie den Campo Santa Margherita erreichten, wurden die Äste der Bäume auf dem Platz bereits vom Sturm geschüttelt. Vor den Cafés und der Pizzeria standen Stunden-tengruppen beisammen, die sich wegen des aufziehenden Unwetters keine Sorgen zu machen schienen. Mehrere ältere Menschen grüßten Albina, hielten jedoch nie mehr als einen Moment inne. Albina hielt die Unterhaltung in Gang, indem sie hauptsächlich von ihrer Arbeit im Florian und über Claudio redete. Sie und Claudio halfen einander, wann immer sie konnten, und daher betete sie auch, dass er und Guildo sich für das *gondolino*-Rennen qualifizieren würden.

»Er ist so ein netter Junge«, sagte sie. »Wie ein guter Sohn. Letzten Oktober hat er mich und Giulietta zu *Cosi Fan Tutte* eingeladen. In der Scuola Grande dei Carmini.« Sie wies mit dem Kopf in Richtung der Stadthalle, die einst zur Carmini-Kirche gehört hatte. Die von Tiepolo gestaltete Halle direkt neben dem Campo Santa Margherita wurde mittlerweile häufiger für moderne Opernaufführungen genutzt. »Ich fand es sehr amüsant, aber Guiletta hat einfach wie erstarrt dagesessen und einzig die Kostüme kritisiert.«

Sie bogen in eine *calle* ein, die vom Platz wegführte und nach einigen Kreuzungen an der Ca'Foscari in die Nähe des Canale Grande führen würde, doch so weit gingen sie nicht. Ein paar Mal bogen sie in leere Gassen ab, in denen Abfallbeutel vor den Hauseingängen standen.

Sie betraten eine Gasse, die in einem *sottoportico* endete. Hinter ihnen waren Schritte auf dem Pflaster zu hören. Urbino zog Albina zur Seite, um die Person in der engen Gasse vorbeizulassen. Sie kamen nur noch langsam vorwärts. Albina schien auch ihre letzte Energie verloren zu haben, als sie sich ihrem Haus näherten.

Als Urbino über die Schulter blickte, sah er niemanden. Plötzlich dröhnte ein lauter Fernseher aus einem offenen Fenster und übertönte alle anderen Geräusche.

Sie gingen durch den *sottoportico* hindurch und wandten sich nach rechts. Albinas Wohnhaus befand sich nicht mehr weit entfernt am Ende einer Sackgasse. Das Licht an der Seite des Gebäudes funktionierte nicht.

»Hier wären wir, Signor Urbino. Vielen, vielen Dank. Ich hole nur meinen Schlüssel heraus und –«

Sie hielt inne.

»Wie dumm von mir!«, sagte sie und schaute zu ihm auf. »Ich habe meinen Hausschlüssel im Café vergessen.«

»Das ist mein Fehler.« Urbino ärgerte sich über sich selbst. »Ich habe Ihre übliche Routine unterbrochen.«

»Ich habe ihn vergessen, weil ich alt werde. Aber das macht nichts. Giulietta ist zu Hause. Und diese alte Tür könnte auch von einem Kind aufgeschoben werden, unsere Wohnungstür vermutlich auch!«

»Das ist nicht sicher.«

»Sicher genug. Und Giulietta kann uns beschützen. Mir gefällt es nicht, aber sie besitzt eine –« Wieder hielt sie inne. »Sie wird schnell wütend«, fuhr sie fort. »Ich schätze, das sollte ich nicht sagen, aber sie kann jedem Angst einjagen!«

Albina lachte nervös und schaute hinauf zum zweiten Stock. Hinter den Gardinen eines offenen Fensters brannte Licht. Sie drückte einen der Klingelknöpfe neben der Tür. Bevor sie noch einmal drückte, wartete sie eine Weile. Die Vorhänge hinter dem Fenster wurden zur Seite geschoben und ein Kopf mit blondem, kurz geschnittenem Haar kam zum Vorschein.

»Warum in aller Welt klingelst du so?«, blaffte Giulietta in einem beinahe unverständlichen venezianischen Dialekt. »Oh, Sie sind ja auch da, Signor Urbino«, fügte Albinas Schwester etwas sanfter hinzu. »Guten Abend!«

»Guten Abend, Signorina Giulietta. Entschuldigen Sie die Störung. Ich bin schuld, dass Albina ihren Schlüssel im Da Valdo vergessen hat.«

»Glauben Sie, das ist das erste Mal, dass sie etwas vergessen hat? Das passiert schon seit Jahren. Eine Minute.«

Sie warteten, bis Giuliettas Kopf wieder im Fenster erschien.

»Hier ist er!«, rief sie und warf den Schlüssel herunter. Um ein Haar hätte er Albina getroffen. Giulietta zog die Gardine wieder zu.

Urbino hob den Schlüssel auf und steckte ihn ins Schloss. Er bemerkte, dass die Tür dank wiederholter Versuche, sie einzudrücken – ob mit oder ohne Erfolg –, beschädigt war. Selbst der Schlüssel passte nicht mehr so richtig ins Schloss, sondern musste hin und her bewegt werden.

»Sie sollten mit dem Hausbesitzer sprechen, damit diese Tür repariert wird.« Er hielt die Tür für sie auf und gab ihr den Schlüssel.

»Was soll das schon bringen! Gute Nacht, Signor Urbino. Vielen Dank für Ihre Fürsorge. Schlafen Sie gut und bestellen Sie der Contessa schöne Grüße.«

Sie lächelte ihn an und schloss die Tür hinter sich.

16

Urbino ging die verlassene *calle* zurück durch den Torbogen. Der eben noch starke Wind war völlig abgeflaut, doch die Luft war schwer und feucht. Er schaute zum Himmel über den Gebäuden auf. Die Sterne leuchteten sichtbar.

Dass der Sturm, der eben noch auf die Stadt niederfahren

wollte, nun weitergezogen war, gehörte zu dem typischen Wetterprofil Venedigs. Doch Urbino wusste, dass der Sturm eher früher als später seine Warnung wahrmachen und noch vor der Morgendämmerung losbrechen würde.

Er erreichte den Campo Santa Margherita. Eine Gruppe junger Venezianer stand vor einer *gelateria* beisammen. Einer von ihnen, ein Geschichtsstudent, rief Urbino einen Gruß zu. Urbino winkte zurück, blieb jedoch nicht stehen.

Er überquerte eine Brücke und ging an der San-Pantalon-Kirche vorbei. Schon bald war er auf der Crosera. Vor den Cafés standen laute Gruppen junger Leute, die anderen nur wenig Platz ließen, um vorbeizugehen. Touristen, die vermutlich in den kleinen Hotels in der Nähe wohnten, gingen langsam an ihnen vorüber und betrachteten die Schaufenster.

Urbino beschleunigte seine Schritte. Er sehnte sich danach, nach Hause zu kommen. Es war ein langer Tag gewesen. Die Anlegestelle des San-Tomà-Bootes war nur ein paar Minuten entfernt. Von dort aus würde ihn ein Vaporetto nach nur zwei Haltestellen zurück ins Cannaregio bringen.

Als er gerade die Calle della Madonna betreten wollte, hielten ihn drei farbige Frauen an, um ihn nach dem Weg zum Bahnhof zu fragen. Sie sprachen Französisch und trugen große Stoffsäcke. Sie mussten den Zug nach Bologna erreichen.

Urbino schaute auf die Uhr. Es war ein paar Minuten nach elf. Der letzte Zug nach Bologna, beziehungsweise der letzte Zug überhaupt, fuhr in einer Stunde. Sollten ihn die Frauen verpassen, würden sie bis fünf Uhr in der Früh warten müssen. Er begann ihnen den Weg zum Bahnhof zu beschreiben, sorgte sich jedoch, dass sie sich verlaufen würden. Er riet ihnen, ebenfalls das Vaporetto zu nehmen. Die Bahnhofshaltestelle kam gleich nach seiner. Sie würden Santa Lucia erreichen, lange bevor der letzte Zug fuhr.

»Die Anlegestelle ist gleich hier in der Nähe«, erklärte er

ihnen. »Folgen Sie mir einfach. Man kann sie leicht verfehlen.«

Als sie gerade von der Calle del Traghetto zur Anlegestelle abbiegen wollten, erkannte Urbino die einsame Silhouette Claudios, der aus der Richtung des Campo San Tomà auf sie zukam.

»*Salve,* Claudio!«, rief er.

Claudio schien überrascht. Er blickte auf Urbino und die drei Frauen.

»*Buona sera*«, entgegnete er.

»Auf einem Spaziergang unterwegs?«

Claudio lebte nur ein paar Schritte vom Campo San Tomà entfernt.

»Ja, ein Spaziergang. Der Sturm hat sich entschieden, doch nicht zu kommen.«

»Das werden wir noch sehen. Wie gefällt Ihnen die Callas?«

»Ich habe sie gehört, bevor ich die Wohnung verlassen habe. Ich werde sie erneut hören, wenn ich zurückkomme. Die Musik beruhigt mich genau wie meine Spaziergänge.«

Claudio schien sehr angespannt. Angesichts des Qualifikationswettkampfs am nächsten Tag, einem wichtigen Tag für ihn und Gildo, war dies nur allzu verständlich.

»Machen Sie sich keine Sorgen. Ich bin sicher, dass Sie und Gildo gut abschneiden werden. Und Sie kennen meine Philosophie. Das Wichtigste ist, sich zu bemühen. Übrigens, ich habe gerade Romolo Beato getroffen. Er sagt, Ihr Gesang mache Fortschritte. Herzlichen Glückwunsch.«

»Wann haben Sie ihn gesehen?«

»Vor etwa einer Stunde. Zusammen mit Perla. Er war auf dem Weg nach Padua. Aber entschuldigen Sie mich.«

Die Frauen schauten ihn nervös an. »Ich würde mich gerne länger mit Ihnen unterhalten, doch diese Damen sind auf dem Weg nach Bologna. Ich möchte sichergehen, dass sie zum Bahnhof kommen. Genießen Sie Ihren Spaziergang. Viel Glück morgen. Ich werde da sein, um Sie anzufeuern.«

17

Eine Stunde später brach der Sturm los. Urbino saß im Palazzo Uccello im Trockenen und die drei Frauen hatten ihren Zug nach Bologna erreicht.

Doch die Stadt war dem Unwetter ausgeliefert. Dieser Sturm, der dem Unwetter vor drei Tagen so dicht folgte, brachte die verletzliche Stadt erneut in große Gefahr.

Auch wenn der Wind nicht ganz so heftig war wie während des letzten Unwetters, peitschte der Regen umso gnadenloser. Er ergoss sich von den Dächern, verwandelte die Gassen in Flüsse und die Plätze in Seen. Müll aus aufgerissenen Plastikbeuteln und umgekippten Mülltonnen wurde in die Kanäle gespült und führte bald schon zu verstopften Abwasserrohren. In einigen Vierteln stank es fürchterlich aus den verstopften Kanalgittern. Viele Boote, die dummerweise nicht abgedeckt waren, sanken. Selbst einige der mit Persenning und Planen abgedeckten Boote hielten den Wassermassen nicht stand, die die Abdeckungen lösten und die Boote überfluteten. Menschen, die im Erdgeschoss lebten, bereuten, dass sie sich von der niedrigeren Miete hatten verlocken lassen, denn nun verbrachten sie die ganze Nacht damit, Möbel in Sicherheit zu bringen und das Wasser aus den Zimmern zu schöpfen. Die kleinen Andenkenbuden vor dem Giardini Reali gegenüber der Insel San Giorgio Maggiore wurden so erbarmungslos vom Wind und Regen getroffen, dass eine von ihnen zusammenbrach und die Souvenirs auf das Pflaster geschleudert wurden. Die entlang des Molos vertauten Gondeln und Boote schaukelten heftig und der Molo selbst war völlig überflutet. Irgendwann wurde die Sicht im aufgewühlten Canale Grande so schlecht, dass ein Wassertaxi um ein Haar mit einem mit Touristen gefüllten, gefährlich tief liegenden Vaporetto kollidiert wäre.

Erneut wurde diese auf den Tausenden der kleinen Sand- und Schlickinselchen der Lagune gebaute Stadt aus dem Gleichgewicht gebracht.

Sie würde diesen und den nächsten und den übernächsten Sturm überleben, doch sie würde ihre Schwächen nicht bis in alle Ewigkeiten den Naturgewalten aussetzen können.

18

Zwei französische Touristen litten unter dem Unwetter. Glücklicherweise waren die heftigsten Böen inzwischen abgeflaut. Der Mann und die Frau wurden beim verzweifelten Versuch, zum Bahnhof zu gelangen, bis auf die Haut durchnässt und saßen in Dorsoduro fest. Sie waren der Annahme, der letzte Nachtzug, der sie über den Damm zu ihrer Unterkunft nach Mestre bringen sollte, würde Santa Lucia um Viertel nach eins verlassen, doch er war bereits eine gute Stunde zuvor abgefahren.

»Hättest du nicht die erbärmlichen zwanzig Euro pro Nacht sparen wollen, lägen wir jetzt bereits in unseren Betten«, sagte die Frau und lehnte sich an die Wand eines Gebäudes.

»Und hättest du nicht noch einen Drink haben wollen, hätten wir es noch vor diesem Unwetter zum Bahnhof geschafft«, gab ihr Mann zurück.

»Weißt du, wo wir sind?«

»Du hast den Stadtplan.«

»Dieses armselige Ding?«

Sie hielt den Plan hoch. Er fiel an den Falzstellen auseinander. Sie drückte ihn ihrem Mann in die Hand.

»Der ist unbrauchbar«, erklärte sie. »Nein, wirf ihn doch nicht weg!«

»Als ob noch ein Stück Müll irgendeinen Unterschied machen würde.«

Einige der Plastikbeutel, die vor Kurzem noch neben dem Gebäude gestanden hatten, waren vom Wind herumgewirbelt und aufgerissen worden. Abfall bedeckte die *calle*.

»Lass es uns in dieser Richtung versuchen.« Ihr Mann zeigte auf den *sottoportico*. Er warf den Plan auf einen Plastikmüllbeutel. »Vielleicht finden wir ein Hinweisschild.«

»Und vielleicht weist es auch in zwei unterschiedliche Richtungen wie das auf der anderen Seite des Canale Grande!«

Sie schritten durch den Torbogen. Nirgendwo ein Licht.

»Pass auf dich auf«, sagte der Ehemann. »Reich mir deinen Arm.«

»Es ist so dunkel hier drin.«

Sie tasteten sich langsam vorwärts. Fünf Meter vor ihnen ließ der Regenvorhang das Ende des *sottoportico* erkennen. Der Ehemann holte eine kleine Taschenlampe hervor, die an seinem Schlüsselbund befestigt war, und hielt den dünnen, aber hellen Strahl auf das Pflaster gerichtet.

»Die Pfütze ist fast dreißig Zentimeter tief«, rief der Mann. »Haben die in dieser Stadt keine vernünftigen Abflüsse? Pass auf! Du –«

Er blieb abrupt stehen.

»Was ist das?«, fragte er deutlich leiser.

Er richtete den Strahl der Taschenlampe erneut auf das dunkle Gebilde vor ihnen. Ein auf dem überfluteten Pflaster ausgestreckter, unbeweglicher Körper, der mit dem Gesicht nach unten in einer Pfütze lag. Eine Hand wies zum Kopf. Der andere Arm lag verdreht unter dem Körper.

In der Nähe des Körpers schwammen zwei aufgeweichte, halb gerauchte Zigaretten im Wasser. Beide Zigaretten waren mit leuchtend rotem Lippenstift beschmiert, der wie Blut aussah.

Das französische Paar hegte keinen Zweifel daran, dass es sich um einen Toten handelte. Warum sollten sie auch. Schließlich befanden sie sich in Venedig, oder nicht?

Zweiter Teil
Im Irrgarten

1

Einen Großteil des nächsten Tages verbrachte Urbino in Malamocco, um den Qualifikationslauf für die Regatta zu sehen. Da es nicht einfach war, zum Lido zu gelangen, hatte er Pasquale gebeten, ihn mit dem Motorboot der Contessa dorthin zu bringen. Die Contessa befand sich immer noch oben in Asolo.

In Venedig waren die Schäden des fürchterlichen Unwetters nur allzu sichtbar. Sogar im Palazzo Uccello, der eigentlich gut geschützt auf halber Strecke zwischen dem Canal Grande und der Lagune lag, waren Fensterscheiben zerbrochen und die Stützen der *altana* hatten gelitten. Ein Blumentopf hatte sich im Sturm von der Brüstung der *altana* gelöst und war in der Nähe der Anlegestelle dicht neben der Gondel am Boden zerschmettert.

Glücklicherweise hatte Gildo die Gondel gut gesichert und ordentlich abgedeckt.

Kurz nach dem Aufstehen rief Urbino den Majordomus der Contessa an und war erleichtert, als er von Vitale erfuhr, dass die Ca'da Capo-Zendrini nur leichte Schäden erlitten hatte. Vor allem die Pflanzen im Garten hatten gelitten und ein Ankerplatz war von einem dagegengeschleuderten Wassertaxi beschädigt worden.

Malamocco war von der größten Wucht des Unwetters verschont geblieben, obwohl es zu den drei Stellen des Lidos gehörte, die sich zur Adria hin öffneten. Die Hafeneinfahrt wurde derzeit zu einem der ausgeklügelten – und sehr umstrittenen – Auffangbecken umgebaut, die Venedig vor solchen vernichtenden Überschwemmungen schützen sollten, wie sie am gestrigen Tage die Stadt bedroht hatten.

Malamocco hatte sich für den Wettkampf festlich rausgeputzt. Vielleicht wollte das schläfrige Städtchen, das einst der Verwaltungssitz der Gemeinde Lido gewesen war, bevor dieser nach Rialto gewechselt hatte, aufgrund des Unwetters noch mehr Feierlaune verbreiten, denn auch wenn es vom gestrigen Sturm kaum Schäden davongetragen hatte, so verband den Ort doch eine lange Geschichte der Zerstörung durch das Meer. Vor tausend Jahren hatte eine Flutwelle die ursprüngliche Siedlung dem Erdboden gleichgemacht.

Urbino befand sich inmitten der großen Menschenmenge, die sich bei Sonnenschein entlang des Ufers eingefunden hatte. Er feuerte Gildo und Claudio an, als diese mit ihrer *gondolino* im seichten Wasser vorbeiruderten. Die beiden Männer waren in guter Form, und auch wenn sie augenscheinlich nicht zu den besten Wettkämpfern gehörten, so doch auch keinesfalls zu den schlechtesten.

Das Zeitlimit, das über das Ausscheiden entschied, war offensichtlich zu ihren Gunsten gewählt worden, denn Gildo und Claudio gehörten zu den neun Teams der Endausscheidung. Wenn man also eine unvorhergesehene Disqualifikation oder Krankheit ausschloss, würden sie an der *gondolino*-Regatta teilnehmen können.

Urbino entschuldigte sich bei den beiden Männern, die ihn einluden, das Ereignis mit ihnen und ihren Anhängern in Venedig zu feiern. Er wollte noch etwas am Lido herumspazieren.

Bevor er sich von Pasquale zum Piazzale Santa Maria Elisabetta fahren ließ, genoss er auf der Terrasse einer Trattoria noch ein *panini* und ein Glas eisgekühlten Weißwein. Von seinem Tisch unter einer Weinlaube hatte er einen guten Blick auf die Wasserfläche, auf der das Rennen stattgefunden hatte. In der Bucht von Malamocco wimmelte es immer noch von Booten, darunter viele private Fortbewegungsmittel von Regattabegeisterten – Motorboote, Sandolos, Ruderboote und Gondeln –, die hauptsächlich in der Nähe des Ufers herumfuhren. Menschen schlenderten den hölzernen Pier entlang, saßen im Gras oder auf Bänken.

Die Gewässer direkt vor Malamocco waren aufgrund der Untiefen und Strömungen besonders gefährlich. Im Wasser stehende Holzpfähle markierten deshalb die sicheren Schifffahrtswege. Es wird erzählt, dass der Franke Pipin einst eine ortskundige alte Frau nach dem Weg nach Rivo Alto, dem hohen Ufer der venezianischen Insel, das heute als Rialto bekannt ist, fragte und sie wissentlich genau auf die Stelle in der Lagune zeigte, in der das Gewässer besonders trügerisch war. »*Sempre dritto*«, sagte sie, »immer geradeaus«, und wies ihm und seinen Männern die Richtung ihres eigenen Untergangs. Seine Flotte blieb im Schlamm stecken und wurde von den venezianischen Streitkräften zerstört. Heute hört man Venezianer ohne jeden Hintergedanken den gleichen Richtungshinweis geben, wenn sie den Weg zu einem Gebäude, einem Platz oder einer Brücke beschreiben. Die Ironie liegt natürlich darin, dass in dem verwirrenden Labyrinth von Venedig nie etwas nur »immer geradeaus« zu finden ist.

Nachdem Pasquale ihn zu dem geschäftigen Piazzale Santa Maria Elisabetta gebracht hatte, an dem die Boote aus Richtung Venedig anlegten, folgte Urbino der Gran Viale in Richtung Adria. Auch wenn er Venedig liebte, genoss er es, manchmal für ein paar Stunden auf den Lido zu entschwinden und nach monatelangem Aufenthalt in Venedig mal wieder auf so absonderliche Dinge wie Fahrräder, Vespas, Autos und Busse zu stoßen. Aber der August war keine gute Zeit dafür, denn jetzt war hier alles überfüllt mit Touristen, Fahrrädern und Autos. Er wurde von der Menschenmenge vorwärtsgeschoben, von denen die meisten einfach Shorts und

Badeanzüge trugen. Urbino vermutete, dass die wenigen Ausnahmen, die äußerst modisch und zum Teil auch recht ungewöhnlich gekleidet waren, einfach schon sehr früh zum Filmfestival angereist waren. Ein Kind mit Schokoladeneis rannte in ihn hinein und bekleckerte seine Hose. Kurz darauf wurde er beinahe von zwei Teenagern über den Haufen gefahren, die wie wild auf einem Tandem strampelten.

Da der Tag immer heißer wurde, trank er in einem Café ein Mineralwasser, bevor er schließlich den alten jüdischen Friedhof erreichte, wo er sicher war, etwas Ruhe und Stille zu finden. Außer ihm befand sich dort nur ein älteres Paar, das seinen Gruß höflich erwiderte, bevor es seinen gemächlichen Rundgang wieder aufnahm.

Der kleine Friedhof war erst kürzlich renoviert worden, wenn auch nicht unbedingt zu seinen Gunsten. Viele der alten Grabsteine waren verrückt und neu zusammengestellt worden, daher hatte der Ort etwas von dem melancholischen Charme verloren, den Urbino besonders bei Friedhöfen so liebte.

Nachdem er eine Weile herumgewandert war und die Inschrift eines Obelisken entziffert hatte, die den Friedhof als »Haus der Lebenden« bezeichnete, setzte er sich neben einer Zypresse auf die Erde. Es erschien ihm ein angemessener Ort, um seinen Goetheband hervorzuholen, den er sich vor dem Verlassen des Palazzo Uccello in die Tasche gesteckt hatte.

Umgeben von Grabsteinen mit Bildnissen von erhobenen Händen, Wasser spendenden Urnen, Löwen und Wappen, verlor sich Urbino während der nächsten halben Stunde in Goethes Schilderungen.

2

Am folgenden Nachmittag saß Urbino im Heck eines Vaporettos und fuhr den Canale Grande entlang auf dem Weg zu Nick Hollander im Gritti Palace Hotel. Mit dem Rücken zum Bug fühlte er sich in Booten am wohlsten und genoss es, die Szenerie zu betrachten, an der das Vaporetto bereits vorbeigefahren war.

Die als edelste Straße der Welt geltende war zugleich eine der geschäftigsten. Ein nicht so geübter Blick hätte sie, nicht nur wegen der Sturmschäden, auch für die chaotischste gehalten, doch Urbino wusste es besser.

Würde das Vaporetto nicht die schaukelnde Gondel, die nur noch ein paar Meter entfernt war, zum Kentern bringen? Der entsetzte Gesichtsausdruck der Touristen in dem schwarzen Gefährt ließ vermuten, dass sie genau dies befürchteten. Und wie sollte das Feuerwehrschiff, das von der Station in der Nähe der Ca'Foscari losgeeilt war, sich in diesem Getümmel seinen Weg bahnen, ohne mit anderen Booten zu kollidieren?

Vermutlich würden doch einige Abschnitte des Canale Grande durch sinkende Wein- und Mineralwasserkisten, Plastikmüllbeutel und glatte, polierte Holzstücke bald verstopft sein?

Doch gab es trotz all dieser Geschäftigkeit und dem regen Schifffahrtsverkehr eine gewisse Ordnung. Jeder hielt sich an seiner Position auf – oder besser gesagt in den flüssigen Straßen, selbst die drei leuchtend gelben Kajaks dicht am Cannaregio-Ufer.

Urbino sah einzig und allein das Harmonische dieser Szenerie. Die Harmonie des grünen Wassers mit dem strahlenden Blau des Himmels, der alten Gebäude mit ihren Spiegelbildern, der weißen Möwen mit dem aufschäumenden Kielwasser, der Bewegung mit der Ruhe, der Lautstärke mit der Stille.

Angesichts der chaotischen Verhältnisse der vergangenen Nacht war diese Harmonie besonders bemerkenswert. Doch Venedig leckte seine Wunden, und so drückte man das Wasser zu den Vordertüren hinaus, reparierte Fenster, trocknete Teppiche, Kleidung und Möbel. Man hatte dergleichen bereits zuvor getan und würde es wieder tun müssen.

Urbino bewunderte die Stadt. Der Verkehr auf dem Canale Grande wirkte wie eine Dankesprozession, dass man dem letzten Sturm entkommen war. Eine Prozession des normalen Kommens und Gehens, der täglichen Geschäftigkeit und der Unterhaltung.

Urbinos Vaporetto lag nun tief im Wasser, nachdem am Piazzale Roma und am Bahnhof weitere Passagiere zugestiegen waren. Auf seinem Platz neben den Türen, die zur Kabine führten, hatte Urbino das Gefühl, sich auf gleicher Höhe mit dem Wasser des Canalazzos zu befinden. Amerikanerinnen mittleren Alters hatten die sechs anderen Sitze des Hecks in Beschlag genommen. Sie waren sehr fröhlicher Stimmung und machten zahlreiche Fotos, während das Boot Richtung Piazza San Marco fuhr.

Urbino gab sich ganz dem Spiel aus Licht und Farbe auf den Marmorwänden der Gebäude hin, die klassisch streng und im nächsten Augenblick verspielt gotisch wirkten. Er überlegte, um wie vieles mehr er den Anblick der Paläste wohl genießen würde, wenn sie von der Patina des Alters und des Wetters gereinigt würden und ihre ursprünglich leuchtend goldenen, blauen und roten Fresken restauriert wären. Dadurch würde zwar vieles gewonnen, etwas ginge aber auch verloren.

Urbino hätte sicherlich weiter seinen Grübeleien nachgehangen, hätten nicht ein paar zufällig aufgeschnappte Sätze seiner Nachbarn seine Aufmerksamkeit erregt.

»In diesem Palast hier«, sagte eine Frauenstimme, »wurde die Königin von Zypern geboren.« Sie hielt ihren Reiseführer in der Hand. »Erinnerst du dich an Zypern, Laura? An all diese Orangenbäume?«

»Die Königin von Zypern! Wo, Darlene? Oh, wie wundervoll.«

Laura erhob sich und fotografierte das Gebäude, auf das ihre Freundin Darlene mit dem Reiseführer in der Hand zeigte. Allerdings handelte es sich bei dem Gebäude, das ihre Aufmerksamkeit erregte, um die Ca'd'Oro und nicht um den Palast auf der gegenüberliegenden Seite des Kanals, in dem Caterina Cornaro, deren Andenken bei der bevorstehenden Regatta geehrt würde, Ende des fünfzehnten Jahrhunderts das Licht der Welt erblickt hatte.

»Entschuldigung«, sagte Urbino. »Doch das da ist die Ca'd'Oro. Der Palast, an dem wir gerade vorbeigekommen sind, der da drüben« – er deutete auf ein deutlich schlichteres Gebäude auf der San-Polo-Seite – »ist der Palast, in dem die Königin von Zypern gestorben ist. Er heißt Palazzo Corner della Regina und ist –«

»Oh, ich verstehe!«, unterbrach ihn Darlene. »Regina bedeutet Königin auf Italienisch, nicht wahr? In Schenectady hatte ich eine Freundin, die Regina hieß. Das Buch hier hat mich völlig durcheinandergebracht. Ich schaue mir Sachen von hinten und verkehrt herum an!« Sie lächelte ihn freundlich an. »Sie sind Amerikaner, nicht wahr?«

Urbino bejahte.

»Ich hätte schwören können, dass Sie Italiener sind«, meinte Darlene lachend. Sie blickte auf seinen italienischen Leinenanzug und seine italienischen Schuhe. »Und wie denkt ihr darüber, Mädels?«

Die anderen nickten eifrig.

Urbino wurde schnell klar, auf was er sich da eingelassen hatte. Sie begannen ihn mit Fragen zu bombardieren. Er erklärte ihnen, dass er schon seit mehr als zwanzig Jahren in der Stadt lebe und Schriftsteller sei. Er dachte nicht im Mindesten daran, ihnen zu verraten, dass er sich nebenbei auch als Amateurdetektiv betätigte.

»Ich kann gar nicht glauben, dass ich wirklich hier bin!«, sagte Darlene.

»Aber nur für eine Nacht«, klagte Laura. »Ich bin froh, dass es nicht regnet. Jemand in Rom hat uns gesagt, dass es in Venedig immer regnet.«

»Aber natürlich nicht jeden Tag«, erklärte Urbino. »Auch wenn wir mehr als genug Regen abbekommen. Sie können froh sein, dass Sie gestern Abend nicht hier waren.«

»In Florenz war es schon schlimm genug«, meinte Laura.

»Das ist so romantisch«, begeisterte sich Darlene. »Hier sollte man in Begleitung einer besonderen Persönlichkeit sein. Und nicht nur mit einem Haufen anderer Mädels, nicht wahr, Ladys?«

Ihre Begleiterinnen blickten schon längst nicht mehr auf die Schönheiten des Canale Grande, sondern strahlten vielmehr Urbino an.

Urbino wusste, dass man weitere persönliche Fragen am besten vermeiden konnte, indem man sich als *cicerone* ausgab.

Während der nächsten Viertelstunde kommentierte er ohne Punkt und Komma die Gebäude, Plätze und Brücken, an denen sie vorbeikamen. Er informierte sie darüber, dass es sich bei den *altanes* nicht um Feuerleitern handelte, versicherte ihnen, dass es sich bei der dicken Steinbrücke nicht um die Seufzerbrücke, sondern um die Rialto-Brücke handelte, und erklärte ihnen, dass es sich bei dem Kanal neben der Ca'Rezzonico um ebenjenen handelte, in den Katharine Hepburn im Film *Der Traum meines Lebens* hineingefallen war. Er erzählte von der bevorstehenden Regatta und bedauerte, dass sie sie verpassen würden.

Schon bald fuhren sie unter der Accademia-Brücke durch. Urbino nannte einige Zahlen zu der hölzernen Brücke und war dabei selbst überrascht, wie mühelos er die Informationen über die Stadt herunterbeten konnte. Anschließend erzählte er ihnen etwas über die neueste Brücke, die gerade beim Piazzale Roma über den Canale Grande aus Muranoglas gebaut wurde und bei der es sich um die erste neue Brücke seit über hundert Jahren handelte.

»Sie liegen schon zwei Jahre hinter dem Zeitplan. Sie haben von jeder Seite des Canale Grande je einen Bogen gebaut, die jedoch wieder eingestürzt sind.«

Die Damen zeigten sich überrascht und gaben bedauernde Laute von sich.

Inzwischen genoss Urbino seine neue Rolle.

Er wollte gerade mit einer Beschreibung des Peggy-Guggenheim-Museums, dem sie sich nun näherten, loslegen und diese mit Anekdoten über das ausschweifende Leben der Peggy Guggenheim schmücken, als Laura, die beinahe unablässig den Auslöser ihrer Kamera betätigt hatte, plötzlich ausrief: »Ach, wie sehr wünschte ich, was diese Frau kann, auch zu können, anstatt immer nur Fotos zu machen.«

Sie zeigte auf den Campo San Vio, der bis zum Canale Grande reichte. Urbino konnte mühelos erkennen, was Laura meinte.

Vor einer Staffelei stand eine große, dünne Frau mit einem Gondolieri-Strohhut. Es war die rothaarige Frau, die er am Tag des Sturms gleich zweimal gesehen hatte.

»Weiter so, Mädel!«, rief Laura.

Sie winkte wild mit den Armen und erzielte dadurch die Aufmerksamkeit der Frau, die zurückwinkte.

Urbino fuhr fort, die Damen mit allen möglichen Informationen zu füttern, und kam dabei so in Fahrt, dass er schließlich gerade von der Pest und der Madonna della Salute sprach, als sich das Vaporetto dem Landungssteg Maria del Giglio näherte. Er musste so viele Dankeschöns, Küsschen und Händeschütteln über sich ergehen lassen, dass er fast seine Haltestelle verpasst hätte.

3

Als Urbino von der Bar, wo er kurz mit einem Bekannten geplaudert hatte, auf die Terrasse des Gritti Palace Hotels trat, musste er aufgrund der vom Canale Grande reflektierten Sonnenstrahlen unwillkürlich blinzeln. Während er unter der blauweiß gestreiften Markise nach Nick Hollander Ausschau hielt, fiel sein Blick auf zwei Frauen. Perla Beato und Oriana Borelli saßen an einem Tisch neben dem Holzgeländer der privaten Anlegestelle des Hotels. In ein Gespräch vertieft, schienen sie weder Urbino noch den wunderbaren Ausblick von der Terrasse zu bemerken.

»Ist das nicht eine Überraschung«, sagte Oriana mit einer vom Zigarettenkonsum rauchigen Stimme. Die attraktive Frau hatte gerade – zumindest ging das Gerücht – ihren fünfzigsten Geburtstag gefeiert beziehungsweise eben nicht gefeiert. »Ich wusste gar nicht, dass das Gritti zu Ihren Lieblingsplätzen gehört. Ich lerne immer noch etwas Neues über Sie.«

»Ich bin froh, dass ich doch noch nicht völlig berechenbar bin.«

»Nicht im Geringsten!« Mit einer für sie typischen Geste schob sie ihre große Sonnenbrille den Nasenrücken hoch. »Findest du das nicht auch, Perla?«

Perla hatte mehr Make-up als gewöhnlich aufgelegt, dennoch konnte sie ihren etwas müden Gesichtsausdruck und den blauen Fleck auf der linken Wange nicht ganz verbergen. »Stimmt, Oriana. Zuverlässig, aber nicht berechenbar«, erwiderte sie. »So gut wie sein Ruf, aber nicht so ... so ...« Mit ihren braunen Augen schaute sie Urbino an, als wolle sie ihn bitten, ihr bei der richtigen Wortwahl zu helfen. Oriana lächelte, doch dann beendete Perla ihren Satz: »Aber nicht so regelmäßig wie ein Uhrwerk! Ja, das ist er!«

Sie blickte Oriana triumphierend an.

Immer wenn Oriana und Perla zusammen Englisch sprachen, führte ihr Ehrgeiz manchmal zu amüsanten Ergebnissen.

»Nehmen Sie die Last von Ihren Füßen, Urbino«, sagte Oriana nun.

»Ja, es wäre schön, etwas mit Ihnen zu plaudern«, warf Perla ein.

»Es würde uns hoch erfreulich sein«, meinte Oriana, ohne ihren Einsatz zu verpassen.

Urbino beschloss zu seinem eigenen Wohl, diesem Kauderwelsch zu entfliehen.

»Es wäre wundervoll, aber ich bin bereits verabredet.«

Er blickte sich um und sah einen sonnengebräunten, glatzköpfigen, etwa dreißigjährigen Mann alleine am anderen Ende der Terrasse vor den Grünpflanzen sitzen. Er schien Urbino neugierig zu beobachten, doch als er Urbinos Blick gewahr wurde, schaute er zu den Palästen auf der anderen Seite des Canale Grande hinüber. Er passte auf die Beschreibung, die die Contessa ihm gegeben hatte – beziehungsweise der Beschreibung, die der Cousin Sebastian ihr gegeben hatte –, zumindest was die komplette Glatze betraf.

»Wenn es mit dieser atemberaubenden Frau mit den kastanienbraunen Haaren ist, die den Dom Perignon trinkt«, sagte Oriana, »dann lasse ich die Katze aus dem Sack und erzähle es Barbara.«

»Sie werden die Katze drinlassen müssen«, meinte Urbino lächelnd. »Ich bin mit dem Mann dahinten am Geländer verabredet.«

»Mit ihm!«, rief Oriana aus. »Wir haben schon überlegt, auf wen er wohl wartet, und sind davon ausgegangen, dass es eine Frau sein muss.«

Obwohl Oriana verheiratet war, hielt sie doch stets Ausschau nach möglichen – und sogar unmöglichen – Partien. Urbino fragte sich häufiger, ob sich ihr Wetteifern mit Perla nicht neben linguistischen Raffinessen auch um Herzensangelegenheiten drehte.

»Bitte entschuldigen Sie mich«, sagte Urbino. »Ich sollte ihn nicht warten lassen.«

»Wie heißt er?«, wollte Oriana wissen.

»Nick Hollander, und keine Sorge, Sie werden Gelegenheit haben, ihn kennenzulernen. Er kommt zu Barbaras Party.«

4

Urbino ging zu dem Mann hinüber. »Entschuldigung«, sagte er vorsichtig. »Ich nehme an, Sie sind Nick Hollander.«

Der Mann lächelte müde und stand auf. Er trug einen gut geschnittenen, modischen, hellgelben Anzug mit feinen grauen Streifen ohne Krawatte.

»Bitte nehmen Sie Platz, Mr Macintyre«, sagte er, nachdem sie sich die Hand gegeben hatten.

»Danke, aber nennen Sie mich doch Urbino.«

»Nick, bitte.«

»Ich möchte Ihnen erneut mein herzlichstes Beileid aussprechen.«

Von Urbinos Platz hatte man einen Blick auf die Kirche Santa Maria della Salute weiter unten am Canale Grande.

»Danke. Möchten Sie mir Gesellschaft leisten?« Er zeigte auf eine halb volle Flasche Soave, die in einem Eiskübel stand. »Ich hatte den Kellner gebeten, zwei Gläser zu bringen.«

Hollander goss ihm ein Glas ein.

»Zum Wohl«, sagte Urbino.

»Ja. *Salute.*«

Unwillkürlich schauten beide Männer über das Wasser hin zu der Kirche gleichen Namens, deren Geschichte mit Pest und Tod zu tun hatte. Hollanders wettergegerbtes Gesicht bekam einen traurigen Ausdruck. Die beiden Männer genossen den Blick schweigend.

»Eine wunderbare Aussicht, nicht wahr?«, sagte Hollander nach ein paar Minuten. »Und ich habe ein Zimmer zur Wasserseite hin. Ich genieße diesen Blick bereits, wenn ich morgens aufstehe.«

»Da dürfen Sie sich glücklich schätzen.«

»Nicht so glücklich wie Sie. Ich wohne nur vorübergehend in einem Palazzo. Sebastian hat mir erzählt, dass Sie einen besitzen.«

Urbino lächelte entschuldigend.

»Es wird Palazzo genannt, ist jedoch nur ein sehr kleines Gebäude – für mich mehr als groß genug«, fügte er schnell hinzu, denn es sollte nicht so klingen, als wolle er sich beklagen. »Und die Aussicht ist mit dieser hier nicht im Geringsten zu vergleichen. Ich habe es vor fünfundzwanzig Jahren von meiner Mutter geerbt. Sie war Italienerin. Es war sehr heruntergekommen, als ich es übernahm.«

Urbino gab noch weitere Erklärungen zu dem Palazzo Uccello ab. Als er eine Viertelstunde später, ab und zu unterbrochen von intelligenten Einwürfen Hollanders, geendet hatte, hatte er nicht das Gefühl, zu viel geredet zu haben. Vielmehr glaubte er, dazu beigetragen zu haben, dass sich sein Gesprächspartner etwas wohler fühlte. Hollander schien etwas lockerer. Sie tranken den Soave aus und bestellten eine neue Flasche.

»Es ist bedauernswert, dass Barbara und ich Ihren Stiefvater nie getroffen haben.«

»Er war ein interessanter und guter Mann. Sie hätten Freude aneinander gehabt.«

»Schade, dass sich unsere Wege nie gekreuzt haben – außer dieses eine Mal auf der Piazza San Marco, wenn auch nur sehr indirekt.«

»Mein Stiefvater war schüchtern. Und in den letzten Monaten ist er aufgrund seiner Krankheit kaum noch aus dem Haus gegangen.«

»Wo hat er gewohnt?«

»In einem der Paläste dort drüben.«

Hollander zeigte auf eine Reihe vornehmer Gebäude, die sich rechts von der *traghetto*-Anlegestelle auf der anderen Seite des Kanals befanden.

»In welchem genau?«

»In dem mit der Reihe spitz zulaufender Fenster.«

Nach Hollanders Hinweis auf die gotischen Fenster musste es einer der elegantesten und geschichtsträchtigsten Palazzos am Canale Grande sein.

»Er hat die Wohnung letztes Jahr gekauft und hoffte, es würde für längere Zeit als die, die ihm letztlich blieb, sein Wohnsitz werden.«

Hollander bemühte sich um einen heiteren Gesichtsausdruck, als er hinzufügte: »Sie sind also nicht der einzige Hausbesitzer in Venedig, allerdings ist mein Besitz viel bescheidener. Doch ich bezweifele, dass ich sie behalten werde. Es sind zu viele schlechte Erinnerungen damit verknüpft. Vielleicht können Sie mir einen Makler empfehlen. Der Makler, über den mein Stiefvater die Wohnung gekauft hat, ist vor ein paar Monaten in den Ruhestand gegangen.«

»Natürlich gerne, doch es wäre vielleicht besser, nichts zu übereilen.«

»Ich verstehe, was Sie meinen. Aber ich habe lange genug darüber nachgedacht.«

»Haben Sie bei Ihrem Stiefvater gewohnt?«

Hollander trank einen Schluck Wein, bevor er antwortete.

»Dieses Mal nicht. Ich wohne hier im Hotel, wie ich bereits sagte. Aber letzten November habe ich bei ihm gewohnt. Dieses Jahr wollte er seine Privatsphäre wahren, und ich war gleich auf der anderen Seite des Kanals.«

»Auch wenn Sie nicht nur auf der anderen Kanalseite gewesen wären, so wären Sie einander doch nah geblieben, denn Venedig ist eine so kleine Stadt.«

»Für mich tatsächlich zu klein. Ich ziehe London vor. Ich habe ein Haus in Chelsea, allerdings bin ich viel auf Reisen. Meine Mutter hat ein Tourismusunternehmen und ich bin der Geschäftsführer.«

Das war für die beiden neuen Bekannten das Stichwort, sich dem Thema Reisen zuzuwenden. Sie tauschten ihre Eindrücke über verschiedene Reiseziele aus und sprachen über Reiseliteratur, wobei Hollander sehr bewandert schien. Im Laufe des Gesprächs entdeckten sie, dass sie außer bei dem Thema Massentourismus fast immer einer Meinung waren. Verständlicherweise verteidigte Hollander den Massentourismus, ohne den sein Unternehmen ja gar nicht existieren würde.

»Aber er zerstört so viel«, beharrte Urbino. »Schauen Sie sich all diese Boote an! Voller Touristen. Ich erinnere mich, dass vor gar nicht so langer Zeit diese Stadt sogar zu dieser Jahreszeit abends ab sechs Uhr ruhig und friedlich war.«

»Oh, die Zeit der vornehmen Reisen, Schrankkoffer und der Transatlantikreisen!«

»So in der Art. Ich weiß, das ist nicht sehr demokratisch.«

»Und das sagen Sie als Amerikaner.«

Der Kellner goss ihnen den Rest des Soave in die Gläser. Die zwei Männer schwiegen. Während sie den Anblick genossen, hing jeder von ihnen seinen Gedanken nach.

»Es ist eine wundervolle Stadt«, betonte Hollander und brach damit das Schweigen. »Das gebe ich gerne zu. Ich verstehe, warum mein Stiefvater sie geliebt hat. Er sagte, dass er nie hier wegwollte, und ich schätze, in gewissem Sinne hat er die Stadt ja auch nie mehr verlassen, oder? Oh, ich sehe, dass Ihre Freunde aufbrechen wollen.«

Urbino drehte sich um. Die beiden Frauen kamen an ihren Tisch. Urbino stellte sie vor.

»Wir freuen uns schon, Sie bei Barbaras Party zu sehen«, sagte Oriana.

»Sehr attraktiv«, meinte Hollander, nachdem die beiden Damen gegangen waren. »Und verheiratet, wie ich gesehen habe.«

»Ja, verheiratet«, bestätigte Urbino, ohne weitere Erklärungen abzugeben.

Hollander schaute auf seine Uhr.

»Ich muss noch zur Wohnung, um einige Sachen zu überprüfen. Haben Sie Lust, mich zu begleiten und die Wohnung zu sehen? Vielleicht haben Sie eine Vorstellung, welchen Preis ich dafür erwarten darf.«

»Das überlasse ich dem Makler, aber ich würde die Wohnung sehr gerne sehen.«

5

Die Anlegestelle des *traghetto*, das Urbino und Hollander über den Canale Grande bringen würde, befand sich gleich neben der Terrasse des Gritti Palace Hotels und nur ein paar Schritte von einer Marienstatue entfernt, die wohlwollend aus ihrem Straßenschrein herablächelte.

»Die Gondel des armen Mannes«, bemerkte Hollander, als er von dem schmalen Holzsteg ins Boot stieg.

Das *traghetto* der Santa Maria del Giglio war eine von mehreren Fähren, die sich an strategisch günstigen Stellen entlang des großen Kanals befanden. Es war eine bequeme Art, ans andere Ufer zu gelangen, und eine preiswerte, wenn auch nur kurze Möglichkeit einer Gondelfahrt, die überwiegend von Venezianern und weniger von Touristen genutzt wurde.

»Ich bleibe stehen wie die anderen«, sagte Hollander, als Urbino ihm riet, sich zu setzen.

Außer ihnen waren noch drei weitere Passagiere an Bord, ein Mann in blauem Arbeitsanzug und zwei Frauen mit Einkaufstüten, auf denen die Namen von modischen Geschäften aus dem Viertel rund um den Markusplatz standen.

»Bei all diesem Verkehr kann es etwas schaukeln«, warnte Urbino.

Doch selbst als das Boot in den Kanal steuerte, in das Kielwasser eines Vaporettos geriet und anschließend einem Lastkahn ausweichen musste, stand Hollander so fest auf den Füßen wie Urbino und die Venezianer.

»Ich bin daran gewöhnt«, sagte Hollander. Er blickte geradeaus auf die Gebäude am anderen Ufer. »Boote sind mein Hobby. Letztes Jahr habe ich an der Regatta auf Capri teilgenommen. Wir haben zwar nicht gewonnen, aber wir waren ziemlich gut. Mein Stiefvater ist gekommen. Und Sie? Interessieren Sie sich für Boote?«

»Nur als Zuschauer – oder als Passagier. Hier in Venedig gibt es reichlich Gelegenheit. Und ich besitze eine Gondel, allerdings rudert mein Gondoliere für mich«, fügte Urbino lächelnd hinzu.

»Ihre eigene Gondel? Ich wusste gar nicht, dass es noch Privatpersonen mit einer eigenen Gondel gibt. Sebastian hat das gar nicht erwähnt.«

»Ich bin nicht sicher, ob er es weiß. Ich habe sie erst kürzlich von Barbara geschenkt bekommen.« Auf diese Weise wollte er vermeiden, allzu extravagant und exzentrisch zu wirken, und gleichzeitig seine Freundin in das ihr gebührende Licht rücken. »Die Gondel und einige Fahrten auf Barbaras Yacht – näher bin ich diesem Sport nie gekommen. Und ich sponsere eines der Regattarennen, falls das auch zählt.«

»Welches?«

»Das *gondolino*-Rennen. Mein Gondoliere und einer seiner Freunde nehmen daran teil.«

»Das *gondolino.*« Hollander nickte. »Ich habe vor ein paar Wochen ein paar Männer vom San-Giorgio-Yachtclub in Harry's Bar kennengelernt. Sie sprachen über das Rennen und wussten eine Menge interessanter Dinge davon zu berichten.«

Als ihr *traghetto* kurz anhielt, um ein Boot mit einem Außenbordmotor vorbeizulassen, sprach Hollander sehr anerkennend über die Rennboote.

»Ich freue mich auch auf die Regatta«, sagte er abschließend. »Es wird die erste sein, die ich in Venedig erlebe.«

»Bedauerlich, dass die Umstände dabei so ungünstig sind.«

Vielleicht seufzte Hollander, doch aufgrund der vom Wasser und den Booten herrührenden Geräusche war sich Urbino nicht sicher. Die beiden Männer schwiegen, während sich das Boot dem Dorsoduro-Anlegesteg näherte, wo schon viele Leute auf die Rückfahrt warteten.

»Aber wie ich Ihnen bereits am Telefon sagte«, erklärte Hollander, während er sich darauf vorbereitete, auszusteigen, »mein Stiefvater liebte das Leben. Er begeisterte sich für die Regatta. Er hätte sie direkt von seinem Fenster aus sehen können. Das könnte ich natürlich auch, aber mit Barbara und Ihren Freunden wird es sicherlich mehr Freude machen – vor allem ohne traurige Assoziationen.«

»Doch ich fürchte, Sie werden dort keinen so guten Blick auf die Boot-Parade vor den Wettkämpfen haben wie hier. Die Parade kommt bei Barbara nicht mehr vorbei. Doch der große Trost ist, dass Sie die *gondolini* sogar zweimal sehen – vor und nach der Wendeboje.«

Urbino und Hollander gingen eine enge *calle* entlang, die dann in einer größeren, belebteren Straße mündete. Es war der Weg zwischen zwei beliebten Sehenswürdigkeiten, der Salute-Kirche und dem Guggenheim-Museum. Die Männer folgten der *calle* nur ein kurzes Stück und blieben vor einem hohen schmiedeeisernen Tor stehen. Dahinter lag ein kleiner mit Moos bedeckter Hof, in dem viele Pflanzen und ein kleiner Baum wuchsen. Auf der breiten Treppe auf der anderen Seite des Hofes standen Blumentöpfe und darüber hing ein großer Leuchter aus Muranoglas. Hollander holte einen Schlüssel hervor und sie gingen durch den Hof und die

Treppe hinauf bis in den zweiten Stock. Eine große hölzerne Flügeltür führte in den mit Bildern vollgehängten Vorraum zu Konrad Zolls Wohnung, die jetzt Hollander gehörte.

»Hier wären wir«, sagte Hollander, als sie in den großen und hohen *sala* gingen. Hinter den gläsernen Balkontüren mit schmalen Holzrahmen lag der Canale Grande. Trotz der geschlossenen Türen wurde der Raum in ein helles, wasserfarbenes Licht getaucht.

Im Verlauf der nächsten Viertelstunde zeigte Hollander Urbino die Wohnung. Neben dem großzügigen *sala* gab es drei Schlafzimmer, ein kleines Arbeitszimmer, eine Küche und ein Speisezimmer. Ausgestattet war die Wohnung mit Kronleuchtern aus Muranoglas, grünem Marmor, antiken venezianischen Spiegeln, dekorativen Stuckelementen an den Wänden und Decken, seidenen Tapeten, persischen und türkischen Teppichen, Gobelins, Statuen, Gemälden und vielen vornehmen, vergoldeten Möbelstücken, die entweder echt oder hervorragende Kopien waren. Urbino drückte seine Bewunderung aus.

»Die Wohnung war bereits größtenteils möbliert. Darüber bin ich froh. Das macht es einfacher, sich wieder davon zu trennen. Mit seinem Haus in München werde ich es schwerer haben. Es ist vollgestopft mit Dingen, mit denen er sich beinahe sein ganzes Leben lang umgeben hat, Dinge, die er liebte. Er war Sammler. Sein Vater war Banker und hinterließ ihm ein Vermögen. Mein Stiefvater gab einen Großteil seines Geldes für schöne Dinge aus. Hier zum Beispiel.«

Er ging zu einem Tischchen und hob ein kleines, abgegriffenes, in Leder gebundenes Buch auf und reichte es Urbino, der es eingehend betrachtete. Es handelte sich um ein mit flämischen Miniaturen illustriertes Brevier aus dem achtzehnten oder vielleicht sogar aus dem siebzehnten Jahrhundert.

»Wunderschön«, sagte Urbino.

»Mein Stiefvater war nicht religiös. Er schätzte einfach die Schönheit. Und er konnte auch Schönheit in praktischen Dingen erkennen. Zum Beispiel hier.«

Er zeigte auf eine Kutscheruhr in einem Messinggehäuse mit Griff. Die schwarzen Zahlen standen auf einem weiß emaillierten Zifferblatt.

»Ist das nicht eine Abraham-Louis-Breguet?«, fragte Urbino.

»Ja, ich glaube, so heißt sie. Es gibt noch eine Transportkiste aus Leder in beinahe perfektem Zustand dazu. Sie und mein Stiefvater hätten sich gut verstanden. Kutscheruhren gehörten zu den Dingen, die er sammelte. Ich werde sie zu den anderen in München stellen. Und ich werde auch den Pietro Longhi dort an der Wand bei der Tür mitnehmen.«

Sie gingen hinüber, um das Bild zu betrachten. Es handelte sich um einen typischen Longhi, auf dem eine venezianische Dame mit einer *bauta*-Maske abgebildet war, zu deren Füßen eine weiße Katze lag und neben der auf der Marmorplatte eines kleinen Tischchens eine Tasse Schokolade stand.

»Wunderschön. Barbara liebt Longhi. Sie besitzt eine ganze Sammlung. Apropos, sie lässt fragen, ob Sie Zeit hätten, für ein paar Tage raus zu ihr nach Asolo zu kommen. Ich werde heute am frühen Abend mit dem Zug dorthin fahren. Ihr Fahrer holt mich in Bassano del Grappa ab.«

»Sie war so freundlich, mich selbst anzurufen. Aber es gibt Dinge, die ich hier noch erledigen muss. Vielleicht zu einem anderen Zeitpunkt.«

Urbino nickte verständnisvoll.

»Zusätzlich zu dem Brevier, der Uhr, dem Longhi und ein paar anderen Dingen werde ich das hier zurück mit nach London nehmen«, sagte Hollander leiser.

Vorsichtig, ja beinahe feierlich hob Hollander eine Urne etwa dreißig Zentimeter über den Kaminsims hoch. Im Vergleich zu den anderen Dingen in der Wohnung wirkte sie eher schlicht. Urbino wusste, worum es sich handelte, noch bevor Hollander es ihm erklärte.

»Die Asche meines Stiefvaters. Er ist auf der Friedhofsinsel eingeäschert worden. Ich bin nicht sicher, was ich damit machen werde. Er hat keine Anweisung hinterlassen, ob sie verstreut werden soll und, wenn ja, wo.«

Er stellte die Urne zurück auf den Kaminsims.

»Ich bin sicher, Sie werden das Richtige tun, egal was es sein wird«, sagte Urbino. »Danke, dass Sie mich hier herumgeführt haben. Es ist eine unglaubliche Wohnung. Ihr Stiefvater besaß einen hervorragenden Geschmack. Ich werde Ihnen nächste Woche wegen des Maklers Bescheid sagen. Und hier sind meine Nummer und meine Adresse.«

Er reichte Hollander eine Visitenkarte.

Als Urbino zurück zur Anlegestelle des *traghetto* ging, dachte er über Hollander nach und fand seine Eindrücke im Großen und Ganzen positiv. Er hatte erwartet, ihn nicht zu mögen aus den gleichen Gründen, aus denen die Contessa empfänglich für ihn war – die Empfehlung Sebastians. Doch Urbino hatte es einfacher gefunden, mit ihm zu reden als mit ihrem Cousin. Er war sehr sympathisch und intelligent.

Auch wenn er meist der Ansicht war, dass sich Gleich und Gleich gerne gesellt, musste er dieses Mal von seiner üblichen Ansicht abweichen.

6

Nachdem Urbino das *traghetto* zurück nach San Marco genommen hatte, ging er in seine Lieblingsbuchhandlung. Etwas versteckt in der Ecke eines kleinen Hofes an der Calle Lungo Santa Maria Formosa, barst dieser kleine, aus zwei Räumen bestehende Laden geradezu vor neuen und gebrauchten Büchern, die sich auf langen Tischen stapelten oder in hohen Regalen standen. Leute saßen auf dem Platz hinter der Buchhandlung und blätterten an runden, mit Pflanzen und Blumen geschmückten Tischen in Büchern.

Nachdem der Besitzer, ein liebenswürdiger Mann mit Brille, einen Kunden zu Ende bedient hatte, kam er zu Urbino herüber.

»Wir haben erst heute Nachmittag einige Exemplare von *Regate e Regatanti* ausgepackt.«

Er spielte auf das Buch über die Geschichte der venezianischen Regatten an, das Details über die Rennen, Fotos und kurze Biografien der Ruderer, Männer sowie Frauen, die seit dem neunzehnten Jahrhundert die Regatten gewonnen hatten, beinhaltete. Es enthielt ein goldenes Register der Mannschaften in den Endausscheidungen und ungewöhnliche Informationen zu den Wettkämpfen. Urbino hatte drei Exemplare bestellt. Eins für sich und je eins für Claudio und Gildo.

»Ich wollte Sie schon anrufen«, fügte der Buchhändler hinzu. »Und hier sind Ihre Goethebücher.«

Er zeigte auf mehrere, zum größten Teil gebrauchte Bände in einem Regal hinter sich.

»Großartig. Ich schaue mich noch ein bisschen um.«

»Vergessen Sie nicht, die Exemplare Ihres Buches zu signieren. Einige sind letzte Woche gekommen.«

Urbino ging an den Regalen entlang, auf der Suche nach einem Geschenk für die Contessa. Er war sich bereits sicher, dass er nichts Passendes finden würde, was einem erneuten Besuch in La Muta angemessen wäre, als er ein französisches Buch über in Häusern und Gärten organisierte Schatzsuchen entdeckte. Die Contessa sprach schon lange davon, einmal eine Schatzsuche in der Ca'da Capo-Zendrini oder in der Villa La Muta organisieren zu wollen.

Als Urbino gerade seine Bücher signierte, ging Romolo Beato am Laden vorbei in Richtung Campo Santa Maria Formosa. Er war zu weit weg, als dass Urbino ihn hätte grüßen können, denn die Buchhandlung lag nicht direkt an der *calle.*

Auf jeden Fall schien er nicht guter Stimmung zu sein. Sein normalerweise freundliches Gesicht hatte einen wütenden Ausdruck. Auch musste er seinen Besuch in Padua verkürzt haben. Vor zwei Abenden hatte er noch gesagt, dass er eine Woche bei seinem Sohn verbringen und ein paar Geschäfte erledigen wollte. Offensichtlich war er früher zurückgekehrt.

7

Urbino hatte noch ein weiteres Geschenk für die Contessa im Kopf.

Nicht nur sie kannte ihn so gut, dass sie das perfekte Geschenk für ihn auswählen konnte, auch wenn es sich um etwas so Ausgefallenes wie eine Gondel handelte, auch er wusste ganz genau, was ihr gefallen würde. So ging er in die nahe gelegene *legatoria.* Das Geschäft voller verschiedenster Papierwaren und anderer kleiner, größtenteils handgefertigter Dinge befand sich etwas weiter unten an der Calle Lunga Santa Maria Formosa in der Richtung, aus der Beato gerade gekommen war. Es hatte vor einem Jahr eröffnet, doch Urbino hatte es bislang noch nicht betreten, da er in einem alteingesessenen Geschäft in San Marco bereits Stammkunde war. Doch da er Gefallen daran hatte, neue Geschäftsideen zu unterstützen, vor allem, wenn es um traditionelles venezianisches Kunsthandwerk ging, war sein Besuch in der *legatoria Foppa* längst überfällig.

Eine junge Verkäuferin lächelte ihm aus dem großen Schaufenster zu, in dem sie gerade einige Dinge neu arrangierte – Adressbücher, Terminkalender, Notizblöcke und Hefte, Briefpapier, Briefhalter, Lampenschirme, Geschenkpapier, Bilderrahmen und Tablettendöschen, die größtenteils aus marmoriertem Papier in unterschiedlichen Mustern hergestellt waren. Zudem gab es auch Federhalter und Tintengläser aus Muranoglas.

Eine helle Glocke ertönte, als er die Tür öffnete. Der Laden roch sauber. Im hinteren Teil befand sich eine Künstlerwerkstatt. Eine etwa dreißigjährige Frau mit großen braunen Augen, schwarzem Haar, das ihr ovales Gesicht umrahmte, und einem schön geschnittenen und mit leuchtend rotem Lippenstift betonten Mund stand an einem langen Tisch und führte fünf Kunden das Marmorieren vor.

Die Frau, die ein dunkellila Kleid mit zarter roter Stickerei trug, erklärte, dass es sich um eine über tausend Jahre alte Technik handelte, die ursprünglich aus Japan stammte.

»Erst durch die Araber kam dieses Handwerk im fünfzehnten Jahrhundert nach Europa«, erklärte sie auf Englisch mit deutlichem Akzent. »Nachdem das Marmorieren in Venedig vollständig in Vergessenheit geraten war, wurde dieses Handwerk wiederbelebt, als ich ein Kind war. Inzwischen ist das Marmorieren bei Künstlern und Künstlerinnen wieder weitverbreitet«, fügte sie lächelnd hinzu.

Sie wies mit dem Kopf auf die Marmorierwanne auf dem Tisch. Urbino trat etwas näher. Die darin enthaltene Flüssigkeit hatte auf der Oberfläche gelbe, rote und blaue Tupfen.

»Erst habe ich die Farben einzeln mit einem Pinsel hineintropfen lassen. Nun ziehe ich die Farben in verschiedene Linien.« Sie zeigte dabei auf ein kammähnliches Instrument, mit dem sie den gewünschten Effekt erzielen konnte. Aus den Farbpunkten wurden wellenförmige Linien, die sich durch die ganze Wanne zogen. »Ich ziehe den Kamm sehr vorsichtig über die Oberfläche und so – wie Sie sehen – entsteht der Marmoreffekt.«

Die Touristen murmelten anerkennend, als sich die Linien in ein Marmormuster verwandelten.

»Jetzt lege ich einen Bogen Papier auf die Flüssigkeit – so –, dabei muss ich aufpassen, dass sich keine Luftblasen darunter bilden.«

Die kleine Frau hatte so muskulöse Arme, als sei sie eine Sportlerin oder trainiere regelmäßig. Dennoch legte sie das Papier sehr gefühlvoll und vorsichtig auf die Flüssigkeit und hob es anschließend langsam wieder heraus. Die eine Seite des Papiers war nun vollständig marmoriert. Sie hängte den Papierbogen über eine Schnur in der Nähe der rückwärtigen Wand.

Nach dieser Vorführung gingen die Kunden in dem gut sortierten Laden herum und wählten verschiedene Gegenstände aus. Die junge Verkäuferin half ihnen. Die Frau in dem lilafarbenen Kleid, von der Urbino annahm, dass es sich um die *cartaio,* beziehungsweise die Ladenbesitzerin, handelte, begann ihren Arbeitsbereich aufzuräumen und zu säubern.

Urbino betrachtete die Auswahl der Notizbücher, die in verschiedenen Größen ausgestellt waren. Zwischen den dicken, leeren, handgeschöpften, mit Faden gehefteten Seiten lag jeweils ein Seidenpapier. Die Buchdeckel waren mit verschieden gemusterten marmorierten Papieren beklebt, die Ecken jeweils mit Leinen verstärkt. Er wählte ein kleines Notizbuch in einem altvenezianischen, roten Flammenmuster aus. Die *fiammato* waren golddurchzogen. Das Notizbuch würde von der Größe genau in eine der Handtaschen der Contessa passen. Im Laufe der letzten Jahre hatte sie es sich zur Gewohnheit gemacht, von Zeit zu Zeit ihre Gedanken und Eindrücke niederzuschreiben, und bereits drei Bücher gleicher Größe damit gefüllt. Urbino war aufgefallen, dass ihr neuestes Notizbuch nur noch wenige leere Seiten hatte. Und da Urbino selbst selten das Haus ohne Notizbuch verließ, wählte er für sich noch ein pfauengrünes aus.

Die Ladenbesitzerin stand an der Kasse.

»Ein sehr schönes Geschäft«, sagte Urbino auf Englisch.

»Danke. Es gehört mir. Ich bin Clementina Foppa.«

Urbino stellte sich vor und erwähnte, dass er in Venedig wohnte.

»Ich werde meinen Freunden von Ihrem Geschäft erzählen«, fügte er hinzu.

»Danke. Es liegt nicht gerade an einer der Hauptstraßen. Daher freue ich mich über jede Unterstützung. Mund-zu-Mund-Propaganda ist die beste Werbung.«

Die Frau besaß eine sanfte, melodiöse Stimme mit einem traurigen Unterton. Während Clementina Foppas Assistentin das Geschenk verpackte, bemerkte Urbino einen länglichen, laminierten Papierbogen, der an einem Brett hinter der Theke befestigt war. Er hatte die Größe eines Briefbogens, war jedoch nicht marmoriert. Vielmehr handelte es sich um eine jener Todesanzeigen, wie sie Familienangehörige in der Stadt aufzuhängen pflegen. Manchmal war darauf ein Foto des Verstorbenen zu sehen, so auch in diesem Fall. Meist hingen diese Anzeigen an der Haustür des Verstorbenen, an verschiedenen Stellen in der Nachbarschaft und an seinem Arbeitsplatz. Als er neulich abends in Cannaregio auf seiner sogenannten Leichentour unterwegs gewesen war, hatte er ebenfalls eine Anzeige bemerkt.

Die Person auf dem Foto kam ihm bekannt vor. Urbino war verwirrt. War es etwa ein Foto von Claudio? Das war natürlich unmöglich. Er hatte Claudio ja gestern noch gesehen, wie er sehr lebendig das Qualifikationsrennen gefahren war.

Auf dem Schwarzweißfoto war ein gut aussehender junger Mann mit dickem schwarzem Haar und tief liegenden Augen zu sehen, der in der Tat Claudio ähnelte. Mühsam entzifferte Urbino den Namen. Luca Benigni. Den Rest der Anzeige konnte er nicht lesen, doch er wusste, dass es sich um einen angemessenen Text über den Verstorbenen, eine Liste der Angehörigen, das Todesdatum und Zeit und Ort der Beisetzung handeln würde.

Manchmal waren es Fotos der Verstorbenen, die Jahre, sogar Jahrzehnte zuvor aufgenommen worden waren, doch dieses Foto gehörte nicht dazu. Vielmehr wirkte es, als sei es erst dreieinhalb Wochen zuvor aufgenommen worden, als Urbino und die Contessa im Florian gesessen hatten.

Denn der Mann auf dem Foto war derjenige, der den kranken Konrad Zoll so besorgt gestützt hatte, als die beiden Männer unter den Arkaden entlanggegangen waren.

8

Der Ladenbesitzerin war nicht entgangen, wie aufmerksam Urbino die Todesanzeige betrachtete. »Kannten Sie Luca?«, fragte sie auf Italienisch. Sie sah ihn scharf an, als wolle sie ihn genauso einschätzen, wie Urbino gerade die Anzeige eingeschätzt hatte. »Sind Sie einer seiner Universitätsprofessoren?«

»Nein, ich kannte ihn nicht. Aber sein Gesicht erscheint mir vertraut. Ich habe ihn erst kürzlich noch auf der Piazza San Marco gesehen. Mein Beileid, Signorina. Waren Sie mit ihm verwandt?«

»Mein Halbbruder.« Ihre Gesichtszüge entspannten sich. »Wir hatten verschiedene Väter.«

Sie sah auf das Foto. Ihre Augen füllten sich mit Tränen.

»Ihr Bruder war jung und schien sehr freundlich zu sein.«

»Ich dachte, Sie sagten, Sie hätten ihn nicht gekannt.«

»Ich kannte ihn nicht, aber an jenem Tag habe ich beobachtet, wie er einem kranken Mann geholfen hat. Direkt nach dem Erlöser-Fest.«

»Ein Deutscher. Lucas Freund.« Sie senkte den Blick und hob eine der Pillendosen aus der Auslage hoch. Geistesabwesend öffnete und schloss sie den Deckel. »Auch er ist tot. Er starb eine Woche vor Luca.«

»Ja, das habe ich gehört. Darf ich fragen, woran Ihr Bruder gestorben ist?«

»Ein Unfall. Er wurde von einem Stein getroffen, der aus einer Fensterbrüstung gefallen ist. Der Stein war nicht richtig befestigt und hat sich während der Renovierungsarbeiten am Gebäude gelöst. In Dorsoduro.« Sie nannte die *calle*. Sie lag zwischen Zolls Wohnung und dem Zattere-Ufer. »Während des ersten Sturms.«

Die Assistentin reichte Urbino das Päckchen. Nachdem er Clementina Foppa erneut kondoliert hatte, verließ er das Geschäft.

9

Während Urbino zur Vaporettoanlegestelle am Rialto ging, musste er über die ungewöhnlichen Todesumstände von Konrad Zoll und Luca Benigni nachdenken, die so kurz hintereinander verstorben waren. Der Erste auf natürlichem Wege, Letzterer durch einen sonderbaren Unfall.

Urbino, längst an das Außergewöhnliche gewöhnt, hatte dabei entdeckt, dass der Zufall eine weit größere Rolle im Leben spielte, als man gemeinhin annahm.

Seine Erfahrungen als Biograf und Hobbydetektiv hatten ihn gelehrt, dass meist das scheinbar Normale weiterer Nachforschungen bedurfte.

Er fragte sich, wie gut Hollander Luca Benigni gekannt haben mochte und ob er wusste, dass dieser nur wenige Tage nach seinem Stiefvater gestorben war. Als Urbino während des Telefonats mit Hollander den Begleiter seines Stiefvaters erwähnt hatte, hatte Hollander nichts dazu gesagt. Damals war Benigni bereits zwei Tage tot gewesen. Sicherlich hätte er es erwähnt, wenn er vom Tode Benignis gewusst hätte.

Als er den Rialto erreicht hatte, fühlten sich seine Einkäufe bereits doppelt so schwer an. Mit einem kurzen Blick in Richtung Ca'Foscari stellte er fest, dass sein Boot noch nicht in Sicht war. Er setzte sich auf den Landungssteg, stellte die beiden Tüten auf den leeren Sitz neben sich und holte einen der Goethebände hervor.

Er war gerade in ein Gedicht vertieft, als eine weibliche Stimme auf Englisch sagte: »Gehören die Tüten Ihnen? Ich muss mich hinsetzen.«

»Entschuldigung.«

Verschämt räumte Urbino seine Einkäufe zur Seite. Die Frau ließ sich schwer auf den Sitz fallen. Sie nahm ihren Gondolieri-Strohhut mit rotem Band ab und fächelte sich damit frische Luft zu. Der Hut war leicht beschädigt und begann sich an der Krempe aufzulösen. Zudem schien er feucht geworden zu sein. Sie setzte ihn wieder auf. Urbino erkannte sie als die große, dünne Frau mit dem roten Haar, die die Straßenszenen gemalt hatte. Sie trug ihren schwarzen Lederkoffer und ihren Rucksack bei sich. Ihr blasses Gesicht glänzte vor Schweiß. Sie trug das gleiche grüne Kleid.

»Ist Ihnen schlecht?«, fragte er. »Möchten Sie einen Schluck Wasser?«

»Oh, gerne. Aber nein, bemühen Sie sich nicht«, fügte sie hinzu, als er aufstand. »Ich dachte, Sie hätten eine Flasche dabei.«

»Kein Problem. Passen Sie nur auf meine Tüten auf.«

Urbino ging zum nahe gelegenen Kiosk und kaufte eine große Flasche kaltes Mineralwasser.

Ein paar Minuten später, nachdem das Wasser und der Schatten des Landungsstegs ihre Wirkung getan hatten, sah die Frau wieder besser aus, auch wenn sie immer noch flach atmete.

»Ich liebe diese Stadt«, sagte sie. »Aber diese Hitze und die vielen Menschen! Ganz zu schweigen von dem Gestank. Ich hätte kommen sollen, als das Wetter noch milder war. Schönes, englisches Wetter, falls es das hier überhaupt gibt.«

»So viele Dinge mit sich herumzuschleppen, macht es

auch nicht gerade leichter. Ich habe schon mit meinen Tüten genug.«

»Und Sie sind viel jünger als ich. Übrigens, ich heiße Maisie Croy.«

»Freut mich, Sie kennenzulernen. Urbino Macintyre.«

Die Frau streckte ihre kalte, feuchte Hand aus.

»Wie ich bereits sagte, eine bezaubernde Stadt, aber heute leide ich wirklich unter der Hitze und der Schwüle. Und immer die Brückentreppen rauf und runter! Mir scheint, dass sie nie ein Ende nehmen.«

»Ja, sie sind ermüdend.« Urbino blickte auf ihren Koffer und ihren Rucksack. »Sie malen.«

»Aquarell. Hauptsächlich zu meinem eigenen Vergnügen, aber ab und zu verkaufe ich auch ein paar Bilder.« Sie atmete jetzt wieder normal. »Ich dachte, ich könnte mein Hotelzimmer mit einem Bild bezahlen, doch da hat man mich nur angeschaut, als habe ich nicht mehr alle Tassen im Schrank. Ich hatte irgendwann einmal gelesen, dass so etwas in Venedig üblich sei.«

»Ich glaube, diese hübsche Sitte ist eher rar geworden.«

»Kennen Sie Venedig?«

»Ich lebe hier«, erklärte er.

»Oh, wie schön! Ich habe gerade eine Gruppe Amerikaner auf der Piazza San Marco getroffen, aber die waren mit einer Reisegesellschaft unterwegs. Da Sie Venedig kennen, können Sie mir vielleicht helfen. Ich bin auf der Suche nach einem preiswerten Hotel. Ich laufe von einem zum anderen, aber sie sind entweder ausgebucht oder zu teuer.«

»Wo wohnen Sie denn zurzeit?«

Sie nannte ein Hotel in Dorsoduro, nicht weit entfernt von der Accademia-Galerie. »Ich bin gerade auf dem Weg dorthin«, sagte sie.

»Wie lange haben Sie denn vor, noch in Venedig zu bleiben?«

»Wenn möglich, noch drei Wochen. Ich bin schon seit zwei Wochen hier. Es gibt so viel zu malen! Venedig hat etwas an sich, dass man am liebsten für immer bleiben würde, wenn man einmal hier ist. Ich schätze, Sie wissen, was ich meine!«

Urbino lächelte.

»Ja, das tue ich.«

»Doch wenn ich nicht bald ein billigeres Hotel finde, werde ich wohl abreisen müssen.«

Urbino fragte sie, wie viel sie in ihrem Hotel bezahle. Auch wenn sie keine exorbitante Summe nannte, so wusste er doch, dass es wesentlich billigere Hotels in dieser Stadt gab.

»Vielleicht kann ich etwas tun«, sagte er. »Ich kann nichts versprechen, aber ich kenne einige preiswertere Unterkünfte, die allerdings nicht so günstig gelegen sind wie Dorsoduro. Kann ich Sie in Ihrem Hotel erreichen?«

»Bis Mitte nächster Woche. Das wird vermutlich mein Limit sein.«

»Ich werde für ein paar Tage die Stadt verlassen, aber sobald ich zurück bin, werde ich versuchen, etwas Günstigeres für Sie zu finden.«

»Spielen Sie immer den Samariter?«

Urbino lachte.

»Weit gefehlt. Aber Sie sind mir einige Male an verschiedenen Plätzen der Stadt aufgefallen. Ich habe das Gefühl, Sie bereits ein bisschen zu kennen. In Venedig geht es einem oft so. Einmal waren Sie gut gelaunt, obwohl ein Mann Ihre Leinwand umgestoßen hat.«

»Ja, ich erinnere mich. Es ist aber kein Schaden dabei entstanden.«

»Und einmal sind Sie sogar an meinem Haus vorbeigegangen, als ich gerade aus dem Fenster geschaut habe. Ich wohne in der Nähe des Ghetto.«

»Was für ein Zufall! Genau an Ihrem Haus vorbei!«

Sie rutschte ungemütlich hin und her.

»Hier ist meine Karte«, sagte Urbino und reichte ihr seine Visitenkarte. Er stand auf und nahm seine Tüten. »Mein Vaporetto kommt. Ihres wird aus der anderen Richtung kommen.« Er zeigte in Richtung Rialto-Brücke.

»Ich werde Ihnen Bescheid sagen, sollte ich mein Hotel wechseln, bevor Sie sich bei mir melden, Mr Macintyre. Und vielen, vielen Dank.«

Auf dem Weg zur Anlegestelle San Marcuola fiel Urbino auf, dass er nun zwei Gefälligkeiten zu erledigen hatte. Einen Makler für Nick Hollander und eine preiswerte Unterkunft für Maisie Croy finden. Verschiedene Ideen schwirrten in seinem Kopf herum.

10

Im Zug nach Bassano del Grappa, wo er von dem Fahrer der Contessa erwartet würde, um nach Asolo gebracht zu werden, versuchte Urbino sich auf seinen Goethe zu konzentrieren, doch seine Überlegungen zu Konrad Zoll und Luca Benigni lenkten ihn ab. Dass zwei in Freundschaft verbundene Menschen so verschiedenen Alters und Gesundheitszustands auf so unterschiedliche Art und Weise rasch hintereinander gestorben waren, ließ ihn seine eigene Verwundbarkeit spüren und erinnerte ihn daran, dass jederzeit alles möglich war.

Er zwang sich dazu, an die Contessa und die Villa La Muta zu denken. Er genoss es stets, bei ihr in Asolo zu sein. Irgendwann würde er einmal für längere Zeit bei ihr verweilen, statt ihr immer nur so kurze Besuche abzustatten.

Irgendwann, wiederholte er still für sich. Stets ging man einfach davon aus, dass es noch andere Gelegenheiten geben würde, Dinge zu tun, die man immer schon vorhatte zu tun.

Mit seinem Vermögen und seiner Freiheit war Konrad Zoll in der Lage gewesen, all das zu tun, was er wünschte, doch dann hatte die Krankheit alles zerstört. Jetzt war er tot und nur noch ein Häuflein Asche in einer Urne in seiner luxuriösen Wohnung am Canal Grande. Und auch der sehr viel jüngere Luca Benigni, dem es leidgetan haben musste, als sich das Leben seines reichen Freundes dem Ende zuneigte, war tot.

All diese Gedanken waren Nahrung für Urbinos melancholisches Gemüt. Meist redete er sich ein, seine Melancholie zu genießen und gar nichts anderes zu wollen. Manchmal hegte er jedoch den Verdacht, dass er sich einfach daran gewöhnt hatte und nun, aus Gründen, die er selbst nicht verstand, fürchtete, sie würde ihm wieder gestohlen.

Nachdem er in Bassano del Grappa ausgestiegen und auf den wartenden Bentley zugegangen war, musste er enttäuscht feststellen, dass die Contessa nicht mitgekommen war. Er brannte darauf, sie zu sehen, und hatte gehofft, sich mit ihr in Bassano einen Grappa in der Nardini-Destillerie an der Ponte degli Alpini zu gönnen. Während der Fahrt nach Asolo beschloss er, im September nach der Regatta ein paar Wochen mit der Contessa in La Muta zu verbringen. Es würden wundervolle Tage werden.

Nachdem sie den historischen Ortskern hinter sich gelassen hatten, lachte sein Herz beim Anblick der in eine sanfte Hügellandschaft eingebetteten Villa La Muta. Als er aus dem Auto gestiegen war, atmete er dankbar die frische Luft ein und blickte an der Villa vorbei über die weite Landschaft des Treviso, die bis zum Fuße der Alpen reichte. An diesem Ort konnte man seine Sorgen leicht für eine Weile vergessen.

Giorgione hatte einst in den Rosengärten seine Laute gespielt und die Königin von Zypern hatte in ihrer Fantasie dort Hof gehalten. Urbino erinnerte sich selbst daran, dass der Ort sogar in eine Redewendung eingegangen war. Pietro Bembo, ein Satiriker im Zeitalter der Renaissance, hatte Asolo als Kulisse für seine Dialoge über die Liebe genutzt und so das Verb *asolare* geprägt, das für Müßiggang und Unbeschwertheit steht.

Ja, die Verwandten des Ehemanns der Contessa hatten ihr Rückzugsdomizil im achtzehnten Jahrhundert geschickt gewählt. Obwohl es damals in Venedig Mode gewesen war, eine *villeggiature* – eine Sommerresidenz – an den Ufern der Brenta zu wählen, hatte sich der Conte Paolo für Asolo, vierzig Kilometer nordwestlich von Venedig, entschieden und dort eine von Palladios Nachfolger Scamozzi gestaltete Villa erstanden.

Der Name der Villa – *La Muta* beziehungsweise »Die stumme Frau« – ging zurück auf eine Frau aus dem siebzehnten Jahrhundert, die sich in den kleinen Ort inmitten der Hügellandschaft zurückgezogen und nie wieder ein Wort gesprochen hatte, nachdem sie Zeugin eines blutigen Mordes in Florenz geworden war.

Die Contessa, die weit weniger melancholische Züge besaß als Urbino, war verständlicherweise von dieser eher schaurigen Namensgebung nicht sehr angetan gewesen. Doch nach einigem Nachdenken hatte sie schließlich mit dem Kauf eines Druckes von Raphaels Bild einer vornehmen Dame mit dem Titel *La Muta* eine geniale Lösung für ihr Problem gefunden.

So umarmte Urbino die Contessa nur wenig später unter ebenjenem Bild, das über der Steintreppe in der Eingangshalle hing.

»Hier«, sagte er und reichte ihr die beiden Geschenke.

»Danke, *caro*. Und ich habe auch etwas für Sie. Ein paar Tage gesegneter Ruhe abseits der Hektik Venedigs.«

11

»Traurig«, sagte die Contessa eine halbe Stunde später, als die beiden Freunde durch den Irrgarten hinter der Villa spazierten. Urbino hatte ihr gerade vom Tode Luca Benignis berichtet.

Die Abenddämmerung brach herein. Ein paar Minuten zuvor waren die Lichter angegangen. Doch die Contessa benötigte kein Licht, um bis zum Mittelpunkt des Irrgartens zu finden. Urbino war überzeugt, man könne ihr dabei auch die Augen verbinden.

Auch wenn er diesen Irrgarten bereits Dutzende Male durchschritten hatte, war er doch auf die Hilfe der Contessa angewiesen, um den richtigen Weg inmitten dieser verzwickten Biegungen, Irrwege und Sackgassen zu finden. Entweder lag es an ihrer Führung oder daran, dass er zu stolz war, eines dieser Schilder mit der Aufschrift: HOCHHALTEN FALLS VERLAUFEN zu benutzen. Er erinnerte sich an einen Sommernachmittag vor zehn Jahren, als er sich allein in den Irrgarten gewagt und sich verirrt hatte. Er war zu stolz gewesen, eines dieser Schilder hochzuhalten. So hatte er einen Trick ausprobiert, den er irgendwo gelesen hatte, und hatte beim Weitergehen mit der linken Hand immer Kontakt zur Hecke gehalten. Doch es hatte nichts genutzt. Schließlich hatte er nach einem ermüdenden Ausschlussverfahren den Weg zur Mitte gefunden und dort einfältig auf die Contessa gewartet, die schließlich mit einer Flasche Prosecco zu ihm gestoßen war.

»Es ist die dünne Linie, *caro*«, sagte die Contessa, als sie an einer spiralförmigen Kreuzung innehielten.

»Die dünne Linie?«, wiederholte Urbino.

Er wartete darauf, dass die Contessa einen der Wege wählen würde, was sie auch ohne Zögern tat. Alles, was er über die Hecken hinaus sehen konnte, waren die oberen Geschosse der Villa, den dunkler werdenden Himmel und das Dach des Aussichtsturms in der Mitte.

»Die schmerzliche Wahrheit«, antwortete die Contessa, »liegt in der dünnen Linie zwischen Leben und Tod. Erinnern Sie sich an das, was letzten August mit Gildos Freund geschah? Er wurde draußen in der Lagune von einem Blitz genau auf die Stirn getroffen. Tot, tot, tot. Und wenn es nicht irgendein Sturm ist, der uns erwischt, dann schleicht sich etwas anderes an uns heran, bis wir …« Sie verstummte.

Da Urbino ähnliche Gefühle wie die Contessa hegte, schwieg er.

Sie seufzte und tätschelte seinen Arm.

»Aber, hier sind wir, *caro*!«, rief sie aus.

Die Contessa meinte damit, dass sie die Mitte des Irrgartens erreicht hatten, ohne dass sie sich auch nur ein einziges Mal vertan hätten. Vor ihnen erhob sich der Turm gegen den violetten Abendhimmel. Doch ihre Worte hatten für Urbino noch einen anderen Sinn. Hier sind wir, sagte er zu sich selbst, hier und jetzt, zusammen.

Sie setzten sich auf die verschnörkelte Marmorbank.

»Ein guter Zeitpunkt, dies hier zu lesen«, sagte die Contessa.

Sie holte einen zusammengefalteten Zeitungsartikel aus der Tasche ihres Kleides und reichte ihn ihm.

»Es ist immer noch hell genug. Das ist der Artikel über Konrad Zoll, den mir Sebastian geschickt hat. Lesen Sie ihn, während ich auf den Turm klettere. Nein, das geht schon. Ich brauche etwas Sport. Ich klettere einmal täglich hinauf.«

12

Urbino entfaltete den Artikel. Er stammte aus einer zwei Jahre alten Ausgabe der *International Herald Tribune*. Obwohl Urbino diese Zeitung mehrmals wöchentlich las, konnte er sich an diesen Artikel nicht erinnern.

Er berichtete von einer Ausstellung antiker ägyptischer Kunstgegenstände in München, die aus der Privatsammlung Konrad Zolls stammten. Die Ausstellung stand in Zusammenhang mit einer Neuinszenierung der Oper *Aida,* in der Zolls Freund, der Tenor Zacharias Kellner, die Rolle des Radames sang. Dem Artikel zufolge hatte Zoll als Einzelkind das Vermögen seines Vaters, des Frankfurter Bankiers Richard Zoll, geerbt und wurde des Weiteren als weitgereister Philanthrop und Kunstsammler mit Vorlieben für altägyptische, islamische, französische und venezianische Kunst beschrieben. Er hatte eine Kampagne organisiert, um einem von einem Erdbeben zerstörten algerischen Dorf zu helfen, und er hatte einen Lehrstuhl für Kunstgeschichte an der Münchner Universität gestiftet. Neben seiner Muttersprache Deutsch sprach er fließend Italienisch, Französisch und Englisch. Der Rest des Artikels beschrieb die ausgestellten Gegenstände und ihre Herkunft.

Das Foto neben dem Artikel zeigte einen lächelnden, gesund aussehenden Zoll mit schwarzer Krawatte. Er hielt eine Achatschale hoch, während der stämmige Kellner sie betrachtete. Im Hintergrund standen mehrere Männer und Frauen. Bei einem von ihnen handelte es sich um den sonnengebräunten, glatzköpfigen Nick Hollander. Er stand dicht neben einer etwa sechzigjährigen Frau, der er sehr ähnlich sah. Urbino schätzte, dass es sich um seine Mutter handelte. Zoll und Hollanders Mutter hatten sich fünf Jahre zuvor scheiden lassen. Da sie zur Ausstellung erschienen war, hatte es sich vermutlich um eine Scheidung in aller Freundschaft gehandelt.

Urbino begann, den Artikel ein zweites Mal zu lesen. Er hielt ihn so, dass er vom Licht einer der Turmlaternen beschienen wurde. Er wurde von der lauten Stimme Gervasios, dem Majordomus der Contessa, unterbrochen, die über die Hecken hinweghallte.

»Signor Urbino. Ein dringender Anruf für Sie.«

Urbino betrat den Turm und blickte die Wendeltreppe empor. Die Contessa hatte den Lichtschalter betätigt.

»Barbara?«

»Ich habe ihn gehört. Ich bin auf dem Weg nach unten. Ich –«

Ein kratzendes Geräusch hallte von dem Gemäuer wider.

»Ist Ihnen etwas zugestoßen?«

»Ich fürchte, ich habe mir den Fuß verstaucht. Aber es geht schon.«

Urbino stieg die enge Treppe empor, um der Contessa nach unten zu helfen. Er stützte sie, während sie ihn aus dem Irrgarten hinausführte. Gervasio erwartete sie am Eingang.

»Gehen Sie vor und nehmen Sie den Anruf entgegen. Gervasio wird mir helfen. Gehen Sie zum Apparat im *salotto verde*.«

13

Es war Natalia.

»Gott sei Dank, Signor Urbino! Wieso hat das so lange gedauert?«

»Was ist los?«

Ihre Stimme klang abgehackt.

»Es geht um Albina Gonella! Sie ist tot!«

Urbino war sprachlos und brachte eine Weile kein Wort hervor.

»Tot?« Sein Herz raste. »Aber vor zwei Abenden habe ich sie doch noch gesehen!«

»Aber sie ist tot. Herzinfarkt, sagen sie. Aber nicht nur das, sondern auch, wie es passiert ist.«

Urbino hörte, dass sie tief Luft holte.

»Sie war ganz allein. In einer *calle* in der Nähe ihrer Wohnung. Inmitten dieses Sturms. Wohin führt das noch alles? Albina stirbt wie ein verlassener Hund auf der Straße! Wer hätte so was gedacht?«

»Das sind ja schreckliche Nachrichten. Arme Albina. Sie hat nicht gesagt, dass sie sich schlecht fühle, aber sie sah müde aus.« Nach einem Augenblick des Schweigens fügte er hinzu: »An jenem Abend habe ich ihr geholfen, mit ihrer Arbeit fertig zu werden.«

In seine Traurigkeit und den Schock mischten sich Schuldgefühle. Offensichtlich war Albina kurz nachdem er sie bis zu ihrer Haustür begleitet hatte, gestorben. Seine Augen füllten sich mit Tränen.

»Habe ich Ihnen nicht gesagt, dass dieser Sklaventreiber im Da Valdo sie noch in den Tod treiben würde? Warum haben Sie keine andere Arbeit für sie gefunden? Ich muss auflegen. Ich wollte Sie nur so schnell wie möglich anrufen, nachdem ich erfahren habe, dass Sie da oben in Asolo bei der Contessa sind.«

Natalia betonte das Wort »Asolo«, so wurde ihre persönliche Einstellung genauso deutlich, als wenn sie das Wort »Müßiggang« verwendet hätte.

14

Von Gervasio am Ellbogen gestützt, betrat die Contessa den *salotto verde,* als Urbino den Telefonhörer auflegte. Catullus, der Dobermann der Contessa, hatte sich zu ihnen gesellt und schaute zu seiner Herrin mit einem Blick beinahe menschlichen Mitgefühls auf. Die Contessa setzte sich in einen der handgeschnitzten Stühle und Catullus ließ sich zu ihren Füßen auf dem Aubusson-Teppich nieder.

»Was ist los, *caro*? Sie sehen plötzlich so erschöpft aus.«

Urbino ließ sich auf einen Stuhl fallen.

»Albina Gonella ist tot.«

»Tot?«, wiederholte die Contessa nach ein paar Augenblicken tonlos.

»In der Sturmnacht. Anscheinend Herzversagen. Das war Natalia.«

»Heilige Mutter Gottes! Albina!« Tränen schossen ihr in

die Augen und liefen ihr die Wangen herunter. »Möge sie in Frieden ruhen.«

Während sie ein Taschentuch hervorholte, um sich die Augen zu trocknen, streifte ihr Blick das auf der Staffelei stehende Porträt des Conte Alvise, das während ihrer Ehe gemalt worden war. Das Bild zeigte einen etwa vierzigjährigen, gut aussehenden, energischen Mann mit schwarzem Haar, blauen Augen und der typisch venezianischen hellen Haut.

»Ein neuer Tod bringt die Erinnerungen an all die anderen zurück«, sagte sie leise und abgehackt.

»Ich muss direkt vor ihrem Tod mit ihr zusammen gewesen sein.«

»Wie meinen Sie das?«

Urbino erklärte, dass er Albina im Da Valdo getroffen und sie nach Hause begleitet hatte.

»Sie hatte die Hausschlüssel im Restaurant vergessen. Giulietta hat sie reingelassen.«

Er hob eines der handgemalten tönernen *fischietti* hoch, die auf dem kleinen Bronzetisch mit der Marmorplatte neben seinem Stuhl standen. Die Pfeife war wie eine Möwe geformt. Er betrachtete sie aus mehreren Blickwinkeln, als müsse er sie, ohne zu wissen, warum, aus irgendeinem besonderen Grund genau studieren. Er stellte sie auf den Tisch zurück zu den anderen Pfeifen in Vogel- oder anderen Tierformen.

»Sie fühlen sich schuldig, weil Sie kurz vor ihrem Tod bei ihr waren«, sagte die Contessa. »Das verstehe ich. Aber was bedeutet das? Sie sollten sich nicht so fühlen, genauso wenig wie ich damals, als Alvise starb, nachdem ich eine halbe Stunde zuvor den Raum verlassen hatte.«

»Aber Sie haben sich auch schuldig gefühlt.«

Statt zu antworten, blickte die Contessa auf ihr goldenes Armband mit den ineinandergeflochtenen Buchstaben *B* und *A* herab, das Albina ihr erst kürzlich wieder zurückgebracht hatte.

Sie schwiegen. Urbino stand auf und ging zu der kleinen in einem Hepplewhite-Bücherregal versteckten Bar hinüber, um sich und der Contessa einen Sherry einzuschenken.

Als er wieder Platz genommen hatte, sagte die Contessa: »Sie hätten ihren Tod nicht verhindern können. Sie hatte einen Herzinfarkt.«

»So ist es wohl. Nein«, fügte er hinzu, als ihn die Contessa überrascht anblickte, »ich habe keinen Grund, an dieser Todesursache zu zweifeln, auch wenn ich vorhabe, mehr über die Umstände herauszufinden. Ich fühle mich wegen der Schlüssel schuldig. Wenn ich nicht in das Da Valdo gegangen wäre und ihr geholfen und damit ihre Routine gestört hätte, dann hätte sie sie nicht vergessen.«

»Glauben Sie, dass sie deswegen noch einmal ausgegangen ist? Um ihre Schlüssel zu holen?«

»Das erscheint mir logisch. Und wenn sie in diesem Sturm noch einmal losgegangen ist, hat sie sich vielleicht verirrt, hat Angst bekommen und … und ist dann einsam gestorben.«

Doch selbst als er sich diese Szene bildlich vorstellte, erschien sie ihm irgendwie nicht richtig.

»Quälen Sie sich nicht«, sagte die Contessa liebevoll. »Sie sind nicht dafür verantwortlich. Genauso könnten Sie Giulietta vorwerfen, dass sie ihr die Tür geöffnet hat. Wenn nicht, wären sie beide gemeinsam zurückgegangen und hätten die Schlüssel geholt, sollte das der Grund sein, warum sie noch einmal ausgegangen ist. Oder beschuldigen Sie den Sturm oder die Tatsache, dass sie einen Job hatte, der sie zu dieser nächtlichen Stunde vor die Tür getrieben hat. Oder schieben Sie ganz einfach dem Leben die Schuld in die Schuhe!«

Beide versanken in ihren Gedanken und nippten an ihrem Sherry. Die Contessa tätschelte Catullus' Kopf. Urbino starrte auf die Pastelle und Miniaturen von Rosalba Carriera an der Wand gegenüber, ohne etwas von ihrer Schönheit wahrzunehmen.

Die Contessa seufzte und stand auf. Sie ging leicht humpelnd ein paar Schritte.

»Ich glaube nicht, dass es schlimm ist. Mit etwas Eis wird es schon wieder werden.«

An der Tür bekreuzigte sie sich mit dem heiligen Wasser aus der *aquasantiera*.

»Arme, liebenswerte Albina«, sagte sie. »Ich kann es nicht glauben. Ich werde Giulietta anrufen. Sie wird es schätzen, wenn sie für die Beerdigung etwas Hilfe bekommt. Sie hatten ja nur einander.«

15

Albina Gonellas Trauerfeier wurde in der Carmini-Kirche zwischen dem Campo Santa Margherita und der Zattere abgehalten, nur ein paar Schritte von der Scuola entfernt, in der sie letzten Oktober mit Claudio und ihrer Schwester die Oper *Cosi fan tutte* genossen hatte. Das Dekor und der düstere Innenraum der gotischen Kirche mit den geschnitzten Holzverkleidungen und den dunklen Wandfriesen an den oberen Wänden standen im Kontrast zu dem schlichten Sarg der Frau, der so noch mehr die Aufmerksamkeit der Trauergäste erregte.

Urbino saß mit der Contessa, Giulietta, Oriana, Natalia und Gildo in einer Bank. Zahlreiche weitere Trauergäste waren gekommen, um der Verstorbenen ein letztes Geleit zu geben, aber auch einige Touristen hatten mit ihren Reiseführern in der Hand die Kirche betreten und wagten nun nicht, darin umherzugehen. Sie standen still und beobachteten die Zeremonie von der kleinen Kapelle aus, in der Cima da Coneglianos *Christi Geburt* über dem Altar hing. Vermutlich waren sie insgeheim erregt, dass sie bei ihrem Besuch zufällig eine echte venezianische Trauerfeier miterlebten.

Viele von Albinas Kollegen aus dem Florian waren gekommen und auch ein Kellner aus dem Da Valdo, Valdo selbst allerdings fehlte. Die Nachbarn aus Albinas Viertel füllten zwei ganze Bankreihen – beziehungsweise nicht ganz zwei, denn zwischen ihnen saßen Romolo und Perla Beato, die in einem sehr viel schickeren Teil von Dorsoduro lebten. Perla hatte einmal, als sie vor ihrer Heirat mit Romolo noch als Krankenschwester arbeitete, Giuliettas Dienste als Näherin in Anspruch genommen.

Giulietta saß mit aschfahlem Gesicht in einem schwarzen, mit einer cremefarbenen Spitze verzierten Kleid steif auf ihrem Platz und verfolgte die ganze Messe, ohne eine Träne zu vergießen.

Zwei Dinge überraschten Urbino in Bezug auf die Trauergäste. Zum einen waren nur wenige Gonella-Verwandte erschienen. Nur drei ältliche Tanten und ein Onkel mit einem Vetter, alle aus Treviso stammend, waren anwesend. Zum anderen war Clementina Foppa unter den Trauernden. Die Ladenbesitzerin war kurz nach Beginn der Messe gekommen. Sie saß allein, und so, wie sie Claudio anstarrte, als dieser das *Ave Maria* und andere Lieder auf der kunstvoll geschnitzten und vergoldeten Empore sang, konnte man glauben, sie sei einzig und allein wegen seines Gesangs erschienen. Vielleicht war sie auch, genau wie Urbino, als er die Todesanzeige ihres toten Bruders gesehen hatte, überrascht, wie sehr sich die beiden Männer ähnelten.

Claudio schien weder die Menschen noch das Geschehen um sich herum wahrzunehmen. Seine Stimme war an diesem Morgen nicht sonderlich gut, aber seine gefühlvolle Interpretation machte das bei Weitem wett. Der düstere Innenraum und Claudios Abstand zu den Trauergästen sorgten dafür, dass nur Urbino von den Tränen in seinen Augen wusste, weil er diese in dem Gesang spürte.

Nach der Messe, in der ein ältlicher Priester eine kurze,

doch eloquente Lobrede auf Albina gehalten hatte, folgten die Trauergäste dem Sarg Albinas bis zur Trauergondel.

Auf dem Weg zur Tür, die auf den kleinen Platz am Kanal hinausging, kamen sie an einer hölzernen Madonnenstatue mit Kind vorbei. Die verschleierte und weiß gekleidete Madonna sah auf ihrem Thron, umgeben von Engeln, aus wie eine Braut. Von einer ihrer Hände hing ein Skapulier herunter.

Mit müdem Gesichtsausdruck war Claudio von der Empore herabgestiegen und war nun einer der Sargträger. Schweigend, traurig und in den vom Kanal herüberwehenden Nebel gehüllt, trugen Claudio und die anderen Männer den Sarg zur Trauergondel und stellten ihn auf die überdachte und mit schwarzen Vorhängen versehene Plattform.

Das einer Barke ähnliche Gefährt war deutlich größer als eine normale Gondel. Es wurde von einem handgeschnitzten trauernden Engel und einem Löwen geschmückt und um den Bug lief eine reich verzierte und vergoldete, doppelte Girlande.

Claudio und Gildo nahmen mit ihren Rudern den Platz genau vor dem Sarg ein, während sich die anderen beiden Ruderer dahinterstellten. Die beiden Freunde hatten sicherlich nicht damit gerechnet, ihre Ruderkünste für solch einen traurigen Anlass einsetzen zu müssen. Die Trauergondel bewegte sich langsam durch den über dem Kanal aufsteigenden Nebel in Richtung Friedhofsinsel.

16

Zwei Stunden später gingen Urbino und die Contessa einen Pfad entlang, der über die Zypressen bestandene Friedhofsinsel in der Lagune zwischen Venedig und Murano führte. Es war ein heißer Tag. Der Himmel war grau verhangen, und ein unfreundlich feuchter Wind wehte von der Lagune herein, sodass der tief hängende Nebel in Fetzen um sie herumwaberte. Urbino war heiß, aber dennoch fröstelte ihn. Die Contessa konnte wieder ohne Probleme gehen, da die Verletzung ihres Knöchels genauso minimal gewesen war, wie sie es prophezeit hatte.

»Wenigstens haben wir ihr dies erspart«, sagte die Contessa.

Sie wies mit dem Kopf auf eine Reihe aufgelassener Gräber, die von Dreck, zerbrochenen Betonstücken und verwelkten Blumen umgeben waren.

Sie befanden sich an einer Stelle, wo die Gräber gerade wieder aufgelassen wurden, nachdem das zwölf Jahre währende Liegerecht der Verstorbenen erloschen war. Viele Familien mieteten die Grabstellen nur für diese kurze Zeitspanne und waren über die unvermeidliche Exhumierung meist weniger traurig, als man annehmen mochte. Die meisten Toten waren schnell vergessen, und der Platz, den sie einnahmen, war kostbar, knapp und teuer.

Die Contessa hatte dafür gesorgt, dass Albina in einer Dauergrabstätte beigesetzt wurde, in der auch Giulietta einst liegen würde, wenn ihre Stunde kam. Die Gräber ihrer Eltern waren längst aufgelassen worden und die Knochen waren in ein Beinhaus auf einer der für diesen traurigen Anlass genutzten Insel in der Lagune umgebettet worden.

Nachdem Albina begraben worden war, besuchten Urbino und die Contessa das Familienmausoleum der Da Capo-Zendrinis. Die Contessa legte dort einen Blumenstrauß nieder und verbrachte unnötigerweise eine halbe Stunde damit, den Ort zu säubern – unnötigerweise, da sie dafür gesorgt hatte, dass das Mausoleum einmal pro Woche gepflegt wurde.

Danach machten sie einen weiteren Besuch, der für sie zum Ritual geworden war. Es handelte sich um das Grab Diaghilews. Die Mutter der Contessa war eine Freundin

Diaghilews gewesen und hatte es stets bedauert, dass sie diesem geliebten und bewunderten Mann nicht die letzte Ehre hatte erweisen können. Im Andenken an ihre Mutter besuchte die Contessa das Grab des Ballettimpresario, wann immer sie auf die Insel kam.

Urbino und die Contessa gingen an Gräbern vorbei, an denen Männer und Frauen die Steine reinigten und die Pflanzen und Blumen pflegten. Sie gingen vorbei an der *loculi* – einer Mauer, in der die Toten beigesetzt wurden – und hielten an einer Stelle kurz inne. Die Contessa blickte zu einer der Grabnischen empor und sprach ein stilles Gebet für die Seele ihres alten Dienstmädchens, das hier begraben lag.

Anschließend betraten sie den orthodoxen Teil und gingen den Pfad entlang bis zur Backsteinmauer. Der Nebel war an dieser Stelle dichter. Ein rostiges Eisentor führte zum Marschland und zur blaugrauen Weite der Lagune, auf der ganz in der Nähe Boote nach Murano unterwegs waren. Sehr weit links und außer ihrer Sichtweite lag die tote Lagune, die von den Gezeiten nicht erreicht wurde.

»Als wüssten wir nicht, was wir finden würden.« Die Contessa betrachtete den schlichten Gedenkstein Diaghilews. »Dort ist noch einer.«

Sie meinte nicht den lila-weißen Nelkenstrauß mit dem gelben Band am Fuße des Grabsteins, sondern den darauf-liegenden Ballettschuh. Er hatte kaum an Farbe und Form verloren, ganz im Gegensatz zu dem verdrehten, verblassten und schimmeligen Schuh, der im Juni dort gelegen hatte. Genau wie bei dem anderen Schuh zog sich auch hier ein Spinnennetz über die Öffnung.

»Wir haben noch nie gesehen, wie jemand einen Schuh hierherbringt, und doch liegt immer ein neuer Schuh hier«, sagte die Contessa sinnend.

»Eins der vielen Geheimnisse Venedigs. Eins der gütigen Geheimnisse.«

Als sie den orthodoxen Teil wieder verließen, meinte die Contessa mit einem Seitenblick auf Urbino: »Sie suchen nach Antworten wegen der armen toten Albina, nicht wahr? Reicht es nicht, was uns Salvatore Rizzo gesagt hat?«

Rizzo war der Arzt der Verstorbenen gewesen. Nach der Beerdigung hatte er erklärt, dass Albina in der Tat ein schwaches Herz gehabt habe.

»Nicht ganz«, meinte Urbino.

»Er sagte, dass es bei ihrem Zustand durchaus nicht ungewöhnlich war, dass sie so plötzlich gestorben ist.«

»Und er hat auch gesagt, dass sie genauso gut noch viele Jahre hätte leben können.«

Die Contessa seufzte.

»Schicksal, *caro,* Schicksal und die Umstände. Ich weiß, dass eine angeblich gute Katholikin eine andere Philosophie haben sollte.«

»Doch ich war an jenem Abend Teil der Umstände, die Albina betrafen, Barbara. Wenn es ihr Schicksal war, dann habe ich die Rolle gehabt, es ihr zu überbringen. Ich muss wissen, was ihr zugestoßen ist.«

»Ich weiß nicht, was Sie glauben herausfinden zu können und ob Ihnen das dann Trost sein wird.«

Eine gewisse Ungeduld ließ den Ton der Contessa unmerklich schärfer klingen.

»Wenn Albina nicht wegen ihrer Schlüssel noch einmal nach draußen gegangen ist«, erklärte er langsam, »wäre mir das ein gewisser Trost.«

»Und dennoch wäre sie tot.«

»Und«, verfolgte Urbino seinen Gedanken weiter, ohne auf den Einwand der Contessa einzugehen, »wenn ich herausfinde, dass sie nicht eines natürlichen Todes gestorben ist, selbst wenn sie wegen ihrer Schlüssel zurückgegangen sein sollte, dann wäre es mir eine Befriedigung, den Verantwortlichen aufzuspüren.«

»Und Sie wären aus dem Schneider.«

»Ich werde in diesem Fall nie aus dem Schneider sein.«

Die beiden Freunde kamen nicht mehr auf das Thema zurück, bis sie vor der knochenweißen San-Michele-Kirche das Motorboot der Contessa erreichten.

Während Urbino der Contessa half, Platz zu nehmen, ließ er sie an der Frucht seiner Gedanken, die er seit dem Besuch an Diaghilews Grab in seinem Kopf bewegt hatte, teilnehmen, indem er sagte: »Konrad Zoll, Luca Benigni und Albina Gonella. Allesamt tot.«

»Sie glauben doch nicht an irgendeine Form der Verbindung? Das ergibt keinen Sinn.«

»Viele Dinge ergeben keinen Sinn. Nicht auf den ersten Blick.«

Dritter Teil
Die kürzlich Verstorbenen

I

Am nächsten Morgen wurde Urbino ein paar Minuten nach sieben vom Klingeln des Telefons geweckt.

»Signor Urbino? Sind Sie am Apparat?«

Die leise, tränenerstickte Frauenstimme war nicht zu erkennen.

»Ja, hier ist Urbino Macintyre.«

»Hier ist Giulietta Gonella.«

Albinas Schwester hatte ihn noch nie angerufen. Er setzte sich auf und stopfte sich ein Kissen in den Rücken.

»Giulietta? Was ist passiert?«

Albinas Schwester war während der Beisetzung ruhig gewesen, beinahe ein wenig kühl und distanziert. Je emotionaler die anderen Trauergäste geworden waren, desto mehr schien sie sich in sich selbst zurückgezogen zu haben. Doch Urbino war sich bewusst, dass das Verhalten eines Trauernden kein sicherer Indikator für die Aufrichtigkeit und Tiefe seiner Gefühle war.

»Jemand ist in unsere – meine – Wohnung eingebrochen«, erklärte Giulietta mit etwas festerer Stimme.

»Wann?«

»Gestern. Niemand war im Gebäude. Alle waren auf der Beerdigung. Auch die meisten Leute aus unserer *calle*. Als ich gestern Abend von einer Freundin in Castello nach Hause kam, stand meine Tür offen. Die ganze Wohnung war durchwühlt.«

»Sie müssen die Polizei anrufen.«

»Das habe ich, nachdem ich gesehen habe, was passiert ist. Und ich musste lange warten, bis sie gekommen sind! Sie haben eine Menge Fragen gestellt und wollten wissen, ob etwas gestohlen worden ist.«

»Und fehlt etwas?«

Sie schwieg.

»Ich weiß nicht«, antwortete Giulietta nach einer Weile. »Vielleicht von Albinas Sachen. Von meinen fehlt nichts. Nein, von mir ist nichts weg«, wiederholte sie. »Überhaupt nichts.«

Urbino war etwas misstrauisch. Es dauerte häufig mehrere Tage, manchmal noch länger, um festzustellen, dass etwas fehlte, es sei denn, es handelte sich um einen großen oder wertvollen Gegenstand, dessen Fehlen man sofort überprüfte.

»Geld? Schmuck?«

»Was ich besitze, verwahre ich in den Taschen eines alten Mantels, den niemand je stehlen oder auch nur durchsuchen würde. Und er war noch da. Aber ich habe Angst, Signor Urbino. Angst, dass die Einbrecher zurückkommen. Bitte, könnten Sie mir helfen? Ich will nicht mehr in meiner Wohnung mit der aufgebrochenen Tür bleiben.«

»Nein, natürlich nicht.«

Urbino wusste, wie lange Hausbesitzer in Italien brauchten, um etwas reparieren zu lassen, selbst wenn sich die Polizei oder die Stadtverwaltung einschaltete. Daher sagte er ihr, dass er so schnell wie möglich zu ihr käme.

2

Zur sichtbaren Erleichterung Giuliettas saß Urbino kurz nach neun im Wohnzimmer der verschreckten Frau. Sie trug das schwarze Kleid vom Vortag. Es war zerknittert und ein Teil der cremefarbenen Spitze hatte sich gelöst.

Im Wohnzimmer roch es zwar etwas muffig, doch das Zimmer wirkte sauber. Manche Dinge standen nicht an ihrem Ort. Eine Bonbondose war umgekippt, ein kleiner Teppich lag quer neben dem Sofa, und überall auf dem Boden waren Liebesromane und Kreuzworträtselhefte verstreut. In einer Ecke lag ein zerbrochener Porzellanlampenfuß. Die Schneiderpuppe in der Ecke war gegen die Wand gekippt. Geblümte blaue Stofffetzen hingen über der Schulter der Puppe. Neben dem Fenster standen drei Kartons mit der Aufschrift eines toskanischen Weingutes, aus denen bunt gemusterte Stoffe, Spitzen und Borden rausquollen.

Die Möbel, einst von guter Qualität, waren abgenutzt und alt. Als sich Urbino neben Albinas Schwester auf das Sofa setzte, spürte er den Druck einer losen Feder von unten durch den grünen Stoff, der über dem Sofa drapiert lag.

»Machen Sie sich keine Sorgen, Giulietta. Ich werde dafür sorgen, dass die Tür sofort repariert wird. Und die kaputte Haustür unten auch. Gibt es hier in der Nähe einen Schlüsseldienst, den Sie kennen?«

»Vor ein paar Jahren hat Albina jemanden gerufen, als wir Probleme mit unserem Schloss hatten. Aber ich weiß nicht mehr, wer das war. Sie hat sich immer um solche Sachen gekümmert.«

»Es gibt einen in der Nähe von Carmini. Ich werde gleich von hier aus dorthin gehen.«

Die Frau hatte dunkle Ringe unter den Augen. Von Zeit zu Zeit biss sie sich auf die leuchtend rot geschminkte Unterlippe.

»Sind Sie sicher, dass ich Ihnen nicht ein Glas Wasser anbieten darf?«, fragte sie. »Ich würde Ihnen auch Kaffee kochen, aber ich konnte mir die letzten Tage selbst keine einzige Tasse mehr machen. Wir haben keinen Kaffee mehr da, und ich war zu beschäftigt, neuen zu kaufen. Albina hat sich immer darum gekümmert. Oder vielleicht ein Glas Cynar? Das täte doch gut, oder nicht?«, fragte sie beflissen.

Der dickliche, braune, aus Artischocken gemachte Likör gehörte nicht gerade zu Urbinos Lieblingsgetränken.

»Nein, danke.«

Giulietta sah enttäuscht aus.

Urbino erhob sich.

»Sind Sie sicher, dass die Person die Tür aufgebrochen hat? Vielleicht haben Sie sie offen stehen lassen. Sie hatten so viel im Kopf.«

»Ich habe sie abgeschlossen, bevor ich gegangen bin. Das vergesse ich nie. Albina war die Vergessliche von uns beiden. Und das Schloss ist aufgebrochen. Das habe ich Ihnen doch gesagt!«, fügte sie gereizt hinzu.

Urbino ging zur Tür und schob den Riegel zurück, den Giulietta sofort nach seinem Eintreten vorgeschoben hatte. Er öffnete die Tür und untersuchte das Schloss, konnte allerdings keine Spuren eines gewaltsamen Öffnens entdecken. Doch die Tür war alt und das Schloss abgenutzt und rostig, daher hatte es vermutlich keiner großen Kraftanstrengung bedurft, die Tür aufzubrechen. Als er das Gebäude betreten hatte, war ihm aufgefallen, dass die Eingangstür, an der Albinas Todesanzeige hing, mit leichtem Druck geöffnet werden konnte und er nur gewartet hatte, bis Giulietta die Tür aufgeschlossen hatte, um die arme Frau nicht noch mehr zu ängstigen.

»Was hat die Polizei zu der Tür gesagt?«

»Ach, die Polizei! Die haben nichts gesagt. Die haben nichts gemacht.«

»Darf ich Albinas Zimmer sehen?«

»Warum?«

Giulietta schaute ihn streng an.

»Wer immer hier eingebrochen ist, hat vielleicht etwas von ihren Sachen mitgenommen, das sagten Sie doch. Es stimmt doch, dass von Ihren Sachen nichts fehlt?«

Sie starrte ihn an.

»Wenn wir herausfinden, ob etwas Bestimmtes aus Albinas Zimmer fehlt«, fuhr er fort, »haben wir vielleicht die Möglichkeit, den oder die Einbrecher zu finden.«

Giulietta dachte einen Augenblick darüber nach.

»Ich schätze, Sie haben Recht«, meinte sie etwas widerwillig. »Sie kennen sich mit solchen Sachen besser aus als jemand wie ich, so gerne, wie Sie ermitteln. Wie Sie wollen. Zu ihrem Zimmer geht es hier entlang.«

Sie führte ihn einen engen, dunklen Flur entlang, vorbei an vier geschlossenen Türen, und öffnete die Tür am Ende.

In Albinas Zimmer lag ein ausgefranster dunkelblauer Teppich. Vor dem einzigen Fenster hingen dünne, halb durchsichtige blaue Vorhänge, die die Backsteinmauer des Nachbargebäudes durchscheinen ließen. Mit einem Einzelbett, das ein wuchtiges hölzernes Kopfende zierte, einem Plastikstuhl, einer Kommode, einem dunklen Schrank und einem mit Büchern gefüllten Eckregal war das kleine Zimmer ziemlich zugestellt.

Sich in Albinas Zimmer zu befinden war das eine, es zu durchsuchen, wie es Urbino gerne getan hätte, etwas völlig anderes. Ihm wurde klar, dass er sich mit nicht viel mehr als einem kurzen Blick zufriedengeben musste. Sämtliche Schubladen der Kommode waren herausgezogen worden. Kleidungsstücke hingen heraus. Auf dem Teppich lag ein wildes Durcheinander an Schuhen. Die Schranktüren standen weit offen und davor lagen weitere Kleidungsstücke zu einem unordentlichen Haufen gestapelt. Die Laken waren zerwühlt und auch die Matratze schien nicht mehr richtig auf dem Bett zu liegen.

»Mein Zimmer hat genauso ausgesehen, aber ich habe es aufgeräumt. Ich hatte nicht die Energie, hier auch noch für Ordnung zu sorgen. Ich weiß noch gar nicht, ob ich überhaupt all ihre Sachen behalte.«

»Natalia kann vorbeikommen und Ihnen helfen. Aber ich

würde nichts wegschmeißen, zumindest jetzt noch nicht. Versuchen Sie einfach, die Sachen, so gut es geht, zurückzuräumen. Wir werden uns später darüber Gedanken machen.«

Giulietta stellte seinen Rat nicht infrage. Sie bückte sich und hob etwas auf. Es handelte sich um eine bunte Geburtstagskarte. Sie stellte sie auf die Kommode. Urbino bemerkte, dass zwei Fingernägel ihrer rechten Hand abgebrochen waren.

»Von Claudio«, sagte Giulietta. »Er hat sie gebracht und Lieder gesungen. Im Juli. Albina war fünf Jahre älter als ich.« Dann fügte sie mechanisch hinzu: »Meine arme Schwester.«

»Ihre Schwester war sehr beliebt. Denken Sie an all die Menschen, die zu ihrer Beerdigung gekommen sind. Ich bin sicher, dass sie keine Feinde gehabt hat.«

Er bemühte sich, diese letzte Bemerkung beiläufig klingen zu lassen. Giulietta zuckte leicht zusammen und schaute ihn mit großen Augen an.

»Warum sagen Sie das? Glauben Sie, dass hier jemand wegen Albina eingebrochen hat? Weil jemand sie nicht mochte?«

»Ist hier noch in weitere Wohnungen eingebrochen worden?«, fragte Urbino, ohne auf ihre Fragen einzugehen.

»Nein.«

»Albina hat die Wohnung verlassen, kurz nachdem ich sie nach Hause begleitet hatte, richtig?«

Giulietta bückte sich und hob einen alten Schuh auf. Sie suchte den dazu passenden, fand ihn und stellte beide Schuhe ordentlich vor das Bett.

»Sie ist wegen der Schlüssel zurückgegangen«, erklärte sie.

»Aber warum ist sie im aufkommenden Unwetter so spät noch einmal losgegangen?«

»Ich habe das auch nicht verstanden.« Giulietta erhob sich. »Die Schlüssel könnten warten, hab ich ihr gesagt.

Aber sie war entschlossen, sie zu holen. Sie hatte Angst, jemand anderer würde sie an sich nehmen und sie müsste die neuen Schlüssel bezahlen.«

»Sind denn Schlüssel bei ihr gefunden worden?«

»Die Schlüssel zum Da Valdo. In ihrer Tasche. Und etwas Geld. Gott sei Dank hat sie niemand ausgeraubt, als sie dort sterbend oder schon tot lag.«

»Wissen Sie, ob sie die Schlüssel aus dem Da Valdo vor ihrem Tod noch abgeholt hat?«

»All diese Fragen, Signor Urbino! Ich hab keine Ahnung. Ich habe ihren Sklaventreiber nie gefragt, ob ihre Schlüssel noch im Café sind. Ich bin überhaupt nicht auf die Idee gekommen.« Sie starrte aus dem Fenster und wandte sich dann wieder zu Urbino um. »Oh, ich verstehe, was Sie meinen. Jemand hätte die Schlüssel benutzen können, um in die Wohnung zu gelangen. Und – das könnte bedeuten, dass sie von jemandem angegriffen worden ist. Wegen der Schlüssel? Ja, jemand könnte sie wegen der Schlüssel überfallen haben.«

Die Möglichkeit schien ihr zu gefallen. Oder vielleicht versuchte sie, seine Gedanken auch in diese Richtung zu lenken, dachte Urbino.

»Möglich«, sagte Urbino vorsichtig in Anbetracht von Giuliettas Reaktion. »Oder jemand hätte sich ihren Zustand zunutze gemacht und sie an sich genommen.«

»Aber warum sollte jemand in unsere Wohnung einbrechen wollen?«, fragte Giulietta nachdrücklich. »Das verstehe ich einfach nicht.«

»Es gibt Leute, die lesen Todesanzeigen, um herauszufinden, wann die Verwandten wegen der Beerdigung außer Haus sein werden. Sie wissen, dass sie in dieser Zeit vermutlich ungestört sein werden. Ein guter Zeitpunkt für einen Einbruch.«

Doch Urbino war sich sicher, dass mehr dahintersteckte.

3

Eine Viertelstunde später betrat Urbino das Geschäft des Schlüsseldienstes. Der Inhaber kannte das Gebäude, auch wenn es sich nicht um den gleichen handelte, den Albina seinerzeit bestellt hatte. Er kannte den Besitzer des Hauses, der in Mestre lebte.

»Ich werde ihn gleich anrufen«, sagte er. »Kann nicht einfach hingehen und die Schlösser an einem Haus tauschen, das mir nicht gehört.« Er milderte seine Worte mit einem Lächeln ab.

Der Hausbesitzer hatte nichts dagegen, nachdem ihm der Mann vom Schlüsseldienst erklärt hatte, dass ein Freund der Gonella-Schwestern die Arbeit und die neuen Schlüssel für sämtliche Mieter bezahlen würde.

Der Mann vom Schlüsseldienst versprach, sich darum zu kümmern, sobald sein Mitarbeiter zurück sei. Er würde die besten Schlösser einsetzen, die er hatte.

4

Urbino brach in Richtung Café Da Valdo auf. Es wurde ein heißer, wolkenloser Tag, der später noch heißer und schwüler werden würde. Urbino fühlte sich etwas erschöpft und leicht schwindelig, aber vielleicht nur, weil er so abrupt aufgestanden war und den Palazzo Uccello so überstürzt verlassen hatte.

In den Straßen wimmelte es von Touristen, die trotz der Hitze gut gelaunt schienen. Venezianer stellten ihre vollbeladenen Körbe und Taschen um sich herum ab, um miteinander einen kurzen Plausch zu halten. Die Straßencafés waren drinnen wie draußen auf dem Bürgersteig gut besucht, und Kinder fuhren auf ihren Dreirädern und Rollern in Schlangenlinien durch die Menge.

Als anachronistisches Element in all dieser Heiterkeit kam eine lange dünne Figur langsam die Calle Toletta herunter auf Urbino zu. Sie trug einen schwarzen Umhang aus hauchdünner Baumwolle, einen breitkrempigen Hut, der Ohren und Haar verdeckte, eine große Brille mit schwarzem Rand und eine goldlackierte Vogelschnabelmaske, die Nase und Mund verdeckte. In den behandschuhten Händen trug die Figur einen Holzstab, während sie sich langsam vorwärtsbewegte.

Jemand wählte die Sommerhitze, um in einem Karnevalskostüm herumzustolzieren, das an die Schutzkleidung der Pestdoktoren der Renaissance erinnerte. Früher hatte man die vogelschnabelartige Maske mit einem Stück Stoff gefüllt, das mit einer Medizin getränkt worden war, deren Dämpfe den Arzt vor einer möglichen Ansteckung bewahren sollten. Der Stock wurde dazu benutzt, die Wunden des Patienten aus sicherer Entfernung zu untersuchen.

Die meisten Touristen amüsierten sich über die Figur und lachten, wenn sie von dem Stock berührt wurden. Zwei Kinder rannten um die Figur herum und baten neckend, mit dem Stock berührt zu werden, duckten sich jedoch immer schnell weg, wenn der Stock auf sie zukam. Als die finstere Gestalt an Urbino vorbeikam, berührte sie seine Schulter dreimal schnell hintereinander mit dem Stock. Eine Gruppe Spanier brach in Lachen aus.

Urbino lächelte, obgleich er irritiert war. Trotz seiner Liebe zur Logik war er doch bereits als Kind mit dem Aberglauben infiziert worden. Er hatte ihn nie abschütteln können und bezweifelte auch, dass ihm das je gelänge. Mit dem Umzug nach Italien war er noch viel abergläubischer geworden. Auch das gehörte zu seinen Widersprüchlichkeiten.

Während Urbino beobachtete, wie der Pestdoktor düsteren Schrittes an ihm vorbei in Richtung Campo San Barnabà ging, sah er Konrad Zoll wieder vor sich, als dieser langsam unter der Arkade vor dem Florian vorbeigegangen war – Zoll, der leidende und kranke Mann, der von seinem Begleiter Luca Benigni gestützt wurde.

An jenem Nachmittag hatte Urbino zur Contessa gesagt, dass der kranke Mann wenigstens jemanden hatte, der sich um ihn kümmerte. Er überlegte, wie viele Menschen wohl die Nähe Zolls aufgrund seiner Krankheit gescheut hatten, auch wenn sie nicht ansteckend gewesen war. Wie viele seiner Freunde und Bekannten oder gar Familienangehörige hatten sich ihm gegenüber wohl so verhalten wie der Pestdoktor mit dem Stock seinen Patienten gegenüber? Viele Menschen mieden Kranke, häufig nur, um nicht an die eigene Sterblichkeit erinnert zu werden.

Als Urbino die Accademia-Brücke erreichte, war das Gewühl in den Straßen noch größer geworden. Er kämpfte sich seinen Weg über die Brücke auf den kleinen Campo San Vidal und vorbei an den schmiedeeisernen Toren des Palazzo Barbaro. Für ein paar Minuten suchte er Schutz im Haupthof des Musikkonservatoriums, einer großen Fläche unter einer Reihe von Balkons. Heute drang aus keinem der Fenster eine Arie oder Sonate. An diesem Morgen war es im Gebäude still. Er blieb dennoch ein paar Minuten und betrachtete die steinerne Statue einer verschleierten Frau in langem Kleid, die ein Buch gegen ihre Brust drückte. Um die Statue zu betrachten, war er heute in diesen Hof gekommen. Oder suchte er ihren Rat? Dank Urbinos unbezwingbaren und ständig wachsenden Aberglaubens sah er in dieser Statue eine Art Sphinx. Eine Sphinx, die nicht in Rätseln zu ihm sprach, sondern ihn zu ermutigen schien, Antworten auf die ihn quälenden Fragen zu finden. Dieses Mal geschah allerdings nichts dergleichen und so ging er enttäuscht weiter zum Campo Santo Stefano.

Der große, stets lebhafte Platz gehörte zu den geschäftigsten Orten der Stadt. Kinder spielten unter dem Denkmal

Niccolò Tommaseos, auf dessen Kopf eine reglose Taube saß. Neben dem Denkmal stand ein junges Paar und verzehrte ein kleines Gebäckstück nach dem anderen, die sie einer Papiertüte mit dem Aufdruck eines bekannten Geschäfts aus der nahe gelegenen Calle del Spezier entnahmen.

Als Urbino die *calle* betrat, die zum Campo Sant'Angelo führte, spürte er mehr denn je in diesem Sommer die stickige Luft. Da ihm heiß und etwas schwindelig war, war er froh, als er zehn Minuten später vor dem Da Valdo einen freien Tisch fand.

5

Ein Kellner – einer derjenigen, die Albinas Beerdigung beigewohnt hatten – begrüßte Urbino herzlich und nahm die Bestellung einer großen Flasche Mineralwasser entgegen. Der Campo Sant'Angelo war ein durchaus empfehlenswerter Platz. Von wunderschönen Palästen umgeben und nicht so überfüllt mit Geschäften und Cafés, war er ruhiger als die meisten anderen Plätze des Viertels. Er lag in der Nähe der Vaporettoanlegestelle gleichen Namens und dem reich verzierten Palazzo Fortuny mit einem Museum, das dem spanischen Textilkünstler Marioano Fortuny gewidmet war. Zusätzlich hatte man von hier – besonders von den Tischen vor dem Da Valdo – einen guten Blick auf den denkmalgeschützten Campanile Santo Stefano.

Die meisten anderen Gäste waren Touristen, die die Sonne genossen, Fotos machten oder per Handy plauderten, wobei einige von ihnen ihrer Familie oder Freunden zu Hause enthusiastisch ihre Eindrücke schilderten. An einem Tisch saß eine lächelnde Frau mittleren Alters, die mit einem Füllfederhalter unablässig Postkarten schrieb. Urbinos Herz erfreute sich an ihr. Hier saß jemand, mit dem er sich identifizieren konnte.

Im Inneren des Cafés war eine ganz andere Gruppe von

Menschen anzutreffen. Außer einem Paar, das gleich am Eingang saß und in seinem Reiseführer blätterte, waren dort nur Einheimische und vor allem ältere Männer. Einige spielten weiter hinten an der Theke Karten. Andere diskutierten lautstark über die neue Glasbrücke, deren Konstruktion über dem Canal Grande den Ingenieuren so große Probleme zu bereiten schien.

In der Nähe der Kasse lehnte ein großer, dunkelhaariger Mann Anfang vierzig an der Theke. Urbino erkannte ihn als den Inhaber Valdo. Urbinos Kellner sagte gerade etwas zu ihm. Ein paar Minuten später kam Valdo mit einem kleinen Tablett, auf dem eine Flasche Mineralwasser und ein Glas standen, an Urbinos Tisch. Er stellte das Glas auf den Tisch und goss etwas Wasser ein.

»Sie sind der Amerikaner«, sagte er. »Der, der in Cannaregio lebt. Ich hab Sie hier schon gesehen. Aber noch nie in meinem Café.«

Er warf Urbino einen schnellen Blick zu und zog dabei die dunklen Augenbrauen kurz hoch.

»Meine eigene Dummheit«, erwiderte Urbino. »Sie haben ein schönes Lokal. Sehr gute Lage. Und es scheint sowohl Touristen als auch Einheimischen zu gefallen.«

»Danke. Die Geschäfte laufen gut.« Er blickte über die Tische, die allesamt besetzt waren. »Sie waren Albinas Freund.« Er stellte die Mineralwasserflasche auf den Tisch. »Ich konnte nicht zur Beerdigung kommen. Wir alle vermissen sie.« Valdo starrte Urbino eine Weile an. »Nicht nur wegen ihrer Arbeit. Sie war eine gute Frau.«

»Das war sie.«

»Wünschen Sie noch etwas anderes? Es geht alles aufs Haus.«

Urbino dankte ihm und sagte, dass ihm das Wasser völlig genüge. Er entschuldigte sich und trank einen großen, erfrischenden Schluck.

»Ich habe allerdings ein oder zwei Fragen, wenn es Ihnen nichts ausmacht«, sagte Urbino, als er das Glas abstellte. »Wegen Albina. In der Nacht, in der sie gestorben ist, hatte sie ihre Haustürschlüssel vergessen. Entweder war sie auf dem Weg, sie zu holen, als sie starb, oder sie wollte mit ihnen nach Hause zurück. Ich wollte wissen, ob Sie oder einer Ihrer Kellner irgendwelche Schlüssel gefunden haben. Das ist eine der Fragen, auf die ihre Schwester gerne eine Antwort wüsste.«

»Ich habe tatsächlich einen Schlüsselbund gefunden. Am nächsten Tag. Warten Sie eine Sekunde.«

Kurz darauf kehrte Valdo mit einem unscheinbaren Metallring zurück, an dem zwei große und ein kleiner Schlüssel hingen.

»Das müssen sie sein. Ich habe sie auf dem Regal an der Tür gefunden. Ich hatte keine Ahnung, dass sie Albina gehörten, sonst hätte ich sie zurückgegeben. Ich dachte, ein Gast hätte sie vergessen. Ich hatte die Schlüssel sicherheitshalber in die Kasse gelegt.«

Urbino nahm die Schlüssel und betrachtete sie. Die großen Schlüssel waren alt und zerkratzt und der kleine, beinahe zarte Schlüssel war leicht verbogen.

»Gestatten Sie, dass ich sie ihrer Schwester zurückbringe? Vorausgesetzt es waren Albinas Schlüssel. Falls nicht, bringe ich sie Ihnen zurück und Sie können sie zurück in die Kasse legen, bis der richtige Besitzer auftaucht. Noch eine Sache«, sagte Urbino, während er die Schlüssel einsteckte. »Hat Albina je darüber geklagt, dass sie, wenn sie abends hier sauber machte, von jemandem belästigt würde – einem Passanten oder einem Gast?«

»Eine merkwürdige Frage. Albina hat mir gesagt, dass Sie Verbrechen aufdecken. Meinen Sie, dass ihr jemand etwas angetan haben könnte?«

»Jemand könnte sie ausgeraubt haben, nachdem sie in der

calle gestürzt war. Ihre Wohnung ist aufgebrochen worden. Deswegen habe ich nach den Schlüsseln gefragt. Ich dachte, jemand könnte sie ihr entwendet haben.«

»Nun, Sie sehen ja, dass die Schlüssel die ganze Zeit über hier waren. Und um Ihre Frage zu beantworten, Signore, solange sie hier gearbeitet hat, hat sie nie erwähnt, dass sie belästigt würde. In meinem Café hat es noch nie irgendwelche Probleme gegeben. Es ist ein friedlicher kleiner Ort. Sehen Sie die Frau da drüben?«

Er zeigte auf eine kleine, stämmige Frau, die vor einer Staffelei stand. Urbino hatte sie noch nicht bemerkt. Um diese Jahreszeit gab es überall in der Stadt so viele Hobbykünstler, dass man sie nach einer Weile leicht übersah. Sie wurden zum Teil der Kulisse, die sie malten.

»Solche Frauen wie diese malen ständig mein Lokal. Es ist sehr pittoresk.«

Urbino stimmte ihm zu.

6

Nachdem sich Urbino etwas erholt und mit Valdo gesprochen hatte, machte er sich auf den Weg zum Café Florian. Da er mit der Stadt so gut vertraut war, konnte er zumindest ein ganzes Stück weit die Haupt*calli* zur Piazza San Marco umgehen und so die Touristenmengen meiden.

Er ging einen kleinen Umweg hinter dem Teatro Fenice entlang – einen Weg, den er selten nahm. Die schmalen Gässchen und Kanäle wirkten auf ihn beinahe geheimnisvoll und unbekannt. Er spürte, wie die Feuchtigkeit auf ihn herabsank, was zwar für Venedig nicht ungewöhnlich war, ihn jedoch in Anbetracht seiner leichten Angeschlagenheit frösteln ließ. Als er den Campo Gaetano erreichte, stellte er sich in die wärmende Sonne. Er blickte zu dem Theater auf, das nach einem verheerenden Brand erst kürzlich sorgfältig und wunderschön restauriert worden war. Er erinnerte sich daran, dass er sich mit der Contessa absprechen wollte, um für sie beide und Claudio Karten für die Eröffnungsvorstellung zu erwerben.

Nachdem er die geschäftige Piazza überquert hatte, stand Urbino zehn Minuten später an der Theke des Florian. Er bestellte ein Mineralwasser mit einem Schuss Zitrone. Die Theke im Florian war klein und schmal und wimmelte nur so von Kellnern, was ihm eine gute Möglichkeit gab, ein paar Fragen bezüglich Albina zu stellen.

Doch mit wem er auch sprach – den Kellnern, dem Manager oder einem der Tellerwäscher, der für ein paar Minuten aus der Küche kam –, Urbino bekam stets die gleiche Antwort. Albina war eine hart arbeitende, hilfsbereite Frau gewesen, die sofort die Herzen der Mitarbeiter und das besondere Wohlwollen des Inhabers erworben hatte. Alle würden sie sehr vermissen.

Nachdem er sein Wasser ausgetrunken hatte, stieg er die Treppe neben dem Eingang zu dem Flur vor den Toiletten empor, wo ein kleiner Tisch mit einem Teller mit Münzen und ein Stuhl standen. Die Toilettenfrau kümmerte sich gerade um einen Gast auf der Damentoilette. Wie schon zuvor stellte Urbino erneut fest, dass ein Lokal wie das Florian elegantere Toilettenräume als diese kleinen, engen Kammern haben sollte.

Als die Toilettenfrau, die auf Albinas Beerdigung gewesen war, auf den Flur zurückkam, fragte er sie nach Albina. Auch sie wusste nur Gutes über sie zu sagen und versicherte ihm, dass Albina niemals Probleme mit irgendwelchen Gästen gehabt habe.

Die meisten Menschen waren zumindest anfangs zurückhaltend, wenn sie über Kranke oder Tote befragt wurden, doch Urbino glaubte nicht, dass dies für die Toilettenfrau oder einer der anderen Angestellten im Florian galt. Vielleicht wurde die Verstorbene verständlicherweise idealisiert, doch nach seinen eigenen Begegnungen mit Albina war er sicher, dass das, was er über sie hörte, der Wahrheit entsprach. Doch selbst eine gute Frau – und vielleicht in gewisser Hinsicht eine besonders gute Frau – konnte ungewollt Gewalt provozieren, falls ihre Güte beziehungsweise allein ihre Existenz für jemanden eine Bedrohung darstellte.

7

Nachdem Urbino das Florian verlassen hatte, erledigte er zwei Besorgungen, die nichts mit der toten Frau zu tun hatten.

Die erste führte ihn zu einer Freundin. Die Architektin Rebecca Mondador hatte er kennengelernt, als er sich mit den ersten Renovierungsarbeiten des Palazzo Uccello beschäftigt hatte. Er fuhr mit dem Vaporetto von San Marco bis San Tomà. Das Boot war so voll, dass er kaum Chancen hatte, einen Platz am Heck zu finden, und selbst wenn, hätte er dazu durch die geschlossene, sicher stickige Kabine gehen müssen. Er stellte sich backbord neben die kleine Kapitänsbrücke. Hier würde er in den Genuss einer leichten Brise kommen, wenn das Boot auf das Wasser hinausfuhr. Er fühlte sich immer noch nicht sonderlich wohl.

Urbino war erleichtert, das Boot an der Anlegestelle San Tomà verlassen zu können. Er konnte nicht umhin, darüber nachzudenken, was Goethe wohl gedacht hätte, wenn er heute die Stadt mit den Tausenden von Menschen, die hier zusammenströmten, besuchen würde – Goethe, der Mann, der für seine langsame Reise von Karlsbad nach hier dreieinhalb Wochen gebraucht hatte. In jenen Tagen war das Reisen ein Privileg einiger weniger, und eine derartige Bildungsreise hatte nichts mit diesem Wirbelwind aberwitzigen Konsums zu tun.

Urbino hoffte nur, dass die Stadt, von der Goethe gesagt hatte, dass sie mit nichts vergleichbar ist, all diese Demütigungen und Invasionen ihrer Bewunderer überleben würde, doch an Tagen wie diesem, mitten während der Hochsaison, hegte er daran seine Zweifel.

8

Rebeccas modernes Büro lag am Campo San Tomà.

»Natürlich kenne ich das Haus«, erklärte sie, nachdem er ihr Konrad Zolls Wohnung beschrieben hatte. Sie sprach ein fehlerfreies, allerdings akzentgefärbtes Englisch. »Wie Sie sicher selbst wissen, gehört dieser Palazzo zu den besten am Canalazzo. Er wird hervorragend unterhalten. Ich habe mir die Wohnung selbst einmal angeschaut, als sie zum Verkauf stand. Weit, weit über meinen finanziellen Verhältnissen, selbst wenn ich fünf Leben hätte. Ja, der Makler, der damals den Verkauf abgewickelt hat, ist inzwischen im Ruhestand, wie Ihr Freund bereits sagte.«

»Könnten Sie jemanden für den Wiederverkauf empfehlen?«

»Mit oder ohne Provision? Für mich, meine ich. Nein, ich mache nur Spaß.« Sie lächelte ihn an. »Ich glaube, ich kenne jemand Passenden.«

Sie nannte eine Maklerin in San Polo und schrieb den Namen auf ein Blatt ihres Notizbuches.

»Sie ist sehr gut«, sagte sie, »und sie spricht ganz ordentlich Englisch. Das sollte ein Pluspunkt sein.«

Als er gehen wollte, erwähnte Rebecca Albinas Tod.

»Es tut mir leid, dass ich nicht zur Beerdigung kommen konnte. Ich musste zu einer wichtigen Besprechung nach Mailand. Trauriger Tod, so allein mitten im Unwetter. Herzversagen, nicht wahr?«

»So sagt man.«

Rebeccas schmales, spitzes Gesicht bekam einen fragenden Ausdruck. Sie kannte Urbinos Ruf als Amateurdetektiv. Sie hatte ihm sogar schon mit kleinen, aber entscheidenden Hinweisen geholfen. Bevor sie ihm Fragen stellen konnte, dankte er ihr und ging. Zu diesem frühen Zeitpunkt wollte er seine Spekulationen niemand anderem als der Contessa anvertrauen. Alles andere wäre unklug gewesen.

9

Mit seinem zweiten Vorhaben war Urbino nicht so schnell erfolgreich.

Er fragte in mehreren kleinen Hotels in San Polo und Santa Croce nach einem günstigen Zimmer für die Aquarellmalerin Maisie Croy nach, doch sämtliche Hotels waren bis Mitte September komplett ausgebucht.

Als er vor einer Pension in der Nähe des Piazzale Roma stand, beschloss er, es in Castello zu versuchen, auch wenn das bedeutete, dass er zum anderen Ende der Stadt gelangen musste. Castello oder zumindest das Arbeiterviertel dieses weit von der Piazza San Marco entfernten Stadtteils war für gewöhnlich als Letztes ausgebucht. Hätte Maisie Croy nicht so dringend eines neuen Zimmers bedurft, hätte er die Suche auf den nächsten Tag verschoben. Doch nachdem er sich mit einer *granita di caffè* erfrischt hatte, nahm er ein Vaporetto, das noch überfüllter war als das letzte, zur Arsenale.

Von dort aus ging er zu Fuß den Kai an der Lagune bis zur Via Garibaldi entlang, der größten Straße des Viertels, an der sich zahlreiche Geschäfte, Cafés und Restaurants befanden. Während er sich langsam von Bacino in Richtung des auf einer kleinen Insel gelegenen San Pietro di Castello vorwärtsbewegte, wurde er von einem Hotel nach dem anderen abgewiesen. Er war versucht, sich im nahe gelegenen öffentlichen Park eine schattige Bank zu suchen, setzte aber dennoch seine Suche fort.

Als er über den Straßenmarkt unterhalb des Sant'-Anna-Kanals ging, war er langsam entmutigt. Er sagte sich, dass es sich ja schließlich um die Hochsaison des Sommers handelte. Doch dann fiel ihm plötzlich eine kleine Pension in einer Gasse links vom Kanal ein. Aufgrund ihrer versteckten Lage war es unwahrscheinlich, dass sie völlig ausgebucht war. Nur wenige Touristen verirrten sich in diesen entlegenen Teil der Via Garibaldi, und von der anderen Seite war der Zugang durch das Arsenale versperrt. Die Pension gehörte zwei ältlichen Schwestern und trug daher den Namen Le Due Sorelle. Das letzte Mal hatte Urbino vor mehr als zehn Jahren mit ihnen zu tun gehabt. Er hatte keine Ahnung, ob es die Pension und die Schwestern noch gab.

Daher freute er sich umso mehr und war auch froh für Maisie Croy und natürlich für die Schwestern, dass er die beiden Frauen in dem der Pension angeschlossenen Restaurant antraf und beide gesund und kaum gealtert wirkten. Eine von beiden bereitete gerade Kutteln zum Mittagessen vor. In Anbetracht von Urbinos leichtem Unwohlsein war das ein Geruch, der vor allem an solch einem heißen Sommertag alles andere als appetitanregend auf ihn wirkte. Die andere Schwester legte an einem Tisch gerade die Servietten zurecht. Sie erkannte ihn und reagierte enthusiastisch auf seine Nachfrage.

»Aber natürlich, Signore!«, sagte sie und stand auf. »Wir geben Ihrer Freundin unser bestes Zimmer, so lange sie es benötigt. Frühstück ist inklusive, und wie Sie sehen, servieren wir in unserem Restaurant selbst gekochte Gerichte zu vernünftigen Preisen. Kommen Sie.«

Sie nahm einen Schlüssel vom Pult im Eingang hinter dem Speisesaal und führte ihn eine dunkele, wackelige Stiege am Ende des Flurs hoch. Das Öffnen der Zimmertür bereitete ihr Mühe, denn man musste sich ein bisschen dagegenlehnen, um sie aufzuschließen. Im Zimmer stand ein Doppelbett, über dessen Kopfende ein Druck von St. Rita hing, eine Kommode, ein kleiner Tisch mit einem Stuhl, ein angestoßenes Waschbecken und ein Bidet. Es sah alles eher düster und ungemütlich aus und war sicherlich kein Vergleich zu dem Zimmer, das Maisie Croy derzeit in Dorsoduro bewohnte. Der Geruch der Kutteln war bis in das Zimmer hochgestiegen und mischte sich dort mit dem Geruch von Schimmel.

Da die Frau Urbinos Gedanken ahnte, ging sie zum Fenster hinüber, zog die schweren Vorhänge beiseite und klappte die hölzernen Fensterläden auf.

Licht durchflutete das Zimmer, das daraufhin nicht etwa schlechter, sondern vielmehr deutlich angenehmer erschien.

Das Fenster erlaubte einen Blick auf den engen Kanal, eine Steinbrücke und einen Balkon mit einem Eisengeländer, über das sich eine üppige Blumenpracht ergoss. Das Auge eines Künstlers würde diesem malerischen Ausblick nicht widerstehen können.

Als die Frau einen Preis nannte, der nur ein Viertel dessen darstellte, was Maisie Croy in Dorsoduro bezahlte, sagte er, dass er das Zimmer für seine Bekannte ab dem nächsten Tag reservieren wolle. Die Frau bestand darauf, dass er es ab sofort nehmen solle, da ihre Chancen, einen Gast für nur eine Nacht zu finden, äußerst gering seien. Urbino feilschte nicht. Er hinterließ eine Summe, die drei Übernachtungen deckte. Nachdem er eine Quittung erhalten und den Schwestern gedankt hatte, nahm er ein Wassertaxi von Riva dei Sette Martiri bis zu Maisie Croys Hotel in Dorsoduro.

Maisie war nicht auf ihrem Zimmer. Er hinterließ ihr eine Nachricht bezüglich der Pension, teilte ihr darin mit, dass sie ab sofort jederzeit umziehen könne, und nannte Adresse und Weg. Zusammen mit der Quittung steckte er die Notiz in einen Umschlag und ließ sich von der Dame an der Rezeption versichern, dass Maisie Croy diesen sofort bei ihrer Rückkehr erhalten würde.

10

Sobald Urbino in den Palazzo Uccello zurückgekehrt war, wählte er die Nummer des Gritti Palace Hotels. Hollander war nicht auf seinem Zimmer. Urbino hinterließ eine Nachricht mit den nötigen Informationen bezüglich der Maklerin.

Nach dem Mittagessen, das ihm Natalia mürrisch serviert hatte, ging Urbino zu Gildos Wohnung hinunter. Natalia hatte ihm erzählt, dass Claudio gerade bei dem Gondoliere sei. Urbino nahm zwei Exemplare des *Regate e Regatanti* mit.

Claudio saß auf dem Sofa und sah zu, wie Gildo für Natalia einen Regenschirm reparierte. Claudios Gesicht sah noch müder aus als am Tag zuvor.

»Ich dachte, ich schau mal vorbei und sehe nach, wie's Ihnen geht. Und bringe Ihnen das hier mit.« Er reichte jedem von ihnen ein Buch. »Ich denke, das interessiert Sie.«

Die beiden Männer bedankten sich bei Urbino. Gildo legte den Regenschirm beiseite, ließ sich auf einen Stuhl am Fenster, das zum Kanal hinausging, sinken und war schon bald in die Liste der Champions der *gondolini*-Rennen vertieft. Claudio betrachtete den Umschlag mit dem Foto zweier Ruderer in gestreiften Hemden während des *disdotona*-Rennens. Dann schlug er zufällig eine Seite auf, die ein Foto einer Regatta aus dem Jahr 1881 zeigte. Er starrte einen Moment lang darauf, dann legte er das Buch auf das Sofa.

»Wie fühlen Sie sich, Claudio?«, fragte Urbino.

»Gut, danke. Sie müssen sich keine Sorgen machen.«

»Das mache ich nicht.«

»Doch, natürlich.« Claudio erhob sich. »Sie machen sich

Sorgen um mich wegen Albina. Aber ich werde Ihnen etwas sagen. Ich habe jetzt mehr Energie als vor ihrem Tod. Mehr Energie für den Wettkampf. Vielleicht werden wir sogar gewinnen. Wissen Sie, was sie mir gesagt hat, bevor sie starb?«

»Was?«

»Sie hat geträumt, dass Gildo und ich im Rennen weit vorne lagen. Dass sie vom Palast der Contessa aus zugeschaut hat. Sie sei so aufgeregt gewesen, dass sie in den Canalazzo gefallen sei. Wir hätten aufgehört zu rudern, wären ihr zu Hilfe geeilt und hätten sie in unsere *gondolino* gezogen. Aber im Traum habe sie sich geärgert, hat sie gesagt. Sie wollte, dass wir das Rennen bis zu Ende führen.«

»Sie können den Traum doch deuten, Signor Urbino?«, fragte Gildo und schaute dabei von seinem Buch auf. »Albina wusste, dass sie krank war. Sie hat gespürt, dass sie sterben würde. Sie hat ihm sagen wollen, dass er weitermachen soll. Sie hat uns beide ermahnt, weiterzukämpfen.«

Gildo legte das Buch auf einen kleinen Tisch, auf dem eine große blaue Glasgondel stand. Er ging zu Claudio hinüber und legte ihm mitfühlend den Arm um die Schulter.

»Und wir werden jetzt wegen Albina noch besser sein, nicht wahr?«, sagte Gildo.

Claudio schenkte seinem Freund ein schwaches Lächeln.

Zum wiederholten Mal an diesem Tag fühlte sich Urbino durch ein unbestimmtes Gefühl zum Aberglauben hingezogen. Albinas Traum konnte offensichtlich sowohl eine verschleierte Ahnung einer Katastrophe als auch Ansporn für die Zeit nach einem Unglück bedeuten, je nachdem, wie man ihn auslegte.

»Wann hat sie Ihnen ihren Traum erzählt?«

»Drei Tage vor ihrem Tod.« Claudio schwieg. »Das letzte Mal, dass ich sie lebend gesehen habe.«

»Sie war eine gute Frau«, sagte Urbino. »Jeder schien sie gerngehabt zu haben.«

»Jeder hat sie gerngehabt«, korrigierte Claudio ihn scharf. »Ich habe nie ein schlechtes Wort über sie gehört. Von niemandem. Im Florian haben sie alle geliebt, alle Mitarbeiter und jeder einzelne Gast.«

»Ja, sie war freundlich und liebenswürdig. Und großzügig. Sie hat niemanden provoziert und hat sich niemals beklagt, selbst wenn sie Grund dazu gehabt hätte.«

Claudios Gesicht wirkte verschlossen.

»Wie meinen Sie das?«, fragte er.

»Nur dass sie es ab und zu recht schwer gehabt haben mag mit ihrer Schwester und ihrer anderen Arbeitsstelle im Da Valdo. Und Probleme, die uns vielleicht gar nicht bewusst waren. Gerade für die guten Menschen verläuft das Leben nicht immer so glatt.«

Claudio schien nachzudenken, bevor er sich äußerte. »Sie haben recht, dass sie sich nie beklagt hat. Zumindest nicht mir gegenüber. Und wie Sie ihrem Traum entnehmen können, hat sie nicht um sich selbst Angst gehabt, sondern immer nur um andere Menschen.«

11

Nachdem Urbino lange geschlafen hatte, fühlte er sich am nächsten Morgen wieder wie der Alte. Er hatte sich bereits Sorgen gemacht, er könne krank werden. Krankheiten beschäftigen ihn immer, obwohl er sich bester Gesundheit erfreute, abgesehen von seinen immer mal wieder auftretenden Gichtbeschwerden.

Er hatte es sich zur Gewohnheit gemacht, morgens häufig mit seinem Kaffee, einem Buch und seinen Gedanken hinauf auf die *altana* zu gehen, und er hatte gehofft, dort auch heute einige Zeit mit seinem Goethe verbringen zu können, doch ein leichter, nebeliger Regen durchkreuzte seine Pläne. Nachts hatte es gewittert und längere Zeit geregnet, wodurch er kurz aufgewacht war, um dann wieder in einen traumlosen Schlaf zu sinken.

Nachdem er eine Stunde in seiner Bibliothek zugebracht hatte, gelang es ihm nicht mehr, sich auf den deutschen Schriftsteller und dessen unwiderstehliches Bedürfnis, eine lange und einsame Reise nach Italien zu unternehmen, zu konzentrieren. Albina Gonellas Tod hatte auch in Urbino ein unwiderstehliches Bedürfnis geweckt, das auf seine Weise der einsamen Reise Goethes glich. Er hoffte, dass sie genauso fruchtbar sein würde.

Er verließ den Palazzo Uccello in Richtung San Marco. Tiefe Pfützen, über die keine Holzplanken ausgelegt worden waren, zwangen ihn zu Umwegen. Bald befand er sich inmitten zweier Arten von Touristen, den Verirrten und den Abenteurern. Ersteren beschrieb er die Richtung zu den Hauptstraßen oder den nahe gelegensten Anlegestellen, Letzteren lächelte er ermutigend zu, denn er bewunderte ihre Geisteshaltung und ihre Vorstellungskraft und erfreute sich indirekt daran, dass sie noch entlegene Ecken der Stadt entdecken konnten, was ihm mittlerweile dank seines langen Aufenthaltes in der Stadt verwehrt war.

Als er sich dem Canale Grande beziehungsweise präziser: dem Bacino des San Marco näherte, musste er seine Schritte aufgrund des *corso di gente*, in den er zwangsläufig eintauchte, verlangsamen. Schließlich erreichte er das Riva deglia Schiavoni und stand neben dem Danieli Hotel.

Vor ihm erstreckte sich die Lagune unter einem schillernd grauen Himmel. Vaporetti, Motorboote, Yachten und Barken kreuzten die Lagune und fuhren in den Canale Grande und den Canale Giudecca hinein und wieder hinaus. Ein Tanker unter libanesischer Flagge fuhr auf seinem Weg nach Marghera an einer Autofähre vorbei, die in die entgegengesetzte Richtung zum Lido unterwegs war.

An der Mündung des Canale Grande glich die Dogana da

Mare mit ihrer barocken, weißen Schönheit einem Schiffsbug, während die dahinterliegende Salute-Kirche nass im Regen glänzte. Weiter entfernt lag auf einer kleinen Insel das Kloster San Giorgio Maggiore mit seiner klassischen Klinkerfassade und dem Glockenturm, und die Erlöser-Kirche ragte würdevoll aus den anderen Gebäuden auf der Insel Giudecca empor.

Trotz all des Krachs und des Treibens auf dem Wasser und der Riva vor ihm genoss Urbino ein paar Minuten Frieden, wie immer, wenn er diese Aussicht betrachtete. Den lauten Gesang einer Gruppe türkischer Seeleute, die nur ein paar Schritte von ihm entfernt tanzten, nahm er kaum wahr. Die Ausgewogenheit und Harmonie der beiden von Palladio erbauten Kirchen und der außergewöhnliche Anblick der Salute-Kirche ergaben eine wunderbare Komposition. Der Anblick bestärkte ihn in der Hoffnung, dass die beiden unterschiedlichen Seiten seiner Natur genauso kompatibel seien.

Ein paar Minuten später fand er auf der Riva degli Schiavoni ohne große Mühe die Person, nach der er suchte. Giulietta hatte ihn ihm bei der Beerdigung gezeigt. Maurizio, Albinas junger Nachbar, der sie gelegentlich vom Da Valdo nach Hause begleitet hatte, besaß einen Andenkenkiosk an der Ponte della Paglia. Die Brücke war voller Touristen, die die Seufzerbrücke betrachteten und fotografierten. Genau wie in den anderen Kiosken befanden sich in Maurizios Auslage jede Menge Reiseführer, T-Shirts, Fächer, Masken, Drucke mit Stadtansichten, Rialto-Brücken und Gondeln aus Plastik und Glas, Postkarten, Strohhüte, Schlüsselanhänger und all das andere Zeug und die Andenken.

Maurizio war etwa neunzehn, hatte kurze, dunkle, gegelte Haare und ein kantiges Gesicht mit leuchtend blauen Augen.

»Ja, ich habe Signorina Albina oft nach Hause begleitet«, sagte er mit leiser, dunkler Stimme, nachdem er einen Kunden zu Ende bedient hatte. Sie standen unter dem Plastikvordach des Kiosks. »Wenn ich gerade vorbeikam, habe ich immer nach ihr geschaut und ihr manchmal bei der Arbeit geholfen. Sie war eine nette Frau.« Er blickte einen Moment lang in Richtung San Giorgio. »Wir waren während des schlimmen Unwetters zusammen, das, was vor dem war, in dem sie gestorben ist. Wir haben gelacht und uns darüber amüsiert, wie der Wind uns gebeutelt hat. Sie war wie ein kleines Mädchen.«

»Das hat sie mir an jenem Abend erzählt. Sie hat gesagt, Sie seien ein guter Junge.« Urbino drehte abwesend den Postkartenständer, der einem Kaleidoskop gleich die Piazza San Marco, die Basilika, die Salute-Kirche, die Rialto-Brücke, den schiefen Campanile des Santo Stefano und den Canale Grande zeigte. »Wussten Sie, dass man am Tag ihrer Beerdigung in ihre Wohnung eingebrochen ist?«

»Meine Mutter hat es mir erzählt.«

Drei Französinnen näherten sich dem Kiosk. Maurizio faltete einige T-Shirts für sie auseinander. Als sie wieder gingen, ohne etwas gekauft zu haben, wünschte er ihnen einen schönen Tag.

»Albinas Schwester ist wegen des Einbruchs sehr beunruhigt«, sagte Urbino, während Maurizio die T-Shirts wieder zusammenlegte. »Wie vermutlich jeder in dieser Gegend. Sie fürchtet, dass sich jemand über Albina geärgert haben könnte und deshalb eingebrochen sei.« Das entsprach zwar nicht wirklich dem, was Giulietta angedeutet hatte, half aber vielleicht Urbinos Absicht. »Hat sich Albina je beklagt, dass sie von jemandem belästigt wurde? Vielleicht von einem der Gäste?«

»Nie. Aber nachdem ich von dem Einbruch gehört habe, fiel mir etwas ein. Wie ich mich in der Unwetternacht gefürchtet habe.« Es schien ihm peinlich zu sein, daher fügte er hinzu: »Nicht wegen des Sturms. Ich habe mich nicht wirklich gefürchtet.«

»Wie meinen Sie das?«

»Ich dachte, wir werden von jemandem verfolgt. Es war eine verrückte Nacht. Wir sind beide sicher zu Hause angekommen. Vermutlich ist meine Fantasie mit mir durchgegangen. Ich hatte ein bisschen getrunken.«

»Haben Sie gesehen, ob es ein Mann oder eine Frau gewesen ist?«

»Ich habe nur einen dunklen Schatten gesehen, vielleicht mehr als einen, verschiedene. Wer weiß? Ich hab damals nicht groß darüber nachgedacht. Plötzlich ist ein Gondolieri-Hut auf uns geflogen. Einer wie diese hier.« Er zeigte auf die Strohhüte mit den roten Bändern, die an seinem Kiosk hingen. »Signora Albina hat sich erschrocken, weil er ihr direkt ins Gesicht geflogen ist, auch wenn es nicht wehgetan hat. Er kam einfach so aus dem Nichts geflogen.«

»Aus der Richtung, aus der Sie meinten, verfolgt zu werden?«

»Ich schätze schon.«

»Hat Albina bemerkt, dass euch eventuell jemand gefolgt ist?«

Maurizio zuckte mit den Schultern.

»Sie hat nichts gesagt. Und wie ich bereits sagte, es war eine verrückte Nacht. So viel Krach und Durcheinander.«

12

Eine Stunde später wurde Urbino von Giulietta in ihr Wohnzimmer geführt, wo bereits Perla Beato mit einem Glas Cynar auf dem Sofa saß. Der blaue Fleck in ihrem Gesicht war schon ziemlich verblasst.

»Urbino!«, rief sie aus, »Giulietta hat mir gerade erzählt, wie sehr Sie ihr mit den Schlössern und Schlüsseln geholfen haben. Ihren Schutzengel hat sie Sie genannt. Das hast du doch gesagt, Giulietta? Ihren Schutzengel.«

Perla lachte hysterisch. Mit Rücksicht auf Giulietta, die so gut wie kein Englisch konnte, sprach sie Italienisch. Sie schien hochgradig nervös und unruhig.

Ohne Urbino vorher zu fragen, goss ihm Giulietta dieses Mal ein großes Glas Cynar ein. Als sie ihm das Glas reichte, fielen ihm wieder ihre beiden abgebrochenen Fingernägel auf. Vielleicht war sie nun ohne Albina gezwungen, ihre Maniküre zugunsten der Hausarbeit zu vernachlässigen.

»Ich finde es wundervoll, wenn wir einander in kleinen und in großen Dingen helfen können«, fuhr Perla fort. »Giulietta hat so viel zu essen, dass sie ein Restaurant aufmachen könnte, nicht wahr, meine Liebe? Eine Frau hat ihr mehr *sarde in soar* gebracht, als venezianische Seeleute mit auf Reisen nahmen. Auf jeden Fall bekommst du keinen Skorbut, meine Liebe.« Perla machte nur eine Pause, um an ihrem Cynar zu nippen. »Und ich habe ihr lediglich einen Korb voll Kräuter und ein paar Gewürze aus dem Laden mitgebracht.«

Perla besaß eine *erboristeria* in der Nähe der Carmini-Kirche in Dorsoduro. Sie begann die Kräuter und Gewürze zu beschreiben. Urbino ließ sie erzählen und überlegte, ob sie ihre überschäumende Energie an diesem Morgen wohl einer ihrer Mixturen verdankte. Er blickte sich im Zimmer um. Die Schneiderpuppe stand nun wieder aufrecht und der blaue geblümte Stoff war wieder ordentlich daran befestigt. Die Kartons waren aufgeräumt und die bunten Stoffe wieder sorgfältig zusammengelegt und verstaut. Natalia, die Giulietta beim Aufräumen der Wohnung geholfen hatte, hatte erzählt, dass die Kartons Karnevalskostüme enthielten, die ausgebessert werden mussten. Vermutlich waren es jene Kartons, von denen Albina in ihrer Todesnacht erzählt hatte und die sie hatte die Treppe hinauftragen müssen, damit sich ihre Schwester nicht die Fingernägel abbräche.

Natalia hatte erzählt, dass sie und Giulietta zwar lange gebraucht hatten, die ganze Wohnung wieder aufzuräumen, dass sie aber Albinas Zimmer nicht betreten hätten. Urbino hoffte, dass Giulietta, so wie er es ihr geraten hatte, nichts von den Sachen ihrer Schwester weggeworfen hatte.

Der Korb mit den Kräutern und Gewürzen, den Perla mitgebracht hatte, stand auf einem Tischchen neben seinem Stuhl. Die dunkelgrünen Fläschchen waren mit violetten Etiketten beklebt, auf denen das Logo der *erboristeria* – eine Weizengarbe – prangte und die in eleganter Handschrift den jeweiligen Inhalt benannten.

Während Perla erzählte, hatte Giulietta einen geistesabwesenden Gesichtsausdruck. Sie schien in Gedanken weit weg zu sein und starrte auf die Schneiderpuppe. Sie hatte viel Make-up aufgelegt und mit den leuchtend roten Rougeflecken auf ihren Wangen erinnerte sie fast an einen Clown. Die Lippen waren knallrot geschminkt.

Perla brach ihre Beschreibung abrupt ab. Sie stellte das Glas Cynar ab und erhob sich.

»Wenn du irgendetwas brauchst, Giulietta, dann sei bitte nicht zu schüchtern. Frag einfach Romolo oder mich. Wir wohnen nicht weit weg und der Laden ist sogar noch näher. »Soll ich das hier noch in die Küche tragen?« Sie nahm den Korb hoch. »Wenn du die Sachen hier drinlässt, vergisst du vielleicht, dass sie nicht zur Dekoration, sondern zum täglichen Gebrauch bestimmt sind. Alles Sachen, damit unsere liebe Giulietta gesund bleibt. Aber so wie ich dich vor dem Haus habe arbeiten sehen, da wirktest du ziemlich fit.«

Giulietta schien peinlich berührt.

»Wissen Sie, wobei ich sie ertappt habe, als ich auf dem Weg hierher war? Sie war unter dem *sottoportico* und putzte und wusch alles sauber. Man hätte meinen können, sie sei bei der Stadt angestellt. Sie hatte einen Eimer, einen Besen, eine Bürste, Lappen, eine Kehrschaufel und eine ekelhaft stinkende Flüssigkeit dabei. Ich hoffe, du hast nicht zu viel davon eingeatmet, Giulietta.«

»Ich – ich wollte nur den Ort säubern, wo Albina gestorben ist.«

»Und dafür sollst du gesegnet sein, aber meinst du nicht, du hättest etwas übertrieben? Du musst gut auf dich aufpassen. Aber, wie ich schon sagte, mein Geschenk wird dich dabei unterstützen. Du bleibst hier sitzen und leistest Urbino Gesellschaft. Ich bin gleich zurück, wenn ich für das hier einen Platz in der Küche gefunden habe.«

Nachdem Perla aus dem Zimmer gegangen war, erwähnte Urbino, dass er Maurizio getroffen habe.

»Ein netter, junger Mann«, sagte er.

Sie redeten ein paar Minuten über Maurizio und wie freundlich er zu Albina gewesen war. Giulietta erzählte ihm, dass er nun Besorgungen für sie erledige, bevor er morgens zur Arbeit müsse. Sie sah unablässig in Richtung Küche. Als Perla zurückkam, wollte sie aufstehen.

»Ich habe einen perfekten Platz auf dem kleinen Tisch unter dem Fenster gefunden. Ich fürchte, ich habe ein paar Dinge verrücken müssen. Pass auf dich auf, Giulietta! Bis bald, Urbino. Nein, Giulietta, ich finde alleine zur Tür.«

Nachdem Perla gegangen war, dankte Giulietta Urbino erneut für seine Hilfe mit den Schlössern, aber auch jetzt schien sie völlig abwesend. Vielleicht begann sie langsam, die volle Bedeutung von Albinas Tod zu begreifen.

Nachdem Urbino einen weiteren Cynar abgelehnt hatte, holte er den kleinen Schlüsselbund aus der Tasche.

»Valdo hat die hier in seinem Café gefunden.« Er hielt Giulietta die beiden Schlüssel entgegen. »Sind das Albinas?«

Giulietta nahm die Schlüssel.

»Ja, das sind ihre, aber die für die Türen sind ja jetzt nicht mehr zu gebrauchen, nachdem Sie neue Schlösser haben einsetzen lassen. Soll ich sie aufheben oder wegwerfen? Ich frage nur, weil Sie ja gesagt haben, ich solle erst mal nichts wegtun.«

»Legen Sie sie einfach in Albinas Zimmer zu den anderen Sachen. Wir können später überlegen, was wir mit all den Dingen machen.«

»Wenn Sie es für das Beste halten, Signor Urbino.«

»Apropos, Giulietta. Haben Sie eigentlich in den letzten Wochen irgendeinen Unbekannten bemerkt, der nicht aus der Nachbarschaft stammt und der sich hier vor dem Gebäude aufgehalten hat?«

»Touristen verirren sich oft in unsere *calle* und drehen dann wieder um, weil es ja eine Sackgasse ist. Einige bleiben etwas länger, um ein Foto zu machen, aber das ist es auch schon. Manchmal kommen Maler für ein paar Stunden vorbei und verstellen mit ihren Sachen den ganzen Weg. Vor ein paar Wochen war ein großer, dicker Mann hier. Die sind wirklich lästig. Die sollten uns besser in Ruhe lassen.«

13

»Ich wünschte, Sie wären hier, *caro*«, sagte die Contessa am Abend, als sie miteinander telefonierten. Sie war nach der Beerdigung nach Asolo zurückgekehrt. »Wir hatten überhaupt keinen Regen. Die Luft hier ist herrlich.«

»Ich würde zu gerne bei Ihnen sein. Eine Erholung täte mir gut.«

Er erzählte ihr das meiste von dem, was er gestern und heute erledigt hatte. Nachdem er geendet hatte, sagte die Contessa, die seine Schilderung nur durch ein paar klärende Fragen unterbrochen hatte: »Sie fühlen sich schuldig.«

»Schuldig?«

»Ja, schuldig wegen dieser Schlüssel. Sie kommen nicht davon ab, dass Albina noch leben würde, wenn Sie an jenem Abend nicht zum Da Valdo gegangen wären.«

»Aber –«

»Sie werden von Schuldgefühlen gelenkt«, unterbrach sie

ihn. »All diese Fragen, all diese Hilfsdienste, all das Herumgerenne in der Stadt! Sie leisten Abbitte. Ich hoffe, Sie haben das Gefühl, dass Ihnen etwas von der Last von den Schultern genommen wurde. Giulietta hat ihre Schlösser, Hollander hat den Namen eines Maklers und Ihre neue Freundin hat zu einem vernünftigen Preis ein Zimmer mit Aussicht. Sie sind sogar an den Ort des Verbrechens zurückgekehrt und haben die Schlüssel vom Da Valdo abgeholt, um sie Giulietta zurückzugeben. Bravo, mein Sohn. So müssen Sie wenigstens keine fünfzig Ave Marias herunterbeten. Fühlen Sie sich jetzt besser?«

»Nicht so, wie Sie annehmen. Natürlich freue ich mich, ein paar Dinge erreicht zu haben, aber ich habe auch eine Menge gelernt. In die Gonella-Wohnung ist eingebrochen worden, und da Giulietta behauptet, dass nichts Wertvolles fehle, ist sie entweder nicht ehrlich oder sie hat noch nicht gemerkt, was wirklich fehlt. Denn mit Sicherheit war dort etwas, oder zumindest hat derjenige, der dort eingebrochen ist, etwas für ihn Wertvolles gesucht. Warum sollte man sonst einbrechen? Maurizio hatte den Verdacht, jemand wäre ihm und Albina gefolgt, als sie während des Unwetters vom Da Valdo nach Hause gegangen sind. Ich hatte in der Nacht, als ich sie nach Hause gebracht habe, das gleiche Gefühl.«

Die Contessa ließ sich mit der Antwort etwas Zeit. Dann fragte sie: »Ist es denn wirklich viel, was Sie da erfahren haben?«

»Es ist ein Anfang. Ein Schritt führt zum nächsten.«

»Jeder Schritt kann Sie auch weiter vom Ziel entfernen, vor allem in Venedig! So wie es Ihnen in meinem Irrgarten ergeht.« Er konnte der Stimme der Contessa anhören, dass sie lächelte. »Mein lieber Urbino! Würden Sie sich besser fühlen, wenn Albina keines natürlichen Todes gestorben wäre? In jedem Fall war sie im Unwetter draußen wegen ihrer Schlüssel, und deswegen fühlen Sie sich schuldig. Ich möchte nicht grausam sein, aber so ist es. Wir müssen die Dinge akzeptieren, wie sie sind. Konrad Zolls Krankheit. Der Unfall seines Freundes. Ich hoffe, Sie machen sich zumindest wegen dieser unglücklichen Todesfälle keine Gedanken mehr. So ist das Leben, *caro.*«

»Irgendetwas stimmt da nicht, meiner Meinung nach. Drei Todesfälle so dicht beieinander – und Zoll und Luca waren befreundet. Es ist schon verrückt, aber irgendwie könnte zwischen Albina und Zoll und Luca irgendeine Verbindung bestehen. Schließlich hat sie im Florian gearbeitet. Nein, irgendetwas stimmt nicht.«

»Aber sehen Sie das denn nicht?«, fragte die Contessa. »Sie wollen, dass ein Verbrechen vorliegt. Auf diese Weise können Sie sich mit der Arbeit trösten, einen Mörder zu finden und ihn oder sie der Justiz zu übergeben, und wir wissen ja, wie gut Sie das können. Aber das funktioniert nur, wenn es tatsächlich einen Mord gegeben hat. Und in diesem Fall hat es keinen gegeben. Keinen!«

Urbino schwieg.

»Wenn ein Mord geschehen ist«, fuhr sie etwas ruhiger fort, »wie erklären wir uns dann, was Salvatore Rizzo bezüglich ihres Herzens gesagt hat?«

»Es hat keine Autopsie gegeben, nicht wahr?«

»Es war keine erforderlich und Giulietta hat auch keine beantragt. Warum auch?«

»Das verstehe ich. Und ich behaupte ja auch nicht, dass Albina nicht an einem Herzversagen gestorben ist. Aber selbst wenn, hätte sie trotzdem das Opfer eines Verbrechens sein können.«

»Sie meinen, jemand könnte sie zu Tode erschreckt haben?« Sie ließ ihre Worte mit Absicht lächerlich klingen.

»So in der Art. Das wäre nicht unmöglich.« Er machte eine Pause. »Oder jemand könnte ein Herzversagen ausgelöst haben. Es gibt Medikamente, mit denen das möglich ist.«

»Um ehrlich zu sein, fühle ich mich wegen Albinas Tod auch unwohl. Aber verlieren Sie nicht Ihren klaren Verstand. Nur weil Albina nach Zoll und Benigni gestorben ist, heißt das nicht, dass sie ihretwegen gestorben ist.«

»Post hoc, ergo propter hoc«, sagte Urbino. »Der logische Fehlschluss: ›danach, also deswegen‹. Aber nichtsdestotrotz spüre ich, dass es da eine Verbindung gibt. Und wenn es sie gibt, werde ich sie finden.«

»Das verstehe ich. Und ich weiß, wie sehr Sie bedacht sind, das Richtige zu tun. Sie und Ihre guten Taten! Denken Sie doch an all diejenigen, mit denen Sie sich schon umgeben. Ich sage Ihnen was, *caro*. Warum nicht noch eine gute Tat tun? Oh, es hat nichts mit Albina zu tun! Warum laden Sie nicht Ihre Aquarellmalerin zu meiner Regatta-Party ein? Wie heißt sie noch gleich?«

»Maisie Croy. Das wäre eine überaus freundliche Geste Ihrerseits, Barbara«, sagte er hoffnungsvoll klingend, auch wenn ihm bei diesem Gedanken leicht unwohl war. »Von einer Landsmännin zur anderen.«

»Ich kenne mein Heimatland gar nicht mehr und Sie auch nicht! Aber je mehr Gäste, desto fröhlicher das Fest. Übrigens werde ich morgen mit Nick Hollander zu Mittag essen.« Sie nannte eines ihrer Lieblingsrestaurants in Dorsoduro, das zu einem kleinen Hotel gehörte. »Ich habe für ein Uhr einen Tisch bestellt. Wenn Sie Lust haben, dann leisten Sie uns doch beim Dessert Gesellschaft. Ich weiß doch, wie sehr Sie das *tiramisù* dort schätzen!«

»Das ist eine gute Idee. Und würden Sie mir einen Gefallen tun?«

»Welchen?«

»Würden Sie versuchen, ihm gegenüber den Tod Benignis nicht zu erwähnen? Und den von Albina auch nicht? Ich würde es gerne selber tun.«

14

Am nächsten Morgen fand Urbino Maisie Croy hinter der Pension Le Due Sorelle. Es war ein bewölkter, schwüler Tag, der nach Regen aussah. Maisie Croy, die mit ihrem ramponierten Strohhut auf dem Kopf von einer Gruppe Kinder aus der Nachbarschaft umgeben war, malte ein Aquarell der Steinbrücke.

»Dies hier ist die Brücke Nummer sieben«, sagte sie. Sie legte ihren Pinsel ab und lächelte. Sie sah noch elender aus als vor ein paar Tagen. Ihre Haut war aschfahl. Ein Auge war blutunterlaufen. »Mal sehen, wie viele ich noch vor mir habe.«

Urbino machte eine kurze Überschlagsrechnung.

»Es gibt etwa vierhundert Brücken in der Stadt. In ein paar Jahren werden es vierhundert und eine sein.«

Er erwähnte die Glasbrücke, die an der Piazzale Roma gebaut wurde.

»Wenn Sie also nicht so lange hierbleiben, bis die Konstruktionsprobleme an dieser Brücke gelöst sind, bleiben noch etwa dreihundertdreiundneunzig Brücken für Sie übrig.«

»So etwas wissen Sie. Ich bin beeindruckt.«

»Mein Kopf ist voller unsinniger Informationen über die Stadt.«

»Ich glaube nicht, dass sie unsinnig sind, und ich glaube, im Grunde denken Sie auch anders darüber! Bedenken Sie doch nur, wie Sie diese hübsche kleine Unterkunft für mich gefunden haben. Ich werde jetzt so lange in Venedig bleiben können, wie ich will.«

Das Licht, das an diesem Tage durch die Wolken gefiltert wurde, warf einen merkwürdigen Glanz auf das baufällige Gebäude der beiden Schwestern.

»Ich schulde Ihnen noch Geld«, sagte Maisie Croy. »Wenn Sie ein paar Minuten warten, hole ich es schnell.«

»Betrachten Sie es als Geschenk.«

»Ein Geschenk! Sie sind sehr großzügig. Sind Sie sicher?«

»Ich bestehe darauf.«

»Ich werde mich revanchieren. Sie dürfen sich eines meiner Bilder aussuchen. Sie stehen alle, gegen die Wand gelehnt, in meinem Zimmer. Wir können sie uns gleich ansehen.«

»Das ist sehr freundlich. Aber ich möchte keines bevorzugen. Ich weiß, wie empfindlich Künstler sein können. Warum suchen Sie nicht eins für mich aus?«

»Sehr schlau von Ihnen. Einverstanden. Aber nicht sofort, wenn Sie nichts dagegen haben. Dafür möchte ich Sie erst ein bisschen besser kennenlernen.«

»Mit Vergnügen. Und dafür gibt es auch eine gute Gelegenheit. Ich bin gekommen, um Sie im Namen einer Freundin zu einer Party anlässlich der Regatta einzuladen. Sie ist Engländerin, lebt aber schon sehr lange hier. Sie ist die Witwe eines Italieners. Sie werden auch bald eine formelle Einladung von ihr erhalten.«

»Wie wundervoll! Die Regatta!«

»Von ihrem Palast aus hat man einen hervorragenden Blick auf die meisten Aktivitäten auf dem Canale Grande.«

»Ein Palast! Das klingt ja immer besser! Als ich Sie kennenlernte, drehte sich in meinem Kopf alles vor Hitze und Enttäuschung. Und heute habe ich einen Glückstag! Oder sollte ich es besser Ihre Liebenswürdigkeit nennen – Ihre und die Ihrer Freundin. Wie heißt sie denn?«

»Barbara da Capo-Zendrini.«

Maisie Croy runzelte nachdenklich die Stirn, was ihr Gesicht noch elender aussehen ließ.

»Kommt Ihnen der Name bekannt vor?«, fragte Urbino.

»Nein, überhaupt nicht. Ich werde eine Weile brauchen, bis ich ihn mir richtig merken kann! Mein Italienisch ist sehr schlecht. Ich hoffe, das wird auf der Party nicht von Nachteil sein.«

»Fast jeder der Gäste kann Englisch sprechen. Ich rate Ihnen, sich rechtzeitig dorthin auf den Weg zu machen. Von Mittag an werden sämtliche Kanäle gesperrt sein. Die Ca'da Capo-Zendrini ist nicht weit vom Palazzo Labia entfernt, falls Sie wissen, wo der liegt.«

Maisie Croy schüttelte den Kopf.

»Ich bin sicher, dass sie ihrer Einladung eine Karte beilegen wird«, sagte Urbino. »Aber vorsichtshalber mache ich Ihnen jetzt eine kurze Skizze.«

»Warum machen Sie sie nicht auf meinem Skizzenblock?«

Sie beugte sie herunter und öffnete den Reißverschluss ihres Rucksacks. Beim Herausziehen eines Skizzenblocks und eines Stifts fiel eine kleine grüne Flasche auf die Steine. An dem violetten Etikett war zu erkennen, dass es sich nur um eins von Perla Beatos Produkten handeln konnte. Maisie Croy hob sie schnell auf und steckte sie wieder in den Rucksack.

Sie fand ein leeres Blatt auf ihrem Block. Urbino zeichnete eine einfache Skizze, auf der Maisie den Landzugang des Palastes erkennen konnte und wie dieser zur Pension Le Due Sorelle, dem Canale Grande und den Vaporettoanlegestellen gelegen war. Er gab Maisie den Block und den Bleistift zurück.

»Danke«, sagte sie. »Ich fühle mich so wohlbehütet. Ich schätze, ich habe jetzt genug Energie, um eine weitere der – wie viele waren es noch gleich? – dreihundertdreiundneunzig Brücken zu malen.«

Urbino bezweifelte dies. Je länger er die Frau ansah, desto sicherer war er, dass sie krank war.

»Vielleicht werde ich den Winter hier verbringen, wer weiß?«

Ein plötzlicher Windstoß wehte von der Lagune herein. Maisie legte die Hand auf ihren Hut, wodurch mehrere Kratzer an ihrem Oberarm sichtbar wurden. Die Haut darum hatte sich entzündet.

»Was ist denn mit Ihrem Arm passiert?«

»Ach, die Kratzer.« Maisie drehte den Arm so, dass sie sie sehen konnte. »Ich liebe Katzen, und hier in Venedig gibt es so viele. Ich hab den Fehler gemacht, die falsche zu streicheln. Die Katze hat auch meinen Hut zerkratzt, wie Sie sehen können«, fügte sie von sich aus hinzu, ohne dass Urbino bislang ein Wort darüber verloren hatte oder ihn sich genauer angesehen hätte. »Und dann ist er in eine Pfütze gefallen.«

»Nun, ein neuer Hut ist schnell gekauft, doch die Schrammen sollten Sie untersuchen lassen. Ich kann Ihnen einen Arzt nennen, der Englisch spricht.«

»Ich glaube nicht, dass das nötig ist. Keine Sorge. Sie sind viel zu liebenswürdig.«

15

Nach dem Genuss von einem Glas Weißwein in einem Café in der Nähe der San-Zaccaria-Kirche, das aufgrund der nahe gelegenen Wache voller *carabinieri* war, ging Urbino weiter zu Clementina Foppas Papierhandlung. Die Inhaberin kassierte gerade an der Ladentheke, und die Assistentin war nicht zu sehen.

Clementina lächelte ihn an, doch ihre großen braunen Augen blickten freudlos.

»Schön, Sie unter glücklicheren Umständen wiederzusehen«, sagte sie mit starkem Akzent, als der Kunde gegangen war.

Urbino schaute über ihre Schulter auf das Brett hinter der Theke. Die Todesanzeige hing nicht mehr dort.

»Ich habe nach der Messe nach Ihnen Ausschau gehalten. Ich dachte, Sie hätten vielleicht mit uns im Boot der Contessa nach San Michele fahren mögen.«

»Ich musste wieder hierher zurück.«

»Viel zu tun um diese Jahreszeit.«

»Nicht so viel, wie nötig wäre.«

»Dann werden Sie hoffentlich erfreut sein, wenn ich jetzt etwas Geschenkpapier kaufe.« Urbino lachte und meinte: »Ich bin heute in Kauflaune, Sie werden sehen.«

Clementina lächelte, doch ihr Blick blieb traurig, fast kühl.

»Jedes bisschen hilft«, sagte sie.

Urbino ging zu dem Gestell an der Wand, in dem das marmorierte Papier aufgerollt stand. Er wählte drei verschiedene Bögen im *fiamatto*-Muster und fünf Bögen mit Reproduktionen des heiligen Georg und dem Drachen aus dem Carpaccio-Bilderzyklus der Scuola San Giorgio degli Schiavoni.

»Sollen Geschenke damit eingepackt werden?«, fragte Clementina, als er mit den Bögen zur Ladentheke kam.

»Nein. Doch immer wenn ich etwas einpacken möchte, habe ich gerade kein Papier zur Hand.«

»Nun, dieses Problem habe ich nie.«

Ihr Lachen klang gezwungen.

Während sie das Papier zusammenrollte, fragte Urbino sie, woher sie Albina Gonella gekannt hatte.

»Es war bewegend zu sehen, wie viele unterschiedliche Leute sie gerührt hat«, fügte er hinzu.

»Was sonst zählt letztlich im Leben, oder? Nicht all das Papier und die Steine draußen, so schön sie auch sein mögen!« Sie machte eine Handbewegung in Richtung Fenster, der Calle Lunga und allem, was dahinterlag. »Ich kannte sie durch meinen Bruder. Er ging mit Zoll ins Café Florian. Er hat sie dort kennengelernt«, fuhr Clementina auf Italienisch fort, während sie das Geschenkpapier in eine Papprolle steckte, auf der der Name des Geschäfts stand. »Einmal ist ihm Albina eine große Hilfe gewesen, oder besser gesagt Zoll. Ihm wurde im Florian unwohl, und er brauchte als Arznei irgendwelche Kräuter, die er nicht mehr hatte. Albina hat sie ihm aus einer *erboristeria* geholt. Zoll glaubte sehr an die Wirkung von Kräutern. Luca hätte sie holen können, aber Zoll bestand darauf, dass er bei ihm blieb. Sie riefen ein Wassertaxi für Albina. Sie hat ziemlich viel riskiert, so einfach ihren Arbeitsplatz zu verlassen.«

»Wissen Sie, in welche *erboristeria* sie ging? Eine Freundin von mir hat eine in Dorsoduro.«

»Das ist sie. *Erboristeria Perla*. Perla Beato kenne ich auch. Sie war auf der Beerdigung. Ich schätze, sie ist eher eine Bekannte. Weil wir beide Geschäftsfrauen sind, auch wenn ich glaube, dass sie nicht gerne so genannt werden will.«

»Sie sind eine Künstlerin«, erklärte Urbino.

Erneut lächelte ihn Clementina traurig und zugleich tapfer an.

Zwei Frauen, offensichtlich Touristinnen, betraten den Laden.

»Good morning«, begrüßte sie sie auf Englisch. »Falls Sie Fragen haben sollten, sprechen Sie mich ruhig an.« Sie wandte sich wieder Urbino zu und fuhr mit der Hand durch ihr fransiges Haar.

»Luca hat mich gefragt, ob ich eine Ganztagsstelle für Albina wüsste. Er hat dafür gesorgt, dass wir mal einen Kaffee zusammen getrunken haben. Sie war eine nette, einfache Frau, und das meine ich positiv. Aufrichtig. Ich hab herumgefragt, ob jemand Hilfe brauchen könnte, hatte allerdings kein Glück. Ich habe eine Frau, die jeden Abend hier den Laden sauber macht, aber ich konnte sie doch nicht guten Gewissens wegschicken, um Albina einzustellen, oder?«

Urbino versicherte ihr, dass das auch niemand erwartet hätte, dann bezahlte er das Geschenkpapier und ging.

16

Die *erboristeria* in Dorsoduro war ein heller Laden auf der Kanalseite zwischen dem Zattere-Kai und der Kirche, in der Albinas Trauerfeier stattgefunden hatte. Es war eine hübsche Gegend, doch ebenso wenig von Touristen frequentiert wie das Viertel um das Geschäft von Clementina Foppa.

Die gesamte *erboristeria Perla* strahlte Gesundheit und Wohlbefinden aus, vom wohlriechenden Potpourri bis zu den Grünpflanzen, von den pfirsichfarbenen Wänden bis hin zum moosgrünen Teppich, von den hübsch ausgestellten und nett verpackten Produkten bis hin zu der leisen, esoterischen Musik im Hintergrund.

An zwei Wänden hingen Weidenkörbe mit losen Kräutern und grünen Glasflaschen, in denen ebenfalls Kräuter waren. Die violetten, handgeschriebenen Etiketten mit dem Weizengarbenlogo des Geschäfts benannten den Inhalt der Körbe und Flaschen. Auf der gesamten lichtdurchfluteten Ladenfläche waren Räucherstäbchen, Harze, Kerzen, Öle, Seifen, Salben, Cremes, Honig, Naturkostprodukte, Bücher, Videos, Musikkassetten, Poster und Mörser ausgestellt.

Zwei adrette, auf Kundschaft wartende, modisch und dezent in der violetten Farbe des Geschäfts gekleidete Verkäuferinnen begrüßten Urbino mit leiser Stimme und freundlichem Lächeln. Perla kam mit langbeinigen Schritten aus einem Hinterzimmer auf ihn zu. In ihrem Geschäft wirkte sie anmutiger als sonst. Das Ambiente stand ihr. Sie trug ein einfach geschnittenes cremefarbenes Kaschmirkleid. Ihre blonden Haare waren zu einem Knoten aufgesteckt. Der blaue Fleck auf ihrer linken Wange war entweder völlig verblasst oder noch kunstvoller kaschiert als neulich, als er sie mit Oriana Borelli auf der Terrasse des Gritti Palace Hotels getroffen hatte.

»Urbino, mein Lieber! Das ist aber lange her, seit Sie das

letzte Mal hier waren!«, sagte sie erfreut auf Englisch. »Ein Besuch unter Freunden oder ist er beruflicher Natur?«

»Eigentlich beides.«

»Zwei Fliegen mit einer Klappe.«

»So könnte man es nennen.«

»Also, wobei brauchen Sie Hilfe?«

Auf dem Weg zum Geschäft hatte Urbino überlegt, dass es wohl besser sei, sich für Perlas Waren zu interessieren, so wie er es bei Clementina gemacht hatte, denn die Beatos wussten nur zu gut, dass er sich hobbymäßig als Detektiv betätigte. Ein kleiner Betrug für einen guten Zweck. Er selbst nannte es eine wohlwollende Irreführung.

Vielleicht um seinen kleinen Betrug wieder wettzumachen, hatte sich Urbino entschlossen, eine seiner kleinen Schwächen öffentlich zu machen. Die Contessa gehörte zu den wenigen Menschen, die davon wussten.

Seit einigen Jahren plagte ihn die Gicht in einer seiner großen Zehen. Gelegentlich waren die Schmerzen fast unerträglich. Doch dank eines Medikaments und nicht dank des Schlamms und der Algen, die man ihm in den Thermen Abanos überall hingeschmiert hatte, waren die Anfälle unter Kontrolle. Immer wenn er ein Zwicken in seinem Zeh verspürte, nahm er ein paar Pillen. Für jemanden, der so gerne spazieren ging wie er und der sogar gelegentlich selbst über die Ausmaße seiner Hypochondrie überrascht war, war dies ein Zustand, der ihn trotz seiner Geringfügigkeit fast ständig beschäftigte. Ein stärkerer Anfall konnte bei ihm eine kleine Depression auslösen, da er stets fürchtete, seine Mobilität könnte schon bald der Vergangenheit angehören.

»Von Zeit zu Zeit habe ich eine Entzündung in einem großen Zeh«, begann er.

»Sprechen Sie etwa von Gicht, mein lieber Urbino?«, unterbrach Perla ihn. »Sie brauchen nicht zu schüchtern zu sein, es auszusprechen. Ab einem gewissen Alter ist es recht verbreitet. Wissen Sie, dass man es mit Intelligenz in Zusammenhang bringt?«

»Das bezweifele ich. Aber wenn das wahr sein sollte, dann hätte ich mir schon oft gewünscht, weniger intelligent zu sein.« Er nannte das Medikament, das er einnahm. »Aber ich dachte, vielleicht gibt es auch etwas Homöopathisches. Einige der Nebenwirkungen behagen mir nicht.«

»Natürlich nicht, Sie Armer! Wem behagen die schon? Und ich weiß, wie oft Ärzte Überdosen verschreiben. Denken Sie daran, dass ich früher Krankenschwester war – beziehungsweise immer noch bin. Sie sind hier in guten Händen. Folgen Sie mir.«

Sie führte ihn hinüber zu den bis an die Decken reichenden Regalen, neben denen grün gestrichene Holzleitern lehnten. Die Regale waren mit grünen Glasflaschen gefüllt. Sie wählte einige der Flaschen aus, erklärte deren Inhalt und warum ihm das viel besser helfen würde als das, was er derzeit einnahm. Bevor er sichs versah, hatte sie ihm fünf verschiedene Kräutermischungen verabreicht. Zudem gab sie ihm ein kleines Geschenk, von dem sie sagte, dass es nicht nur seiner großen Zehe, sondern auch seinem Wohlbefinden insgesamt guttun würde. Es handelte sich dabei um ein Glas Kastanienhonig.

»Ich werde Ihnen alles aufschreiben«, sagte Perla.

Eine der Verkäuferinnen nahm ihm die Kräuterflaschen und das Honigglas ab.

»Soll ich Ihnen dieses nicht auch abnehmen, Signore?«, fragte die Verkäuferin und zeigte auf die Rolle aus Clementina Foppas Geschäft.

Urbino gab sie ihr.

»Sie waren bei Clementina, wie ich sehe«, meinte Perla. »Sie hat ein hübsches kleines Geschäft, nicht wahr? Gott sei Dank machen wir uns keinerlei Konkurrenz. Und sie ist bei ihren Waren hauptsächlich auf Touristen angewiesen.«

»In der Tat ist Clementina indirekt für die andere Fliege verantwortlich, die ich töten will.« Er konnte nicht widerstehen, diese Formulierung aufzugreifen, und hoffte, dass er es mit ernster Miene tat. »Clementina hat erwähnt, dass Albina Gonella einmal hier gewesen sei, um für einen deutschen Mann eine Kräutermischung abzuholen.«

»Ja, ich erinnere mich. Vor ungefähr drei Monaten. Doch über seinen Zustand darf ich nichts sagen, falls es das ist, was Sie interessiert. Das werden Sie sicher verstehen.«

»Natürlich. Doch ich muss Ihnen leider mitteilen, dass er vor drei Wochen verstorben ist. Unglücklicherweise war er unheilbar krank, wie Sie sicherlich auch befürchtet haben«, fügte er hinzu für den Fall, dass Perla glaubte, er wolle ihre Therapie anzweifeln.

Perla runzelte die Stirn und seufzte leicht.

»Verstorben? Oje. Ich habe mich schon gewundert, warum sein italienischer Freund keine Kräuter mehr für ihn gekauft hat. Meist war er es, der hierherkam. Der Deutsche hatte immer nur genug für zwei Monate. Ich habe angenommen, er sei zurück nach Deutschland gegangen.«

»Er ist in Venedig gestorben.« Urbino machte eine kurze Pause. »Ach, übrigens, auch sein Freund ist tot.«

Perla machte ein sehr überraschtes Gesicht.

»Tot? Aber er war doch so jung. Und sah aus wie das blühende Leben. Normalerweise kann ich erkennen, ob jemand krank ist.«

»Da bin ich sicher, aber er war nicht krank. Er hat während des großen Unwetters einen tragischen Unfall erlitten. Ein Stein von einer Brüstung fiel ihm auf den Kopf. Ich weiß, das klingt sonderbar, aber so war es nun mal. Und Sie wissen ja, wie heftig der Sturm gewütet hat. Der Unfall passierte nur wenige Tage nachdem der Deutsche gestorben ist.«

»Beide tot. Das ist ja nicht zu fassen.«

»Und wissen Sie, dass er Clementina Foppas Bruder war?«, fügte Urbino hinzu.

»Ihr Bruder? Aber die beiden hatten ja gar keine Ähnlichkeit.«

»Sie hatten verschiedene Väter. Eigentlich sehen Luca Benigni – so hieß er – und Claudio eher wie Geschwister aus. Sie waren nicht verwandt, ich meine auch nur, sie sahen einander ähnlich.«

Perla errötete leicht.

»Ich schätze, Sie haben Recht. Ich werde ihr mein Beileid übermitteln müssen.«

An der Ladentheke notierte Perla auf violettem Papier eine detaillierte Beschreibung der Kräuter und ihrer Anwendung. Als sie fertig war, ließ sie den Zettel zu den Kräutern, dem Honig und dem Geschenkpapier in die Tüte gleiten und sagte: »So viele Neuigkeiten heute! Aber das ist ja Ihre Stärke, nicht wahr? Warum sind Sie hierhergekommen und haben mir all diese traurigen Nachrichten überbracht? Ich meine, abgesehen davon, dass Sie wegen Ihrer Gicht gekommen sind.«

Sie betonte den Namen seines Leidens.

»Ich dachte, Sie wüssten diese Dinge lieber vor Barbaras Party. Der Stiefsohn des Deutschen wird auch da sein. Er ist mit Barbaras Cousin befreundet.«

»Das ist wie eines dieser Zahlenverbindungsspiele! Giulietta macht sie immer, wenn sie nicht gerade über ihren Kreuzworträtseln sitzt. Als Sie hier hereinkamen, hatte ich keine Ahnung, dass ich so vieles erfahren würde, bevor Sie den Laden wieder verlassen werden.«

Keiner von beiden sprach weiter über den Tod von Zoll und Benigni, und während der nächsten Minuten lauschte Urbino Perlas Lob auf die Vorzüge der eben erstandenen Waren. Sie hatte bereits zuvor das meiste davon gesagt, doch Urbino hörte geduldig zu.

Er wollte ihr gerade erneut danken und gehen, als die Ladentür aufging und Romolo eintrat. Er sah müde und besorgt aus, doch sein Gesicht hellte sich auf, als er Urbino erblickte.

»Was für eine Überraschung! Ich hoffe, Ihr Besuch hat nichts mit Ihrem Befinden zu tun. Aber das glaube ich nicht, Sie wirken sehr fit.«

»Romolo, Schatz, du weißt doch nur allzu gut, dass die Leute nicht nur zu mir kommen, wenn sie krank sind. Sie kommen, um Krankheiten vorzubeugen. Urbino ist fit. Er braucht nur ein bisschen Hilfe, um in guter Verfassung zu bleiben. Nicht wahr, Urbino?«

»Sehr wahr. Übrigens, Romolo, ich hoffe, die Dinge sind gut gelaufen in Padua. Ich hatte keine Gelegenheit, Sie auf der Beerdigung danach zu fragen.«

»Padua?«

Perla wurde plötzlich still.

»Ja, Padua, mein Schatz.« Sie stieß einen hohen, kurzen Lacher aus. »Du erinnerst dich doch an Padua? Rocco, dein Sohn? Dein übler Mieter?«

Romolo warf seiner Frau einen beinahe giftigen Blick zu, allerdings so kurz, dass Urbino nicht sicher war, ob er ihn wirklich gesehen hatte.

»Oh, Padua war schön«, sagte er. »Rocco macht sich sehr gut, danke. Und ich habe eine Menge erreicht. Wer weiß, was geschehen wäre, wenn ich mich entschlossen hätte hierzubleiben. Perla hatte Recht, darauf zu bestehen, dass ich fahre.«

Er küsste seine Frau auf die Wange.

»Und sobald uns Urbino verlässt, bestehe ich auf etwas anderem. Ginko, Salbei und Spirulina für dein Gedächtnis! Du bist viel zu jung, um so vergesslich zu sein.«

17

Ein zehnminütiger Spaziergang bei starkem Regen entlang dreier Kanäle und über zwei Brücken führte Urbino zu der *locanda*, wo die Contessa und Nick Hollander zu Mittag speisten. Das Gasthaus lag an einem kleinen, ruhigen Kanal mit vielen vor Anker liegenden Booten, von denen die meisten aufgrund des Wetters mit Planen abgedeckt waren. Das Gebäude besaß kleine Balkone mit Eisengittern, an denen Blumentöpfe hingen, und vergitterte Fenster in den unteren Reihen. Neben der Tür stand eine rechteckige Laterne mit dem Namenszug des Gasthauses, die an diesem düsteren Sommernachmittag bereits angezündet war. Geduckt unter seinen Schirm, stand ein Tourist vor der Tür und studierte die in einem der Fenster hängende Speisekarte. Da die *locanda* mit ihren sieben einfachen Zimmern für ihr gutes Essen weit und breit bekannt war, war sie stets ausgebucht, und so hatte Urbino dort gar nicht erst nach einem freien Zimmer gefragt, als er eine Unterkunft für Maisie Croy gesucht hatte.

Die Inhaberin, eine attraktive, ältere Frau, begrüßte Urbino warmherzig. Er stellte seine Einkaufstüte und seinen Schirm in einen Alkoven neben der Tür und wurde in einen kleinen Raum neben dem Hauptsaal geführt. Mit einem Kamin, der zwar an diesem Sommertag nicht in Betrieb war, wirkte der Raum besonders gemütlich. Die Contessa und Nick Hollander saßen an einem Ecktisch. An den Wänden um sie herum und auch an den anderen Wänden des Restaurants hingen verschiedene Bilder – Aquarelle, Kohlezeichnungen und Ölgemälde mit venezianischen Motiven, dazwischen aber auch Porträts und moderne Bilder, die an Picasso, Matisse und Chagall erinnerten. Die *locanda* war eines jener Lokale, die noch Bilder als Bezahlung für Essen und Unterkunft annahmen, so wie es sich Maisie Croy von ihrem Hotel in Dorsoduro erhofft hatte.

»Perfekt getimt!«, rief die Contessa. »Wir wollen gerade mit dem Nachtisch beginnen.«

»Hallo, Urbino.« Hollander sah frisch und erholt aus. Er trug einen grauen Anzug mit einem dunkelblauen Hemd mit offenem Kragen. »Barbara und ich sprachen gerade über Sie.«

Urbino setzte sich.

»In Marokko sagt man, dass das ein langes Leben verspricht. Ich hoffe, das stimmt.«

»Ein langes und gesundes Leben, Urbino. Vergessen Sie das nicht«, meinte die Contessa.

Hollander nickte.

»Ich habe Barbara erzählt, wie sehr Sie mir mit der Maklerin geholfen haben. Nochmals vielen Dank.«

»Gern geschehen. Haben Sie schon mit ihr gesprochen?«

»Ja. Sie kommt morgen früh vorbei, um sich die Wohnung anzusehen. Sie sagt, dass sie sie bereits kennt. Das Haus scheint recht bekannt zu sein. Sie hat mir viel Mut gemacht.«

»Ich würde die Wohnung gerne sehen, Nick«, erklärte die Contessa. »Und das, bevor Sie Dinge aus der Sammlung Ihres Stiefvaters verkaufen oder nach Deutschland schicken. Urbino sagt, dass dort ein wundervoller Longhi hängt. Und eine Abraham-Louis-Breguet-Uhr! Wer weiß, was es dort noch für Schätze gibt! Sicherlich lassen Sie alles von jemandem inventarisieren und schätzen?«

»Glücklicherweise hat mein Stiefvater akkurat Buch darüber geführt. Er war sehr gut organisiert.«

»Das bezweifle ich nicht«, erwiderte die Contessa. »Ich bin sicher, Sie wissen, was Sie tun, Nick. Wenn ich möchte, dass Sie alles behalten – all die Dinge und die Wohnung –, dann ist das reiner Egoismus. Sie hätten eine Zweitwohnung in Venedig. Sie lieben das Bootfahren so sehr und Venedig liegt nun mal am Meer.«

»Venedig wäre nichts für mich. Ich bin anders als Sie und

Urbino. Oder als mein Stiefvater, der Venedig genossen hat, zumindest solange es ihm vergönnt war.«

Sie schwiegen.

»Ich verstehe, dass Sie die Stadt momentan nur mit traurigen Dingen verbinden. Aber mit der Zeit …«, sagte die Contessa mitfühlend. »Auch ich habe hier Kummer erfahren, aber deshalb liebe ich Venedig nur umso mehr.«

Ein Kellner kam zu ihnen an den Tisch. Sie bestellten alle *tiramisù*.

»Ich spüre, wie sehr Sie der Tod Ihres Stiefvaters bekümmert«, fuhr die Contessa fort. »Nicht aus dem, was Sie gesagt haben, auch wenn wir uns wirklich nett unterhalten haben«, fügte sie an Urbino gewandt hinzu. »Doch ich spüre, wie verletzlich Sie sind. Wie dünnhäutig Sie geworden sind, wie wir alle. Wir wissen nie, was mit uns oder mit jenen, die wir lieben, geschehen wird, nicht wahr? Ihrem Stiefvater hätten noch viele Jahre vergönnt sein sollen, um sein Leben zu genießen. Und sein –« Sie brach abrupt ab, machte eine kurze Pause und fuhr dann fort: »Und sein – sein Geist ist uns allen so ein gutes Vorbild, nicht wahr? Betrachten Sie die Art, wie Sie in diesem Geist weiterleben und das Leben trotz allem genießen – nun, ich finde das bewundernswert! Sie nicht, Urbino?«

Die Contessa schaute ihn etwas nervös an. Er überlegte, ob sie wohl genau so dicht dran gewesen war, Albinas Tod zu erwähnen, oder ob sie sich vielleicht nicht rechtzeitig hatte beherrschen können, wie es ihr eben mit Benigni ergangen war.

»Ich habe mehr oder weniger das Gleiche gesagt, als wir uns das erste Mal getroffen haben.«

»Da sehen Sie es! Tun Sie also mit der Wohnung, was Sie für das Beste halten. Auf jeden Fall sind Sie immer herzlich eingeladen, bei mir zu wohnen, wenn Sie in der Stadt sind.«

»Vielen Dank. Gerade jetzt bin ich sehr froh, zwei neue Freunde gewonnen zu haben.«

»Dank Sebastian«, meinte die Contessa. »Ab und zu tut der Junge ja mal was richtig Gutes.«

Hollander nutzte die Bemerkung der Contessa über Sebastian, um über Marokko zu reden und die Reise, die Urbino und Sebastian gemeinsam dorthin unternommen hatten. Da Hollander das Land gut kannte, interessierte er sich für Urbinos Anekdoten und Beschreibungen und vor allem für die Geschichte von Habib und seiner Malerei.

»Eins seiner Bilder von Burano hängt hier im Nebenzimmer«, sagte Urbino. »Nicht als Bezahlung an das Lokal, wie einige andere der Bilder, sondern als Geschenk.«

»Ich würde es mir gerne ansehen, bevor wir gehen.«

Der Kellner brachte ihnen den Nachtisch.

Bevor sie mit dem *tiramisù* begannen, sagte die Contessa: »Sie haben es gar nicht bemerkt, Urbino. Ich bin betrübt. Und Habib wäre es auch, dieser nette, sensible Junge.«

»Was meinen Sie damit?«

Die Contessa klopfte sich leicht auf die Brust – eine Bewegung, die an ein *mea culpa* erinnerte.

Sie trug eine Kette aus ineinanderhängenden, ovalen Silberplättchen. Das Original war unter mysteriösen, sehr beunruhigenden Umständen aus der Ca'da Capo-Zendrini gestohlen worden. Ein Ereignis, das eine rätselhafte Rolle bei der Aufklärung eines anderen Verbrechens gespielt hatte, in deren Mittelpunkt der ausgebrannte Palazzo in San Polo gestanden hatte, an dem Urbino vergangene Woche noch vorbeigegangen war.

»Es steht Ihnen wundervoll«, sagte Urbino. »Wie immer.«

»Diese Kette ist für mich besonders kostbar, Nick. Nicht nur wegen des materiellen Wertes der Kette, sondern weil mich so viel damit verbindet.«

Sie begann zu erklären, was sie damit meinte. Eine Erklärung, die Urbino, da es größtenteils seine Geschichte war, nach ein paar Minuten fortführte und die sowohl den Nachtisch wie auch die anschließenden Getränke über andauerte.

18

Eine Stunde später befanden sich Urbino und Hollander in der Bibliothek des Palazzo Uccello und tranken ein Glas Wein. Das Motorboot der Contessa hatte die beiden Männer auf dem Rückweg zur Ca'da Capo-Zendrini dort abgesetzt. Die Contessa hatte keine Zeit, ihnen Gesellschaft zu leisten. Der erste ihrer Gäste, ein angeheirateter Neffe, kam von Capri an, und sie wollte ihn für ein paar Tage mit nach Asolo nehmen.

Hollander stand am Lesepult und blätterte die Bände *Venezianische Leben* von Urbino durch, die dieser auf seine Bitte aus dem Regal geholt hatte.

»Fürchten Sie nicht, dass Ihnen die Leben ausgehen?«, fragte Hollander. »Nicht das Ihre – oder ihres«, fügte er hinzu und zeigte auf Serena, die sich auf dem Sofa eingerollt hatte. »Aber diese hier. Browning, Ruskin, James, Proust, Mann, Byron. Und welches ist das hier? *Die Frauen Venedigs*. Lassen Sie mich mal sehen.« Er blätterte durch das Buch. »Veronica Franco, Desdemona, George Sand, Peggy Guggenheim. Wow! Ich nehme zurück, was ich gerade gesagt habe. Vielleicht ist es doch ein unerschöpfliches Thema.«

»Oder es erschöpft mich am Ende.«

Hollander ging zur Tür und betrachtete die beiden dort hängenden Pastelle. Das eine zeigte einen ernst blickenden Mann in einer Kleidung des achtzehnten Jahrhunderts. Das zweite Bild eine junge Frau mit zerzaustem Haar, eine Brust entblößt.

»Rosalba Carriera«, erklärte Urbino. »Eine venezianische Malerin.«

»Eine der Frauen, über die Sie geschrieben haben, nicht wahr? Ich habe ihren Namen in dem Buch gelesen.«

»Ja. Sie war sehr beliebt, besonders bei Engländern. Das hier sind nicht ihre besten Bilder und zudem, wenn Sie genau hinsehen, auch noch leicht beschädigt.«

»Mir sagt der Name nichts. Aber vielleicht kannte mein Stiefvater sie.«

»In der Accademia hängen viele ihrer Porträts und vielleicht hat er auch die Sammlung in Dresden gesehen. Glücklicherweise haben die Bilder den Bombenangriff überlebt.«

»Ich ziehe Landschaften vor.«

»Und Wasseransichten, nehme ich an. Ich habe eines im Flur hängen. Von einem zeitgenössischen venezianischen Maler.«

Als sie gerade die Bibliothek verlassen wollten, um sich das Bild anzusehen, fragte Hollander: »Und diese da?« Er zeigte auf eine Reihe von Bildern auf der anderen Seite der Tür.

»Die sind von Habib.«

Bevor sie die *locanda* verlassen hatten, war Hollander in den Hauptspeisesaal gegangen, um das Bild des jungen Marokkaners – ein leuchtend rotes Flachbodenschiff aus Chioggia – zu betrachten. Die Bilder, die er sich jetzt ansah, zeigten Haustüren in Burano von der gleichen Leuchtkraft wie das Schiff.

»Sie sind sehr gut«, meinte Hollander. »Ihr marokkanischer Freund ist sehr talentiert. Mein Stiefvater hätte ihm vielleicht eine Hilfe sein können. Er hat viele junge Künstler gefördert, allerdings überwiegend in Deutschland.«

Ein paar Minuten später betrachtete Hollander die Wasseransicht im Flur mit dem Titel »Sturm von der Adria«, die aus violetten, grauen und roten Farbstrudeln bestand. Im Mittelpunkt befanden sich ein zerrissenes weißes Segel, ein zerbrochener Mast und, auf dem Kopf stehend, eine der Kuppeln des Markusdoms.

»Es gefällt mir«, sagte Hollander. »Aber es ist auch beunruhigend.«

»Eine Seite von Venedig. Es gibt hier nicht viel Schutz vor dem Meer. Sie haben erlebt, wie diese Unwetter über die Stadt hereinbrechen. Sie richten einen großen Schaden an. Nicht nur an Gebäuden, sondern auch an Menschen. Bedenken Sie nur, was mit Luca Benigni geschehen ist.«

Hollander starrte weiter auf das Bild.

»Luca Benigni? Was meinen Sie?«

»Ich dachte, Sie hätten davon gehört. Er wurde während des ersten großen Unwetters getötet, das ein paar Tage nach dem Tod Ihres Stiefvaters hier gewütet hat. Angeblich ist er von einem losen Stein, der von einer Brüstung heruntergefallen ist, erschlagen worden.«

Hollander stand da und starrte Urbino an. Er schien sprachlos, erstaunt und sehr berührt, zumindest ließen sich seine plötzliche Blässe und das leichte Zittern eines Augenlids in dieser Richtung deuten.

»Gütiger Gott! Das wusste ich nicht. Was für ein tragischer Tod. Ich hatte ihn seit der Messe nicht mehr gesehen und angenommen, er habe die Stadt verlassen. Gott sei Dank ist es nach dem Tod meines Stiefvaters passiert.« Hollander senkte den Blick. »Über dem Mittelmeer toben die schlimmsten Stürme, die es gibt, wie Sie wissen.«

»Ja.« Urbino rückte das Bild etwas gerade. »Und apropos Sturm, während des zweiten Unwetters wurde auch jemand getötet, jemand, den ich und Barbara kannten. Eine Frau, die im Florian gearbeitet hat.«

»Das klingt ja immer befremdlicher. Es tut mir Leid, das zu hören. Zwei Tote in Venedig, wegen des Sturms. Ich weiß, dass manchmal Hunderte oder sogar Tausende vom Sturm getötet werden, aber das erscheint mir doch eher merkwürdig. Ihnen nicht?«

»In gewisser Weise ja. Aber vielleicht habe ich mich nicht

richtig ausgedrückt. Unsere Freundin Albina ist nicht vom Sturm getötet worden. Sie ist scheinbar an Herzversagen gestorben, als sie mitten im Unwetter draußen war.«

»Sie muss sich sehr gefürchtet haben. Schon von meinem Zimmer sah es fürchterlich und unheimlich aus.«

Urbino erwiderte nichts. Kurz darauf bot er Hollander noch ein Glas Wein an, was dieser allerdings ablehnte. Hollander ging zu einem Tisch und hob eine Holzdose mit Intarsien hoch, die aus Essaouira stammte. Anschließend betrachtete er den Spiegel aus Marrakesch mit dem bemalten und verzierten Holzrahmen, der über dem Tisch hing.

»Die Geschichte des Diebstahls der marokkanischen Halskette ist faszinierend«, sagte er. »Und beängstigend. Sie und Barbara waren in Gefahr. Es war sehr clever von Ihnen, die Dinge richtig zu deuten. Sie haben mehr als nur ein Talent.«

»Hansdampf in allen Gassen, wissen Sie«, erwiderte Urbino. »Ich gestehe, ein wenig dilettantisch zu sein. Ich könnte auch dazu stehen und sogar ein bisschen stolz darauf sein, da ich deswegen auch häufig kritisiert werde. Werten Sie es als eine Tugend.«

»Je mehr ich über Sie weiß, desto deutlicher wird mir bewusst, wie viele Gemeinsamkeiten Sie und mein Stiefvater hatten. Zu schade, dass Sie sich nie getroffen haben. Ich meine damit nicht, dass er Verbrechen aufgedeckt hat, aber auch er war ein Dilettant im positiven Sinne. Sagen Sie, arbeiten Sie gerade an einem Ihrer Bücher?«

»Goethes Erfahrungen in Venedig. Aber ich habe gerade erst damit angefangen. Kennen Sie Goethe?«

»Ich fürchte, nein. Doch mein Stiefvater sammelte Ausgaben seiner Werke, die sich in seinem Haus in München befinden.« Hollander öffnete und schloss die kleinen Holztüren an dem marokkanischen Spiegel. »Und was ist mit Kriminalfällen? Stecken Sie da gerade in etwas drin?«

»Momentan ist zwar gerade Hochsaison für Touristen, aber glücklicherweise eine schlechte Saison für Verbrechen. Zumindest für solche Fälle, für die ich mich interessiere.«

»Also nicht für Taschendiebstähle und Überfälle und halsabschneiderische Preise?«

»Nein.«

»Was interessiert Sie denn?«

»Ich muss irgendeinen persönlichen Bezug dazu haben.«

»Wie meinen Sie das?«

»Ich spüre es, wenn es mir begegnet. Manchmal schleicht es sich einfach an und manchmal überfällt es mich geradezu.«

Hollander dachte über Urbinos Antwort nach. Er starrte in den marokkanischen Spiegel. Trotz seiner guten Laune schien Hollander sich bei dem Gespräch über Urbinos hobbymäßige Verbrecherjagd unwohl zu fühlen. Die meisten Menschen reagierten so, doch im Unterschied zu ihnen hatte Hollander das Thema selbst angeschnitten.

Als er sich schließlich zu Urbino umwandte, lächelte er und sagte: »Wissen Sie, was ich mir gerne anschauen würde? Natürlich nur, wenn Sie nichts dagegen haben.«

»Was denn?«

»Ihre Gondel. Offensichtlich hat es endlich aufgehört zu regnen. Ich helfe Ihnen, die Persenning abzunehmen und wieder darüberzulegen.«

»Dann lassen Sie uns nach unten gehen«, erwiderte Urbino.

Als sie die Treppe runtergingen, sagte Urbino: »Ich würde Sie ja gerne darin ausfahren, aber Gildo ist nicht da, und selbst wenn er es wäre, würde ich es ihm nicht aufbürden wollen. Ich habe ihm eine Weile freigegeben. Nicht nur wegen der momentanen Hitze, sondern vor allem wegen der Regatta. Vielleicht können wir nach der Regatta und bei besserem Wetter einmal gemeinsam darin fahren.«

Eine halbe Stunde später, nachdem Hollander sich die Gondel angeschaut und die *felze* eingehend betrachtet hatte, da er so eine kleine, abnehmbare Kabine bisher nur auf Gemälden und Fotos gesehen hatte, bedankte er sich bei Urbino und ging zu Fuß zurück zum Gritti Palace Hotel.

19

»Also, sagen Sie mir, *caro*, hat sich Nick noch wohlgefühlt, nachdem ich Sie beide alleine gelassen habe?«

»Es schien so.«

Urbino beschrieb Hollanders Besuch. Als er geendet hatte, fragte er sie, wie sie über Hollander dachte.

»Ich mag ihn«, erwiderte sie, ohne zu zögern. »Er ist intelligent und interessant und hat einen guten Sinn für Humor. Er erinnert mich an einen kultivierten Kapitän zur See.«

»Das sehe ich nicht ganz so.«

»Diese sonnengebräunte Haut und seine leuchtend blauen Augen. Und die Glatze. Alles, was ihm noch fehlt, sind Koteletten und eine Pfeife. Nun, vielleicht habe ich ihn ein wenig besser kennengelernt als Sie. Wir hatten beim Mittagessen eine nette Unterhaltung. Je mehr er mir über seinen Stiefvater erzählt hat, desto mehr habe ich bedauert, dass wir ihn nie kennengelernt haben.«

»Hollander redet viel über ihn.«

»Aus Ihrem Mund klingt das irgendwie negativ!«

»Ja?«

»Ja. Mögen Sie ihn denn nicht?«

Urbino beschloss, es als Scherz zu formulieren. »Ich mag ihn deutlich lieber, als ich dachte, dass ich ihn mögen würde, nachdem ich erfahren hatte, dass er Sebastians Freund ist.«

»Sebastian ist ein guter Junge. Das ist nicht sehr nett von Ihnen.«

Doch Urbino spürte, dass die Contessa belustigt war. Auch ihr missfiel einiges an ihrem Cousin.

»Übrigens«, meinte Urbino. »Haben Sie eigentlich Albina ihm gegenüber erwähnt?«

»Mit keinem einzigen Wort. Ich habe mich nicht mal beinahe versprochen, wie bei Benigni. Und Sie haben von den beiden erzählt, ohne dass er davon wusste?«

»So schien es auf jeden Fall.«

»Aber Sie glauben, er könnte doch etwas davon gewusst haben?«

Die Contessa klang etwas irritiert.

»Ich muss alles in Betracht ziehen, Barbara. Vergessen Sie nicht, auch wenn wir nichts gegen ihn in der Hand haben und es auch keine Verbindung zu Albina gibt, er hat ein beträchtliches Vermögen geerbt. Die Wohnung am Canale Grande mit allem darin und Zolls Haus in München mit Zolls Kunstsammlung, zumindest hat er das gesagt.«

»All das wäre ein guter Grund, Zoll getötet zu haben, aber mit Albina hat das doch nichts zu tun.« Die Contessa atmete hörbar ein. »Aber hören Sie mir zu! Sie haben mich schon so weit gebracht. Sie –«

Die Contessa brach mitten im Satz ab, als zögere sie, ihren Gedanken auszusprechen.

»Hören Sie, Barbara«, sagte Urbino beschwichtigend. »Vielleicht verstehen Sie, warum ich so offen für alles und vorsichtig bin – warum wir auf der Hut sein müssen –, wenn Sie hören, was ich heute erfahren habe, bevor ich Sie beide zum Mittagessen getroffen habe.«

Er fasste seine Unterhaltungen mit Clementina und Perla zusammen.

»Aber ich verstehe noch nicht genau, was das alles mit Nick zu tun hat«, meinte die Contessa, nachdem er geendet hatte.

»Vielleicht gar nichts, vielleicht aber doch etwas. Und vielleicht sogar sehr viel. Natürlich kannten wir bereits seine Verbindung zu Benigni, aber wir wussten nicht, dass es sozusagen auch eine zu Albina gab.«

»Sozusagen? Was soll das heißen?«

»Es soll heißen, dass er vielleicht Albina gekannt haben könnte, da Albina Benigni und Zoll kannte. Aber wenn ich das ausspreche, bin ich vielleicht etwas voreilig.«

»Viel zu voreilig, wenn Sie mich fragen!«

»Aber Sie sehen das doch auch so, Barbara? Als ich gesagt habe, Albinas Tod mache mich misstrauisch, und als wir übereingestimmt haben, dass drei so rasch hintereinander erfolgte Todesfälle ungewöhnlich sind, hatten wir noch keine Ahnung, dass es eine Verbindung zwischen den dreien gab.«

Die Contessa antwortete nicht sofort. Doch dann fragte sie: »Aber warum konzentrieren Sie sich so auf Nick?«

»Das tue ich gar nicht.«

»Schließlich gibt es noch die kleine Papierhändlerin«, gab die Contessa zu bedenken. »Benigni war ihr Bruder – ihr Halbbruder. Und sie kannte Zoll und Albina.«

»Genau.« Urbino machte eine Pause. »Und Perla. Sie kannte auch alle drei. Sie hat Zoll mit Kräutern versorgt.«

»Und von Perla kommen wir zu Romolo, schätze ich?«

Urbino meinte einen leicht ironischen Unterton in der Stimme der Contessa zu hören.

»Ja.« Er beschloss, ihren Worten einen gewissen Wert beizumessen. »Könnten oder sollten wir auch in Betracht ziehen, wenn wir einer gewissen Logik folgen. Aber um noch mal auf Hollander zurückzukommen, ich möchte Sie da um etwas bitten.«

»Ich fürchte mich schon zu fragen, worum es geht.«

»Ich würde gerne Informationen über Hollander-Tours haben. Wie es finanziell um das Reiseunternehmen bestellt ist. Was es für einen Ruf hat. Wer außer Hollander und seiner Mutter noch daran beteiligt sein könnte. Für Ihren Anwalt in London dürfte dies doch nicht allzu schwer herauszufinden sein, oder? Und falls er erfahren sollte, dass jemand Informationen über ihn einholen will, gäbe es weder eine direkte Verbindung zu Ihnen noch zu mir.«

»Das könnte ich tun. Ist es wichtig?«

»Vielleicht. Wir dürfen nichts außer Acht lassen, was uns der Wahrheit näher bringen könnte. Und ich glaube, in einer anderen Sache werde ich Rebeccas Hilfe erbitten. Sie hat Kontakte in München. Sie hat dort mit einem Kollegen an einem Projekt gearbeitet, in das mehrere Anwälte involviert waren. Vielleicht kann sie etwas über Zolls Testament herausfinden. Und in der Zwischenzeit gibt es noch andere Aspekte, die einer näheren Betrachtung verdienen. Nein, ich konzentriere mich nicht nur auf Hollander, aber im Moment vereint er aufgrund des Geldes einige der offensichtlichsten Aspekte, auch wenn ich damit nicht sagen will, dass Zoll ermordet worden ist.«

»Ich werde Bascomb morgen anrufen«, sagte die Contessa. »Aber wir sollten nicht erwarten, dass er sich gleich wieder bei mir meldet. Es ist Ende August. Die meisten seiner Mitarbeiter sind in Urlaub. Es könnte sein, dass wir erst nach der Regatta wieder von ihm hören. Warum versuchen Sie in der Zwischenzeit nicht einfach, sich diese Gedanken aus dem Kopf zu schlagen? Es sei denn, Sie glauben, es gäbe einen Grund zur Eile.«

»Sie kennen die Antwort auf diese Frage. In Situationen wie diesen besteht immer Grund zur Eile. Oder zumindest müssen wir das annehmen. Grüßen Sie Ausonio von mir.«

Ausonio war der Neffe der Contessa aus Capri.

Nach seinem Gespräch mit der Contessa rief Urbino Rebecca Mondador an. Es war nicht schwer, ihre Hilfe zu erbitten, und er musste ihr dazu auch nicht mehr sagen, als er konnte oder wollte. Sie war immer noch glücklich, dass sich ihr Verdacht in einem anderen Fall bestätigt hatte und dass sie ihm erneut helfen konnte.

20

An jenem Abend machte Urbino erneut eine Leichentour durch die Stadt, allerdings unterschied sie sich von der, der er sich letzte Woche hingegeben hatte.

Sämtliche Toten dieser nächtlichen Tour waren erst kürzlich verstorben.

Während Urbino kurz vor Mitternacht nach Dorsoduro ging, hatte der Regen plötzlich aufgehört und dunklen, tief hängenden Wolken Platz gemacht. Die Stadt war so, wie er es gerne hatte. Leer, ruhig und gelassen. Urbino und einige andere einsame Seelen wirkten wie Nachtwachen auf ihrer Runde durch die Flure eines riesigen Museums, nachdem der Besucheransturm vorbei war. Wenn man sich in einer solchen Nacht traf, spürte man eine gewisse Verbundenheit. Einige der *calli* waren überflutet, aber heute Nacht hatte Urbino sich in weiser Voraussicht hohe Stiefel angezogen, die er sich im vergangenen Winter bei einem Verwandtenbesuch in Inverary gekauft hatte. Und in seiner Tasche befand sich eine Taschenlampe.

Sein erster Halt auf der Tour war ein unangenehm feuchter *sottoportico* zwischen dem Canale Grande und dem Campo Santa Margherita. Ein leichter, aber unmissverständlicher Geruch von verwesendem Müll und Katzenpisse lag in der Luft. Die Wasserpfützen wirkten wie schwarzes Glas.

Er ließ den Strahl der Taschenlampe über die unebenen Steine gleiten. Eine Zigarettenkippe klebte an einer Wand des *sottoportico*, an der das Pflaster etwas höher war. Es war nicht zu erkennen, ob sie Giuliettas Säuberungsaktion überstanden hatte oder ob sie erst danach weggeworfen worden war. Die Zigarette hatte sich noch nicht ganz aufgelöst, daher waren immer noch Spuren eines blutroten Lippenstiftes sichtbar.

Dies war die Stelle, an der Albina gestorben war. Da sie die Schlüssel im Da Valdo nicht abgeholt hatte, musste sie auf dem Weg zum Café gestorben sein. Es sei denn, sie hätte sich entschieden umzukehren, bevor der Sturm oder ein anderer Grund – oder eine andere Person – sie dazu gezwungen hätten. Informationen über die Lage der Leiche auf dem Pflaster hätten ihm vielleicht Aufschluss darüber geben können, ob Albina vor ihrem Tod auf dem Weg zu oder von ihrer Wohnung gewesen war. Diese Information besaß nur die Polizei. In einigen seiner vorangegangenen Fälle hatte Urbino die Questura um Hilfe gebeten und von dem Commissario großzügige Hilfe erhalten. Doch er glaubte nicht, dass die Umstände dieses Falls Commissario Gemelli dazu ermutigen würden, seine Ermittlungen aufzunehmen oder Urbino irgendwelche Informationen zukommen zu lassen. Und sein Verhältnis zu diesem Mann war immer angespannt gewesen, selbst als Urbino ihm geholfen hatte, einige Fälle zu lösen, für die Gemelli den größten Teil des Ruhmes eingeheimst hatte.

Urbino starrte auf die Steine. War Albina in Eile gewesen? Sie war an jenem Abend müde gewesen, daher bezweifelte er, dass ihr Schritt schneller gewesen war als zuvor an seiner Seite. Niemand schien sie gesehen zu haben. Doch Urbino glaubte, dass sie mindestens *einer* Person begegnet war, und zwar unter deutlich weniger angenehmen Umständen, als er selbst heute Nacht Menschen begegnet war.

Eine Person, entweder ein Fremder oder jemand, den sie kannte, vielleicht sogar ein Freund, war für ihren Tod verantwortlich.

Urbino hatte einen Instinkt dafür, und hier stimmte etwas nicht. Die Tatsache, dass jemand in die Wohnung der Gonellas eingebrochen war, verstärkte seinen Argwohn. Eine Person war aus irgendeinem Grund hinter Albina her gewesen und hatte ihren Tod verursacht und davon profitiert. Diese Person freute sich jetzt über ihren Tod, aber sie freute sich nicht nur. Sicherlich war sie auch beängstigt und besorgt, sie könne gestellt werden.

Albina war möglicherweise tatsächlich an einem Herzinfarkt gestorben – auch wenn er nicht mal davon wirklich überzeugt war. Doch ein Herzversagen konnte auch provoziert werden, entweder absichtlich oder unabsichtlich. Angst, ein Kampf, eine müde Frau, die versuchte, vor einer Gefahr davonzulaufen – all diese Ursachen hätten bei jemandem mit einem schwachen Herzen einen Infarkt auslösen können. Und er durfte auch nicht die Möglichkeit außer Acht lassen, dass irgendein Gift, als Medikament getarnt oder ohne ihr Wissen in eine Speise oder in ein Getränk gemischt, den Infarkt verursacht haben könnte.

Mit einem letzten Blick auf den Fleck, an dem Albina ihren letzten Atemzug getan hatte, verließ Urbino den *sottoportico*.

Er ging die dunkle, stille *calle* hinunter über den verlassenen Campo Santa Margherita und den Campo Barnabà bis zu einer anderen Stelle in Dorsoduro, die am anderen Ende des Viertels zwischen dem Palazzo Guggenheim und der Salute-Kirche lag. Als er die halbe Strecke hinter sich hatte, blieb er unter einem Gebäude stehen, das gerade renoviert wurde. Die untere Fensterreihe war mit Brettern vernagelt, der Eingang mit einer provisorischen Metalltür versehen worden. Sämtliche Fensterläden waren entfernt worden. Allerdings war das Gebäude nicht mit einer Schutzplane verhüllt worden.

Er legte den Kopf in den Nacken und schaute zum Dach hoch. In einer Ecke des obersten Stockwerks konnte er eine etwa neunzig Zentimeter breite Lücke ausmachen, durch die der Himmel zu sehen war. Als er seinen Blick auf das Pflaster richtete, sah er einen kleinen Haufen Backsteine, der ordentlich neben dem Haus aufgestapelt war.

Dies war die *calle*, die Clementina Foppa erwähnt hatte und in der ihr Halbbruder gestorben war. Natürlich hätte der Sturm Benigni nichts anhaben können, wenn der Stein in der Brüstung ordentlich gesichert worden wäre. Erneut untersuchte er das Pflaster, doch er konnte kein Indiz für den Stein entdecken, der sicherlich in Stücke zerbrochen war. Die Steinsplitter waren wohl weggefegt worden.

Hätte man Fahrlässigkeit nachweisen können, hätte dies sicherlich eine gewisse Form des Schadenersatzes für dic Familie des jungen Mannes bedeutet. Erneut bedauerte es Urbino, keinen Zugang zu den Polizeiunterlagen zu haben. Die Polizei hatte sich aufgrund eines möglichen Schadenersatzes für die Verwandten des Opfers sicherlich mit dieser Frage beschäftigt.

Doch wer würde davon profitieren, sollte daraus Geld zu schlagen sein? Clementina? Ihre Mutter? Benignis Vater? Lebten Benignis Eltern noch? Urbino wusste nur wenig über Benigni und nichts über dessen Familie.

Doch es würde kein Geld gezahlt werden – beziehungsweise es sollte kein Geld gezahlt werden –, falls Benigni nicht an den Folgen eines Unfalls gestorben war. Das bedeutete natürlich, dass die Person oder die Personen, die von seinem Tod profitieren würden, nicht glücklich darüber wären, sollte der Tod nicht durch Nachlässigkeit verursacht worden sein.

Dass Urbino letztere Möglichkeit überhaupt in Betracht zog, lag nicht daran, dass er Schicksalsschläge nicht akzeptieren konnte. Nicht im Geringsten. Schon häufig war er zur falschen Zeit am falschen Ort gewesen, und seine Eltern waren genau aus diesem Grund bei einem Autounfall ums Leben gekommen. Wegen eines unerwarteten Besuchs waren sie verspätet von zu Hause abgefahren. Ja, Unfälle gab es, und manchmal waren die unvorstellbarsten Unfälle, wie der, der Luca Benigni zugestoßen war, sogar vorstellbar.

Doch Urbino konnte nur schwer akzeptieren, dass zwei Menschen, die einander, wenn auch nur entfernt, kannten, in einem derart kurzen Abstand so gestorben waren, wie es allgemein angenommen wurde.

Albina Gonella aufgrund ihres schwachen Herzens, das sie ausgerechnet in jener Nacht in ausgerechnet jenem Moment im Stich gelassen hatte.

Und Luca Benigni, weil ihm ein großer herabfallender Stein den Schädel zertrümmert hatte.

Diese beiden Todesfälle hätten an sich schon genügt, seine Neugier zu wecken. Doch erst der dritte Tod – oder besser gesagt der erste – ließ ihn, trotz der äußeren Umstände, nach irgendeiner Form von Verbrechen forschen.

Dieser erste Todesfall brachte ihn zur Endstation seiner nächtlichen Leichentour. Ein Gebäude, das keine fünf Minuten von dem Ort entfernt lag, an dem Benigni den Tod gefunden hatte.

Es lag an der Haupt*calle*, die in Richtung Salute-Kirche führte. Ein Gebäude, das in seiner gesamten Länge einen mit Pflanzen begrünten und mit einem Gitter umgebenen Hof besaß. Doch er ging an dem Innenhof vorbei, bog von der *calle* ab, ging den sehr viel schmaleren Durchgang zum Canal Grande entlang und blieb vor der hölzernen Anlegestelle des *traghetto* stehen. Auf der anderen Seite des Kanals befand sich das Gritti Palace Hotel.

Urbino war selbst überrascht, als er dort vor dem schwarzen Wasserspiegel seinen ungeübten Tenor erklingen ließ:

Tantum ergo sacramentum
Veneremur cernui
Et antiquum documentum
Novo cedat ritui
Praestat fidei supplementum
Sensum defectui

Diese lateinischen Worte waren Teil einer römisch-katholischen Liturgie zur Vergebung der Sünden und kamen Urbino mit ihrer einfachen, eindringlichen Melodie stets in merkwürdigen Momenten über die Lippen, vor allem, wenn er einsam, nervös oder in Gedanken war.

Als die letzten Töne verklungen waren, schaute Urbino zu dem zweiten Stockwerk des Gebäudes zu seiner Linken hoch. Es handelte sich um Zolls Wohnung, die jetzt Nick Hollander gehörte. Hinter diesen dunklen Fenstern hatte es den ersten Todesfall gegeben. Urbino und die Contessa hatten den Deutschen kurz vor dessen Tod gesehen, und er hatte sterbenskrank ausgesehen, das stand überhaupt nicht zur Debatte. Sie wären beide nicht überrascht gewesen, wenn er gleich am nächsten Tag gestorben wäre. Sein eingefallenes, blutleeres Gesicht schien bereits vom Tod gezeichnet gewesen zu sein.

Doch Urbino ermahnte sich, auf seiner Logik zu beharren – oder war es eher unlogisch, wie er vorging? Wenn es möglich war, dass eine Frau aufgrund ihrer Herzschwäche starb, gleichzeitig aber auch in gewisser Weise Opfer eines falschen Spiels sein konnte, war es genauso möglich, dass ein Mann ermordet worden war, auch wenn seine Lebenszeit nur noch ein paar Tage, Stunden oder Minuten betragen hätte – vor allem ein kranker Mann, der Medikamente einnahm. Zoll war an Leukämie gestorben, doch das hieß nicht, dass er durch die Leukämie gestorben war.

Urbino musste diese Möglichkeit in Betracht ziehen und sie näher erforschen, und wenn nur, um sie auszuschließen. Genau wie er der Contessa gesagt hatte, sollten sie nichts außer Acht lassen, was sie der Wahrheit näher bringen könnte.

Urbinos Blick wanderte von Zolls Wohnung zum Gritti Palace Hotel am anderen Ufer. Hinter zwei Fenstern im zweiten Stock brannte Licht. Hollander hatte gesagt, er könne von seiner Suite über den Canale Grande blicken. Vielleicht stand er hinter einem der beleuchteten Fenster und starrte gerade hinüber zu der Wohnung, die er verkaufen wollte. Dieser Gedanke ließ Urbino zurück in den Schatten treten, genau wie er sich vom Fenster seiner Bibliothek zurückgezogen hatte, als Maisie Croy den Palazzo Uccello betrachtet hatte.

Hollander war das offensichtlichste Verbindungsglied zwischen Zoll und Luca Benigni. Und er war scheinbar der größte Nutznießer des Testaments seines Stiefvaters. Urbino hoffte, dass Rebecca ihm in dieser Hinsicht mehr Klarheit verschaffen würde.

Doch welche Verbindung konnte es zwischen Hollander und Albina Gonella geben? Schließlich wurde Urbino die Überzeugung nicht los, dass zwischen Albinas und Lucas Tod eine Verbindung bestand.

Während er dort am Canale Grande in der Nähe des Gebäudes stand, in dem Zoll gestorben war, kamen ihm noch andere Namen in den Sinn, darunter Clementina Foppa und Perla Beato. Beide hatten die drei kürzlich Verstorbenen gekannt.

Ja, es gab noch vieles, was in Betracht gezogen werden musste.

Urbino bog von der *calle* in Richtung Salute-Kirche ab. Von dort würde er das Vaporetto zurück nach Cannaregio nehmen. Er fürchtete, dass er nicht in der Lage sein würde, sich an den Rat der Contessa zu halten. Es schien keinen Weg zu geben, sich die Gedanken bezüglich Albinas Tod aus dem Kopf zu schlagen.

In der Tat hegte er jetzt noch mehr Verdachtsmomente ähnlicher Natur, die sowohl direkt als auch indirekt mit dem ursprünglichen in Verbindung standen.

Auf seinem bevorzugten Platz am Heck des Vaporettos spielte er sie auf seiner Fahrt den Canale Grande entlang in seinem Geiste erneut durch. Während er seinen düsteren Gedanken nachhing, betrachtete er gleichzeitig die beiden Ufer.

VIERTER TEIL

Hilfreiche Irreführung

I

Drei Puzzleteile. Albina Gonella, Luca Benigni und Konrad Zoll. Wie passten sie zusammen? Passten sie überhaupt zusammen? Gab es das Puzzle seiner Vorstellung überhaupt? Sah er Dinge, die er sehen wollte, und nicht, wie die Wirklichkeit sie zeigte?

Dieses waren einige der Fragen, die Urbino in den Stunden und Tagen nach seiner Leichentour unablässig begleiteten.

Ein paar Tage lang zog er sich in den Palazzo Uccello zurück, drehte die Puzzleteile immer wieder um und sah sie sich eingehend an.

Er verbrachte viel Zeit auf der *altana*. Nach dem Regen war die Sonne zurückgekehrt, doch dieses Mal ohne die drückende Luft und die Unwetter, die die Stadt zu Beginn des Monats heimgesucht hatten. Er hatte stets seinen Goethe dabei, doch trotz der Weisheit und der Schönheit, die Goethes Eindrücken innewohnten, konnte er sich nie lange auf die Lektüre konzentrieren, sondern hing schnell wieder seinen eigenen Eindrücken und Spekulationen nach. Oft starrte er über die Dächer, Kamine und ein Stück der Lagune in die eine Richtung oder hinunter zu der tiefen Lücke zwischen den Gebäuden, die der Canal Grande darstellte, in die andere Richtung. Natalia besuchte immer wieder die *altana*, allerdings nicht, um Wäsche aufzuhängen oder um die Pflanzen zu gießen, sondern um Urbino runter in die geselligeren Räume des Hauses zu locken. Doch er versicherte ihr stets, dass er sich dort oben wohlfühle. So ging sie jedes Mal kopfschüttelnd wieder die Treppe hinunter und wunderte sich über die Schrullen des Amerikaners.

Eines Morgens, eine Woche vor der Regatta, als das Wetter ganz offensichtlich wieder so unerträglich wurde wie zuvor, verließ Urbino schließlich doch den Palazzo Uccello, um einige der Fragen zu beantworten, die ihm in all den Stunden auf der *altana* im Kopf herumgeschwirrt waren.

Der Weg, dem er in den nächsten Tagen folgte, war sowohl improvisiert als auch genau kalkuliert – eine Kombination, die ihn häufig zu unvorhergesehenen, erstaunlichen Zielen führte.

Er warnte sich jedoch selbst, dass ein Weg manchmal auch zu unwillkommenen und sogar gefährlichen Zielen führen konnte.

2

»Ein Glas Cynar, Signor Urbino?«, fragte Giulietta, als sie ihm ins Wohnzimmer vorausging.

Offensichtlich würde er noch mehr von diesem scheußlichen Getränk ertragen müssen. Allerdings war er erstaunt, als Giulietta nur ein Glas aus der Küche mitbrachte, zu einem Regal ging und ihm großzügig eingoss.

Doch als sie sich neben ihm auf dem Sofa niederließ, wurde die Situation klar. Neben den Kreuzworträtselheften, verschiedenen gespitzten Bleistiften und einer angebrochenen Zigarettenpackung stand ein halb volles Glas mit dem Likör auf einem kleinen Tischchen an ihrer Sofaecke. Bei den letzten Besuchen hatte Urbino keine Zigaretten in der Wohnung gesehen. Konnte es möglich sein, dass sie sich als Konsequenz auf Albinas Tod und den Einbruch das Rauchen angewöhnt hatte? Oder hatte sie einfach ein altes Laster wieder aufgenommen?

»Alle in diesem Haus fühlen sich jetzt hier so sicher wie Contessa Barbara in ihrem Palazzo«, sagte sie. »Und ich wache nachts auch nicht mehr alle zwei Minuten auf und lausche, ob ich merkwürdige Geräusche höre.«

»Das ist erfreulich zu hören. Doch es muss trotzdem schwierig für Sie sein, nach Albinas Tod nun allein zu sein.«

»Ja, ich vermisse sie.«

Giuliettas Stimme zitterte. Sie trug kaum Make-up und schon gar nicht das leuchtend rote Rouge oder den Lippenstift, den sie bei seinem letzten Besuch aufgelegt hatte.

»Natürlich. Nach all den Jahren.«

Urbino trank einen kleinen Schluck Cynar.

»Ich habe über etwas nachgedacht, was Sie vielleicht ein wenig aufheitert. Was uns alle vielleicht etwas aufheitert, Sie, mich, die Contessa und all ihre Freunde.«

»Und was wäre das?«

Dies war eine der Möglichkeiten, die Urbino auf der *altana* erwogen hatte.

»Sie wissen, dass ich ein Schriftsteller bin, Giulietta.«

»Ja, ich habe Ihre Bücher im Schaufenster einer Buchhandlung in der Nähe der Piazza gesehen, aber sie waren auf Englisch.«

»Ich habe beschlossen, ein kleines Buch zu schreiben. Über Albina. Und ich werde es auf Italienisch schreiben.«

Giulietta nippte an ihrem Cynar.

»Ein Buch über Albina?«

»Ja.«

Das Buch wäre eine gute Entschuldigung für die Fragen, die er ihr und anderen bezüglich Albina stellen wollte. Die meisten seiner Bekannten wussten, dass er sich als Hobbydetektiv betätigte, daher wurden seine Fragen nach einem Todesfall leicht damit in Zusammenhang gebracht. Doch sie wussten auch von seinen Biografien, und indem er die Aufmerksamkeit auf dieses andere seiner Hobbys lenkte, würde es ihm vielleicht gelingen, sie kurz zu verwirren oder abzulenken, um so einen gewissen Vorsprung zu gewinnen. Abgesehen von diesem Täuschungsmanöver, würde das Buch auch eine nette Geste gegenüber Albina darstellen. Er würde es auf seine Kosten veröffentlichen.

Schon in seiner Kindheit hatten Jesuiten das Leben Urbinos geprägt. Ihre Gepflogenheit, differenziert zu argumentieren und raffinierte Erklärungsmuster zu liefern, war ein hervorragendes Hilfsmittel bei seiner kriminalistischen Arbeit. Sein Plan, etwas über Albina schreiben zu wollen, war ein gutes Beispiel dafür, doch er brauchte Giuliettas Einverständnis, um den Schwindel so glatt und effektiv wie möglich aussehen zu lassen.

»Aber Albina war doch gar nicht berühmt«, protestierte Giulietta. »Sie hat doch nichts Wichtiges geleistet.«

»Das ist wahr. Sie hatte ein einfaches Leben, aber auch ein einfaches Leben kann wunderschön sein und so auf seine Weise großes Interesse hervorrufen. Die meisten Heiligen waren einfache Menschen.«

Urbino fürchtete, eventuell zu weit gegangen zu sein. Giulietta erschien ihm keine sehr gläubige Frau zu sein. Und selbst wenn, war es zweifelhaft, ob sie sich über einen Vergleich zwischen ihrer Schwester und einer Heiligen freuen würde oder ob sie nicht bei einem solchen Vergleich hinter Albina zurückstehen müsste. Urbino bemühte sich, einen möglichen Schaden einzugrenzen.

»Was ich damit meine, ist, dass jeder wichtig ist, auch wenn dies nicht so offensichtlich sein mag. Denken Sie doch nur an die guten Dinge, die Sie für andere und für Ihre Schwester getan haben, um deren Leben zu verbessern. Zum Beispiel als Sie neulich draußen die Stelle unter dem *sottoportico* gesäubert haben, an der Albina gestorben ist. Das haben Sie doch für Ihre Schwester getan, nicht wahr?« Giulietta nickte abwesend. »Das sind die Dinge, die ich meine.«

Giulietta richtete sich etwas auf und räusperte sich.

»Nun, ich schätze, das wäre schön, wenn Sie etwas über

Albina schreiben würden.« Doch ihre Worte klangen nicht sehr enthusiastisch. Sie trank ihren Cynar aus. »Wie kann ich Ihnen dabei helfen?«

»Ich wüsste gerne so viel, wie Sie mir über sie mitteilen möchten. Sie haben Ihr ganzes Leben miteinander verbracht. Ich werde nicht alles in mein Buch aufnehmen können, doch je mehr ich weiß, desto besser wird das Buch werden.«

Giulietta goss sich ein weiteres Glas Cynar ein und starrte auf die klebrige, braune Flüssigkeit, als denke sie über seine Worte nach.

»Ich werde Ihnen alles sagen, was Sie wissen wollen«, sagte sie und schaute dabei auf. »Ich habe ein gutes Gedächtnis. Albina fragte mich oft nach Dingen, die in der Vergangenheit passiert waren. Ich erinnere mich an unser erstes Haus besser als sie, obwohl ich fünf Jahre jünger war. Wir lebten in Castello, hinter der Kirche San Francesco di Paola.«

Das war das Viertel, in dem das Le Due Sorelle lag. Giulietta fuhr fort, die Wohnung detailliert zu beschreiben und sogar jede Puppe, die die beiden Schwestern je besessen hatten. Urbino trank seinen Cynar und lehnte sich zurück, um der Erzählung über Albinas Leben zu lauschen, in dem Giulietta eine zentrale Rolle spielte.

Es war eine alltägliche Geschichte: zwei streng und behütet erzogene Schwestern, ohne große Schulbildung, unverheiratet und ohne engere Verwandtschaft nach dem Tod ihrer Eltern, die kurz hintereinander gestorben waren. Vor zwanzig Jahren waren sie in die kleinere Wohnung in Dorsoduro gezogen, wo sie seitdem in einem mal intimeren und dann wieder distanzierteren Bündnis gelebt hatten, geprägt sowohl von Zuneigung als auch von kühler Ablehnung. Keine von beiden war je weit gereist. Einmal waren sie gemeinsam nach Rom gefahren und ein anderes Mal hatten sie entfernt verwandte Cousinen in Treviso besucht. Giulietta hatte mal eine Woche allein in Wien bei einer Österreicherin verbracht, die regelmäßig in Venedig gewesen war und dabei ihre Künste als Näherin in Anspruch genommen hatte, mit denen einst offensichtlich mehr Gewinn zu machen gewesen war.

Entgegen dem, was man hätte meinen können, wurde Giuliettas Erzählung immer weniger detailliert, je mehr sie sich der Gegenwart näherte. Er hörte zu, nickte und filterte im Geiste das Gesagte nach irgendeinem relevanten Hinweis durch. Nichts Besonderes fiel ihm auf.

»Ich habe gesehen, dass Clementina Foppa die Totenmesse besucht hat«, sagte er, nachdem Giulietta geendet hatte. »Kannte Albina sie gut?«

»Ich kann mich nicht erinnern, dass sie je diesen Namen erwähnt hätte. Wer war sie?«

Urbino beschrieb die Papierwarenhändlerin. Giulietta schüttelte den Kopf.

»Ich kann mich nicht an sie erinnern.«

»Sie hat mir etwas sehr Nettes über Albina gesagt«, fuhr Urbino fort. »Albina hat einem kranken deutschen Mann geholfen. Sie ist den ganzen Weg vom Florian bis zu Perla Beatos *erboristeria* gelaufen, um ihm Kräuter zu besorgen. Solche, wie sie Ihnen mitgebracht hat.«

»Ich bin nicht krank! Sie sollte sie wieder mitnehmen!«

»Ich wollte damit nicht sagen, dass Sie krank sind, Giulietta, doch dieser deutsche Mann war krank. Bedauerlicherweise ist er eine Woche vor Albina gestorben. Clementina Foppas Bruder war mit dem Deutschen befreundet. So hat sie Ihre Schwester kennengelernt.«

»War er auch auf der Beerdigung?«

»Ich fürchte, nein. Auch er ist gestorben.«

Urbino erklärte die Umstände von Benignis Tod.

»Ich erinnere mich, dass einige der Nachbarn darüber gesprochen haben. Die Jungen sterben immerzu.«

Der Klang ihrer Stimme ließ darauf schließen, dass sie darüber eine gewisse Genugtuung empfand.

»Hat Albina es erwähnt?«

»Nein.«

Giulietta starrte ihn an. Mit etwas Mühe gelang es Urbino, den letzten, großen Schluck Cynar runterzuspülen, bevor er sich erhob.

»Ich sollte mich auf den Weg machen, Giulietta. Ich habe Ihre Zeit schon genug in Anspruch genommen.«

»Aber Sie haben gar nichts aufgeschrieben.«

»Genau wie Sie habe ich ein gutes Gedächtnis. Übrigens, würde es Ihnen etwas ausmachen, Albinas Schlüssel für mich zu identifizieren? Ich meine, jeden einzelnen.«

Giuliettas Blick wanderte sofort zu einem Regal neben der Tür, auf dem in einer Tonschale die Schlüssel lagen.

»Ich weiß, dass Sie mir gesagt haben, ich solle sie in ihr Zimmer zu den anderen Sachen tun«, sagte Giulietta. »Aber ich schätze, das macht keinen Unterschied. Was haben die Schlüssel mit Ihrem Buch zu tun?«

»Nichts. Es ist wegen der Wohnung, in die eingebrochen wurde.«

»Ja. Vergessen Sie nicht, dass es meine Wohnung war, in die eingebrochen worden ist.«

Es klang beinahe so, als wollte sie ihn an den Einbruch erinnern.

Sie stand auf, holte die Schlüssel und nannte ohne Schwierigkeiten deren Bestimmung.

»Dieser hier war für das alte Schloss an der unteren Haustür.« Sie hielt den größten Schlüssel hoch. »Und dieser für das alte Schloss der Wohnungstür. Und der kleine – der etwas krumme – für ihre Schmuckdose.«

»Wurde sie aufgebrochen?«

Giulietta nickte.

»Aber es fehlt nichts. Sentimentale Dinge. Kein echtes Gold oder Diamanten oder so was.«

»Trotzdem hat sie die Dose abgeschlossen?«

»Auch sentimentale Dinge können einen Wert haben. Meist sogar mehr als ein Diamant, denn der lässt sich ersetzen.«

»Natürlich. Aber vielleicht hatte sie erst kürzlich etwas Wertvolles in die Dose getan.«

»Wir waren nicht solche Schwestern, die sich alles sagen. Und ich hab auch nicht rumgeschnüffelt.«

Urbino, selbst ein Schnüffler – oder wie konnte man das, was er gerade tat, anders bezeichnen? –, zweifelte irgendwie daran, dass Giulietta es ihrer Schwester leicht gemacht hatte, in all den Jahren Geheimnisse irgendwelcher Art für sich zu behalten. Doch soweit er es sehen konnte, hatte Giulietta auch keinerlei Geheimnisse über Albina verraten, ob zum Wohl ihrer Schwester oder zu ihrem eigenen? Die gleiche Frage konnte man auch angesichts ihrer emsigen Säuberungsaktion des *sottoportico* stellen.

Vielleicht hatte Albina etwas in ihrer Schmuckdose sicher aufbewahren wollen. Sie könnte wegen ihrer Schlüssel zurückgegangen sein, um zu verhindern, dass jemand ihre Schmuckdose öffnete, sollten ihre Schlüssel in die falschen Hände gelangen.

Aber ergab das wirklich einen Sinn? Jemand hatte die Dose aufgebrochen. Dafür war kein Schlüssel notwendig gewesen. Aber Menschen denken nicht immer logisch. Und Albina hatte vielleicht befürchtet, jemand könnte mit einem Schlüssel ihre Schmuckdose heimlich öffnen, und gar nicht an jemanden gedacht, der so weit ginge, sie aufzubrechen.

Falls etwas entwendet worden war – etwas, was Albina hatte sicher verwahren wollen und von dem Giulietta vielleicht nichts gewusst hatte, zumindest hatte sie das behauptet –, war dies vermutlich auch das Motiv für den Einbruch und auch für Albinas Tod gewesen.

Urbino bedankte sich bei Giulietta und ging.

3

Eine Viertelstunde später sann Urbino über das, was er von Giulietta erfahren hatte, nach, als er auf seinem Weg zur Anlegestelle des Vaporettos zum Campo San Barnabà kam. Vor der Kirche hatte sich eine Gruppe sonnengebräunter Rucksacktouristen versammelt. Sie hatten ihr Gepäck abgestellt und versuchten ihr *gelati* zu essen, bevor das leuchtend bunte Eis in der Sonne schmolz.

Ein Tourist hielt Urbino an, um nach der Richtung zur Ca'Rezzonico zu fragen. Während Urbino ihm den Weg erklärte, erregte eine junge Frau, die durch den Sottoportico del Casin auf ihn zukam, seine Aufmerksamkeit. Sie schien ihm vertraut, doch die Schatten des Durchgangs erschwerten die Sicht. Als sie auf den Platz trat, erkannte er Clementina Foppa. Die Papierwarenhändlerin setzte sich an einen Tisch vor einem Café gegenüber der Kirche.

»Welch eine angenehme Überraschung!«, rief sie, als Urbino an ihren Tisch kam. »Warum leisten Sie mir nicht Gesellschaft? Warten Sie, ich nehme das hier weg.«

Sie räumte eine kleine Papiertüte, die den Namen ihres Geschäfts trug, von dem anderen Stuhl. Urbino konnte die Ecke eines buchgroßen Objekts erkennen, das in marmoriertes Papier eingewickelt war. Clementina stellte die Tüte auf den Boden neben ihre Füße.

»Danke.« Urbino setzte sich. »Wie geht es Ihnen?«

»So gut es einem bei dieser Hitze gehen kann.«

Auf ihrem blassen Gesicht und den leuchtend rot geschminkten Lippen zeichneten sich Schweißperlen ab. Sie holte ein Spitzentaschentuch aus der Tasche ihres dunkelgrauen Kleides und tupfte sich das Gesicht ab. Wieder fielen Urbino ihre ungewöhnlich muskulösen Arme auf.

Als der Kellner kam, bestellten sie beide eine *limonata*. Von ihrem Tisch hatten sie einen guten Blick über den kleinen Platz mit der Kirche, dem Kanal und der Brücke, die zur Fondamenta Rezzonico führte. Auf dem Platz wimmelte es von Leuten mit Einkaufstüten, Kindern, Müßiggängern und Touristen. Letztere nahmen sich häufig nicht die Zeit, den Charme des Platzes zu erkunden, sondern eilten in der Regel in Richtung Piazza San Marco.

Clementina erzählte, dass der Campo San Barnabà ihr Lieblingsplatz sei.

»Wohnen Sie hier in der Nähe?«, fragte Urbino.

»Nein. Auf der Giudecca in der Nähe der Fondamenta di San Giacomo.«

Das war ein Arbeiterviertel in der Nähe der Erlöser-Kirche.

»Mir gefällt die Giudecca und ich gehe oft dort vorbei. Was gefällt Ihnen denn an diesem Platz so besonders?«

»Zum einen die Obst- und Gemüsebarken.« Sie schaute in die entsprechende Richtung und blickte dann zum Campanile auf, der als Einziger in dieser Stadt eine konische Spitze hatte. »Und wegen der Turmspitze. Aber vor allem, weil dieser Platz so klein und überschaubar ist. Mir gefallen kleine Dinge. Vielleicht weil ich selber klein bin.«

»Petite.«

»Das klingt hübscher«, sagte sie anerkennend lächelnd. »Und San Barnabà hat eine interessante Geschichte. Früher lebten hier viele verarmte Adelige. Meine Mutter hat uns immer Geschichten von ihrer adeligen Familie erzählt, die über die Jahrhunderte verarmt ist.«

Der Kellner brachte ihnen die *limonata*. Sie tranken sie schweigend und blickten dabei über den Platz. Als ein Hund an ihren Tisch gelaufen kam und Clementinas Tüte beschnüffelte, zog sie einen weiteren Stuhl an den Tisch und legte die Tüte darauf.

»Ein Geschenk für Albina Gonellas Schwester«, erklärte sie. »Ich kenne sie zwar nicht, aber ich dachte, dass sie sich vielleicht über einen Besuch freut. Ich habe mich kurz aus meinem Laden gestohlen. Sie lebt hier ganz in der Nähe.«

Urbino fand es ein wenig ungewöhnlich, dass Clementina einen Besuch aus Nächstenliebe bei jemandem machte, den sie gar nicht kannte. Doch warum sollte sie nicht jemandem die Hand reichen, der einen ähnlichen Verlust wie sie selbst erlitten hatte? Vermutlich war das völlig normal und absolut anerkennenswert. Und sie war zu Albinas Beerdigung gegangen. Vielleicht eine Art, ihrer eigenen Verstorbenen zu gedenken.

»Ja, in der Nähe des Campo Santa Margherita«, sagte Urbino. »Ich war gerade selber dort. Aber ich gestehe, dass ich nicht an ein Geschenk gedacht hatte.«

Clementina errötete.

»Es ist auch nur eine Kleinigkeit. Nur ein Fotoalbum. Als mein Vater starb, fanden meine Mutter und ich es tröstlich, Fotos von ihm zu sortieren, denn dabei kamen uns viele schöne Erinnerungen wieder in den Sinn. Luca und ich haben nach ihrem Tod das Gleiche gemacht.« Sie machte eine Pause und biss sich auf die Lippe. »Und nun mache ich das Gleiche mit Lucas Fotos. Aber ich fürchte, dieses Mal wirkt es nicht so gut.«

Auf kindliche Weise verzog sie das Gesicht, bemüht, Tränen zurückzuhalten. Dann begann sie zu schluchzen. Sie holte ihr Spitzentaschentuch hervor und wischte sich die Tränen ab.

»Entschuldigen Sie«, sagte sie. »Aber es ist hart. Manchmal tue ich so, als ob es nicht so schlimm wäre. Ich muss weitermachen, mit dem Laden und allem. Aber Luca war der einzige Mensch, den ich hatte. Der einzige, der mir etwas bedeutet hat. Auch wenn wir verschiedene Väter hatten, so war er doch ganz und gar mein Bruder.«

»Es tut mir sehr leid. Ich weiß aus eigener Erfahrung, wie schwierig das ist. Es ist stets tröstlich, seine Trauer zu teilen. Was ist mit Lucas Vater?«

»Er ist vor ein paar Jahren gestorben, nachdem er nach Kalifornien gezogen war. Daher hatten Luca und ich uns nur noch gegenseitig – abgesehen von einigen entfernten Verwandten in Sizilien.«

Wieder traten ihr Tränen in die Augen.

Clementinas Tränen erweckten nicht nur Urbinos Mitleid, sondern machten es ihm schwerer, weitere Fragen zu stellen, die sie eventuell noch mehr beunruhigen würden.

Er saß da und sah sie an, während sie sich die Tränen trocknete. Sie steckte ihr Taschentuch wieder zurück in die Tasche und holte eine Schachtel Zigaretten hervor. Es handelte sich um die gleiche Zigarettenmarke, die auf Giuliettas Beistelltischchen lag.

»Ich hoffe, es stört Sie nicht?«, fragte sie.

»Nicht im Geringsten.«

Mit einem kleinen, goldenen Feuerzeug zündete sie sich eine Zigarette an, nahm einen tiefen Zug und blies den Rauch über ihre Schulter aus. In ihren Augen funkelten Tränen.

»Merkwürdig, nicht wahr?«, meinte sie. »Wie sich jemand vor einem absolut Fremden so offenbaren kann. Irgendwie ist es einfacher. Trotzdem überrascht es mich. Da liegt es einfach direkt unter der Oberfläche, bereit, jederzeit hervorzubrechen.«

»Es ist ja noch nicht lange her.«

»Ich glaube nicht, dass es je anders sein wird. Ich bin nie über den Tod meiner Mutter hinweggekommen. Mit Lucas Tod hat sich diese Wunde wieder geöffnet. Sie ist nie verheilt. Aber hören Sie. Das alles hier tut mir furchtbar leid. Wirklich!«

»Glauben Sie mir, ich habe vollstes Verständnis dafür. Und es ist nie gut, solche Dinge in sich hineinzufressen. Es tut gut, über unsere Verstorbenen zu reden, selbst wenn es schmerzvoll ist.«

Urbino war sowohl aufrichtig als auch kalkulierend, und selbst ihm war nicht klar, wo das eine in das andere überging. Doch auch wenn er es nicht für angemessen hielt, Clementina Fragen zu stellen, hieß das nicht, dass er sie nicht ermutigen konnte zu reden.

Die Papierwarenhändlerin drückte ihre Zigarette aus. Sie hatte sie kaum geraucht. Ihr leuchtend roter Lippenstift hatte einen Abdruck auf dem Filter hinterlassen.

»Sie haben Recht«, meinte sie. »Reden hilft. Ich glaube nicht, dass die Leute das bemerken, ehe sie nicht selbst einen Verlust erlitten haben. Jeder glaubt, man solle die Verstorbenen nicht erwähnen und dass man nicht darüber reden will. Als Zoll starb, kam Luca zu mir und weinte wie ein kleines Kind. Auch das Wissen um den bevorstehenden Tod hat es für ihn nicht einfacher gemacht. Alles, was er wollte, war: über Zoll reden, mir Dinge erzählen, die sie gemeinsam erlebt hatten, Kleinigkeiten. Er würde das vermutlich immer noch tun, wenn ... wenn er nicht selbst gestorben wäre.«

Sie atmete tief ein. Urbino dachte, sie würde erneut in Tränen ausbrechen. Doch sie nahm eine neue Zigarette und zündete sie an.

»Mein Bruder war ein sehr aufopfernder Mensch. Hätten Sie gedacht, dass er im März sein Studium an der Ca'Foscari abgebrochen hat, um Zoll zu pflegen? Er war sehr klug. Er hätte eine Menge aus seinem Leben machen können.«

»Was hat er studiert?«

»Kunstgeschichte. So hat er auch Zoll kennengelernt. Die beiden liebten die Kunst. Sie sind sich vor zweieinhalb Jahren in der Accademia-Galerie über den Weg gelaufen.«

Sie drückte ihre Zigarette aus, die sie noch weniger geraucht hatte als die erste. Dann trank sie einen Schluck *limonata* und schaute Urbino scheinbar abschätzend an.

»Ich denke, Sie werden das verstehen«, sagte sie, nachdem sie ihr Glas abgestellt hatte. »Verstehen und nicht verurteilen. Luca war schwul. Für mich und für meine Mutter war das nie ein Problem. Sein Vater wusste es nicht. Luca meinte, er würde es nicht verstehen. Zoll war der erste Mann, mit dem er eine ernsthafte Beziehung hatte. Er hat mir alles erzählt – nun, fast alles. Er hat Zoll geliebt. Er hätte alles für ihn getan. Und Zoll fühlte genauso. Zumindest aus meiner Sicht schien es mit Sicherheit so. Ich habe mich für Luca gefreut.«

Es gab viele Fragen, die Urbino gerne gestellt hätte, doch bis jetzt hatte Clementina Fragen als überflüssig erscheinen lassen. Vielleicht war sie mit ihren Ausführungen noch nicht am Ende.

Sie lächelte Urbino schwach an.

»Vielleicht glauben Sie, dass Luca hinter dem Geld her war. Aber das war er nicht. Er hat Zoll nicht manipuliert. Damit will ich nicht sagen, dass Zoll nicht großzügig gewesen wäre, trotzdem hat er ihn in seinem Testament nicht berücksichtigt.«

»Sind Sie sicher?«

»Nun, zumindest hat mir Luca das ein paar Wochen vor seinem Tod gesagt. Zoll hatte einen Sohn, dem er fast alles hinterlassen hat.«

»Einen Stiefsohn.«

»Ich dachte, er wäre sein Sohn.«

»Er ist gerade in Venedig. Haben Sie sich kennengelernt?«

Clementina schaute auf ihre Armbanduhr.

»Kennengelernt? Welchen Grund sollte ich haben, ihn kennenzulernen? Entschuldigen Sie mich. Ich sollte mich auf den Weg zu Giuliettas Wohnung machen. Meine Aushilfe ist allein im Geschäft. Sie ist zwar vertrauenswürdig, doch Sie wissen ja, wie das ist.«

Sie schien plötzlich bestrebt aufzubrechen. Vielleicht hatte sie mehr erzählt, als sie gewollt hatte, aber falls es so war, dann nicht, weil Urbino ihr zu viele Fragen gestellt hatte.

Zumindest ihren eigenen Worten nach war sie sehr bereit gewesen, sich ihm anzuvertrauen.

4

Das Vaporetto nach San Marco war überfüllt mit Touristen, von denen einige, trotz der frühen Stunde, bereits betrunken waren. Urbino lehnte sich gegen die Reling und dachte erst gar nicht daran, sich einen Weg zum Heck zu bahnen.

Ein älteres venezianisches Ehepaar stand neben ihm und beschwerte sich darüber, dass sie keinen Sitzplatz fanden. Urbino bot ihnen in venezianischem Dialekt an, zwei Säcke so hinzustellen, dass sie darauf sitzen könnten, doch der Mann lehnte ab.

»Wir steigen in Accademia aus«, sagte er.

Urbino plauderte mit ihnen über die bevorstehende Regatta, bis sie die nächste Anlegestelle erreichten, an der sie ausstiegen.

Die restliche Fahrt den Canale Grande entlang versuchte Urbino, den Krach und das Durcheinander um sich herum zu verdrängen, indem er die Gebäude an den Ufern betrachtete, vor allem die oberen Geschosse und Dächer. So entfernte er sich in Gedanken noch weiter von der Hektik um sich herum und hatte einen Blick auf eine *altana* nach der anderen, auf Kamine, Dachziegel und hochhängende Balkone. Lange starrte er auf den gotischen Balkon von Zolls Wohnung und auf die gegenüberliegenden Fenster des Gritti Palace Hotels, bevor sein Blick auf der weißen Kuppel der Salute-Kirche haften blieb.

In Gedanken ging er durch, was Clementina ihm über Luca gesagt hatte. Er bedauerte, dass er sich nicht in der Lage gefühlt hatte, ihr mehr Fragen zu stellen. Das Gespräch hatte bei ihm den Eindruck hinterlassen, dass er in gewisser Weise manipuliert worden war. Doch in welcher Richtung oder aus welchem Grund, konnte er beim besten Willen nicht sagen.

Entweder hatte er mit ein bisschen Nachhilfe seinerseits gerade freimütigen Vertraulichkeiten gelauscht oder einer völlig kalkulierten und sogar erfundenen Enthüllung.

5

Es gelang Urbino, einen kleinen, freien Tisch im Florian zu finden, wenn auch nicht im Chinesischen Salon, sondern im dahinterliegenden Liberty Salon mit den geschwungenen Bögen an der Decke, der glänzenden Holzverkleidung und den handbemalten Spiegeln. Er bestellte Rotwein und eine Käseauswahl. Als der Kellner mit einem Silbertablett kam, das größer als die Marmortischplatte war, hielt Urbino ihn ein paar Minuten auf. Der Kellner namens Marcello arbeitete in den gleichen Schichten wie Claudio.

Er bestätigte, dass Zoll im vergangenen Jahr häufiger das Café besucht habe, meist jedoch morgens. Er hatte den Liberty Salon den anderen Räumen vorgezogen.

»Und sie haben immer das Gleiche bestellt. Eine Flasche Mineralwasser mit einer Zitronenscheibe für den Deutschen und Prosecco oder Corvo für seinen jungen Freund.«

Marcello erzählte, dass er an dem Tag, an dem Zoll unwohl geworden war und Albina zu Perlas Laden gegangen war, gearbeitet hatte. Er schüttelte bedauernd den Kopf, als Urbino ihm mitteilte, dass Zoll gestorben war.

»Man konnte sehen, dass der arme Mann krank war. Manchmal konnte er kaum noch laufen. Sein Freund musste ihm helfen.«

»Sein Freund ist auch tot. Vielleicht haben Sie davon gehört. Er wurde während des ersten Unwetters von einem herabfallenden Stein erschlagen.«

Marcello zog sichtlich überrascht die Augenbrauen hoch.

»Nein, das wusste ich nicht. Das Leben ist sonderbar, Signore.«

»In der Tat. Hat einer von den beiden eine besondere Vorliebe für einen der Kellner hier gehabt?«

»Sie waren zu uns allen freundlich. Meist hat der Italiener gezahlt. Aus seiner eigenen Tasche und immer mit einem großzügigen Trinkgeld. Aber es muss von dem Deutschen gestammt haben. Einer der Gäste hat von uns ein Foto gemacht – von mir, dem Deutschen und seinem Freund. Um das Erlöserfest herum. Ich habe immer gewartet, dass sie mal wieder vorbeikommen würden, um es ihnen zu zeigen. Ich trage es immer bei mir.«

»Darf ich es mal sehen?«

Marcello holte das Foto aus einer Tasche seiner weißen Jacke.

Es zeigte Zoll und Benigni im Liberty Salon. Marcello stand hinter dem hübschen jungen Mann, dessen dunkles Gesicht von einem Lächeln erhellt wurde. Benigni hatte seinen Arm um Zolls Schulter gelegt. Der Deutsche lächelte und blickte nicht in die Kamera, sondern auf seinen Begleiter.

»Dürfte ich mir das wohl für ein paar Tage ausleihen? Ich würde es gerne dem Stiefsohn des Deutschen zeigen. Er ist in der Stadt, um noch ein paar Dinge zu erledigen. Es wird ihn freuen zu sehen, dass sein Stiefvater noch kurz vor seinem Tod glücklich war.«

Als Urbino mit dem Käse und Wein fertig war, ging er nach oben in den Flur vor den Toiletten. Neben dem kleinen Tisch mit dem Münzenteller saß die gleiche Frau wie beim letzten Mal. Er stellte ihr ähnliche Fragen wie Marcello. Sie sagte, sie habe nie bemerkt, dass Zoll und Benigni einen Mitarbeiter besonders bevorzugt hätten.

Als sich Urbino durch die Menschenmenge nach draußen unter die Arkaden drängte, ertönte hinter ihm sein Name. Der Manager hatte ihn gerufen.

»Als Sie neulich hier waren, habe ich vergessen zu erwähnen, dass Albina bei mir einen Umschlag für Claudio hinterlegt hat, auf dem lediglich der Name der Cassa di Risparmio di Venezia steht.« Es handelte sich um die lokale Sparkasse. »Keine Adresse oder sonst irgendetwas. Ich habe ihn ein paar Mal versucht anzurufen, aber nie erreicht. Vermutlich sehen Sie ihn eher als ich. Würden Sie ihm Bescheid sagen? Albina hat ihn an ihrem letzten Arbeitstag hiergelassen, am Tag vor ihrem Tod.«

6

Auf seinem Weg zurück zum Palazzo Uccello legte Urbino eine weitere Pause ein, um im Da Valdo einen Kaffee zu trinken. Er zeigte Valdo das Foto von Zoll und Benigni, der jedoch keinen von beiden wiedererkannte.

Vom Kellner erhielt er jedoch eine andere Antwort.

»Den älteren Mann, nein«, sagte er, »doch an den jüngeren kann ich mich gut erinnern.«

»Kam er regelmäßig hierher?«

»Ich weiß nur, dass er ein Mal hier war. Allein. Ein Italiener. Ein Venezianer, denke ich, obwohl er keinen Dialekt sprach. Es war am Abend des ersten Sturms, kurz bevor das Unwetter über uns hereinbrach. Kam eilig rein und setzte sich hinten hin. Und eilte wieder hinaus, wobei er fast vergessen hätte, den Prosecco zu bezahlen. So als habe er sich plötzlich an etwas erinnert. Oder vielleicht hatte er das heraufziehende Unwetter bemerkt und wollte noch schnell nach Hause kommen.«

»War Albina Gonella zu diesem Zeitpunkt schon hier?«

»O nein, Signore, es war mindestens eine Stunde vor ihrem üblichen Arbeitsbeginn.«

7

»Nein, Signor Urbino. Ich hab ihn seit gestern nicht mehr gesehen«, antwortete Gildo, als Urbino ihn nach Claudio fragte. Der Gondoliere polierte die Gondel am Wasserzugang. »Er sagte, es wäre eine gute Idee, wenn wir uns beide etwas ausruhen würden. Er ist zu Hause. Er ist nicht so wie sonst. Wegen Albina.«

Gildos hübsches Gesicht war von Sorge überschattet.

»Sind Sie sicher, dass Sie heute nicht ausfahren möchten?«, fragte er. »Es würde mich beruhigen. Es ist nicht so anstrengend, wie es scheint, wissen Sie.«

»Das stimmt nicht, Gildo. Es ist viel anstrengender, als es bei dir aussieht. Bei dir wirkt es beinahe mühelos, aber ich weiß es besser.«

»Aber manchmal habe ich mehr Energie, wenn ich Energie verbrauche.«

Urbino lächelte.

»Eine interessante Theorie. Aber wenn wir ausfahren, dann nicht während der größten Hitze des Tages.«

Urbino ging in seine Bibliothek. Er legte sich auf das Sofa und streichelte Serena, die auf seinem Schoß einschlief. Er schloss sich ihr bald an und machte einen kurzen Mittagschlaf. Eine Stunde später stand er auf, duschte sich und trank eine Tasse Espresso.

Er nahm das San-Marcuola-*traghetto* nach Santa Croce. Von dort war es nur ein kurzer Weg bis San Polo, wo er eine Besorgung für Natalia erledigen sollte, bevor er Claudio in der Nähe von San Tomà aufspüren wollte.

Die Geschäfte hatten jetzt nach der Siesta wieder geöffnet. Urbino hielt an, um sich mit einigen der Ladenbesitzer und Anwohner zu unterhalten, bevor er die kleine Dose Plätzchen überbrachte, die Natalia an diesem Morgen gebacken hatte. Sie waren für eine Freundin Natalias bestimmt, eine ältere Frau, die in der Nähe des Campo San Polo wohnte.

Im Café des Platzes trank er ein Glas Wein und betrachtete den isoliert stehenden Campanile und den kleinen Brunnen, in dem Tauben und andere Vögel badeten oder tranken. Er stellte sich vor, wie hier auf diesem großen, offenen Platz Soldaten aufmarschiert waren, Stiere entlanggetrieben und Maskenbälle und religiöse Feste gefeiert worden waren. Einer der Paläste zu seiner Rechten war zum Schauplatz für die Entehrung des Baron Corvo geworden, als dieser von seinen Gastgebern, die ihn beschuldigten, über ihre Freunde und Bekannten in seinen Romanen zu schreiben, mitten im Winter rausgeworfen worden war.

Maisie Croy war beeindruckt gewesen, dass Urbino gewusst hatte, wie viele Brücken es in Venedig gab. Aber wie er scherzhaft zu ihr gesagt hatte, war sein Kopf tatsächlich angefüllt mit unsinnigem Wissen, und so fiel ihm zu diesem Platz noch einiges mehr ein. Doch er schob diese kleinen Anekdoten beiseite, um über Claudio und den Umschlag nachzudenken, den Albina für ihn im Florian hinterlegt hatte.

Enthielt der Umschlag Geld? Durchaus eine Möglichkeit, da der Umschlag von der Sparkasse stammte. Aber warum sollte Albina Claudio Geld geben, egal ob als Scheck oder in bar?

Urbino merkte, wie wenig er über Claudio wusste. Bislang hatte er den Kellner aufgrund seiner offensichtlichen Zuneigung zu Albina als eine Komponente des Gesamtbildes gesehen. Urbinos Kontakte zu ihm beschränkten sich bisher auf seinen Dienst im Florian, auf zwei private Gesangsdarbietungen, die Romolo arrangiert hatte, und seine Freundschaft zu Gildo. In letzter Zeit hatte er ihn wegen der bevorstehenden Regatta öfter gesehen. Soweit er und die Contessa wussten, war Claudio allein in der Stadt, doch seine verwitwete Mutter und eine jüngere Schwester lebten in Rovigo.

Claudio erschien ihm als sensibler, feinsinniger Mann, dessen Ambitionen weit über das Florian hinausgingen. Urbino konnte sich nicht vorstellen, dass er den Rest seines Lebens dort als Kellner arbeiten würde. Doch das Florian war ein guter Ort, um nicht nur einen Blick auf die Welt zu erhaschen, die dort und unter den Arkaden aus und ein ging, sondern auch, um einen ersten Schritt in diese Welt zu wagen. Mindestens zwei der Kellner, die Urbino und die Contessa im Laufe der Jahre dort kennengelernt hatten, hatten von ihrem Arbeitsplatz ordentlich profitiert. Einer hatte eine ältere Amerikanerin geheiratet und kehrte mit ihr gelegentlich für die Karnevalstage nach Venedig zurück. Dem anderen war das Management eines Kaffeehauses in Berlin angeboten worden.

Vielleicht glaubte Claudio, dass ihn eines Tages seine schöne Singstimme – oder sein gutes Aussehen – von seiner Kellnertätigkeit befreien würde, auch wenn die meisten Kellner der Stadt die Arbeit im Florian als Karrierehöhepunkt betrachteten.

Diese Gedanken über Claudio begannen sich plötzlich ohne scheinbare Verbindung mit einer kleinen Geschichte über den Campo San Polo zu vermischen. Der Platz hatte einst einem ähnlichen Jahrmarkt der Eitelkeiten geglichen, für den vierzig Jahre später Savonarola auf dem Marktplatz von Florenz verbrannt worden war. Das Feuer hatte elegante Gewänder, Schminke, Bänder und Schleifen, Perücken und Käfige mit kleinen Singvögeln verschlungen. Da Urbino trotz seines offensichtlichen Luxus und seiner Annehmlichkeiten auch eine asketische Seite besaß, war ihm stets unwohl, wenn er an die Geschichte der Verbrennung dachte. Vielleicht wären zu anderen Zeiten und an einem anderen Ort auch einige seiner geliebten Dinge ein Opfer der Flammen geworden.

Oder, ein Gedanke, der noch beängstigender war, vielleicht hätte er zu denjenigen gehört, die das Gut anderer Leute in die Flammen geworfen hatten.

Da ihn diese Gedanken derart heimsuchten, während er seinen Wein austrank, beschlich ihn das Gefühl, dass sie in irgendeinem Zusammenhang mit Claudio stehen könnten – und wenn nicht direkt mit Claudio, dann vielleicht mit seinen Nachforschungen über die Umstände von Albina Gonellas Tod.

Allerdings blieb ihm eine Erleuchtung verwehrt und so fühlte er sich beim Verlassen des Cafés noch unwohler als vorher.

8

Claudios Wohnung lag über einem leer stehenden Ladenlokal in einer engen *calle*. Er war der einzige Bewohner des unverputzten Gebäudes, das gerade grundlegend renoviert wurde. Die anderen Bewohner waren zum Umzug gezwungen worden, doch Claudio hatte trotz der Gefahren und Unannehmlichkeiten darauf bestanden, dort wohnen zu bleiben. Soweit Urbino wusste, zahlte er keine Miete mehr. Dies mochte der Hauptgrund für Claudios Bleiben gewesen sein, denn er gab eine Menge Geld für Kleidung und Opernkarten für die La Fenice und die La Scala in Mailand aus, wo er oft gleich mehrere Tage blieb.

Die Haustür an der *calle* war verzogen und kaputt, zudem war die Farbe vollkommen abgeblättert. Ein Scharnier war weggerostet. Urbino war oft erstaunt, wie viele Gebäude der Stadt so schlecht gesichert waren. Die Gonella-Schwestern und ihre Mitbewohner hatten mit einer beschädigten Eingangstür gelebt, und auch Claudio tat das Gleiche, allerdings unter anderen Voraussetzungen, da er längst hätte ausziehen sollen. Mietfrei zu wohnen hatte seinen Preis.

Mühsam drückte Urbino die Tür auf und ging die dunkle Treppe hoch. Claudio wohnte im zweiten Stock. An zwei der

Marmorstufen vor dem zweiten Treppenabsatz waren große Marmorstücke abgebrochen.

Im dritten Stock konnte man die Bauarbeiter hören.

»Signor Urbino«, sagte Claudio überrascht, nachdem er auf Urbinos Klopfen hin die Tür geöffnet hatte. Er sah traurig und müde aus.

Claudios Wohnzimmer war vollgestellt mit Sachen, obwohl es nicht gerade klein war. Es war sogar groß mit einer hohen Decke und zwei breiten Fenstern auf der gegenüberliegenden Seite. Doch Claudio hatte sämtliche Möbel aus seinem Schlafzimmer mit hineingestellt – zwei Schränke, einen großen dreigeteilten Wandspiegel und ein demontiertes Bett, dessen Matratze an der Wand hinterm Sofa lehnte. Ein Kopfkissen und ein zerknülltes Bettlaken deuteten darauf hin, dass er zurzeit auch hier schlief. Auf der anderen Seite des Wohnzimmers war ein Türrahmen. Die dazugehörige Tür stand gleich daneben gegen die Wand gelehnt.

Durch den Türrahmen konnte man dank der frühen Abendsonne, die durch die Fenster fiel, an denen die Läden fehlten, überwiegend unverputzte Mauersteine und einen von einem losen Kabel herunterhängenden Messingleuchter sehen.

Das Ungewöhnlichste am Schlafzimmer war der Boden. Außer einer kleinen Stelle vor der Tür und an der linken Wand entlang gab es ihn nicht. Geblieben waren nur ein paar verbogene und gesplitterte Holzdielen und Stützbalken. Von der Estrichschicht, die einst das Holz bedeckt hatte, war kaum etwas übrig geblieben. An der linken Wand lehnten große, flache Steinstücke. Ein Stein war in kleinere Stücke zerbrochen, die die Größe von Mauersteinen hatten.

»Mein Gott, Claudio. Welch gefährliche Situation.« Urbino ging bis zur Türöffnung des Schlafzimmers hinüber. Fast vier Meter unter ihm lag der Steinboden des *pianoterreno*.

»Sie müssen das doch hier irgendwie versperren. Lassen Sie mich Ihnen helfen, zumindest die Tür quer vor die Öffnung zu stellen. Wir können sie auf die Seite kippen.«

»Machen Sie sich keine Sorgen. Ich bin vorsichtig. Zwei der Bauarbeiter haben gesagt, dass sie morgen ein paar Bretter davornageln würden.«

Claudios Stimme war weniger klangvoll als gewöhnlich. Sie klang eher matt und ein wenig heiser.

»Sie müssen darauf bestehen«, sagte Urbino energisch. »Soll ich mit denen sprechen?«

»Nein. Ich kümmere mich darum. Bitte nehmen Sie Platz. Kann ich Ihnen etwas zu trinken anbieten?«

»Nein, danke.«

Als Urbino und Claudio sich gegenübersaßen, erwähnte Urbino den Umschlag, den Albina für ihn im Florian hinterlegt hatte.

Claudio schien verwirrt, wenn nicht sogar überrascht.

»Wissen Sie etwas davon?«

»Nein. Und seit zehn Tagen funktioniert mein Telefon nicht mehr, wegen des Umbaus hier. Ein Umschlag? Ein Umschlag von der Cassa di Risparmio? Ach«, sagte er nach einer kurzen Pause. »Es muss das Geld sein. Ja, genau, das ist es. Ich habe ihr in der Woche vor ihrem Tod fünfzig Euro geliehen. Sie war knapp bei Kasse. Aber ich wollte es nicht zurückhaben, das habe ich ihr auch gesagt.«

»Aber warum hat sie es dann im Florian hinterlegt?«

»Sie wusste, wenn sie versucht hätte, es mir zurückzugeben, hätte ich es abgelehnt. Nun, ich werde es auch nicht zurücknehmen. Ich werde Blumen für ihr Grab kaufen und in Carmini eine Messe für sie lesen lassen.«

»Das ist eine schöne Idee. Wann werden Sie das Geld abholen?«

»Nicht vor der Regatta. Es würde mich noch trauriger machen, als ich ohnehin schon bin. Und ich will nicht zum

Florian gehen und alle dort sehen. Ich muss mich darauf konzentrieren, beim Rennen mein Bestes zu geben.«

»Ich könnte den Umschlag für Sie abholen. Ich komme häufig dort vorbei.«

»Ich hole ihn schon selbst«, sagte Claudio barsch, fügte dann aber freundlicher hinzu: »Sind Sie sicher, dass ich Ihnen nichts zu trinken anbieten darf?«

»Vielleicht einfach ein Glas Wasser, wenn es Ihnen nichts ausmacht.«

Während Claudio in die Küche ging, verschaffte sich Urbino einen visuellen Überblick von dem Zimmer. Trotz all der Unordnung erkannte er eine gewisse Ordnung.

Nirgendwo lagen Kleidungsstücke herum. Die dunkelgrünen Vorhänge waren an beiden Fenstern ordentlich zurückgezogen und mit einer goldenen Kordel zusammengebunden. Auf einem Tischchen stand ein kleiner Becher, der mit dem gleichen rot geflammten Marmorpapier eingeschlagen war wie das Notizbuch, das er für die Contessa in der *legatoria* gekauft hatte. Der Becher enthielt Stifte, Kugelschreiber, einen Brieföffner und eine Sonnenbrille. An der Wand neben der Tür zum Flur hingen in preiswerten, gleich aussehenden Holzrahmen Fotografien, auf denen Urbino aus der Entfernung unter anderem ein Brautpaar ausmachte, von dem er vermutete, dass es sich um Claudios Eltern handelte. Ein anderes Foto zeigte eine Gruppenaufnahme von Claudio und seinen Arbeitskollegen vor dem Florian.

Auf einem alten Bücherregal zwischen den beiden Fenstern standen drei große Ruderpokale. Die Bücher im Regal waren ordentlich sortiert, zumeist Taschenbuchausgaben. Urbino wünschte, er könnte aufstehen und sich die Titel ansehen. Bücher konnten eine Menge über ihre Leser aussagen. Auf dem Beistelltisch neben dem Sofa lag das *Regate e Regatanti*.

Claudio kehrte mit zwei Gläsern Wasser zurück. Nachdem Claudio sich wieder hingesetzt hatte, sagte Urbino: »Ich wollte Ihnen erzählen, dass ich ein kleines Buch über Albina schreibe, das von ihrer Schwester und ihren Freunden erzählte Anekdoten enthalten soll. Ich würde mir wünschen, dass Sie etwas dazu beitragen. Giulietta hat bereits viel erzählt. Wenn es also etwas Besonderes gibt, was Sie gerne über sie berichten würden, wäre dies eine gute Möglichkeit.«

»Es gibt vieles, was ich Ihnen erzählen könnte. Aber wenn es Ihnen nichts ausmacht, würde ich das lieber auf nach der Regatta verschieben.«

Urbino war enttäuscht, sagte aber, dass er das verstehen könne.

»Und wenn Sie mit anderen Leuten sprechen, die Albina kannten«, meinte Urbino, »würden Sie ihnen dann von meinem Buch erzählen und sie ermutigen, sich mit mir zu treffen? Ich werde das Buch nicht verkaufen, sondern an alle verteilen, sobald es fertig und gedruckt ist.«

Urbino trank einen Schluck Wasser.

»Wenn ich Leute finden könnte, die sie getroffen haben, nachdem ich sie nach Hause gebracht hatte und bevor das französische Ehepaar sie gefunden hat, wäre das eine große Hilfe. Ich hatte sie gerade bis zu Giulietta begleitet, als ich Sie getroffen habe. Ich war mit den drei Frauen unterwegs, die zum Bahnhof mussten.«

»Ich erinnere mich daran.«

»Sie sind offensichtlich in Richtung Santa Margherita gegangen. Haben Sie sie noch gesehen?«

»Nein.«

Claudio umfasste mit beiden Händen sein Glas und hielt den Blick gesenkt.

»Haben Sie auf Ihrem Weg irgendjemanden getroffen, der Albina kannte? Vielleicht hat jemand anderer sie noch gesehen. Sie wollte noch einmal zum Da Valdo zurück, um etwas zu holen, was sie vergessen hatte. Dabei hat sie den Infarkt erlitten.«

»Arme Albina. Es waren noch viele Leute unterwegs. Vielleicht waren einige dabei, die sie kannten und sie gesehen haben. Ich bin über den Campo Santa Margherita gegangen, ja, aber dann bin ich vom Canalazzo abgebogen und zur Zattere gegangen. Ich gehe dort gerne abends spazieren. Ich bin etwa eine Stunde dort entlanggelaufen, bevor ich hierher zurückgekommen bin. Ich war zu Hause, bevor das Unwetter losbrach. Ich habe gemerkt, wie es aufzieht, und wollte nicht mittendrin stecken.«

Urbino nickte. Er hielt im Geiste fest, dass er gerade mehr Informationen bekommen hatte, als er erbeten hatte. Claudio erhob sich, ging zu einem der beiden Fenster und starrte hinaus.

»Nun gut«, sagte Urbino. »Ich hoffe, dass ich noch jemanden finde, der sie in dieser Zeitspanne gesehen hat. Es wäre tröstlich, egal ob es zum Gelingen meines kleinen Buches beiträgt oder nicht.« Er trank das Wasser aus und stand auf. »Übrigens, noch etwas ganz anderes. Wie gut kannten Sie den deutschen Mann, der mit seinem italienischen Freund in den Liberty Salon kam? Er muss über ein Jahr regelmäßig morgens dort gewesen sein. Ich weiß nicht, ob Sie davon gehört haben, aber der Deutsche ist kürzlich gestorben.«

Claudio wandte sich vom Fenster ab. Sein Gesicht wirkte verschlossen und müde, aber er sah nicht überrascht aus.

»Wirklich? Es tut mir leid, das zu hören, aber warum fragen Sie mich nach ihm?«

Urbino nannte ihm den gleichen Grund, den er zuvor auch seinem Kollegen genannt hatte, nämlich dass Zolls Stiefsohn in der Stadt sei und gerne mehr über das Leben seines Stiefvaters in Venedig wüsste.

»Ich habe nicht viel mit den beiden geredet«, sagte Claudio. »Nur wenn sie an einem meiner Tische saßen. Meist gingen sie jedoch in den Liberty Salon. Sie können seinem Stiefsohn sagen, dass er bei uns allen einen guten Eindruck hinterlassen hat. Sie waren beide sehr nett. Und nun sind sie beide tot.«

»Dann wissen Sie, dass sein Freund gestorben ist?«

»Luca Benigni. Ich habe die Todesanzeige gesehen, aber ich weiß nicht mehr, wo. Ich habe noch gedacht, wie einsam der Deutsche jetzt sein muss. Wer ist zuerst gestorben?«

»Der Deutsche.«

Claudios Blick wanderte zu dem leeren Schlafzimmer und der Wand, an der die Steine lehnten.

»Besser so als andersherum«, bemerkte er.

Urbino stimmte mit ihm überein.

Er fand es merkwürdig, dass Claudio gar nicht fragte, wie Benigni gestorben war, doch vielleicht wusste er es ja bereits. Vielleicht hatte er jemanden gefragt, nachdem er die Todesanzeige gesehen hatte. Wo mochte er sie wohl gesehen haben? Clementina Foppa wohnte auf der Giudecca. Vermutlich hatte sie dort auch Todesanzeigen aufgehängt und vermutlich auch an der Ca'Foscari, wo Luca studiert hatte.

Als Urbino ein paar Minuten später die dunkle Treppe hinunterging, passte er gut auf und hielt Ausschau nach den zerbrochenen Stufen. Auf dem Weg zum *traghetto* nach Cannaregio war er sich mit jeder *calle*, in die er einbog, und mit jeder Brücke, die er überquerte, sicherer, dass Claudio etwas verbarg.

9

Als Urbino eine halbe Stunde später im *traghetto* über den Canale Grande nach San Marcuola fuhr, ging er Claudios Worte in Gedanken noch einmal durch.

Nach Aussage von Claudio hatte ihn sein Spaziergang in Albinas Todesnacht von dem Ort weggeführt, an dem das französische Ehepaar in der Nähe des Canale Grande die Leiche gefunden hatte. Er war die breite Zattere-Promenade neben dem Giudecca-Kanal entlanggeschlendert. Für die Bewohner Venedigs war dies, vor allem im Sommer, das Normalste auf der Welt. Urbino spazierte selbst gerne dort entlang.

Möglicherweise war Claudio jedoch in jener Nacht gar nicht oder nur kurz auf der Zattere gewesen und anschließend woanders hingegangen. Er hätte durchaus Albina aufspüren oder sie auf seinem Weg treffen können.

Allerdings hatte Urbino keine Vorstellung davon, was danach hätte passiert sein können. Und konnte Claudio zu diesem Zeitpunkt schon von dem Umschlag gewusst haben? Hatte er ihn möglicherweise von Albina einfordern wollen, ohne zu wissen, dass sie diesen bereits im Florian hinterlegt hatte? Er schien überrascht gewesen zu sein, als er erfahren hatte, dass sie dort etwas für ihn hinterlegt hatte. Hätte er jedoch in jener Nacht den Umschlag bei Albina abholen wollen, müsste er dann nicht jetzt, da er wusste, wo er sich befand, ganz scharf darauf sein, ihn endlich an sich zu nehmen? Wenn ja, dann zweifelte Urbino daran, dass er wirklich die fünfzig Euro enthielt, von denen Claudio gesprochen hatte. Auch konnte er nicht sicher sein, dass Claudio nicht jetzt die erste Möglichkeit ergreifen würde, ihn im Florian abzuholen.

Falls Claudio Albina in ihrer Todesnacht getroffen hätte und es ein freundschaftliches Treffen gewesen wäre, dann hätte er diese Begegnung doch wohl erwähnt, oder nicht? Falls sie jedoch nicht freundschaftlicher Natur gewesen sein sollte, was mochte dann der Grund für einen Streit zwischen ihnen gewesen sein? Immer wieder kreisten Urbinos Gedanken um den Umschlag beziehungsweise um dessen Inhalt.

Nach außen hin war die Beziehung zwischen Claudio und Albina liebevoll und respektvoll gewesen. Und Claudio schien von ihrem Tod tief betroffen. Allerdings war es natürlich möglich, dass er sowohl tief betroffen war und sich gleichzeitig auch in irgendeiner Weise dafür verantwortlich fühlte.

Deckte sich dies nicht letztlich auch mit Urbinos eigenen Empfindungen? Warf er sich nicht immer noch vor, was er getan beziehungsweise unterlassen hatte, als er kurz vor ihrem Tod mit ihr zusammen gewesen war?

Doch von denen, die Urbino in jener Nacht in Dorsoduro getroffen hatte, war Claudio nicht der Einzige, der Albina gekannt hatte.

Zuvor hatte er bereits Romolo und Perla Beato an der Accademia-Brücke getroffen. Sie hatten sich ein paar Minuten unterhalten und waren dann davongeeilt, damit Romolo sein Vaporetto nach Santa Lucia erreichte, von wo aus er mit dem Zug nach Padua fahren wollte. Perla war dann in Richtung ihrer Wohnung in Dorsoduro gegangen.

Doch in dieser Richtung lag auch der Campo Santa Margherita, in dessen Nähe Albina gelebt hatte und gestorben war – und die Zattere, wo Claudio angeblich spazieren gegangen war.

Urbinos Boot erreichte die Anlegestelle von San Marcuola. Die Luft war inzwischen leicht abgekühlt. Eine angenehme Brise wehte von der Lagune herein. Während er über den Campo schritt, atmete er diese Luft tief ein. Als er den *rio terrè* hinter der Kirche erreichte, hielt er an und holte das Foto von Benigni, Zoll und Marcello aus der Tasche. Er betrachtete eingehend Benignis Gesicht.

Ja, sagte er zu sich selbst. Es bestand eindeutig eine Ähnlichkeit zwischen ihm und Claudio. Vielleicht war es Claudio selbst gar nicht aufgefallen. Die meisten Menschen bemerken nicht, wenn sie jemandem ähnlich sehen, es sei denn, es handelt sich um die Ähnlichkeit zu einer berühmten Person oder sie werden von jemandem darauf hingewiesen.

Den ganzen Weg bis zum Palazzo Uccello spielte Urbino im Geiste verschiedene Szenarien durch, in der diese Ähnlichkeit eine Rolle spielte und es dadurch zu einer Verwechslung der Personen gekommen war.

Einer von ihnen, nämlich Luca Benigni, war tot. Hieß das, dass der andere, Claudio Balbi, in Gefahr schwebte? Oder bedeutete es, dass er nun in Sicherheit war, da Benigni an seiner Stelle gestorben war?

10

»Ich kenne Sie zu gut, *caro*«, sagte die Contessa ein paar Stunden später am Telefon. »Sie werden nicht bis zur Regatta warten. Sie gehen weiter ihren Vermutungen bezüglich Albina nach.« Sie machte eine Pause. »Um ehrlich zu sein, mag ich Sie noch lieber, wenn Sie nicht tun, was ich sage.«

»Sie machen es mir zu einfach, ungehorsam zu sein. Und das war ich in der Tat. Den ganzen Tag über. Und es war ein sehr ereignisreicher Tag, vielleicht sogar ein fruchtbarer.«

Er erzählte alles, angefangen von dem Besuch bei Giulietta bis hin zu dem Gespräch mit Claudio, und teilte ihr sogar einige seiner Spekulationen mit.

»Bevor Clementina Foppa mir erzählt hat, dass ihr Bruder schwul war, habe ich überlegt, wie Hollander wohl zu der Beziehung zwischen Benigni und seinem Stiefvater gestanden haben mag«, meinte Urbino. »Und diese Frage ist nun noch viel spannender, falls er davon gewusst hat.«

»Da bin ich sicher. Haben Sie nicht auch diesen Verdacht gehabt, als Sie Zoll und Luca Benigni zusammen gesehen haben?«

»Ja.«

»Daran ist vermutlich auch Zolls Ehe gescheitert.«

»Ja, aber nicht wegen der Beziehung zu Luca. Zolls Ehe

war geschieden, bevor er nach Venedig kam. Doch ich schätze, Nick war vielleicht sauer auf Luca.«

»Nicht unbedingt auf Luca«, korrigierte ihn die Contessa. »Aber vielleicht auf seinen Stiefvater wegen der Scheidung, besonders wegen der Umstände, die dazu geführt hatten.«

»Ich weiß, Sie haben mir verübelt, dass es mich misstrauisch gemacht hat, wie gut Hollander stets von Zoll gesprochen hat, aber vielleicht wollte er so seinen Groll gegen ihn verbergen.«

Dann sprachen die beiden Freunde über die Ähnlichkeit von Claudio und Luca.

»Ja, ich schätze, sie sehen einander tatsächlich ähnlich«, meinte die Contessa, »auch wenn ich den armen jungen Mann das eine Mal gar nicht so genau sehen konnte. Aber mit Sicherheit haben sie die gleiche Statur.«

»Ich glaube, die Ähnlichkeit springt Ihnen noch mehr ins Gesicht, wenn ich Ihnen das Foto zeige.«

»Wollen Sie damit andeuten, dass jemand Benigni für Claudio gehalten haben könnte? Dann ist Claudio vielleicht in Gefahr.«

»Ja, er könnte in Gefahr sein. Aber vielleicht hat ihn ja auch jemand für Benigni gehalten.«

»Wer könnte das gewesen sein?«, fragte die Contessa.

»Das versuche ich herauszufinden. Und dann gibt es noch eine weitere Möglichkeit. Jemand könnte die Ähnlichkeit absichtlich ausgenutzt haben.«

»Wohin würde uns das führen?«

»Ich bin nicht sicher, wohin uns irgendeine dieser Möglichkeiten führen könnte.«

»Vielleicht wäre es hilfreich zu wissen, was in dem Umschlag ist, den Albina für ihn hinterlassen hat«, schlug die Contessa vor.

»Natürlich wäre es das, und wenn auch nur, um einige der Möglichkeiten auszuschließen.«

»Meinen Sie wirklich, dass Claudio etwas verbirgt?«

»Ja, aber ob es etwas mit Albinas Tod zu tun hat, ist eine ganz andere Sache.«

Egal ob bei der Detektivarbeit oder beim Schreiben der Biografien – zu Urbinos schwersten Aufgaben gehörte es, die Geheimnisse aufzudecken, die es in jedem Leben gab, und dann zu entscheiden, welche davon von Bedeutung waren, welche er enthüllen und welche er einfach auf sich beruhen lassen sollte.

»Bevor ich es vergesse, Barbara, würden Sie mir den Gefallen tun und Giulietta Gonella und Clementina Foppa zu Ihrer Regatta-Party einladen? Es gäbe mir die Gelegenheit, noch einmal unter angenehmen Umständen mit ihnen zu reden. Und ich könnte sie alle unter einem Dach beobachten. Ich weiß, dass es ein bisschen spät ist, noch jemanden einzuladen, aber Ihnen fällt da sicherlich etwas ein.«

»Sie haben mehr Vertrauen in meine gesellschaftlichen Fähigkeiten als ich. Und ich kenne Clementina Foppa noch nicht einmal. So eine Einladung wird ihr merkwürdig vorkommen.«

»Warum erwähnen Sie nicht, wie beeindruckt Sie von ihrer Arbeit waren. Erzählen Sie ihr, dass das Notizbuch ein Geschenk für sie war.«

»Sie sind doch ganz schön verschlagen! Gut, ich werde sie anrufen und Giulietta auch. Aber beide hatten einen Todesfall in der Familie, deshalb werden sie die Einladung vielleicht ablehnen.«

»Das bezweifele ich.«

»Und Sie haben jetzt alles ausgeknobelt, oder?«

»Noch nicht. Das ist ein Grund, warum ich vorhabe, mit Oriana zu reden.«

»Oriana?«

»Sie kannte Albina und sie kennt Claudio – und Perla und Romolo Beato. Und wenn irgendjemand eine Ähnlichkeit zwischen zwei gut aussehenden Männern auffällt, dann doch wohl Oriana.«

»Da haben Sie recht. Aber kannte sie auch Benigni?«

»Das gehört auch zu den Dingen, die ich herausfinden möchte.«

»Daher möchten Sie Ihren ohnehin ausgefüllten Tag damit abrunden, einen Ausflug nach Giudecca zu machen?«

»Nein, heute Abend nicht mehr. Lieber morgen. Eigentlich hatte ich überlegt, ob Sie wohl Lust auf eine abendliche Gondelfahrt hätten. Es ist etwas kühler geworden. So gegen halb neun oder neun? Wir könnten all diese Dinge noch einmal durchgehen. Sie wissen, wie sehr das hilft. Es ist ein wunderbarer Abend.«

»Ich dachte, Gildo solle sich ausruhen.«

»Er behauptet immer wieder, dass das Rudern ihm guttun würde.«

»Und Sie können dem armen Jungen das Vergnügen, Ihnen zu Diensten zu sein, nicht abschlagen? Sie haben ein perfektes Opfer gefunden. Es klingt romantisch, *caro*, aber ich muss heute Abend zu Hause bleiben. Warum rufen Sie nicht Nick Hollander an? Er hat erzählt, wie begeistert er von Ihrer Gondel war. Es sei denn, Sie möchten lieber, wie so häufig, viel zu häufig, alleine übers Wasser gleiten, um Ihren Gedanken nachzuhängen«, sagte sie nachdrücklich.

»Vielleicht frage ich nach, ob er Zeit hat. Und apropos Hollander, haben Sie schon irgendwas von Bascomb über das Reiseunternehmen Hollanders gehört?«

»Ich bezweifele, dass wir vor September etwas darüber erfahren werden.«

»Es gibt noch etwas, worum ich Sie bezüglich Hollander bitten möchte, falls es Ihnen nichts ausmacht.«

»Und das wäre?«, fragte die Contessa, nachdem sie ein paar Sekunden geschwiegen hatte.

»Ich weiß, dass die Zeit bis zur Regatta knapp ist und dass

Sie mit Ihren Vorbereitungen viel zu tun haben«, begann er seine Ausführungen. »Und dass Sie sich um Ausonio kümmern müssen.«

»Ich glaube nicht, dass mir gefällt, was Sie da gerade ausbrüten.«

»Ich möchte Sie bitten, eine Ausfahrt nach Torcello mit Hollander zu arrangieren. Nur wir drei. In Ihrem Motorboot. Wenn möglich, Dienstagvormittag.« Dienstag war übermorgen. »Und sorgen Sie dafür, dass Ausonio mitkommt. Hollander war letztes Jahr bei der Capri-Regatta dabei. Dann können sie sich über Capri unterhalten. Tun Sie Ihr Bestes, um ihn zu überreden. Könnten Sie das arrangieren?«

Die Contessa antwortete nicht sofort, und als sie schließlich antwortete, klang ihre Stimme kühl und ablehnend.

»Sie versuchen mich dazu zu kriegen, dass ich jemanden in die Irre führe. Nein, Sie müssen das nicht weiter ausführen. Ich spüre es.« Sie machte eine Pause. »Wenn ich zustimme, dann nur, weil ich weiß, dass es wichtig ist. Ja, ich werde ihn anrufen. Wir werden eine Bootsfahrt machen. Und ich werde sogar ein Picknick zum Mittagessen einpacken. Reicht Ihnen das als Kooperation?«

11

Es gibt kaum etwas Schöneres, als an einem milden Sommerabend mit der Gondel durch Venedig zu fahren, vor allem, wenn es die eigene Gondel ist und man sich über die Kosten für eine fünfzigminütige Fahrt keine Sorgen machen muss. Auch wenn Urbino vielleicht eine andere Gesellschaft bevorzugt hätte, so hätte doch niemand die Fahrt so geschätzt wie Nick Hollander.

»Von der Gondel aus wirkt die Stadt ganz anders«, sagte Hollander, während Gildos warnendes *»Hoi!«* von den Gebäuden widerhallte und das Boot in einen Canalazzo abbog.

Hollander trug einen beigefarbenen Leinenanzug und ein weißes Hemd, das seine sonnengebräunte Haut besonders betonte. Er sah nicht so frisch und erholt aus wie in dem Restaurant und im Palazzo Uccello. Sein Gesicht war leicht eingefallen, wodurch die Falten seiner wettergegerbten Haut deutlicher hervortraten. »Vom Wasser aus ist die Sicht immer eine andere, doch Venedig ist ein ganz besonderer Fall. Auch das erste Mal habe ich die Stadt vom Wasser aus erblickt. Ich habe von Piräus aus ein Boot genommen. Wunderbar.«

Es war kurz nach neun. Der wolkenlose Himmel über ihnen war dunkelviolett und von Sternen übersät.

Urbino hatte gesagt, er würde mit der Gondel Hollander vom Gritti Palace Hotel abholen, doch Hollander hatte darauf bestanden, zu Fuß zum Palazzo Uccello zu kommen.

»Um die Faulheit wettzumachen«, hatte er erklärt. Er hatte eine Flasche Champagner in einer mit Eis gefüllten Gefriertasche mitgebracht und dazu zwei Champagnergläser und eine Flasche Mineralwasser für Gildo.

Auf Urbinos Anweisung hatte Gildo die *felze* entfernt. Zusammen in der kleinen Kabine zu sitzen wäre vielleicht intimer gewesen, als es Urbino – oder vielleicht Hollander – recht gewesen wäre. Außerdem hatten sie so keine unnötige Barriere zwischen sich und der schönen Aussicht, die sie jetzt auskosteten.

Auf dem ersten Teil ihrer langsamen Fahrt den Canal Grande entlang waren keine Ständchen bringenden Gondelflotten in Sicht, sondern höchstens einige einzelne Gondeln wie die ihre, in denen jeweils zwei Insassen die romantische Stunde genossen. Die Boote, die im Zickzack den Canalazzo entlang von einem Haltepunkt zum nächsten fuhren, sorgten für einen ganz besonderen Charme, wobei Gildo etwas Mühe hatte, seinen Passagieren im Fahrwasser der anderen Boote ein unangenehmes Schaukeln zu ersparen.

Ab und zu erschwerte ein einzelnes Motorboot das Fahren und sorgte für ein etwas heftigeres Schaukeln, so wie gerade jetzt, als sie unterhalb des Palastes der Contessa vorbeifuhren, dennoch schwappte der Champagner in ihren Gläsern nicht über.

Urbino zeigte Hollander die Ca'da Capo-Zendrini.

»Sie wirkt noch größer als auf den Fotos, die Sebastian mir gezeigt hat«, meinte Hollander. »Wunderschöne Fassade. Schauen Sie sich dieses Löwenfries an.«

»Alle diese Paläste sind gestaltet worden, um vom Wasser aus gesehen zu werden. Ihre schönste Seite weist zum Canale Grande. Die Landseite ist eher schlicht, was Sie vielleicht auch bei meinem Palast bemerkt haben.«

»Apropos, warum nennt man Ihr Haus *palazzo* und Barbaras nicht? Mir ist aufgefallen, dass viele große Gebäude in Venedig Ca' genannt werden.«

»Eine venezianische Abkürzung für *casa* – Haus.«

»Ich hätte nie gedacht, dass man in Venedig zur Untertreibung neigt«, sagte Hollander. »Aber zu Barbaras *palazzo* passt es, denn schließlich ist sie ja Britin. Sie kümmert sich rührend um ihre englischen Landsleute. Die Fahrt nach Torcello am Dienstag ist eine fabelhafte Idee. Und ich freue mich, ihren Neffen kennenzulernen.«

»Dann leisten Sie uns also Gesellschaft?«

»Ja, ich würde sogar mitkommen, wenn ich Torcello bereits gesehen hätte.«

»Es wird Ihnen gefallen. ›Die Mutter Venedigs‹. Ich freue mich schon darauf, Ihnen die Mosaike der Basilika zu zeigen. Und mit etwas Glück können wir sogar den Campanile besteigen, von dem aus man eine wunderbare Sicht über die Lagune hat.«

Urbino wollte noch mehr sagen, hielt sich aber zurück. Er wollte Hollander auf keinen Fall misstrauisch machen, was den Ausflug betraf.

Die Gondel glitt über das dunkle Wasser in Richtung der

Rialto-Brücke. Gildos Ruder verursachte ein leises, beruhigendes Plätschern, das allerdings häufig von den Geräuschen um sie herum übertönt wurde. Kurz nachdem sie an der Ca'da Capo-Zendrini vorbeigekommen waren, war Urbino versucht, auf die wunderschöne Fassade der reich verzierten Ca' d'Oro hinzuweisen, die heute Abend aus den Nischen der Loggia heraus indirekt angestrahlt wurde, doch er wollte Hollanders Gedanken nicht stören.

Gelegentlich fragte ihn Hollander nach einem der Gebäude, nach Kanälen oder Brücken, so entstand ein angenehmer Rhythmus zwischen langen schweigsamen Perioden und kurzen Erklärungen zu dem, was sie gerade sahen. Auf diese Weise erreichten sie die in rote Fahnen gehüllte und mit Touristen gefüllte Rialto-Brücke. Mittlerweile war das Wasser vor lauter Gondeln kaum noch zu sehen. Sieben Gondeln überholten sie hintereinander.

»Ciao, Venezia! Ciao, Venezia! Ciao! Ciao! Ciao!« Die Touristen klatschten im Takt und sangen den Refrain des Sängers mit, einem gedrungenen Mann Mitte fünfzig, der von einem Akkordeonspieler begleitet wurde.

Von der Brüstung der Brücke winkten einige Menschen Urbino und Hollander zu. Sie fuhren unter der hohen Brücke hindurch, wobei das Geräusch der Gondel leise vom Gemäuer widerhallte. Als sie wieder herauskamen, hatten sie einen Blick auf die Gäste der Terrassenrestaurants, die Spaziergänger an den Ufern und die Menschenmengen an den Vaporettoanlegestellen. Hoch über ihnen waren die Läden eines großen Fensters geöffnet und erlaubten einen kurzen Blick auf die hohen Decken, die verzierten Muranolüster, das kostbare Mobiliar und die Schatten der sich gelegentlich bewegenden Bewohner.

Aus Urbinos Sicht besaß Hollander eine seltene und bewundernswerte Eigenschaft. Er konnte schweigen, ohne bei seinem Gegenüber ein Gefühl des Unbehagens hervorzurufen und ohne sich dabei selbst unwohl zu fühlen. Nachdem sie die Rialto-Brücke hinter sich gelassen hatten, schwiegen sie bis zu der Stelle, an der auf der einen Uferseite der Palazzo Grimani aus weißem Marmor und auf der anderen Seite der Palazzo Balbi mit den zwei Obelisken in Sicht kamen.

»Dort wird das Ziel der Regatta sein.« Urbino zeigte auf die Stelle. »Zwischen dem Palazzo Balbi und der Ca'Foscari. Die Richter werden in einer schwimmenden Kabine sitzen, die *machina* genannt wird. Von dort drüben hat Napoleon der Regatta zugeschaut. Er stand auf dem Balkon des Palazzo Balbi.«

»Dann folgen wir also am Sonntag einer kaiserlichen Tradition.«

Urbino lächelte.

»Und interessanterweise ist Balbi der Nachname von Gildos Ruderpartner – Claudio Balbi. Er arbeitet als Kellner im Florian. Barbara und ich sind der Ansicht, dass er große Ähnlichkeit mit dem Freund ihres Stiefvaters Luca Benigni hatte. Falls Sie ihn je im Florian gesehen haben, waren Sie vermutlich überrascht von dieser Ähnlichkeit.«

»Man sagt, dass jeder von uns einen Doppelgänger besitzt. Nein, ich glaube nicht, dass ich ihn bemerkt habe. Und falls doch, ist mir die Ähnlichkeit vielleicht entgangen. Hier, nehmen Sie noch einen Schluck.«

Hollander goss noch etwas Champagner in Urbinos Glas.

»Danke. Er ist köstlich. Mein Magen hat mir ein wenig Probleme bereitet«, fügte Urbino hinzu und dachte dabei insgeheim wieder an den Ausflug nach Torcello. »Der Champagner scheint ihn ein wenig beruhigt zu haben.«

»Das ist gut. Balbi, der Kellner, ist er mit den Balbis des Palazzo Balbi verwandt?«

»Das bezweifele ich – und wenn, dann nur sehr, sehr weitläufig.«

Als sie an der Ca'Foscari vorbeikamen, wies Urbino auf die venezianisch gotische Fassade hin.

»Dahinter befindet sich die Universität«, erwähnte er. »Benignis Schwester hat mir erzählt, dass er dort studiert hat.«

»Interessant«, sagte Hollander, während er sich das Gebäude anschaute. Da er jedoch nichts hinzufügte, wusste Urbino nicht, ob er sich auf seinen Kommentar oder das Fries mit den *putti* und dem Wappen der Foscari bezog.

Nach ein paar Minuten brach Urbino das Schweigen.

»Ich denke, dass Gildo und Claudio beim Rennen gut abschneiden werden. Sie sind beide gute Ruderer.«

Hollander richtete seine Aufmerksamkeit auf Gildo, der sie scheinbar mühelos über das Wasser manövrierte.

»Er ist mit Sicherheit in guter Form«, bemerkte er. »Was hat Sie denn Ihre Meinung ändern lassen bezüglich der Erholung, die er angeblich brauchte?«

»Er hat meine Meinung geändert und gemeint, es sei besser für ihn, vor der Regatta noch ein wenig zu rudern.«

»Und was hätten Sie dem entgegenhalten sollen? Oder besser gesagt wir? Dies hier ist wirklich wundervoll. Ich genieße jeden Augenblick. Es ist so ruhig und verleitet zum Meditieren.«

Urbino interpretierte Hollanders Bemerkung als höfliche Aufforderung, weniger zu reden. Urbino hatte sein anfängliches Schweigen mehr als wettgemacht und viel geredet, vielleicht zu viel. Die restliche Fahrt den Canale Grande entlang sprach er nur noch, wenn Hollander ihm Fragen stellte, und diese wenigen Fragen bezogen sich auf das, was sie sahen. Das Schweigen schien besonders bedeutsam, als sie unter den dunklen gotischen Fenstern vorbeikamen, hinter denen sich Zolls Wohnung befand. Am gegenüberliegenden Ufer hingegen war die Terrasse des Gritti Palace Hotels voller Gäste und hell erleuchtet.

Als sie die Salute-Kirche hinter sich gelassen hatten, schlug Urbino vor, in Harry's Bar einen Absacker zu trinken. Hollander stimmte scheinbar etwas zögernd zu. Doch an diesem Sommerabend war die Bar völlig überlaufen; eine laute Gruppe von Gästen des Filmfestivals beanspruchte alleine schon vier Tische.

Ihr Aufenthalt in Harry's Bar stand im krassen Kontrast zu ihrer ruhigen Gondelfahrt über den Canal Grande. Hollander übernahm einen Großteil der Unterhaltung und erzählte von zwei möglichen Käufern für Zolls Wohnung, einem amerikanischen Ehepaar und einem Mailänder Geschäftsmann.

Auf der *calle* vor Harry's Bar trennten sich die beiden Männer in der Erwartung, sich bei der Fahrt nach Torcello wiederzutreffen.

12

Am nächsten Morgen um zehn Uhr beschloss Urbino, Romolo Beato in seinem Studio zu besuchen, das nur ein paar Schritte von der Zattere und der Gesuati-Kirche entfernt lag. Vor dem Eingang zu seinem Gebäude hatte sich eine in einen schwarzen Umhang gehüllte Person postiert, deren Gesicht hinter einem langen schwarzen Tuch verborgen war und die eine dreckige Hand ausstreckte, um ein paar Münzen zu erbetteln. Es war schwer zu sagen, ob es sich um einen Mann oder eine Frau handelte. Diese Figuren tauchten immer häufiger in der Stadt auf. Urbino ließ ein paar Münzen in die Hand fallen, bevor er die Treppe hinaufging. Er erhielt keine Reaktion. Viele Menschen fanden diese Figuren aufgrund ihrer Anonymität und der Art, wie sie stundenlang reglos in einer Position verharrten und dabei offensichtlich noch nicht einmal den Kopf bewegten, angsteinflößend. Doch Urbino war sicher, dass sie irgendwie doch alles beobachteten, was um sie herum geschah.

Romolos Studio auf der dritten Etage war schlicht, sauber, aufgeräumt und unauffällig wie er selbst – zumindest war er das gewesen, bis er Perla vor fünf Jahren geheiratet hatte und sie seinen Lebensstil ganz schön verändert hatte.

Nachdem Romolo seinen Abschluss am Konservatorium gemacht hatte, war ihm in Neapel und Rom ein bescheidener Erfolg als Solotenor beschieden worden. Außerdem war er mit Bühnenensembles in Barcelona und Düsseldorf aufgetreten. Doch seit zwanzig Jahren widmete er sich, von ein paar lokalen Auftritten abgesehen, mit großem Erfolg dem Gesangsunterricht und Coaching.

Romolo war gerade mit einem Schüler fertig und hatte zehn Minuten Zeit, bevor der nächste Unterricht begann.

»Urbino, wie nett! Sind Sie gekommen, Ihren Tenor zu verbessern?«

Der korpulente Romolo trug ein pfirsichfarbenes Hemd und graue Hosen. Sein dickes weißes Haar war frisch geschnitten.

»Irgendwann vielleicht. Es gibt so viele Dinge, die ich gerne lernen oder verbessern würde. Botanik, Chinesisch, das Tischlerhandwerk – ich habe eine lange Liste.«

»Und so wenig Zeit, ja, aber lassen Sie sich nicht entmutigen. Sie sind noch jung. Setzen Sie sich.«

Sie setzten sich auf das schmale Sofa, von dem aus man durch das hohe Fenster einen Blick auf die Gebäude und Kirchen entlang der Giudecca hatte.

»Hätten Sie gerne ein Glas Wasser?«

Er zeigte auf eine Karaffe und Gläser, die auf einem Tisch am Fenster standen.

»Nein, danke.«

»Sind Sie sicher? Perla gibt Kräuter oder irgendwelche Tropfen hinein, die sich positiv auf die Stimmbänder auswirken sollen. Na ja, sie richten zumindest keinen Schaden an. Aber ich habe davon ja sowieso keine Ahnung.«

Romolo sah ihn mit seinem runden, offenherzigen Gesicht etwas überrascht an und war offensichtlich neugierig, den Grund für den unerwarteten Besuch zu erfahren.

»Ich bin wegen Claudio gekommen.«

Romolo errötete sichtbar und schaute einen Moment zum Fenster.

»Claudio? Ist etwas passiert?«

»Ich dachte, diese Frage könnten Sie mir beantworten. Ich habe ihn gestern getroffen und er sah nicht gut aus. Er grübelt über Albina nach. Ich käme mir nachlässig vor, wenn ich Sie nicht fragen würde, ob Ihnen während der Stunden etwas aufgefallen ist. Eine Stimme kann vieles enthüllen.«

»Mehr, als Sie ahnen.«

»Als ich Sie getroffen habe, bevor Sie nach Padua gefahren sind, sagten Sie, er mache gute Fortschritte. Das war der Abend, an dem Albina gestorben ist.«

»In letzter Zeit habe ich ihn nur auf der Beerdigung getroffen. Natürlich hatte er dort seine Stimme nicht unter Kontrolle, dafür zeigte sich ein unglaubliches, emotionales Potenzial. Er hatte immer schon ein Problem, korrekt zu atmen, und wir haben an seinen hohen Tönen gearbeitet, vor denen er sich etwas fürchtet. Er hätte zwei Tage nach der Beerdigung zum Unterricht kommen sollen, doch er ist nicht erschienen.«

»Ich mache mir Sorgen, dass er sich zwischen der Trauer um Albina und der Vorbereitung für die Regatta aufreibt.«

»Trauer kann ein Problem darstellen, doch was das körperliche Training angeht, so ist es das Beste, was er machen kann – auch bezüglich seiner Stimme. *Vox sano in corpore sano*. Wenn der Körper nicht gesund und stark ist, ist es die Stimme auch nicht.«

»Ihre Schüler haben Glück, dass es Perla gibt.«

»Wie meinen Sie das?«

Ein Schatten der Verärgerung huschte über Romolos Gesicht.

Urbino zeigte auf die Karaffe und die Gläser.

»Ihre speziellen Tinkturen und Kräuter.«

»Oh, ich verstehe! Haha! Ja, Perla und ich sind ein gutes Team.«

Die Eingangstür ging auf und ein gedrungener, junger Mann trat ein.

»Ich bin gleich für Sie da, Antonio.«

Der Schüler ging zu der Karaffe und goss sich ein Glas Wasser ein.

»Ich überlasse Sie Ihrem Schüler, Romolo. Leisten Sie weiter so gute Arbeit.«

»Sie auch.«

Urbino überlegte, an welche Arbeit Romolo dabei wohl gedacht hatte. Die Bemerkung erschien ihm als hervorragender Einstieg, das Buch über Albina zu erwähnen, vor allem um Romolo zu zeigen, dass er seinen Kommentar auf seine Biografien und nicht auf seine Detektivarbeit bezog. Romolo hörte interessiert zu und bemerkte, dass es eine gute Idee und ein hervorragender Weg sei, die Verstorbene in Erinnerung zu behalten. Er sagte, dass er Urbino gerne ein paar Dinge mitteilen würde.

»Wir sollten uns nach der Regatta zusammensetzen«, schlug er vor. »Bei uns zu Hause.«

Er versprach, Perla von Urbinos Plänen zu erzählen.

13

Doch Urbino bekam ein paar Minuten später selbst Gelegenheit dazu, als er Perla am Treppenabsatz zu Romolos Studio traf. Sie trug eine der kleinen Tüten aus ihrem Laden bei sich.

»Wollen Sie Ihren Tenor perfektionieren?«, fragte sie lächelnd. In ihrem limettengrünen Kleid wirkte sie frisch und munter. Das blonde Haar fiel offen auf ihre Schultern.

»Romolo hat das Gleiche gefragt.«

»Das ist so, wenn man eine Weile verheiratet ist. Man beginnt die gleichen Dinge zu denken und zu sagen.«

»Da gibt es aber weitaus Schlimmeres.«

»Nun, das Stadium, indem Vertrautheit zu Geringschätzung wird, haben wir noch nicht erreicht und werden es wohl auch komplett überspringen, wenn Sie nichts dagegen haben. Also, sind es Schuldgefühle, die Sie zu Romolos Studio treiben?«

»Schuldgefühle?«

»Sie gehören noch zu den aufrichtigen Menschen, die davon befallen werden. Erst statten Sie meinem Geschäft einen längst überfälligen Besuch ab und nun Romolos Studio. Das ist sehr aufmerksam von Ihnen – und sehr schlau.«

»Sie haben mich erwischt. Aber ich bin aus gutem Grund hierhergekommen. Es geht um Claudio.«

Perla zuckte beinahe unmerklich zusammen.

»Claudio? Ist er hier?«

Sie schaute in Richtung der geschlossenen Tür von Romolos Studio.

»Nein, aber ich wollte Romolo fragen, wie er glaubt, dass Claudio mit allem fertig wird. Ich meine natürlich Albinas Tod. Ich hatte gehofft zu erfahren, dass er weiterhin seine Stunden nimmt. Ich weiß, wie wichtig ihm das Singen ist, und ich glaube, es wäre ihm eine große Hilfe, wenn er sich darauf konzentrieren könnte.«

»Er hat doch die Regatta als Ablenkung.«

»Das stimmt, aber die bereitet ihm auch gleichzeitig wieder neue Sorgen.«

»Nun, ich hoffe, Romolo konnte Sie beruhigen.«

»Nicht so richtig.«

Perlas braune Augen schienen sich alarmiert zu weiten, doch sie hatte sich sofort wieder unter Kontrolle.

»Oh, das ist nicht seine Schuld«, sagte Urbino. »Er hat

nur gesagt, dass er Claudio seit Albinas Tod nicht mehr gesehen hat. Offensichtlich ist er zu seiner letzten Stunde nicht erschienen und hat keine neuen Termine verabredet.«

»Hoffen wir, dass es ihm gut geht.«

»Haben Sie ihn in letzter Zeit gesehen?«

»Ich? Nein, nicht seit der Beerdigung, und ich gehe auch nicht mehr so oft ins Florian wie früher.«

»Er hat sich in letzter Zeit auch im Florian freigenommen.«

»Wie schön für ihn. Doch entschuldigen Sie mich, ich muss weiter. Ich wollte das hier nur abgeben.«

Sie zeigte auf die Tüte.

»Etwas, um aus dem Wasser einen Heiltrunk für die Sänger zu machen?«

»Hat Romolo es Ihnen erzählt? Ja, dafür ist es.«

Bevor Perla die letzten Stufen nach oben eilen konnte, erwähnte Urbino das Buch über Albina und dass Romolo gesagt hatte, dass man sich nach der Regatta zu dritt zusammensetzen sollte.

»Wir werden einen Abend im Gedenken an Albina verbringen«, sagte Perla. »*Ciao*!«

14

Nachdem Urbino Romolos Studio verlassen und sich auf den Weg zur Ca'Foscari, dem Hauptsitz der Universität, gemacht hatte, hielt er angestrengt Ausschau nach Todesanzeigen für Benigni. Doch er sah keine.

Er durchschritt den gotischen Torbogen und den Hof mit dem überdachten Brunnen und der Steintreppe, die zum *androne* des Gebäudes führte. Das große Erdgeschoss des *palazzos*, das sich bis zum Wasserzugang erstreckte, wo der Canale Grande hinter hohen Glastüren in der Sonne glitzerte, war ohne Rücksicht auf die einst gotische Bauweise vollständig renoviert und in einen funktionalen und seelenlosen Ort verwandelt worden. Er schaute sich das Schwarze Brett an, fand aber keine Todesanzeige von Luca Benigni.

Er ging zu dem Fenster der *portineria*, die mit Computern und Videokameras ausgestattet war, und fragte nach dem Institut für Kunstgeschichte.

Er erfuhr, dass es in ein Gebäude in der Nähe der Zattere umgezogen sei. Der Mann holte einen kleinen Stadtplan hervor und zeigte auf den Palazzo neben der Ognissanti-Kirche.

Eine Viertelstunde später stand Urbino in der Eingangshalle des Gebäudes vor einer mit Postern und Notizzetteln gespickten Wand. Er machte wohl einen leicht verlorenen Eindruck, denn eine Frau mittleren Alters mit glattem weißem Haar kam auf ihn zu. Sie trug einen Stapel Kunstbücher unter dem Arm.

»Entschuldigen Sie, Signore, kann ich Ihnen helfen?«

Er erklärte, dass er im Auftrag der Schwester eines der Kunststudenten gekommen sei.

»Luca Benigni. Er ist vor Kurzem gestorben. Sie – wir wollten sicher sein, dass seine Kommilitonen und Professoren darüber Bescheid wissen. Ich dachte, es würde eine Todesanzeige hier hängen, aber bis jetzt habe ich keine gefunden.«

»O ja, Luca.« In ihrer Stimme schwang tiefes Mitgefühl mit. »Am Brett hing eine Todesanzeige mit seinem Foto. Und eine weitere hing hier irgendwo in der Nähe. Irgendjemand muss sie abgenommen haben.«

»Kannten Sie Luca?«

»Er hat meine Vorlesung über Giotto besucht. Warum bitten Sie seine Schwester nicht, in ein paar Wochen noch einmal eine Anzeige aufzuhängen? Dann wird sie auch von den Studenten gesehen, die erst zu Semesterbeginn zurückkehren. Und bitte drücken Sie ihr mein Beileid aus. Er war ein netter und recht intelligenter Junge. Er hat eine hervorragende Arbeit über die Scrovegni-Kapelle geschrieben.« Die Scrovegni-Kapelle mit ihrem wunderschönen und historisch bedeutsamen Freskenzyklus von Giotto befand sich in Padua. »Im letzten Semester habe ich ihn allerdings nicht oft gesehen.«

»Er hat sich eine Auszeit genommen, weil sein Freund krank war.«

Sie nickte.

»Signor Zoll aus München. Er hat unserer Bibliothek einige Bücher über islamische Kunst gestiftet und einige meiner Vorlesungen besucht. Ich habe gehört, dass er sehr krank ist. Er hat uns im April besucht und sah ziemlich elend aus. Wissen Sie, wie es ihm geht?«

Urbino erzählte ihr, dass Zoll Anfang des Monats gestorben war, etwa eine Woche vor Luca.

»Es tut mir leid, das zu hören, aber ich bin nicht wirklich überrascht.« Sie reichte Urbino ihre Visitenkarte. »Sobald wir eine neue Todesanzeige erhalten, werde ich mich persönlich darum kümmern, dass sie so lange hängen bleibt, bis alle Studenten sie lesen konnten. Und ich werde etwas über Signor Zoll aushängen. Er war sehr beliebt. Bitte drücken Sie seinen Verwandten mein Beileid aus.«

Nachdem Urbino das Gebäude verlassen hatte, ging er noch etwas in der Nachbarschaft spazieren, um die zweite Todesanzeige zu finden, von der die Professorin gesprochen hatte. Das Viertel befand sich zwischen der Zattere und Claudios Wohnung nahe San Tomà, daher war es sehr wahrscheinlich, dass er eine Anzeige gesehen hatte.

Schließlich gab Urbino seine Suche auf. Er sah jede Menge Graffiti, aber keinerlei Todesanzeigen. Nachdem Clementina Lucas Todesanzeigen aufgehängt hatte, war der zweite Sturm über die Stadt hereingebrochen und hatte sie vermutlich weggeweht. Oder jemand hatte sie, genau wie am Institut für Kunstgeschichte, abgenommen.

15

»Wie war Ihre Fahrt mit Hollander?«, fragte die Contessa Urbino am Nachmittag in der Ca'da Capo-Zendrini. Sie saßen im *salotto blu*, einem kleinen, gemütlichen Raum, an dessen Einrichtung, Bildern und Kunstgegenständen man den guten Geschmack der Contessa erkennen konnte. Sie war vor ein paar Stunden mit Ausonio nach Venedig zurückgekehrt, um den Ausflug nach Torcello am anderen Tag vorzubereiten.

»Es war ein netter Abend. Er freut sich auf den Ausflug nach Torcello und darauf, Ausonio kennenzulernen. Wo ist Ausonio? Ich würde ihn gerne begrüßen.«

Urbino wandte sich vom Kamin ab.

»Sie werden sich bis morgen gedulden müssen. Er ist im Gewächshaus, und wenn er erst einmal da drinnen ist, bekommt man ihn nur noch mit Gewalt wieder heraus. Er wird eine lange Liste erstellen, was wir alles mit unseren Pflanzen falsch machen.«

Ausonio war ein fanatischer Hobbygärtner, was Urbino sehr bewunderte, da er sich, wie er Romolo gestanden hatte, selbst gerne mehr botanische Kenntnisse aneignen würde. Die Contessa besaß eines der besten privaten Gewächshäuser der Stadt, dem ein Pflanzenexperte aus Padua regelmäßig Besuch abstattete. Sie hatte es mehr oder weniger in dem Zustand belassen, in dem es sich vor ihrer Ehe mit dem Conte befunden hatte. Immer wenn Ausonio zu Besuch kam, übte er reichlich Kritik daran und machte Verbesserungsvorschläge.

»Ich hoffe, dass morgen alles glattläuft«, sagte sie und strich über das Kissen neben sich auf dem Sofa.

»Selbst um diese Jahreszeit wird Torcello eher ruhig sein. Nicht wie Venedig oder Murano oder Burano. Machen Sie sich keine Sorgen.«

»Ich mache mir Sorgen. Und zwar nicht wegen Torcello, sondern Ihretwegen! Je länger ich über den Ausflug nachdenke, desto mehr habe ich das Gefühl, zu Ihrer Komplizin gemacht zu werden.«

Sie seufzte frustriert und blickte von Urbino zu dem Veronese über dem Kamin. Auf dem Gemälde war eine Venus mit nacktem Rücken und goldenem Haar zu sehen, die ihre Aufmerksamkeit zwei hübschen, bärtigen Bauernburschen unter einem üppigen Baum schenkte. Es war eines der Hochzeitsgeschenke gewesen, die der Conte Alvise seiner neuen Frau gemacht hatte. Die Contessa fand stets Trost beim Anblick des Gemäldes, vermutlich weil sie angenehme Assoziationen damit verband. Obwohl Urbino Veronese als Maler durchaus schätzte, traf dieses Bild seinen Geschmack nicht so ganz. Es wirkte wie ein Missklang in diesem intimen Zimmer und das Thema des Bildes erschien ihm als eine ungewöhnliche Wahl für ein Hochzeitsgeschenk.

»Ja, wie eine Komplizin«, wiederholte die Contessa, als sie Urbino wieder anschaute. »Ich weiß noch nicht, in welcher Form und warum. Und ich will es auch gar nicht wissen.«

»Unwissenheit ist normalerweise keine Entschuldigung«, sagte Urbino scherzhaft.

»Ich merke schon, dass ich so mit Ihnen nicht weiterkomme. Gehen Sie nach Hause, und was immer Sie auch denken mögen, überdenken Sie es noch einmal und tun Sie es nicht!« Sie erhob sich vom Sofa. »Pasquale wird mich und Ausonio morgen früh um halb neun zu Ihnen bringen.«

»Perfekt.«

»Sie werden doch da sein?«, fragte die Contessa spitz.

»Ich werde am Wasserzugang sehnsüchtig auf Sie warten.«

16

Wie versprochen stand Urbino am nächsten Morgen am Wasserzugang des Palazzo Uccello, als das Motorboot der Contessa davor hielt. In der Kabine saßen die Contessa und Ausonio.

»Sie haben sich ja für den heutigen Tag richtig fein gemacht«, meinte die Contessa, als er sich neben sie setzte.

Sie war sichtlich erleichtert, ihn mit Strohhut und Blazer bekleidet zu sehen. Aufgrund der zu erwartenden Hitze und dem Wunsch, seine Rolle nicht zu offensichtlich zur Schau zu stellen, hatte er sich gegen einen Anzug und eine rote Krawatte entschieden.

»Das Gleiche ließe sich über Sie sagen, Barbara«, erwiderte Urbino, während er ihr fließendes, beigefarbenes Kleid und ihren breitkrempigen, etwas schief aufgesetzten Hut betrachtete.

Urbino und Ausonio frischten ihre Bekanntschaft auf. Ausonio war ein großer, schlanker Mann Ende dreißig, dessen helles Haar an den Schläfen dünner wurde. Er sprach hervorragend Englisch. Urbino entschuldigte sich dafür, dass er ihn in letzter Zeit nicht besucht hatte.

Als sie sich der Rialto-Brücke näherten, seufzte Urbino und sagte: »Mein Magen spielt seit ein paar Tagen verrückt.«

Die Contessa sah ihn durchdringend an.

»Wirklich? Gestern haben Sie nichts davon erwähnt.«

»Sie kennen mich doch, Barbara. Ich beklage mich nicht gerne.«

Auf diese Bemerkung zog sie die Augenbrauen unmerklich hoch.

»Um ehrlich zu sein, Urbino«, meinte Ausonio. »Sie sehen etwas kränklich aus. Haben Sie gut geschlafen?«

Urbino, gleichzeitig dankbar darüber, dass ihm Ausonio

unwissentlich aus der Patsche half, und irritiert über eine Bemerkung, die er für eine Lüge hielt, schenkte beiden ein schwaches Lächeln.

»Mein Magen hat mich die ganze Nacht wach gehalten. Und heute Morgen ist es sogar noch schlimmer.«

»Sie müssen auf sich aufpassen«, riet Ausonio. »Sie sehen sehr blass aus.«

»Wirklich?«

Der Schrecken in Urbinos Stimme war nicht gespielt.

»Ja, in der Tat, nicht wahr, Barbara?«

»Urbino ist immer blass.«

Die Stimme der Contessa klang wenig mitfühlend.

Urbino sagte nichts weiter dazu, bis sie das Gritti Palace Hotel erreichten. Hollander winkte ihnen von der Terrasse aus zu und stieg ein paar Minuten später ins Boot.

Die Contessa stellte ihn Ausonio vor.

Und wieder half Ausonio unbewusst Urbino.

»Ich hoffe, Sie sind in besserer Verfassung als Urbino«, sagte er zu Hollander. »Er ist nicht ganz in Form. Schauen Sie sich den armen Kerl doch nur an.«

Mittlerweile fing Urbino selbst an zu glauben, er sehe so schlecht aus, wie er vorgab, sich zu fühlen.

»Was fehlt Ihnen denn?«, fragte Hollander.

»Mein Magen. Ich dachte, es wird besser, wenn ich erst mal unterwegs bin.«

»Das tut mir Leid zu hören.« Hollander betrachtete Urbinos Gesicht eingehend, was Urbino stets unangenehm war.

»Sie werden mich entschuldigen müssen«, sagte Urbino. »Aber ich werde Ihnen auf dem langen Weg nach Torcello keine gute Gesellschaft sein.« Er erhob sich von seinem Sitz. »Ich werde wieder nach Hause gehen müssen. Es tut mir Leid, Barbara.«

Die Contessa sah ihn ausdruckslos an.

»Wie schade für Sie. Für uns alle. Pasquale wird Sie zurückfahren. Kein großer Umweg für uns.«

»Ich bitte Sie, nein, danke. Ich würde mich nur schuldig fühlen.«

»Das möchten wir gewiss nicht«, bemerkte die Contessa.

»Ich werde hier im Gritti einen Fernet Branca trinken«, fuhr Urbino fort. »Und mich eine Weile ausruhen. Fernet Branca beruhigt den Magen. Dann rufe ich mir ein Taxi.«

Er kletterte auf den Steg des Hotels.

»Genießt den Ausflug«, sagte er leise. »Ich komme schon zurecht.«

»Das hoffe ich«, rief die Contessa, während Pasquale langsam das Boot vom Steg weglenkte. »Wenn ich Sie jetzt genauer betrachte, muss ich Ausonio zustimmen. Sie sehen wirklich kränklich aus. Richtig eingefallen.«

Auf diese Weise gelang es der Contessa gleichzeitig, Urbino für sein Ränkespiel zu bestrafen und ihn bei seinem Täuschungsversuch gegenüber Hollander zu unterstützen.

17

Urbino trank tatsächlich wie angekündigt einen Fernet Branca auf der Terrasse des Gritti Palace Hotels und blieb dort eine Weile sitzen, um über den Canale Grande zu blicken. Doch bevor er das Hotel verließ, rief er kein Wassertaxi.

Vielmehr überquerte er mit dem *traghetto* den Kanal, um einen Termin mit der Maklerin, die sich um den Verkauf von Zolls Wohnung kümmerte, wahrzunehmen.

Es handelte sich um eine große Frau mittleren Alters, die hervorragend Englisch sprach. Sie wartete in der *calle* vor dem Innenhof des Gebäudes auf ihn.

Während sie die Steintreppe hinaufstiegen, sagte Urbino: »Wie ich bereits am Telefon erwähnt habe, wäre ich Ihnen dankbar, wenn Sie Ihrem Kunden nichts davon sagen würden. Ich bin hier im Auftrag einer Dame, die so lange unbekannt bleiben möchte, bis sie sich wirklich zum Kauf der Wohnung entschließt. Sie kennt Mr Hollander gut, daher wäre es ihr unangenehm.«

»Das verstehe ich gut, Signore. Es gehört auch nicht zu unserem Geschäftsgebaren, unsere Kunden jedes Mal davon zu unterrichten, wenn sich Interessenten ihr Objekt anschauen. Das weckt nur unnötige Hoffnungen. Wir hätten ihre Identität genauso wenig enthüllt, wie wir die Ihre enthüllen werden.«

»Vielleicht kommt sie zu einem späteren Zeitpunkt vorbei, aber sie ist momentan sehr beschäftigt. Ich weiß, was sie sucht, und kann ihr daher Zeit ersparen.«

Nachdem sie die Wohnung betreten hatten, begutachtete Urbino einige Details im Eingangsbereich, während die Frau im Salon die Überwürfe entfernte und die Türen zum Balkon öffnete. Glücklicherweise war sie eine der Maklerinnen, die ihre Kunden alleine lassen, nachdem sie kurz ein paar Anmerkungen zum Schnitt der Räume, dem Renovierungszustand und der Einrichtung gemacht haben, die mit der Wohnung verkauft werden soll. Vielleicht hatte sie aber auch nach dem, was Urbino bereits gesagt hatte, gespürt, dass er zu den Kunden gehörte, die sich lieber alleine umschauen wollten. Auf jeden Fall bot sie ihm an, sich umzuschauen, und ging selbst solange auf den Balkon.

Urbino suchte nichts Bestimmtes. Er hatte nicht die Absicht, die Türen der Schränke und Kommoden der Schlafzimmer zu öffnen oder die Deckel der Truhen aus dem achtzehnten Jahrhundert anzuheben, die dem Balkon gegenüberstanden. Dazu hatte er auch gar nicht die Zeit. Doch er glaubte an seine Beobachtungsgabe und vor allem daran, dass sich die Welt beim bloßen Anblick und nicht in versteckten Ecken enthüllte.

Seit seinem Besuch mit Hollander war die Wohnung sorgfältig gereinigt worden. Dies hätte bedeutsam sein können, wenn das Reinigen eines Objekts vor dem Verkauf nicht unabdingbar gewesen wäre.

Die Urne mit Zolls Asche stand nicht mehr auf dem Kamin, und das Gebetbuch, die Kutscheruhr und das Gemälde von Pietro Longhi waren ebenfalls entfernt worden. Hollander hatte vermutlich diese und andere Gegenstände, deren Urbino sich nicht bewusst war, mit ins Gritti Palace Hotel genommen und ließ sie dort an einem sicheren Ort verwahren.

Die Wohnung wies eine gewisse Unordnung auf, die vorher nicht da gewesen war. Das lag jedoch nicht an der Kommode mit den Einlegearbeiten aus verschiedenen Hölzern, die jetzt nicht mehr mittig unter dem Wandteppich stand, oder an dem handgeschnitzten Mahagonisessel, der jetzt schräg im Raum stand statt ordentlich an der Wand.

Die eigentliche Unordnung war nicht so auffällig. Vielmehr waren die Bücher, die vorher in dem dunklen Regal des Salons ordentlich in Reih und Glied gestanden hatten, durcheinandergebracht worden. Die Bücher standen zwar immer noch aufrecht, doch einige von ihnen waren nach hinten geschoben worden, während andere noch an ihrem ursprünglichen Platz standen und nach vorne hin mit dem Regalboden abschlossen. Einige von ihnen waren zudem auf den Kopf gestellt worden, was das Lesen der Titel auf den Buchrücken erschwerte.

Zusätzlich beeindruckte ihn der große Sekretär im Schlafzimmer nicht mehr durch die sichtbare Ordnung, die auf einen gut organisierten Besitzer hingedeutet hatte. Stattdessen lagen Schreibutensilien, Briefe, Postkarten und bunte Karteikärtchen, die er sich gerne näher angeschaut hätte, in wildem Durcheinander in den verschiedenen Fächern. Das letzte Mal hatte dort eine strenge Ordnung geherrscht. Er nahm das Risiko auf sich, ein paar Papiere herauszuziehen, fand aber lediglich eine französische Danksagung einer gewissen Sabine, die zu einem Dinner eingeladen gewesen war, das Zoll letztes Jahr Weihnachten im Danieli gegeben hatte, eine unbeschriebene Postkarte vom schiefen Campanile Santo Stefano und ein aus einer Zeitung herausgerissenes, deutsches Kreuzworträtsel, das mit Bleistift ausgefüllt worden war. Eine der Geschichten von Edgar Allen Poe, die Urbino am liebsten hatte, trug den Titel: »Der entwendete Brief« und handelte davon, dass sich das beste Versteck stets vor aller Augen befand. Einen seiner Fälle hatte er auf diese Weise lösen können, und er bedauerte, dass er Poes Theorie nicht erneut ausprobieren konnte, indem er den Sekretär gründlicher unter die Lupe nahm, doch er hielt sich zurück.

Das Durcheinander im Bücherregal und im Sekretär ließ darauf schließen, dass jemand beide Orte durchsucht hatte. Am ehesten kam dafür natürlich Hollander infrage, doch Urbino warnte sich selbst erneut davor, Vermutungen für Tatsachen zu halten.

Die Wohnung war gereinigt worden. Putzfrauen konnten manchmal nicht widerstehen, etwas mitgehen zu lassen, und wählten häufig etwas Kleines, das nicht so schnell vermisst würde. Es war möglich, dass beim Säubern und Herumräumen der Möbel einige Bücher aus dem Regal gefallen oder umgestellt worden waren und die Utensilien in den Schreibtischfächern durcheinandergeraten und einfach nur wahllos zurückgesteckt worden waren.

Wie immer bei seinen Ermittlungen wurde er unausweichlich mit mehreren Erklärungsmöglichkeiten konfrontiert für etwas, was von großer Bedeutung oder bedeutungslos sein konnte. Während er die Erklärungsmöglichkeiten im Geiste durchging und sich auf den Weg zum Balkon machte, auf dem die Maklerin an der Brüstung lehnte und über den Canale Grande schaute, wurde sein Blick plötzlich von etwas abgelenkt.

An der Wand des Salons zum Flur hin hing eine Reihe kleiner Aquarelle, die Urbino zwar schon wahrgenommen hatte, sich nun aber, ohne zu wissen, warum, noch einmal näher ansehen wollte.

Sechs mittelgroße Aquarelle waren in drei waagerechten Reihen so angeordnet, dass sich daraus das Muster einer auf dem Kopf stehenden Pyramide ergab. Es handelte sich um eher amateurhafte Wiedergaben venezianischer Ansichten, doch sie hatten einen gewissen Charme. Die Tatsache, dass ein Kunstkenner wie Zoll diese wenig vollendeten Aquarelle offensichtlich gekauft und aufgehängt hatte, zeigte, dass er eine sentimentale Seite besessen hatte.

Doch Urbino war nicht so sehr davon berührt, was diese Aquarelle scheinbar über Zoll aussagten, vielmehr stach ihm eins der Bilder ganz besonders ins Auge, bei dem es sich um eine Ansicht einer Brücke in Dorsoduro handelte.

Die Ponte Pugni führte zwischen dem Campo Margherita und dem Campo San Barnabà über den Kanal. Eine von etwa vierhundert Brücken der Stadt.

Der Namenszug in der rechten unteren Ecke war unauffällig und doch eindeutig als »Maisie Croy« zu lesen, was wieder einmal die ungewöhnliche Fähigkeit dieser kränklichen Frau bewies, an den unerwartetsten Orten aufzutauchen.

18

Zwanzig Minuten später starrte Urbino auf die Inschrift eines kleinen weißen Marmorhockers im Peggy-Guggenheim-Museum:

Savor Kindness
Cruelty Is Always
A Possibility Later

Genieße Freundlichkeit, weil Grausamkeit später immer möglich ist, erschien ihm eine gute Philosophie, wenn auch vielleicht ein wenig zu optimistisch. Nach seiner Erfahrung waren Grausamkeiten zwischen zwei Menschen eher häufig und weniger eine Frage der Möglichkeit.

In der nächsten Stunde wanderte er durch die Räume des Palazzos und nach draußen auf die Terrasse am Kanal und sann dabei über die »Truisms« der Konzeptkünstlerin Jenny Holzer nach.

Freundlichkeit und Grausamkeit. Liebe und Hass. So verschieden und doch so verwandt. Ersteres konnte leicht in Letzteres umschlagen und manchmal erblühten auch beide gemeinsam wie zwei sich hin und her bewegende Blüten einer Pflanze.

Auf einem gewissen oberflächlichen Niveau beeindruckten ihn die überraschenden Bilder und Formen, auf die er im Museum traf – eine nackte Braut, ein rittlings auf einem Pferd sitzender Mann mit erigiertem Penis, eine Frau mit durchschnittener Kehle und androgyne Figuren, die ihre Geschlechtsteile und Brüste zur Schau stellten. Wie konnte es auch anders sein, trotz der Vertrautheit, die er bei vielen vorangegangenen Besuchen zu diesen Bildern entwickelt hatte. In Gedanken war er jedoch weit entfernt von all diesen Beispielen moderner Kunst, allerdings nicht weit entfernt von dem Gebäude, in dem sie gezeigt wurden.

Denn der Palazzo Guggenheim befand sich in Dorsoduro, jenem Ort, an dem all diese beunruhigenden Ereignisse, beginnend mit Zolls Tod, ihren Lauf genommen hatten.

Nachdem sich Urbino an die Steinbrüstung neben dem schimmernden Wasser des Canale Grande gesetzt hatte, blickte er zum Gritti Palace Hotel und Zolls Palazzo, der zu seiner Rechten lag. In seiner Fantasie bevölkerte er sie und die Umgebung mit Bildern, die genauso beunruhigend waren wie jene, die hier im Museum sicher in Holz gerahmt oder in Bronze und Metall gegossen waren. Und der Rat, den er beim Betreten des Guggenheim-Museums erhalten hatte, war ein stummer und zugleich mächtiger Begleiter dieser wachgerufenen Bilder.

Genieße Freundlichkeit, weil Grausamkeit später immer möglich ist.

19

»Urbino, mein Lieber, ich nehme zurück, was ich Ihnen vor ein paar Wochen auf der Terrasse des Gritti Palace Hotels gesagt habe«, erklärte Oriana am nächsten Morgen in ihrem Wohnzimmer an der Giudecca. »Manchmal sind Sie doch sehr berechenbar. Zumindest für die Frauen, die Sie in Ihr Leben lassen. Merken Sie das nicht gerade?«

Sie trug einen leuchtend rot glänzenden Kimono mit einem Muster aus schwarzen Drachen. Noch hatte sie weder ihren roten Lippenstift noch ihren schwarzen Mascara aufgelegt, allerdings trug sie bereits ihr Markenzeichen – die große Sonnenbrille, eine Mischung aus Requisite und Affektiertheit, die an diesem Morgen jedoch etwas Unabdingbares hatte. Helles Sonnenlicht schien in das spartanisch eingerichtete Wohnzimmer, aus dem beinahe alles Überflüssige verbannt worden war. Das Sonnenlicht wurde von den Glaswürfeln, die als Tische dienten, von den Chromrohren und den nackten weißen Wänden reflektiert.

Zwar war nur weniges in der Ca'Borelli nach Urbinos Geschmack, dennoch fühlte er sich dort immer wohl, denn von den bis zur Decke reichenden Fenstern hatte man einen bilderbuchhaften Ausblick über den Bacino bis hin zu den glänzenden Kuppeln der Basilika, dem Campanile aus roten Backsteinen, dem rosafarbenen Dogenpalast und dem Bogen der Riva degli Schiavoni.

»Berechenbar?«, wiederholte Urbino, nachdem er sich

vorsichtig auf einem der geschwungenen Sessel niedergelassen hatte.

»Ja. Denn sobald ich gesehen habe, dass Sie es sind, der zu dieser unchristlichen Stunde bei mir klingelt, wusste ich auch, warum.«

»Wirklich?«

Urbino rutschte in dem Sessel hin und her und versuchte vergeblich, eine bequeme Position zu finden.

»Ich wusste, dass Sie Informationen von mir haben wollen.« Sie zündete sich eine Zigarette an und nahm einen tiefen Zug. »Sie kommen immer nur aus zwei Gründen her. Entweder geht es um Vorschläge für Barbaras Geburtstagsgeschenke oder um Informationen. Da der Geburtstag noch in weiter Ferne liegt, geht es Ihnen dieses Mal also um Informationen. Ich mache uns schnell einen Kaffee und dann können Sie loslegen.«

Auf dem Weg zur Küche blieb sie stehen und wandte sich um. »Aber Sie sehen etwas blass aus, Urbino. Vermutlich ist da ein kleiner Anisschnaps im Espresso genau das Richtige für Sie. Barbara hat mich gestern Abend angerufen und erzählt, dass Sie sich zu schlecht fühlten, um mit nach Torcello zu fahren. Sie haben trotzdem eine schöne Zeit gehabt, hat sie gesagt. Sehen Sie, wie schnell man nicht einmal mehr vermisst wird?«

Als sie ein paar Minuten später den Kaffee tranken, erklärte Urbino: »Ich bin wegen Perla Beato hier.«

Oriana nickte, als habe sie auch das voraussehen können.

»Ich muss wissen, ob es um einen Ihrer Fälle geht oder ob Sie nur Ihre Neugier befriedigen wollen«, erwiderte Oriana und schaute ihm direkt in die Augen.

»Ich bin nicht an leerem Geschwätz interessiert.«

»Sie können mich nicht täuschen! Sie ziehen doch Gewinn aus jedem Geschwätz. Doch ich halte Ihnen zugute, dass Sie dabei keine schlechten Absichten haben, und gehe daher davon aus, dass Sie hinter etwas her sind.«

»Ja, aber sagen Sie es bitte niemandem.«

Oriana legte ihren Kopf in den Nacken und lachte übertrieben.

»Das ist wirklich amüsant. Sie bitten mich, diskret zu sein, und erwarten gleichzeitig von mir, indiskret zu sein. Urbino, ich liebe Sie! Also, was könnte ich über Perla wissen – und Ihnen eventuell mitteilen wollen?«

»Perla ist eine wunderbare Frau«, begann Urbino. »Und zudem sehr erfolgreich mit ihrem Geschäft. Ich bin sicher, dass sie damit viel Gutes tut. Und sie war – ist – eine Krankenschwester. Sie ist immer hilfsbereit und munter und –«

»Lassen Sie uns das hier abkürzen«, unterbrach ihn Oriana. »Sie wollen wissen, ob sie irgendwelche Probleme mit Romolo hat.«

»So in der Art.«

»Bevor ich Ihnen eventuell etwas dazu sage – falls es dazu etwas zu sagen gibt –, müssen Sie mir etwas versprechen. Was immer ich Ihnen erzähle, bleibt unter uns. Ich möchte weder ihr noch Romolo noch sonst irgendjemand Ärger und Peinlichkeiten bereiten.«

»Ich doch auch nicht. Ich gehöre nicht zu den Leuten, die so etwas tun, es sei denn, es ist notwendig. Ich meine, höchstens um jemand aus einer schwierigen Lage zu befreien. Oder etwas ernsthaft Illegales wäre mit im Spiel. Also, ja, das verspreche ich Ihnen.«

»Sie lassen sich viele Möglichkeiten offen, um sich herausschlängeln zu können.« Oriana trank einen Schluck Kaffee. »Nun, soweit ich das beurteilen kann, hat Perla keine Probleme mit Romolo, was allerdings nicht heißt, dass er nicht welche mit ihr hätte. Perla ist erst vierunddreißig.«

»Und Romolo fast doppelt so alt.«

»Mit einem Sohn, der nicht viel jünger ist.«

»Sie wollen doch nicht andeuten ...?«

»Natürlich nicht, mein Lieber! Rocco ist sowieso schwul, auch wenn Romolo das noch nicht erkannt hat. Nein, es ist jemand anderer.«

»Vielleicht fällt es Ihnen leichter, mir etwas darüber mitzuteilen, wenn ich Sie nach einer ganz bestimmten Person frage. Falls es sich nicht um diese Person handelt, brauchen Sie mir nicht mehr zu sagen, als Sie mir ohnehin bereits verraten haben.«

»Das klingt vernünftig.«

Urbino meinte, eine gewisse Enttäuschung aus ihrer Stimme herauszuhören.

»Claudio Balbi«, sagte er.

»Bingo!«

»Wie lange geht das schon?«

»Zwei, drei Monate. Perla ist völlig vernarrt in ihn, und welche Frau wäre das nicht. Er ist nett und unkompliziert.«

»Sie haben anklingen lassen, dass Romolo einen Verdacht hegt.«

»Ich bin nicht sicher, ob er etwas weiß und was er weiß. Die beiden haben eine andere Art der Beziehung als ich und Filippo.«

Sie sagte das so, als sei das Borelli-Übereinkommen bezüglich ehelicher Untreue und Toleranz das Ideal. Bei Oriana und Filippo schien es jedoch recht gut zu funktionieren, auch wenn sie sich schon mehrfach getrennt und beinahe die Scheidung eingereicht hatten. Doch sie schienen im Umgang mit ihren Affären aufrichtig und schnüffelten nicht hinter dem Rücken des Partners herum wie Perla.

»Wenn ich Geld darauf wetten müsste«, meinte Urbino, »würde ich behaupten, dass Romolo aufgrund von ein, zwei Dingen, die er gesagt hat, auf jeden Fall einen Verdacht hat. Wie, glauben Sie, würde er reagieren, wenn er herausfinden würde, dass Perla eine Affäre hat?«

»Sicherlich nicht so wie Filippo, und das habe ich Perla auch gesagt. Auch wenn man von unserer Art der Beziehung einmal absieht, ist Filippo einfach viel gelassener.«

»Ich bin sicher, dass Ihnen der blaue Fleck in Perlas Gesicht aufgefallen ist.«

»Sie hat behauptet, ihr sei beim Aufräumen im Geschäft ein Korb mit Kräutern daraufgefallen oder so ähnlich. Ich habe das Thema nicht weiterverfolgt. Romolo kann ziemlich jähzornig sein, auch wenn er immer so ruhig wirkt. Ich weiß nicht, was er machen würde, falls er herausfände, dass Rocco schwul ist, auch wenn die Hälfte seiner männlichen Schüler vom anderen Ufer ist. Einmal hätte er Perla fast den Kopf abgerissen, weil sie gesagt hat, er solle nachgeben und sich eine Brille besorgen, weil sie sein Blinzeln nicht mehr ertragen könne.«

»Romolo hat schlechte Augen?«

»Ich würde es nicht schlecht nennen, aber manchmal kann er auf eine gewisse Entfernung Dinge einfach nicht mehr erkennen und manchmal sogar Dinge in der Nähe.«

»Wie sind denn Claudios Gefühle zu Perla?«

»Ich weiß es nicht, aber ich kann es mir denken, nachdem, was Perla erzählt. Er genießt es, mit einer erfahrenen, attraktiven Frau zusammen zu sein, die außer seiner Aufmerksamkeit nicht viel als Gegenleistung erwartet. Er will nicht heiraten, er will keine Kinder und noch nicht einmal Missoni-Pullover und Ferragamo-Schuhe. Aber verstehen Sie mich nicht falsch. Ich bin sicher, dass etwas Geld aus der *erboristeria* und vielleicht sogar aus Romolos Einkommen in seine Hände fließt. Aber der Junge ist nicht geldgierig.«

»Wie können Sie sich dessen sicher sein?«

Oriana drückte ihre Zigarette aus.

»Für solche Sachen habe ich einen siebten Sinn. Den muss ich haben.«

Urbino trank seinen Espresso aus. Er holte das Foto von

Zoll, Luca Benigni und dem Kellner aus dem Florian heraus.

»Schauen Sie sich das Foto an. Erkennen Sie irgendwen darauf?«

Sie stand auf, ging mit dem Foto zu dem hohen Fenster und betrachtete es, ohne die Sonnenbrille abzunehmen.

»Es wurde im Florian aufgenommen«, sagte sie. »Das hier ist einer der Kellner. Den alten Mann habe ich noch nie gesehen? Wer ist das?«

Urbino erklärte es ihr.

»Nun, ich bin nicht überrascht, dass er gestorben ist. Er sieht sehr krank aus. Ich glaube, ich habe den Mann, der bei ihm sitzt, ein paar Mal gesehen. Und wenn ich jetzt so darüber nachdenke, war er einmal in Begleitung eines älteren Herrn. Er sieht gut aus. Und es ist komisch. Einmal habe ich ihn auf der anderen Seite der Piazza gesehen und gedacht, er sei Claudio. Auch hier auf dem Foto kann man die Ähnlichkeit ganz gut erkennen, nicht wahr?«

20

Nachdem Urbino Oriana verlassen hatte, beschloss er, sich ein wenig die Beine zu vertreten und sein Gehirn in Gang zu bringen, indem er die Giudecca-Promenade entlangging.

Bevor er mit seinem Bummel begann, schaute er über den Bacino zum Dogenpalast, zu den Säulen der Piazzetta und den glänzenden Kuppeln der Basilika. Nach dem Sturm und dem Unwetter, der drückenden Hitze und Schwüle wurde die Stadt nun mit leichten Brisen und kleinen Wolken beschenkt. Der Klang all der Boote zwischen ihm und dem Molo vermischten sich zu einer ganz eigenen Wassermusik. Und was aus der Nähe betrachtet vermutlich eine lebhafte Menschenmenge entlang des Molos und der Riva degli Schiavoni war, wirkte von hier wie ein verschwommenes, impressionistisches Gemälde, das sich langsam vorwärtsbewegte.

Nur ungern verabschiedete sich Urbino von diesem Blick. Schon bald kam er an der großen Kuppel und den quadratischen Glockentürmen der Kirche Santa Maria della Presentazione vorbei, die auch unter dem Namen Le Zitelle – »die Jungfern« – bekannt war. Da er sich dieser Tage fast ausschließlich mit Albinas Tod beschäftigte, war es beinahe unvermeidlich, dass seine Gedanken nicht zu den gläubigen, unverheirateten Frauen wanderten, die der Kirche ihren Spitznamen gegeben hatten, sondern zu den zwei alten Jungfern auf der anderen Seite des Giudecca-Kanals in Dorsoduro – Albina und ihre Schwester. Hatte eine von ihnen je ein Heiratsangebot erhalten? Hatten sie auch mal an gebrochenem Herzen gelitten? Oder machte er sich gerade schuldig, indem er die vertraute, konventionelle Vorstellung von Jungfernschaft auf sie übertrug? Giuliettas Erzählung hatte, abgesehen von ihrem Vater, keinerlei Anspielungen auf Männer enthalten. Ihre Bindung muss im Laufe der Jahre immer enger geworden sein, nachdem keine von beiden die andere hatte verlassen wollen oder können, selbst wenn es eine Gelegenheit gegeben hätte.

Nachdem er zwei ältere, auf einer Bank sitzende Damen begrüßt hatte und vor dem Ostello di Venezia in eine Gruppe junger Menschen hineingeraten war, überquerte er die Brücke und erreichte die Erlöser-Kirche. Vor fünf Wochen war die Kirche Mittelpunkt des Redentore-Festes gewesen, das seit dem sechzehnten Jahrhundert in Erinnerung an die Erlösung von der Pest gefeiert wird. Jedes Jahr wird von der Zattere eine Pontonbrücke über den Giudecca-Kanal gebaut, zu der Stelle, an der Urbino gerade stand, um dem Bürgermeister von Venedig, den Kirchenoberhäuptern und Honoratioren und der jubelnden Menge einen Zugang zu der Kirche zu verschaffen. Ein Fest voller Traditionen mit Maulbeeren und Mandarinen, Feuerwerk und einem Bad in der Adria bei Sonnenaufgang.

Genau wie die Regatta und der Karneval zog das Fest viele Fremde an. Urbino und die Contessa hatten Zoll und Benigni nur ein paar Tage nach den Feierlichkeiten auf der Piazza gesehen. Hollander hatte erzählt, wie sehr sein Stiefvater ein Freund all dieser venezianischen Traditionen gewesen war. Doch vielleicht hatte er dieses Fest ausgelassen, um nicht daran erinnert zu werden, dass es für ihn keine Erlösung von seiner Krankheit geben würde.

Urbino verbrachte einige Minuten im kühlen, schlichten Innenraum der Kirche. Wie er Clementina Foppa gesagt hatte, waren seine Besuche auf der Giudecca nicht so häufig, wie er es gerne gehabt hätte, doch sein Geist war an diesem Morgen zu sehr beschäftigt, um die Kirche und den wunderschönen Veronese genießen zu können. Er nahm jedoch das Angebot eines Franziskanerbruders an, die Apotheke der Mönche zu besuchen. Dort lenkten der Duft der Gartenkräuter und der Anblick der alten, alchemistischen Instrumente seine Gedanken wieder zurück zu Perlas *erboristeria* und von da zu der Affäre mit Claudio. In einem anderen Jahrhundert wäre jemand mit Perlas esoterischem Wissen über Kräuter und Tinkturen in Venedig vermutlich der Hexerei beschuldigt und Claudio als eines der Opfer ihrer niederträchtigen Zauberei angesehen worden.

Nachdem Urbino die Apotheke der Mönche verlassen hatte, bog er vom Ufer ab, um die *calli* und Sackgassen des Arbeiterviertels hinter der Kirche zu erkunden. Hier lebte Clementina. Er suchte nach ausgehängten Todesanzeigen von Luca. Er hielt einige der Anwohner an und erwähnte den jungen Mann. Sie lobten ihn und seine Schwester und bedauerten seinen Tod. Zudem bestätigten sie Urbinos Verdacht, dass die Todesanzeigen vom Sturm weggeweht worden waren.

Zurück am Ufer, gelangte Urbino bald an eine Eisenbrücke, die über den breitesten Kanal der Insel führte. Mit Blumen bepflanzte Holzterrassen, Fischerboote – hauptsächlich *burchielli* – und in der Sonne trocknende Netze sorgten für einen hübschen Anblick, der Maisie Croy sicherlich zum Malen gereizt hätte.

Je weiter er ging, desto mehr ließ er den Blick auf San Marco und den Molo hinter sich. Auf der anderen Seite des Giudecca-Kanals waren nun die breite Zattere, die Kuppel der Salute-Kirche und ein Turm zu sehen, der in den blauen Himmel und die Wolkenkissen hinaufragte. Urbino kam nicht umhin, dem prominenten Campanile der Santo-Stefano-Kirche in der Nähe des Café Da Valdo seine Aufmerksamkeit zu schenken, daher trank er einen Campari Soda und starrte den Campanile an. Er wurde das Gefühl nicht los, dass er ihm etwas mitteilen wollte, vielleicht auch über das Da Valdo, wo Albina die letzten Stunden ihres Lebens verbracht hatte.

Nachdem er noch ein paar Minuten am Ufer entlangspaziert war, setzte er sich auf eine Bank am mit Gras bewachsenen Rand der Fondamenta San Biagio. Vor dem Seehafen auf der anderen Wasserseite lag ein elegantes weißes Kreuzfahrtschiff vor Anker. Kleine Palmen raschelten leise im warmen, leichten Wind. Hinter ihm standen moderne Mehrfamilienhäuser, die schon vor langer Zeit die Villen und Gärten ersetzt hatten, für die die Insel zur Zeit Michelangelos berühmt gewesen war. Der Maler hatte die Insel auf der Suche nach Einsamkeit mehrfach besucht.

Im Laufe der Jahrhunderte hatte sich auf der Giudecca viel verändert, mehr als in den anderen Vierteln Venedigs.

Man musste seine Fantasie anstrengen, um sich das alte Bild wieder ins Gedächtnis zu rufen, eine Übung, die Urbino hervorragend beherrschte. Während er auf der Bank saß, war er im Geiste allerdings überhaupt nicht mit der Giudecca beschäftigt.

Stattdessen versuchte er sich Szenen vorzustellen, die sich vor weniger als einem Monat abgespielt hatten, darunter Albinas letzte Stunde, den dunklen, überfluteten *sottoportico*, in dem sie gestorben war, und den Mord an Luca Benigni in einem anderen Teil von Dorsoduro.

Urbino war sich sicherer denn je, dass Luca und Albina einem Verbrechen zum Opfer gefallen waren. Bei Luca hatte es wie ein Unfall ausgesehen beziehungsweise man hatte es wie einen Unfall aussehen lassen. Im Fall der Frau hatte ein schwaches Herz in die dunklen Pläne eines Verbrechers gepasst, dem es nicht nur gleichgültig gewesen war, ob sie lebte oder starb, sondern der sie hatte töten wollen. Der ihren Tod gebraucht hatte. Und in beiden Fällen hatte der Sturm eine wichtige Rolle gespielt. Er hatte geholfen, die Verbrechen zu vertuschen, davon abzulenken, und in Luca Benignis Fall sogar offensichtlich als Todesursache gedient.

Albinas und Lucas Schicksal waren miteinander verknüpft gewesen. Und wie die Fäden eines Spinnennetzes waren sie zum Teil mit den gleichen Menschen verbunden, die wiederum untereinander verbunden waren. Konrad Zoll, Claudio Balbi, Nick Hollander, Clementina Foppa, Giulietta Gonella und Romolo und Perla Beato. Spätestens seit seinem gestrigen Besuch in Zolls Wohnung musste Urbino dieser Gruppe noch den Namen der allgegenwärtigen Maisie Croy hinzufügen.

Urbino verließ die Fondamenta San Biagio, ging in die Richtung zurück, aus der er gekommen war, und blieb an der Anlegestelle Sant'Euphemia stehen. Ein Vaporetto näherte sich. In ein paar Minuten würde er auf der Zattere sein, wo Claudio angeblich in der Nacht von Albinas Tod spazieren gegangen war. Urbino glaubte inzwischen, dass er nicht auf der Zattere gewesen war, sondern die Nacht mit Perla in der Wohnung der Beatos verbracht hatte, im sicheren Glauben, dass Romolo in Padua weilte.

Urbino bezweifelte, dass Claudio Perlas erste Affäre war. Und er zweifelte auch kaum daran, dass seine Tage als ihr Liebhaber gezählt waren.

Was mochte Romolo tun, wenn er Claudio auf die Schliche kam, bevor die Affäre beendet war? Was mochte er bereits getan haben? Oriana hatte betont, dass er aus anderem Holz geschnitzt war als Filippo. Romolos Augen waren nicht die besten, und Luca hatte auch für gesunde Augen große Ähnlichkeit mit dem Liebhaber seiner Frau gehabt.

Als das Vaporetto anlegte, stiegen zwei Passagiere aus und nur Urbino stieg zu. Von seinem Platz am Heck blickte er zurück auf die Giudecca, auf der während seines Spaziergangs so viele Fragen Form angenommen hatten. Und nun tauchte eine neue Frage auf.

Konnte jemand, der aus der Ähnlichkeit zwischen Claudio und Luca Kapital geschlagen und Zolls Begleiter ermordet hatte, dadurch irgendwie Albinas Schicksal besiegelt haben?

Und was war mit Zoll selbst? Trotz seiner tödlichen Krankheit konnte auch er ermordet worden sein. Eine Frage, mit der sich Urbino bereits zuvor beschäftigt hatte, die nun aber umso drängender wieder auftauchte. Der Hauptverdächtige war natürlich Hollander, der einen großen Teil seines Vermögens geerbt hatte. Doch er hätte das Vermögen sowieso geerbt, warum dann das Risiko auf sich nehmen, Zoll umzubringen, wenn dieser eh bald gestorben wäre. Und wie passten Luca Benigni und Albina in dieses Szenario?

Und falls Zoll ermordet worden war, wer außer Hollander hätte dafür eine günstige Gelegenheit gehabt? Natürlich Benigni.

Und was war mit Maisie Croy? Wie war ihre Beziehung zu Zoll gewesen? Hatte sie Urbino die Wahrheit gesagt, als sie erklärt hatte, sie sei von einer Katze am Arm gekratzt worden? Und wie war ihr Aquarell von der Ponte die Pugni in Zolls Besitz gekommen?

Und falls Zoll getötet worden war, auf welche Weise war es geschehen? Eine Überdosis Medikamente, ein Entzug von Medikamenten oder durch die Gabe eines schleichenden oder akut wirkenden Giftes?

Urbino hatte beinahe genauso viel Vergnügen daran, herauszufinden, wie und warum die Dinge geschehen waren, wie den eigentlichen Mörder zu überführen. Bei mehreren Gelegenheiten war er sicher gewesen, in den Augen eines Menschen eine gewisse Schuld abgelesen zu haben, doch das war bedeutungslos, bis er in der Lage gewesen war, die Folge der Ereignisse nachzuvollziehen, die eine Person dazu gebracht hatten, den unausweichlichen Mord zu begehen.

Mit den meisten Fragen, die er sich selbst stellte, kam er nicht sehr weit, so als ob er das Ufer der Giudecca verlassen hätte und einigen der kleinen Gassen gefolgt wäre, die an der Lagune als Sackgasse endeten. Er wäre gezwungen gewesen, seine Schritte zurückzuverfolgen, wie er es oft im Irrgarten der Contessa tun musste.

All diese Fragen zum Tod von Luca Benigni, Albina und Zoll gaben ihm das Gefühl, auf der Stelle zu treten, obwohl er eigentlich vorwärtsgehen wollte. Doch er glaubte, dass es ihm doch noch gelingen würde, einen Weg nach vorne zu finden, und hoffte nur, dass dies bald sein würde.

21

In den Stunden nach Urbinos Spaziergang auf der Giudecca passierten mehrere Dinge, die einige der Fragen zu beantworten schienen, allerdings gleichzeitig neue, beunruhigendere Fragen aufwarfen.

Urbino ging in die Papierwarenhandlung in der Nähe des San Marco, die er üblicherweise besuchte. Nachdem er ein paar mit marmoriertem Papier überzogene Bleistifte gekauft hatte, stellte er dem Inhaber, einem rundlichen Mann mit

Schnauzbart, ein paar wohlüberlegte Fragen zum Prozess des Marmorierens.

»Ja, Signor Urbino«, erwiderte der Mann. »All diejenigen, die mit dem Papier vor dem Marmorieren hantieren, müssen sehr vorsichtig sein. Wir benutzen eine Alaunlösung für das Papier, damit die Farbe gut einziehen kann. Alaun ist giftig. Aber viele Geschäfte kaufen das Papier bereits vorbehandelt. Viele marmorieren es nicht einmal selbst.«

Urbino dankte dem Papierhändler und verließ das Geschäft. Auf dem Weg zur Marciana-Bibliothek gegenüber dem Dogenpalast überlegte Urbino noch einmal, was Clementina während ihrer Demonstration des Marmorierens gesagt hatte. Er erinnerte sich nicht daran, dass sie Alaun erwähnt hatte, doch das hieß nicht, dass es diese chemische Lösung nicht in ihrem Laden gab oder sie zumindest einen einfachen Zugang dazu hatte.

Konnte es ihr gelungen sein, Zoll Alaun zu verabreichen? War ihr Bruder darüber im Bilde gewesen? Was konnte ihr Motiv gewesen sein? Das offensichtlichste Motiv war sicherlich der finanzielle Gewinn. Ein klassisches Motiv. Zolls Tod könnte für Luca Geld bedeutet haben, und Geld für Luca könnte auch Geld für seine Halbschwester bedeutet haben, die sich gerade bemühte, mit ihrem neuen Geschäft auf die Beine zu kommen. Allerdings hatte Hollander das Vermögen Zolls geerbt.

Es war natürlich möglich, dass Luca auch etwas bekommen hätte, abhängig davon, wann das Testament aufgesetzt worden war. Er hatte Zoll mehr als zwei Jahre gekannt, und Zolls Wissen um seinen bevorstehenden Tod mochte ihn dazu gebracht haben, ein neues Testament aufzusetzen. Selbst eine kleine Summe hätte für Luca bereits eine Verlockung sein können. Und vielleicht bedeutete Geld für Luca eben auch mehr Geld für Clementina, falls Luca starb, obwohl sie gesagt hatte, dass er in Zolls Testament nicht berücksichtigt worden war.

Urbino fragte sich, wann Zoll sein Testament aufgesetzt hatte. Vor oder nachdem er Luca kennengelernt hatte? Urbino zählte darauf, dass Rebecca dank ihrer Kontakte nach München etwas Licht in diese Angelegenheit bringen würde.

Als Urbino im großen Lesesaal der Bibliothek einige Recherchen machte, zog es ihn jedoch in Richtungen, die wenig oder nichts mit Clementina zu tun hatten. Und das lag an den Aquarellfarben. In den Büchern wurde eindringlich vor Kadmium und Kobalt gewarnt, die wie Alaun giftig sind. Aquarellmalern wurde dringend davon abgeraten, den Pinsel mit dem Mund zu befeuchten, um nicht die giftigen Substanzen zu schlucken.

Was würde passieren, wenn jemand eine der beiden oder beide Chemikalien in einer hohen Dosis verabreicht bekäme?

Doch welches Motiv sollte Maisie Croy gehabt haben? Nichts verband sie mit Zoll, Luca oder Albina – nichts, bis auf ihr Aquarell von der Brücke, das irgendwie in Zolls Hände geraten war und damit an die Wand seiner Wohnung am Canale Grande.

Zwei Frauen, Clementina Foppa und Maisie Croy, besaßen durch ihre Arbeit Zugang zu giftigen Stoffen.

Es wird behauptet, dass Giftmorde vorwiegend von Frauen begangen werden. Urbino glaubte, dass das stimmte, was nicht daran lag, dass Frauen verschlagener waren als Männer. Doch da Frauen die Nahrung zubereiteten und für andere Sorge trugen, waren sie offensichtlich in einer günstigen Lage, Gift zu verabreichen.

Ja, sie bereiteten Nahrung zu und sorgten sich um andere. Waren Clementina oder Maisie in der Lage gewesen, so nah an Zoll heranzukommen, um ihm Gift ins Essen zu tun? Oder vielleicht Luca, der natürlich dafür auch eine hervorragende Möglichkeit gehabt hatte? Und nachdem Zoll ermordet worden war, warum und wie waren danach Luca und Albina ermordet worden?

Doch es gab noch eine weitere Person, ebenfalls eine Frau, die sogar noch besser in der Lage war, jemanden zu vergiften. Und auch sie hatte dank ihrer Arbeit Zugang zu giftigen Substanzen.

Urbino war sich absolut sicher, dass es in Perla Beatos *erboristeria* Substanzen gab, die in größeren Mengen oder miteinander kombiniert tödlich sein konnten. Und Perla war Krankenschwester gewesen – beziehungsweise war sie es immer noch, wie sie selbst Urbino gegenüber gesagt hatte, als er ihre *erboristeria* besucht hatte.

22

Der Abend brachte weitere Komplikationen, aber auch Klärungen.

Zunächst rief die Contessa an. Sie hatte einen vorläufigen Bericht von Bascomb bezüglich des Reiseunternehmens Hollander-Tours erhalten.

»Wie er herausgefunden hat, stecken sie in finanziellen Schwierigkeiten. Er sagt, dass nach außen hin alles erfolgreich aussehe, das Unternehmen aber in Wahrheit kurz vor der Pleite stehe. Ich bin überrascht.«

»Das sollten Sie nicht. Selbst eine alteingesessene Firma wie Bascomb könnte sich den Anschein geben, hervorragende Geschäfte zu machen, obwohl sie in Wirklichkeit marode ist. Schauen Sie sich doch einige der Paläste hier an. Die Pfeiler sind verrottet.«

»Armer Nick. Er gibt sich einen tapferen Anstrich. Ich weiß, was Sie denken. Er brauchte Geld und hat deswegen seinen Stiefvater umgebracht. Doch der wäre sowieso gestorben, und nach dem, was Bascomb gesagt hat, könnte sich Hollander-Tours auch ohne Kapital mit Leichtigkeit noch ein Jahr über Wasser halten. Und über Zoll schwebte ein natürliches Todesurteil.«

»Darin stimme ich mit Ihnen überein. Ich glaube nicht, dass Hollander Zoll umgebracht hat.«

Eine halbe Stunde später erhielt Urbino eine weitere Information, die ihn nicht davon abhielt, weiterhin zu glauben, dass Hollander seinen Stiefvater nicht getötet hatte, auch wenn er damit ein starkes Motiv gehabt hätte.

Rebeccas Kontakte in München ergaben, dass Zoll vor sechs Monaten ein Testament aufsetzen ließ, nachdem er erfahren hatte, dass er nur noch kurze Zeit zu leben hatte.

Es waren mehrere Erben eingesetzt worden – darunter auch das Ägyptische Museum in Berlin, doch der größte Teil des Vermögens sollte Hollander zugesprochen werden.

23

»Es tut mir inzwischen Leid, dass ich Ihnen all diese Dinge über Perla erzählt habe«, sagte Oriana am Telefon, nachdem er sie abends angerufen hatte. »Und jetzt wollen Sie noch mehr Informationen.«

»Ich würde Sie nicht danach fragen, wenn es nicht äußerst wichtig wäre. Und was immer Sie mir sagen können, ist vermutlich ohnehin öffentlich zugänglich. Ich könnte es ausgraben, aber das würde Zeit in Anspruch nehmen.«

Urbino hörte, dass Oriana einen tiefen Zug von ihrer Zigarette nahm.

»Nun, Perla hat mich nie um Verschwiegenheit gebeten, und wie Sie sagten, könnten Sie es auch leicht alleine rausfinden. Ja, sie hatte als Krankenschwester Probleme. Am Ospedale Civile.« Das war das städtische Krankenhaus am Campo Zanipolo, in dem Viertel, in dem Urbino aus der Buchhandlung in der Nähe der Kirche Santa Maria Formosa den vorbeieilenden Romolo gesehen hatte. »Innerhalb weniger Monate starben während ihrer Nachtschicht drei Patienten. Sie waren nicht ernsthaft krank gewesen. Man hat sie während der Ermittlungen vom Dienst suspendiert, doch dann wurde sie vom Verdacht der Fahrlässigkeit freigesprochen. Sie ist immer noch Krankenschwester und könnte weiterhin in ihrem Beruf arbeiten. Doch sie hat dadurch die Lust an ihrem Beruf verloren. Das war wohl einer der Hauptgründe, sich mit homöopathischer Medizin zu beschäftigen.«

24

Einige Nächte später wurde Urbino durch das Klingeln des Telefons auf seinem Nachttisch aus dem Tiefschlaf gerissen. Er schaute auf die Uhr. Viertel nach eins.

»*Pronto*!«

Er setzte sich auf.

»Signor Urbino?«

Er erkannte die Stimme sofort.

»Giulietta? Was ist passiert? Ist wieder eingebrochen worden?«

»Nein, nein! Möge Gott mich beschützen! Wenn er noch einmal einbrechen würde, wäre ich vermutlich genauso tot wie Albina!«

Giulietta schrie beinahe.

»Sie wissen, wer bei Ihnen eingebrochen ist?«

»Nein, ich wünschte, ich wüsste es. Dann könnten wir uns schützen. Wir alle!«

»Die Türen sind jetzt sicher. Das sind nur Ihre Nerven.«

Doch Urbino spürte, das mehr dahintersteckte.

»Warum sagen Sie das, Giulietta?«

»Ich müsste jetzt nichts erklären, wenn ich Sie nicht angelogen hätte, dessen bin ich mir bewusst. Ich fürchte, ich werde einen hohen Preis zahlen müssen. Ja, ich habe gelogen, weil ich Angst hatte, und nun habe ich noch viel mehr Angst. Ich kann überhaupt nicht mehr schlafen.«

»Was meinen Sie mit gelogen?«

Ein tiefer Seufzer erklang durch den Hörer.

»Dass nichts gestohlen worden sei. Es ist etwas gestohlen worden!«

Urbino war jetzt vollkommen wach.

»Etwas von Albinas Sachen?«, hakte Urbino nach, als Giulietta schwieg.

»Nein, nichts von Albinas Sachen. Etwas von mir! Eine Pistole!«

»Eine Pistole?«

»Ja!«, schrie sie. »Ich hatte sie seit Jahren.«

»Aber was haben Sie mit einer Pistole gemacht, Giulietta?«

»Nichts! Und ich habe nie etwas mit ihr gemacht, das schwöre ich. Aber ich hatte sie.«

»Woher denn? Von Albina?«

»Albina? Dieses Mäuschen? Sie wollte, dass ich sie loswerde. Erinnern Sie sich, dass ich von meiner Fahrt nach Wien mit einer Freundin erzählt habe? Dort habe ich sie bekommen.«

»Warum?«

»Sie war so hübsch und klein und hatte einen Perlmuttgriff. Eine Damenpistole, hat meine Freundin gesagt. Ihr Vater hat Waffen gesammelt. Sie waren in einem großen Schrank. Viele davon.«

»Hat Ihre Freundin sie Ihnen gegeben?«

»Ich schäme mich, es zuzugeben, Signor Urbino.« Giulietta senkte die Stimme. »Ich habe sie gestohlen, sehen Sie. Ich möchte Ihnen jetzt die Wahrheit sagen. Vielleicht kann es mich schützen. Sie war in einer kleinen Kiste. Aus dunklem Holz, handgeschnitzt, auch mit Perlmutt obendrauf.«

»Warum haben Sie sie genommen?«

»Meine Freundin hatte so viele. Und sie war so schön. Albina und ich lebten alleine. Ich dachte, sie würde uns beschützen, wenn etwas Schlimmes passieren sollte, aber nun ist das absolute Gegenteil der Fall!«

»Gab es Kugeln dazu?«

»Natürlich!« Giuliettas Stimme wurde wieder lauter. »Sonst hätte sie doch nichts genützt, oder?«

»Aber eine Waffe im Haus zu haben war gefährlich, Giulietta.«

»Sie war nie gefährlich, solange sie im Haus war. Nur seit sie verschwunden ist! Die Kugeln waren nicht in der Pistole, sondern in der Kiste. Aber alles ist weg: die Kiste, die Pistole und die Kugeln! Und wenn die Person jemand damit erschießt, werde ich schuld daran sein.«

»Haben Sie irgendjemand davon erzählt?«

»Nur Albina.«

»Glauben Sie, dass sie es irgendjemand gegenüber erwähnt haben könnte? Wenn ich jetzt daran denke, wollte sie mir es vielleicht in der Nacht, in der sie gestorben ist, sagen. Sie sagte, dass Sie sie beide beschützen könnten. Sie muss dabei an die Pistole gedacht haben.«

»Sie hat zu viel geredet, nicht so wie ich. Vielleicht hat sie es jemandem erzählt.«

»Und Ihre Freundin? Aus Wien? Hat sie den Verlust bemerkt?«

»Falls ja, hat sie es nie erwähnt.«

»Sie müssen der Polizei davon berichten, Giulietta. Die müssen Bescheid wissen.«

»Würden Sie das für mich machen, Signor Urbino? Bitte!«

»Das müssen Sie selbst tun. Als Erstes in der Früh, und zwar persönlich. Sie dürfen nicht noch länger warten. Übermorgen ist die Regatta. Ich meine am Tag nach heute«, korrigierte er sich selbst, da es jetzt bereits Samstag früh war. »Am Sonntag wird überall ein großes Durcheinander herrschen.«

Urbino nannte ihr den Namen Corrado Scarpa. Das war der Polizist, zu dem die Contessa Kontakt hatte.

»Ich hoffe, Sie halten mich nicht für eine schlechte Frau. Ich weiß, dass ich gestohlen und gelogen habe.«

»Das verstehe ich. Und ich bin sicher, die Polizei wird das auch verstehen. Alles wird wieder gut werden.«

Urbino hoffte, dass Giulietta nach seinen Worten beruhigter war als er selbst.

Fünfter Teil
Die Ziellinie

1

»Es ist, als ob wir ein Angebot eingereicht, den Spitzenpreis bezahlt und dann noch mehr bekommen hätten, als wir erwartet – oder verdient haben«, sagte die Contessa am Regattanachmittag zu Urbino.

Sie standen auf der Loggia ihres Palazzos und blickten über den Canale Grande, während sie auf den Beginn ihrer Party warteten.

Weiße Federwolken zogen, angetrieben von einer nach Pinien duftenden Brise aus Richtung der Dolomiten, langsam über den strahlend blauen Himmel. Das Wasser des Canale Grande funkelte und glitzerte, als sei es mit kleinen Diamanten besetzt.

Überall dort, wo man auf den Kanal blicken konnte, standen die Menschen dicht gedrängt. Von den Fenstern und Balkonen der Gebäude hingen Transparente und Fahnen zur Unterstützung einzelner Teams. Am schlimmsten war es um die Ziellinie an der Ca'Foscari herum, von wo aus man nicht nur einen guten Blick auf die Rennen, sondern auch auf die Boot-Parade hatte.

»Sie sehen schick aus, *caro.*« Die Contessa fuhr mit den Händen über sein blaues Leinenjackett und zog seine Krawatte gerade. Ihr aus drei Ketten und den ineinandergeflochtenen Buchstaben *B* und *A* bestehendes Armband reflektierte das Sonnenlicht.

»Und Sie sehen wie immer wundervoll aus«, erwiderte Urbino.

Die Contessa trug ein meergrünes, seidenes, mit Perlenstickerei aus Muranoglas verziertes Plisseekleid von Fortuny. Um ihren Hals trug sie eine goldene Kette mit einem ovalen Anhänger, auf dem sich Titians Porträt der Caterina Cornaro aus den Uffizien befand. Die Contessa hatte einen Maler mit der Miniaturkopie beauftragt, um es am heutigen Tage tragen zu können. Ihr blondes Haar war genauso zurückgekämmt wie das Haar Caterinas auf dem Porträt.

»Lassen Sie uns hoffen, dass meine kleine Feier hier friedlich verläuft und Gildo und Claudio erfolgreich sind.«

»Das sind sie bereits jetzt. Denn es ist schon eine Auszeichnung, überhaupt so weit gekommen zu sein.«

Stimmen und Gelächter drangen auf die Loggia. Kurz darauf kam Vitale, der Majordomus der Contessa, durch eine der hohen Türen nach draußen und nickte ihr zu.

»Es hat begonnen, *caro*«, sagte sie, küsste ihn auf die Wange und ging hinein in den *salone da ballo*.

2

Der *salone da ballo* war mit roten, weißen, blauen und grünen Stoffbahnen geschmückt, den Farben der Bänder, die am Ende der Wettkämpfe die Siegermannschaften erhalten würden. Dank eines kunstvollen Arrangements harmonisierte die Dekoration sogar mit den Muranoleuchtern, den goldenen Zierleisten und der mit Stuck verzierten Decke. Auch der eine ganze Wand einnehmende Wandteppich aus dem sechzehnten Jahrhundert, der Susanna und die Alten zeigte, schien zur Dekoration zu passen.

Auf einem langen, blau eingedeckten Tisch war das Büfett aufgebaut, auf dem neben vielerlei Köstlichkeiten auch die zur Regatta traditionell gereichte *brodo* mit Siedefleisch angeboten wurde. Die Speisen befanden sich in verschiedenen großen und kleinen Schüsseln und auf Tellern und Platten, die die Form der Boote hatten, die bei der Boot-Parade und der Regatta zu sehen sein würden – *caorline, gondolini, mascarete, desdotone, pupparini, bissone*. In der Mitte stand eine fast einen Meter hohe Replik des Bucintoro – der Prunkgaleere der Dogen. Im Rumpf des aus dunklem Holz geschnitzten und mit vergoldeten Skulpturen und dem auf dem Bug stehenden Löwen von San Marco reich verzierten Schiffes befand sich eine beachtliche Menge Kaviar.

Unter dem Wandteppich war eine Bühne für ein fünfköpfiges Orchester aufgebaut worden. Die Sopranistin Annamaria Terisio und der Tenor Michele Altieri, die häufig bei Einladungen der Contessa auftraten, hatten gerade zur allgemeinen Begeisterung eine Reihe von Arien und Duetten aus Donizettis *Caterina Cornaro* gesungen.

Das Orchester spielte jetzt mit eingängigen Melodien zum Tanz auf. Oriana und Nick Hollander gaben ein wunderbares Tanzpaar ab, zumal Filippo zu Orianas Freude einer anderen Einladung hatte Folge leisten müssen. Clementina Foppa tanzte in den Armen eines Mannes mittleren Alters mit Brille und Ziegenbart, der zusammen mit Romolos Sohn Rocco gekommen war.

Nachdem Urbino bis zu seiner Ablösung durch einen ältlichen Da-Capo-Zendrini-Neffen mit der Contessa getanzt hatte, setzte er sich zu Giulietta. Es war die erste Gelegenheit, sie zu fragen, ob sie am Vortag zur Polizei gegangen war.

»Das bin ich. Und ich fühle mich jetzt viel besser, Signor Urbino.« Sie sah auch viel besser aus. Sie trug ein violettes Leinenkleid, das ihr sehr gut stand. Unter dem dezent aufgetragenen Make-up schienen ihre Sorgen und die Müdigkeit fast verschwunden. Die Fingernägel waren so manikürt worden, dass man die beiden abgebrochenen Nägel kaum noch wahrnahm. »Signor Scarpa war sehr nett.« Sie schaute auf das Parkett. »Wollen Sie mich nicht um einen Tanz bitten?«

»Gerne!«

Sie gesellten sich zu den anderen Paaren auf die Tanzfläche. Giulietta entpuppte sich nicht nur bei diesem Tanz als anmutig und energiegeladen, sondern sie schlossen gleich noch den nächsten Tanz an.

Anschließend nahm Urbino zwei Gläser Champagner von einem Tablett, das ein Kellner gerade durch den Raum trug. Giulietta hatte sich offensichtlich überschätzt, denn sie bat darum, sich wieder zu setzen. Urbino wollte gerade neben ihr Platz nehmen, als sich Clementina Foppa zu ihnen gesellte. Sie lehnte sein Angebot, ein Glas Champagner zu trinken, ab und setzte sich in einen leeren Sessel neben Giulietta. Das schmale Gesicht der Papierwarenhändlerin hatte einen etwas mürrischen Ausdruck. Die beiden Frauen begannen ein Gespräch über ihre festlichen Roben. Urbino entschuldigte sich, als Clementina zu erklären begann, wo sie den Stoff für ihr Kleid gefunden hatte, der mit seinen blauen, goldenen und scharlachroten Wirbeln an marmoriertes Papier erinnerte. Ihre Ärmel waren bis hoch zu den Schultern geschlitzt, was ihre muskulösen Arme etwas unattraktiv betonte.

Urbino ging zu Maisie Croy, die alleine am Büfett stand. Obwohl ihr rotes Haar sorgfältig frisiert war, ließ es eine kleine kahle Stelle am Scheitelpunkt durchscheinen. Sie trug ein blauweiß gestreiftes Baumwollkleid.

»Amüsieren Sie sich, Miss Croy?«

»Sehr. Barbara ist wundervoll. Und wenn ich noch mehr von diesen Köstlichkeiten esse, werde ich nicht mehr in der Lage sein, meine Malutensilien zu tragen.«

Maisie Croy hielt einen Teller in der Hand, auf dem sich allerlei Delikatessen türmten. Auch wenn Urbino meinte, Maisie sehe bei jedem Wiedersehen kränker aus, so schien ihr Appetit doch ungebrochen. Er schaute auf die Kratzer auf ihrem Arm, die langsam verblassten.

»Vielleicht hilft ein kleiner Tanz, bevor die Boot-Parade beginnt. Ich stehe zu Ihren Diensten.«

»Das ist sehr freundlich von Ihnen, aber ich bin eine fürchterlich schlechte Tänzerin.«

»Ich bin mir sicher, dass das nicht wahr ist. Wie geht es mit der Malerei voran?«

»Es ist schön, außerhalb von Dorsoduro zu malen. Und Barbara hat gesagt, dass ich morgen nach der Regatta meine Staffelei auf ihrer Loggia aufstellen darf.«

Ein paar Minuten später kamen Hollander und Perla zu Urbino und Maisie. Irgendwie war Hollander die schwierige Aufgabe gelungen, sich zumindest zeitweise von Oriana zu lösen; oder war es Perla, die es geschafft hatte? Romolo war an der Tür zur Loggia in ein Gespräch mit dem ziegenbärtigen Mann vertieft, der mit seinem Sohn gekommen war.

»Nick sagt, er kennt sich wie ein Profi mit Booten aus«, erklärte Perla. »Ich hab ihn hier zu diesem Tisch gebracht, um zu sehen, ob er mich nur auf den Arm nimmt. Das würden Sie doch nicht tun, Nick, oder?«

Urbino stellte Maisie Croy vor. Perla schenkte ihr ein oberflächliches Lächeln und ein Blick, der in ihrem Haar hängen blieb. Hollander schüttelte Maisies Hand.

»Ich glaube, ich habe Sie hier in Venedig schon beim Malen gesehen«, meinte er.

»Schuldig im Sinne der Anklage.« Dann fügte sie hinzu: *»Ich mag Ihren Ring, Herr Hollander.«* Sie wandte sich an Perla und Urbino. »Entschuldigung, das ist unhöflich, aber ich konnte nicht widerstehen, denn ich habe früher Deutsch unterrichtet.«

Urbino blickte auf den Ring an Hollanders Finger. Auf dem Siegelring aus Onyx standen die Wörter *»Freiheit«* und *»Liebe«* in silbernen Buchstaben.

»Ich fürchte, ich kann kein Deutsch, Miss Croy«, sagte Hollander.

Die Aquarellmalerin versteifte sich.

»Entschuldigung. Da Sie diesen Ring tragen, bin ich einfach davon ausgegangen. Ich sagte, dass er mir gefällt. Auf dem Ring steht ›Freiheit‹ und ›Liebe‹. Zwei wunderbare Worte, vor allem, wenn man sie zusammen nimmt.«

»Ja. Der Ring hat meinem Stiefvater gehört. Er war Deutscher.«

Urbino erklärte, dass Hollanders Vater vor Kurzem in Venedig gestorben sei. Maisie murmelte Worte des Beileids. Urbino betrachtete sie eingehend. Angst schien in ihren Augen aufzublitzen.

»Er war bei seinen Sachen«, sagte Hollander. »Er hat ihn häufig getragen. Ich dachte, so könnte ich ihn ein Stück weit mit hierherbringen. Er hätte all das hier genossen.«

Er zeigte auf den pompösen Ballsaal, das Orchester – das gerade Ausschnitte aus *La Traviata* spielte –, die sonnenbeschienene Loggia und den dahinterliegenden Canale Grande.

»Es tut mir leid, wenn ich traurige Gefühle aufgewühlt habe«, erwiderte Maisie.

»Nick ist ein starker Mann«, meinte Perla. »Ich wünschte, ich hätte Ihrem Stiefvater besser mit meinen Kräutern und Tinkturen helfen können. Ich habe ein Geschäft für Kräuter und Naturheilkunde in Dorsoduro, Miss Croy«, erklärte Perla der rothaarigen Frau. »*Erboristeria Perla.*«

»Ich bin schon dort gewesen.«

»Da muss ich gerade nicht da gewesen sein, sonst könnte ich mich daran erinnern. Ich hoffe, Sie haben gefunden, wonach Sie gesucht haben, und es konnte Ihnen geholfen werden.« Bevor die verwirrte Maisie antworten konnte, fuhr Perla fort: »Also, Nick. Sind Sie bereit für meinen kleinen Test?«

»Test? Wie meinen Sie das?«

Perla zeigte auf das Büfett.

»Die Boote. Sie sagten, Sie wüssten darüber so gut Bescheid. Ich dachte, ich könnte Sie bitten, so viele wie möglich davon zu benennen.«

Hollander blickte auf die bootförmigen Schüsseln auf dem Tisch.

»Ich fürchte, da muss ich Sie enttäuschen – oder erfreuen, je nachdem, was Sie erwarten. Alles, was ich benennen kann, ist die Gondel, die *gondolino* und den Bucintoro. Aber ich bin sicher, dass Urbino uns bei den anderen helfen kann.«

»Ich kenne sie alle, Sie Dummerchen«, sagte Perla. »Ich wollte nur sehen, ob Sie sie auch erkennen. O Romolo, Liebling«, sagte sie, als ihr Ehemann zu ihnen trat. »Unser neuer Freund ist ein Hochstapler.« Sie legte einen Arm um Romolos Hüfte und küsste ihn auf die Wange. »Nick gibt vor, mehr über Boote zu wissen, als er in Wahrheit weiß. Ich finde, das ist nicht sehr nett.«

»Dann ziehst du es ja vielleicht vor, dass jemand weniger zu wissen vorgibt, als er tatsächlich weiß, nicht wahr, meine Liebe?«, erwiderte Romolo.

Perla stieß ein hohes, nervöses Lachen aus.

»Sehr clever, Signore«, gab ihm Maisie recht. »Ich bin Maisie Croy.«

»Romolo Beato.«

»Sie haben eine schöne Singstimme, Signor Beato«, sagte Maisie.

Romolo und Perla starrten Maisie an.

»Woher wissen Sie das?«, fragte Perla.

»Ich bin nach dem Konzert in den Garten gegangen. Ich habe gehört, wie Sie mit dem Tenor ein wenig gesungen haben, Signor Beato. Ich war zwar etwas entfernt, doch ich konnte hören, wie schön Ihre Stimme auch ohne Begleitung klingt. Ich wollte Sie nicht stören. Sie sollten uns auch ein Konzert geben.«

»Sie haben also gute Ohren und gute Augen, Miss Croy«, meinte Hollander.

»Ich hoffe, ich war nicht zu aufdringlich.«

Maisies Entschuldigung schien sich nicht nur an Romolo, sondern beinahe genauso auch an Hollander zu richten.

»Aufdringlich?«, wiederholte Romolo. »In keinster Weise. Danke für das Kompliment. Doch meine arme alte Stimme ist nur ein Flüstern verglichen mit Michele Altieris – und den Stimmen von vielen anderen, sogar von einigen meiner Schüler. Er hat eine hervorragende Technik. Er –«

»Romolo ist Gesangslehrer«, unterbrach Perla ihren Mann. »Seine Stimme ist göttlich. Glauben Sie nicht ein Wort von dem, was er sagt. Er verkauft sich gerne unter Wert.«

»Meine Frau schmeichelt mir. Sie glaubt gerne, ich sei besser, als ich in Wirklichkeit bin. Ich werde Ihnen sagen, wer eine göttliche Stimme hat und kein Profi ist. Er nimmt an der Regatta teil. Der Schüler, über den ich gerade sprach. Claudio Balbi. Er nimmt mit Urbinos Gondoliere am *gondolini*-Rennen teil.«

»Wie interessant!«, rief Maisie aus. »Ich werde nach ihm Ausschau halten.«

»Wie wir alle«, erwiderte Romolo. »Wir drücken ihm und Gildo die Daumen. Entschuldigen Sie uns.« Er fasste Perla am Arm. »Ich möchte meine Frau Altieri vorstellen. Aber ich warne dich, meine Liebe. Erzähle nicht wieder, was für ein großer Sänger ich sei.«

Er führte Perla mit einem unnötig festen Griff am Ellbogen davon.

Kurz darauf traten die Contessa und Oriana zu Urbino, Hollander und Maisie. Orianas Blick folgte den Beatos, bis diese eine Unterhaltung mit Altieri begonnen hatten.

»Sie haben mir einen weiteren Tanz versprochen, Nick«, sagte Oriana. »Wenn wir nicht bald tanzen, werden wir es gar nicht mehr tun. Wir müssen hinauf auf die *altana* gehen, um die Boot-Parade zu sehen.«

Der Palazzo der Contessa lag zwar in einiger Entfernung

vom Ziel der Parade vor der Ca'Foscari, bot aber von der *altana* einen recht guten Blick auf die Ziellinie.

»Nick ist vielleicht nicht in Tanzstimmung«, warf die Contessa ein. »Denken Sie daran, dass er gerade einen schmerzlichen Verlust erlitten hat.«

»Aber er ist heute gekommen«, beharrte Oriana. »Ich glaube nicht, dass er zu der Art von Männern gehört, die die Form wahren müssen, um der Tiefe ihrer Gefühle Ausdruck zu verleihen.«

»Ich danke Ihnen beiden, dass Sie sich so um mich kümmern.« Hollander lächelte die Contessa an. »Aber ich werde auf den nächsten Tanz verzichten, Oriana. Ich bin ein wenig müde.«

Gefangen zwischen der Contessa und Oriana, hatte Hollander das Beste aus dieser etwas delikaten Situation gemacht. Urbino sah nichts Falsches darin, das Versprechen Oriana gegenüber zu brechen, um der Gastgeberin zu gefallen. Genauso hätte er auch gehandelt.

»Wir alle haben schmerzliche Verluste erlitten«, sagte die Contessa. »Doch wir leben in ihrer Mitte weiter und sie können noch lange schmerzlich sein.«

Sie blickte auf ihr Armband. Mit ihren Adleraugen hatte Maisie diesen Blick bemerkt.

»Ich habe mich mit einem Ihrer Gäste unterhalten«, sagte Maisie. »Mit der Frau, die dort zusammen mit der jungen Frau auf dem Sofa sitzt. Sie heißt Giulietta. Sie hat erzählt, dass ihre Schwester vor Kurzem gestorben ist. Und die junge Frau hat erwähnt, dass sie erst kürzlich ihren Bruder verloren hat. Sie haben Recht, Barbara. Viele von uns haben schmerzliche Verluste hinter sich.«

»Und Sie selbst, Maisie?«

»Ich gehöre auch dazu«, antwortete die Aquarellmalerin leise. »Ich schätze, das Armband ist eine Erinnerung an Ihren Ehemann, nicht wahr, Barbara?«

»Er hat es mir an unserem letzten Hochzeitstag geschenkt. Woher wussten Sie das?«

»Ich habe gehört, wie jemand über den Conte Alvise gesprochen hat. ›*A*‹ für Alvise.«

Die Contessa nickte.

Urbino hielt einen vorbeigehenden Kellner an. Kurz darauf hatten alle fünf wieder Champagner in den Gläsern.

»Barbara muss sich bei Giuliettas toter Schwester dafür bedanken, dass sie ihr Armband immer noch hat«, erwähnte Oriana.

»Wie meinen Sie das?«, fragte Maisie.

»Ihre Schwester hat es im Florian gefunden, wo sie gearbeitet hat. Sie hat es einem Kellner gegeben. Claudio Balbi. Er hat es Barbara zurückgegeben. Er ist beim *gondolini*-Rennen dabei.«

»Ja, ich habe gerade von ihm gehört. Da hatten Sie ja wirklich Glück, Barbara!«, rief Maisie aus. »Und was für eine ehrliche Frau sie gewesen ist.«

3

Eine halbe Stunde später gehörte Urbino zu einer kleinen Gruppe, der Rocco Beatos Freund, der Mann mit dem Ziegenbart, einen Vortrag hielt. Emilio Ruzzini arbeitete als Ingenieur für die Stadt. Er setzte sich für die kontrovers diskutierten, beweglichen Deiche an den drei Lagunenmündungen zur Adria hin ein, die noch längst nicht fertig waren. Ruzzini, der große ausdrucksvolle Augen hatte, saß auf einem langen grünen Ledersofa vor dem Fenster zur Loggia. Neben ihm Ausonio und zwei neapolitanische, mit dem Conte Alvise verwandte Damen mittleren Alters. Urbino und Rocco standen ein paar Schritte entfernt. Das, worüber Ruzzini sprach, war ihnen zwar bekannt, sie hörten aber höflich zu.

»Das Projekt trägt den Namen MOSE«, erklärte Ruzzini. »Verstehen Sie? Mose. Eine Abkürzung für Modulo Sperimentale Elettokmeccanico. Wegen Moses und der Flut. Wenn der Wasserspiegel auf hundertzehn Zentimeter über normal steigt, werden achtundsiebzig bewegliche Module mit Luft vollgepumpt und schwimmen an die Oberfläche.« Er machte eine entsprechende Handbewegung. »Die Laguneneingänge werden geschlossen. *Ecco:* Venedig wird nicht mehr unter Wasser stehen.«

»Ist solch eine extreme Vorrichtung wirklich notwendig?«, fragte Ausonio.

»Sie hätte schon vor Jahrzehnten gebaut werden sollen!«, sagte Ruzzini verzweifelt. »Der Staat unterstützt es. Jedes *aqua alta* zerstört die Stadt ein bisschen mehr. In den letzten zehn Jahren hatten wir fünfzig schlimme Hochwasser und sind im zwanzigsten Jahrhundert um mehr als zwanzig Zentimeter gesunken. Zwanzig Zentimeter. So viel! Selbst ein großes Gebäude wie dieses hier ist in Gefahr.« Er schaute sich in dem großen, festlich geschmückten Saal um. »Die Stadt hat keine Verteidigungsmöglichkeit gegen das Meer. Sie hatte noch nie eine.«

»Emilio liebt nichts so, wie über MOSE zu reden«, sagte Rocco leise zu Urbino. Er war groß und dünn und trug sein glattes braunes Haar lang. In seinem locker sitzenden, braunen Anzug und dem schwarzen Hemd, das er ohne Krawatte trug, sah er aus wie ein Professor. »Sie wissen gar nicht, wie oft ich das hier schon gehört habe. Manchmal bestrafe ich ihn damit, dass ich einen Vortrag über Giotto halte.«

Dennoch schaute er seinen Freund liebevoll an.

»Wäre er sauer, wenn ich die Kosten und die angenommenen ökologischen Schäden in die Runde werfen würde?«, fragte Urbino.

»Wagen Sie es bloß nicht! Ich würde den ganzen Weg bis nach Padua zurück leiden. Warum lenke ich Sie nicht von der Versuchung ab? Lassen Sie uns hier rübergehen.« Er zeigte auf die gegenüberliegende Wand, an der die Wappen der Ca'da-Capo-Zendrini-Familie hingen. »Und auf dem Weg können wir das hier ja mitnehmen.« Er nahm einem der Kellner ein Glas Champagner ab.

»Im Moment habe ich genug, vielen Dank.«

Urbino und Rocco stellten sich unter ein Wappen, das ein blau-rotes Schild, drei Tauben und zwei Löwen von San Marco zeigte. Nicht weit entfernt von ihnen saßen Clementina und Giulietta immer noch auf dem Sofa. Sie schienen etwas fehl am Platze zu sein. Vielleicht war es doch keine so gute Idee von ihm gewesen, der Contessa vorzuschlagen, die beiden einzuladen, vor allem nicht so spät. Doch so konnte er sie beobachten und das war ein großer Vorteil.

Als Giulietta Urbino erblickte, winkte sie ihm lächelnd zu. Clementina starrte zu Maisie Croy hin, die gerade ein Da-Capo-Zendrini-Familienporträt mit zwei Schwestern aus dem Santa-Crispina-Orden betrachtete.

»Einen so guten Champagner habe ich zuletzt getrunken, als mein Vater eines seiner Gebäude verkauft hat«, meinte Rocco. »Perla hat damals eine große Party geschmissen.«

»Ich hoffe, Ihr Vater hat das Problem mit seinem Mieter in Padua gelöst, als er Sie besucht hat.«

Sie blickten beide zu Romolo und Perla, die allein neben dem Eingang standen. Perla schaute immer wieder zu Hollander und Oriana hinüber, die mit der Contessa draußen auf der Loggia standen und über die Balustrade auf den Canale Grande schauten.

»Mich besucht hat?«, wiederholte Rocco und sah dabei völlig überrascht aus. »Wann?«

»Vor ein paar Wochen.«

»Sie müssen sich täuschen. Ich sehe meinen Vater längst nicht so oft, wie ich es gerne hätte. Man könnte meinen, wir lebten in verschiedenen Ländern. Ich hab ihn seit Sommerbeginn nicht mehr gesehen. Ich war derjenige, der sich um den Mieter gekümmert hat.«

»Dann muss es ein Missverständnis gewesen sein.« Urbino machte eine Pause. »Übrigens, haben Sie in Padua je einen jungen Italiener getroffen? Luca Benigni. Er hat Kunstgeschichte an der Ca'Foscari studiert und an einem Projekt über Giotto gearbeitet.«

»Luca Benigni? Nein, der Name sagt mir nichts. Aber ich komme mit so vielen Studenten in Kontakt. Vielleicht habe ich ihn getroffen und kann mich nicht mehr daran erinnern. Warum fragen Sie?«

»Oh, ich habe gehört, dass er eine hervorragende Arbeit über die Scrovegni-Kapelle geschrieben hat, und dachte, Ihre Pfade hätten sich wegen Ihres Interesses an Giotto vielleicht gekreuzt.«

»Nun, ich bin häufig in der Scrovegni-Kapelle, aber ich kann mich nicht an einen Luca Benigni erinnern, weder dort noch an der Universität.«

Über den Canal Grande drang entfernte Musik zu ihnen. Die Contessa kam in den *salone da ballo*.

»Die Boot-Parade nähert sich der Ca'Foscari!«, rief sie.

Die meisten Gäste gingen hinauf auf die große *altana* der Contessa. Diejenigen, die keine Lust hatten oder nicht hinaufsteigen konnten, fanden sich in einem kleinen Raum mit Blick auf den Garten ein, in dem die Contessa einen Großbildschirm für eine Direktübertragung der Boot-Parade und der anschließenden Rennen aufgebaut hatte.

Die *altana* war am heutigen Tag mit einem blauweiß gestreiften Baldachin abgeschirmt als Schutz vor der Sonne. Auf der Spitze des Baldachins wehte ein purpurroter Wimpel im leichten Wind, auf dem der goldene Löwe von San Marco zu sehen war. Blumenkübel mit dunkelroten Petunien und Efeu verzierten den Holzaufbau. Von diesem Ausguck über dem Canal Grande schauten die Contessa und ihre Gäste dem in einiger Entfernung stattfindenden Spektakel der Boot-Parade zu.

4

Doch es gab noch bessere Plätze, um an jenem Nachmittag die Parade zu sehen, als die fröhlich dekorierte *altana* der Contessa. Etwa vom Balkon im zweiten Stock des Canale-Grande-Palazzos, hinter dessen Fenstern Konrad Zoll vor einem Monat gestorben war. Die Balkone der anderen Paläste und auch die Terrasse des Gritti Palace Hotels waren voller Menschen. Entlang der Ufer des Canalazzos lagen unzählige Boote vor Anker, auf denen sich Zuschauer versammelt hatten und Straßenhändler Melonenscheiben verkauften.

Nur Zolls Balkon war verlassen und die Läden waren geschlossen.

Die lebendige, farbenprächtige Prozession entlang des Canale Grande war weder für Zolls Augen noch für die Augen seines ebenfalls toten Freundes Luca Benigni bestimmt.

Begleitet von Musik, in der Trompeten- und Trommelklänge vorherrschten, zog die Prozession unter dem verlassenen Balkon vorbei.

Angeführt wurde sie von einem gewaltigen Bucintoro, der *serenissima*, die mit reichlich Gold, Samt, Seide und Juwelen verziert war, was zumindest aus der Entfernung sehr echt wirkte. Auf dem mit Schnitzereien reich verzierten Bug standen Ruderer in Uniform. Scharlachrot gekleidete Trompeter hoben ihre Instrumente in Richtung der Mauern der Paläste empor. Uniformierte Wächter standen mit Helmen und Lanzen parat.

Dem Bucintoro folgten die schwarze *sandoli* der *vigili urbani* und viele weitere Gondeln mit kostümierten Gondolieri. In den meisten Gondeln saßen die Würdenträger Venedigs, doch in manchen – und diese erhielten die größte Aufmerksamkeit – saßen Frauen und Männer in Kostümen aus dem sechzehnten Jahrhundert, die die Rollen des Dogen, der Dogaressa, der Caterina Cornaro und von Botschaftern und Ministern eingenommen hatten. Mit der Würde historischer Persönlichkeiten winkten und lächelten sie den Zuschauern zu. Als der Doge vorbeikam, verbeugten sich viele Venezianer nach alter Sitte als Respektbekundung für die einstige venezianische Republik.

Bissone mit acht Ruderern, prunkvoll ausgestattet mit Federn, allegorischen Schnitzereien und vergoldeten Sesseln, und *balotine* mit sechs Ruderern, geschmückt mit dem allgegenwärtigen Löwen von San Marco, ergänzten das Schauspiel. Am Heck jeder *bissona* hing ein buntes Stück Stoff, um die Verbindung von Venedig mit dem Wasser zu symbolisieren, dem Element, das diese empfindliche Stadt charakterisierte und das sie, wie Ruzzini gesagt hatte, am Ende sogar zerstören könnte.

Das für Venedig typischste Boot, die Gondel, war in der Boot-Parade von Anfang bis Ende allgegenwärtig. Doch die Gondeln waren nicht wie an normalen Tagen schwarz und traurig, sondern bunt geschmückt mit Fahnen und Bannern der Rudergemeinschaften. Muskulöse Ruderer in gestreiften Hemden steuerten die Gondeln durch das grüne Wasser und grüßten die Zuschauer mit lauten Rufen.

Die gesamte Parade war ein Zusammenspiel aus vergoldetem Zierrat, Galionsfiguren, im Wind wehenden Fahnen und Standarten, festlichen Sonnenschirmen, leuchtenden Baldachinen, Brokatgewändern und bunten Kokarden und Federn.

Alles zusammen ergab ein pittoreskes, lebendiges Bild unter einem Himmel, wie ihn Tiepolo gemalt haben könnte. Tausende Zuschauer genossen den Anblick, allerdings niemand von Zolls Balkon aus.

5

Für einige der Zuschauer, die sich auf der *altana* der Contessa eingefunden hatten, mischte sich Melancholie unter die Freude, denn sie betrachteten das pompöse Spektakel aus einiger Entfernung und hörten auch die Musik nur leise zu sich herüberwehen.

Von Zeit zu Zeit blickte sich Urbino, der neben der Contessa in einer Ecke der *altana* stand, nach den anderen Gästen um und studierte sie zum Teil eingehender als die Boot-Parade in der Entfernung. Man konnte viel über Menschen lernen, wenn man sie dabei beobachtete, wie sie selbst damit beschäftigt waren, jemanden oder etwas anderes zu beobachten.

Von all jenen, die er von seinem Standort auf der *altana* aus beobachten konnte, schien Maisie Croy am meisten verzaubert zu sein, Nick Hollander am abwesendsten und Romolo am wütendsten. Romolo starrte zornig auf die Boot-Parade hinunter oder warf Hollander wütende Blicke zu, der ein paar Schritte entfernt neben Oriana stand.

Perla, die ein wenig beengt zwischen Romolo und Ausonio stand, vermittelte den Eindruck, als genieße sie das Spektakel, doch für Urbino war es offensichtlich, dass sie sich nicht wohlfühlte.

Ruzzini hatte es wieder geschafft, eine kleine Gästeschar um sich zu versammeln. Sie schenkten ihm all die Aufmerksamkeit, die sie neben dem Schauspiel noch übrig hatten. Doch dieses Mal redete Rocco Beatos Freund nicht über Fluten und Moses, sondern über die Parade selbst. Von Zeit zu Zeit hörte Urbino trotz der Musik, dem Gejohle und den Gesprächen der anderen Gäste Bruchstücke seiner Ausführungen und Erklärungen.

Urbino bemerkte schnell, dass er selbst ebenfalls beobachtet wurde, und zwar von niemand Geringerem als der Contessa. Sie erwiderte seinen Blick und berührte seine Hand.

Sie beugte sich näher zu ihm hin und flüsterte: »Wer zuschaut, sieht oft mehr vom Spiel als die Spieler selbst.«

6

Nach der Boot-Parade kehrten die meisten Gäste wegen der Speisen und Erfrischungen in den *salone da ballo* zurück. Zwar würde das erste Rennen der jungen *pupparini* in Kürze starten, doch es würde nicht wie die anderen an der Ca'da Capo-Zendrini vorbeikommen, sondern vor der Ca'Farsetti an der Rialto-Brücke eine Wende machen.

Auch wenn alle vier Rennen an den Gärten des Castellos begannen, vor denen ein Seil, das *spaghetto*, als Startlinie gespannt war, und über die Bacino von San Marco in die Mündung des Canale Grande und anschließend den Kanal entlangführten, gab es doch unterschiedliche Streckenverläufe.

Dennoch endeten alle Rennen an der Stelle, die Urbino Hollander während der gemeinsamen Gondelfahrt gezeigt hatte. Die Ziellinie befand sich zwischen der Ca'Foscari und der Ca'Balbi am *volta*, also an der breiten Kurve des Canale Grande, und bestand aus einer mit Schnitzereien und leuchtendem Blattgold verzierten und mit einem Baldachin überdachten, schwimmenden Plattform, genannt *machina*. An der Plattform, auf der sich Honoratioren und VIPs drängten, waren vier Fahnen befestigt, die von den ersten vier Mannschaften als Zeichen des Sieges ergriffen werden mussten. Auf der Plattform selbst wurden anschließend die Sieger gefeiert.

Terisio und Altieri sangen schon bald erneut einige Arien und Duette aus *Caterina Cornaro*. Nachdem der Champagner schon reichlich geflossen war und die historische Boot-Parade für fröhliche Stimmung gesorgt hatte, wurden die Gäste immer geselliger. Einige gingen in den Raum, in dem der Fernseher stand, um das *pupparini*-Rennen zu verfolgen.

Doch während des *gondolini*-Rennens wollte die Contessa den Fernseher ausschalten und den Raum schließen, damit die Gäste die Rangfolge der Wettkämpfer erst sahen, wenn sie die Ca'da Capo-Zendrini erreichten.

Urbino verbrachte einen Teil der Zeit damit, ein Missverständnis zwischen dem Majordomus Vitale und Pasquale, dem Chauffeur und Bootsmann der Contessa, zu schlichten, das entstanden war, als zwei Gäste beschlossen hatten, sich vor dem Beginn der Rennen zu verabschieden. Deshalb war Urbino zu Pasquale ins Erdgeschoss hinuntergegangen.

Als er in den *salone da ballo* zurückkehrte, kam er an dem Morgenzimmer der Contessa vorbei, einem ihrer Lieblingsorte innerhalb des Hauses. Es war ein gemütliches Zimmer, in dem einige ihrer wertvollsten Gegenstände standen. Die Tür stand halb offen und von drinnen waren gedämpft Schritte zu hören.

»Barbara?«

Er drückte die Tür ganz auf und ging hinein.

Maisie Croy war allein im Zimmer und sah verwirrt aus.

»Ich war auf der Suche nach der Toilette. Und dann habe ich diese hier entdeckt und konnte nicht widerstehen.«

Sie zeigte auf eine Gruppe von Aquarellen, die an der Wand neben ihr hingen. Es handelte sich um englische Landschaften, impressionistische Ansichten der venezianischen Lagune und der Dolomiten und zwei kleine Bilder, die die Ca'da Capo-Zendrini und den Palazzo Uccello zeigten. Die Werke stammten von Freunden der Contessa, die sich ähnlich wie Maisie Croy Venedig als Objekt für ihre Künste ausgesucht hatten.

»Ja, sie sind bezaubernd. Darf ich Ihnen zeigen, wo sich die Toilette befindet?«

Er schloss die Tür des Morgenzimmers hinter sich. Nachdem er Maisie die richtige Tür gezeigt hatte, kehrte er in den *salone da ballo* zurück. Terisio und Altieri hatten ihr Konzert beendet, und einige der Gäste tanzten wieder, wenn auch weniger anmutig als zuvor.

Er ging zu Giulietta hinüber, die wieder auf dem Sofa saß, das sie bereits den ganzen Nachmittag favorisiert hatte. Clementina leistete ihr immer noch Gesellschaft.

»Signor Urbino«, sagte Giulietta und erhob sich. Es machte fast den Eindruck, als wolle sie von Clementina wegkommen. »Lassen Sie uns noch einmal tanzen. Bitte.«

»Vielleicht darf ich Sie anschließend auch zum Tanz auffordern?«, fragte Urbino Clementina.

»Nein, danke, ich schaue lieber zu«, sagte sie leise.

In ihren Augen schimmerten Tränen.

Nach einem kurzen Tanz begleitete Urbino Giulietta zurück zum Sofa. Sie war erst errötet und dann blass geworden, und er hatte gespürt, wie sie in seinen Armen fast ohnmächtig geworden war. Er blickte sich nach Clementina um, konnte sie aber nirgends sehen. Er rief Perla herbei, die gerade mit Hollander in Richtung Loggia ging.

»Ich kümmere mich um sie, wenn Sie wollen«, sagte Perla. »Doch die Frau, die sich gerade mit Rocco unterhält, ist Ärztin. Nick, würden Sie sie bitte für mich holen?«

Urbino und die Ärztin – eine Frau mittleren Alters, die nur ungern ihr Champagnerglas im Stich gelassen hatte – stützten gemeinsam Giulietta, um sie in ein kleines Zimmer neben dem Ballsaal zu bringen. Sie betteten sie auf das Sofa und zogen die Vorhänge zu, ließen aber die Fenster offen, um etwas frische Luft in das Zimmer zu lassen.

»Sie wird sich gleich wieder wohlfühlen«, meinte die Ärztin. »Der Kreislauf. Und dazu der Champagner. Ich werde eine Weile bei ihr bleiben. Aber vielleicht kann mich jemand ablösen, wenn das Rennen der Frauen beginnt. Das möchte ich nicht verpassen.«

Als Urbino der Contessa von dem Vorfall berichtete, eilte

sie sofort los, um nach Giulietta zu sehen. Als sie wiederkam, meinte sie, dass sie schlafe.

»Ich fühle mich etwas schuldig«, sagte Urbino. »Vielleicht haben wir etwas zu schnell getanzt.«

»Sie ist in guten Händen.«

Trotz der Versicherung der Contessa machte sich Urbino weiter Sorgen und sah zehn Minuten später erneut nach Giulietta. Er fand nicht nur sie fest schlafend vor, wie die Contessa gesagt hatte, sondern er musste auch feststellen, dass die Ärztin nach dem reichlichen Champagnergenuss in einem der Sessel schlief, statt ihre Pflicht zu erfüllen.

Als er in den *salone da ballo* zurückkehrte, beobachtete er das Geschehen. Viele der Gäste begaben sich wieder hinaus auf die Loggia. Nachdem er ein paar Minuten zugeschaut hatte, machte er eine kurze Tour durch den Raum und über die Loggia und erwiderte einige Grüße und das eine oder andere Lächeln. Er blieb jedoch nirgends stehen, um sich zu unterhalten. Nachdem er Clementina Foppa nicht gesehen hatte, fragte er die Contessa, ob sie vielleicht bereits gegangen sei.

»Das glaube ich nicht. Ich bin sicher, dass sie sich dann vorher noch von mir verabschiedet hätte.«

Bald würde das *mascarete*-Rennen auf dem Weg zum Wendepunkt an der Boje bei San Stae am Haus vorbeikommen. Bevor Urbino die Ärztin ablöste, ging er noch einmal den Flur entlang und schaute in einige der Zimmer, unter anderem in das Morgenzimmer. Er konnte weder Clementina noch sonst irgendjemand in einem der Räume finden, worauf er die breite Treppe in den Garten hinunterging.

Er durchschritt den venezianisch gemauerten Hof mit den alten, aus istrischem Stein gehauenen Statuen, die in Ketten gefesselte Türken darstellten. Über ein paar Stufen gelangte er auf den gepflasterten Weg, der an gestutzten Buchsbäumen, Lorbeerhecken und mythologischen Steinfiguren vorbei zu einer Pergola mit einem römischen Bad führte. Die mit wildem Wein und Efeu bedeckte Pergola war der Lieblingsplatz von Urbino und der Contessa, wenn sie im Garten weilten.

Der Geruch von Zigarettenqualm stieg ihm in die Nase. Urbino ging weiter bis zur Pergola. Clementina trat gerade eine Zigarette mit dem Schuh aus und zuckte erschreckt zusammen.

»Oh, ich habe Sie gar nicht gehört.« Sie schaute auf die zerdrückte Zigarette herab. »Ich wusste nicht, wohin damit. Hier stehen nirgends Aschenbecher. Wie geht es Giulietta?«

»Sie schläft. Es geht ihr wieder besser. Übrigens habe ich neulich eine Kunstprofessorin Ihres Bruders getroffen. Sie hat nur Gutes über ihn erzählt. Sie würde sich freuen, wenn Sie dem Lehrstuhl für Kunstgeschichte eine weitere Kopie der Todesanzeige zukommen lassen würden, damit man sie zu Beginn des Semesters aushängen kann.«

Clementina dankte ihm mit einem schwachen Lächeln.

»Ich werde dafür sorgen, dass sie eine erhalten. Ich sollte wegen des Rennens wieder nach oben gehen. Kommen Sie mit?«

»Ich werde das *mascarete*-Rennen verpassen. Aber gehen Sie doch schon vor.«

Sie schien noch etwas anderes sagen zu wollen, entschied sich dann aber anders und ging.

Urbino stand in der Pergola, bis Clementina den Garten verlassen hatte. Er starrte auf die Zigarettenkippe, auf der Spuren ihres leuchtend roten Lippenstiftes zu sehen waren. Dann ging er hinauf, um die Ärztin abzulösen und sich zu Giulietta zu setzen.

7

Während Urbino neben der schlafenden Giulietta in dem abgedunkelten Zimmer saß, musste er sich mit den Anfeuerungsrufen und dem Applaus begnügen, der nur ein paar

Minuten anhielt – solange die Rennboote der Frauen auf dem Canale Grande zu sehen waren. Er versuchte, die enthusiastischen Rufe zu deuten.

Zunächst wurden die *mascarete* der Frauen angefeuert, als sie sich dem *paleto* näherten, und dann noch einmal auf dem Rückweg zu der schwimmenden *machina* an der Ziellinie vor der Ca'Foscari.

Er hoffte, dass ihn Silvia, das Hausmädchen der Contessa, vor dem nächsten Rennen ablösen würde, doch weitere vierzig Minuten vergingen, und so fürchtete er, dass sie ihn vergessen hatte.

Die nächsten Begeisterungsrufe galten den mit sechs Ruderern besetzten *caorline*, die auf dem Weg zum *paleto* – dem Wendepunkt in der Nähe des Bahnhofs – an der Ca'da Capo-Zendrini vorbeikamen und auf dem Rückweg zur Ca'Foscari erneut vorbeischnellten.

Giulietta bewegte sich einige Male, wenn es draußen laut wurde, wachte jedoch nicht auf. Einmal hörte er sie »die Pistole, die Pistole« murmeln.

Urbino beschäftigte sich damit, noch einmal durchzugehen, was er wusste und welchen Verdacht er in Bezug auf Zolls, Benignis und Albinas Tod hatte. Im Geiste probierte er mehrere Verknüpfungen aus. Viele schienen plausibel, doch immer wieder endete er vor einer Mauer, die unüberwindbar schien und ihn zur Umkehr zwang.

Er hatte mehrere Verdächtige, und sie befanden sich alle unter dem Dach der Ca'da Capo-Zendrini. Er blickte auf die neben ihm auf dem Sofa schlafende Giulietta und spielte noch einmal alle Motive durch: Rache, Gier, Eifersucht, unerwiderte Liebe, beziehungsweise auch die Kombination verschiedener Motive, um sie dann den verschiedenen Spielern zuzuordnen, von denen er glaubte, dass sich unter ihnen einer befand, der ein viel dunkleres Spiel spielte, als alle ahnten.

Das Problem war, dass er jedem von ihnen ein Motiv zuordnen konnte, doch außer einem Motiv musste es auch eine Gelegenheit dazu gegeben haben. Und selbst mit Motiv und Gelegenheit musste er immer noch das Netz aus Verknüpfungen zwischen dem Tod des sterbenskranken Zoll, seinem Freund Luca Benigni und einer Frau, die in beider Leben eine unbedeutende Rolle gespielt hatte, verstehen.

Doch war die Rolle wirklich unbedeutend gewesen? War nicht das genau der Punkt, den er herausfinden musste?

Als Silvia zehn Minuten später das Zimmer betrat, meinte Urbino die Sache klarer zu sehen, wenn er noch eine weitere Information erhielte – oder, und das war vermutlich noch wahrscheinlicher, wenn er die Information, die er bereits besaß, richtig deuten konnte.

Vielleicht war dies jedoch nur eine tröstliche Illusion.

Er begab sich zu den anderen Gästen auf die Loggia, um auf den beliebtesten Wettkampf zu warten – auf das Rennen der *gondolini.*

8

Für Urbino, der neben der Contessa stand, war das *gondolini*-Rennen ein Rausch von Farben, Klängen und Gedanken. Die acht leichten Boote sausten an der Ca'da Capo-Zendrini vorbei, jedes in einer anderen Farbe: weiß, himmelblau, rot, rosa, braun, orange, kanariengelb und grün – die Farbe von Gildo und Claudios *gondolino.*

Da die Contessa den Fernseher ausgeschaltet hatte, wusste keiner der Gäste etwas über den Stand des Rennens. Und falls doch einer etwas wusste, da Handys dieser Tage bei einem solchen Schauspiel zwar anachronistisch und doch unverzichtbar waren, war er weise genug zu schweigen.

Urbino hatte Gildos und Claudios *gondolino* sofort ausgemacht. Sie lagen an siebter Stelle, waren jedoch offensichtlich gerade dabei, die kanariengelbe Gondel auf dem sechsten Platz zu überholen. Eine hervorragende Position, wenn man bedachte, dass jeweils die Vorjahressieger diesen als das Rennen der Ruderchampions bekannten Wettkampf dominierten. Die beiden Brüder, die letztes Jahr das rote Band erhalten hatten, lagen in Führung. Für gewöhnlich standen die Sieger fest, wenn die Boote unter der Accademia-Brücke hindurchfuhren, da sich danach an der Führungsposition meist nichts mehr änderte. Doch die Positionen der anderen Boote wechselten noch.

Die beiden jungen Männer trugen wie die anderen Ruderer weiße Hosen und blauweiß gestreifte T-Shirts, doch die Schärpen und Halstücher hatten die Farbe des Bootes. Auch die anderen Gondoliere trugen ihre eigenen Farben.

Claudio stand am Bug und hielt das Ruder, das durch die *forcola* in Position gehalten wurde. Gildo, dessen rötlich blonde Locken im Sonnenlicht glänzten, befand sich in der Mitte des schlanken Bootes und bediente das Ruder auf der anderen Seite der *gondolino*. Sie ruderten mit Kraft und Anmut. Keiner von ihnen schaute zur Ca'da Capo-Zendrini hinauf.

Genau wie die anderen Zuschauer entlang der beiden Seiten des Canale Grande feuerten auch die Gäste der Contessa die Ruderer mit Winken, Klatschen und Beifallsrufen an. Auch wenn sich mit Sicherheit Anhänger anderer Mannschaften unter den Gästen der Contessa befanden, so jubelten doch alle ausschließlich Gildo und Claudio zu.

Perla stand neben Romolo und rief abwechselnd die Namen beider Ruderer, ohne dabei ihre sicher vorhandene Vorliebe kundzutun. Romolo hatte sich nach vorne gebeugt und blinzelte mit den Augen, um die Wettkämpfer besser sehen zu können. Er schien den Blick überhaupt nicht mehr von dem Boot abwenden zu können, in dem der Liebhaber seiner Frau, der gleichzeitig sein Schüler war, saß.

Nachdem die *gondolini* auf dem Weg zum *paleto* hinter

dem Bahnhof außer Sicht waren, blieben die meisten Gäste draußen auf der Loggia, da die Boote auf dem Weg zur Ca'Foscari schon bald wieder vorbeikommen würden.

»Ich bin stolz auf sie«, sagte die Contessa. »Sie schlagen sich hervorragend! Oh, hier ist Silvia.« Besorgnis lag auf ihrem Gesicht. »Ich hoffe, dass es Giulietta gut geht.«

Silvia zufolge ging es Giulietta glücklicherweise nicht nur wieder besser, sondern sie bestand offensichtlich auch darauf, das Ende der Rennen zu sehen. Urbino fand sie auf dem Sofa sitzend vor. Ihr Gesicht hatte wieder etwas Farbe bekommen. Vorsichtig führten Urbino und Silvia sie zur Loggia.

»Ich möchte Claudio wenigstens einmal sehen«, sagte sie. »Albina zuliebe.«

Ein paar Minuten später erfüllte sich Giuliettas Wunsch, als die *gondolini* auf die Ziellinie zufuhren.

Gildo und Claudio lagen nun an sechster Stelle. Als die Ruderer dieses Mal vorbeikamen, blickte Claudio lächelnd zur Loggia hoch, wobei sein Lächeln keiner bestimmten Person zu gelten schien. Perla, Giulietta und überraschenderweise sogar Clementina, die für eine Weile ihre düstere Stimmung abgelegt hatte, winkten zurück.

Man hätte erwarten dürfen, dass Hollander, der sich doch so für Boote interessierte, das Rennen eifriger verfolgt hätte. Doch sein Blick schweifte vom Canale Grande ab und blieb auf Giulietta hängen. Als er bemerkte, dass Urbino ihn anstarrte, schaute er wieder hinunter auf die Boote.

Urbinos Gedanken und Spekulationen rasten so schnell dahin wie die *gondolini*, die schon bald nur noch als Farbpunkte zu erkennen waren, die sich auf die Ca'Foscari zubewegten.

9

Nachdem die Contessa und ihre Gäste erfahren hatten, dass Gildo und Claudio es auf den hervorragenden fünften Platz geschafft und so nur knapp das grüne Band verfehlt hatten, begann sich die Party aufzulösen. Obwohl die Contessa darum gebeten hatte, jeder möge so lange bleiben, wie er Lust habe – und in Fällen wie Giuliettas sogar über Nacht oder noch länger –, verstand sie nur zu gut, dass die meisten darauf brannten, sich jetzt nach der Regatta in den Trubel auf den Straßen zu stürzen. Vor einer Viertelstunde hatten die Beatos, Hollander und Maisie Croy die Party kurz hintereinander verlassen. Danach war auch Clementina alleine aufgebrochen, nachdem sie sich zuvor noch herzlich bedankt hatte.

»Sie können auch gerne gehen, *caro*«, sagte die Contessa, als sie sah, dass Urbino alleine auf der Loggia stand und hinunter auf den Canale Grande starrte, in dem sich nun, begleitet von Hupen, Rufen und Gelächter, dichter Bootsverkehr staute. »Ich schätze, dass jetzt andere Pflichten rufen.«

»Sagen wir, ich habe da noch ein paar Dinge im Sinn, die näherer Betrachtung bedürfen.«

»Seien Sie vorsichtig«, sagte sie und berührte seinen Arm. »Denken Sie daran, wie leicht man verliert, was man hat.«

Das Glitzern ihres wiedergefundenen Armbands unterstrich ihre Worte.

10

Auch wenn sich jetzt nach dem offiziellen Ende der Regatta ein konstanter Menschenstrom in Richtung Bahnhof bewegte, schob sich ein noch größerer und viel dynamischerer in die entgegengesetzte Richtung auf die Piazza San Marco zu und zog mit viel Getöse und lebhaftem Schwung Urbino einfach mit.

Der Strom ergoss sich durch die breiten und engen Gassen und staute sich auf den Plätzen, auf denen Musik spielte und Menschen sangen und tanzten, doch er bewegte sich beständig vorwärts, und je näher er seinem Ziel kam, desto lauter und lebhafter wurde er.

Inmitten der Menschenmenge gefangen, die sich zwischen Rialto und der Piazza San Marco die Salizzada San Lio entlangbewegte, sah Urbino plötzlich weiter unten eine Frau vor einem Café stehen. Die Leute um ihn herum versperrten ihm zwar die Sicht auf ihr Kleid, doch ihr Haar glänzte metallisch rot. Der Schein der untergehenden Sonne ließ ihre Gesichtszüge verschwimmen und das Gesicht für einen kurzen Moment sogar wie einen Totenkopf erscheinen.

Konnte das Maisie Croy sein?

Während Urbino hinüberstarrte, trat ein Kellner aus dem Café und schüttelte, zur rothaarigen Frau gewandt, energisch den Kopf.

Als Urbino das Café erreichte, war die Frau verschwunden. Im Innenraum waren die Stühle bereits hochgestellt worden, das Café würde bald schließen.

Als Urbino die Piazza San Marco erreichte, gelang es ihm, unter dem Uhrenturm eine freie Stelle zu finden, um den Platz zu überblicken.

Von den Fenstern über den Arkaden hingen purpurrote und goldene Banner herab. Italienische und venezianische Fahnen flatterten im Wind. Boote stauten sich im Bacino. Menschen drängten sich zwischen den Zwillingssäulen und vor dem Dogenpalast, dessen oberes Stockwerk im Sonnenuntergang rosafarben glänzte. Auf der Piazza San Marco mit der moscheeartigen Basilika und dem gemauerten Campanile waren seit den Karnevalstagen nicht mehr solche Menschenmassen in solch ausgelassener Fröhlichkeit zu sehen gewesen. Der überwiegende Teil der Menschenmenge stammte aus Venedig. Es schien, als ob man jetzt inmitten der Hochsaison und zu Ehren der von der Regatta gefeierten, heiteren Republik den großen öffentlichen Platz wieder stolz für sich selbst in Anspruch nahm, nachdem man sich Monate still zurückgezogen hatte.

Ein alter Mann spielte voller Temperament und Seele Akkordeon und sang dazu eine alte venezianische Weise in der hiesigen Mundart. Kinder hüpften und tanzten um ihn herum, während ihre Eltern miteinander plauderten oder in der Menge nach Freunden und Familienmitgliedern Ausschau hielten. Zwei in roten, grünen, weißen und blauen Stoff gehüllte Figuren kamen auf Stelzen daher und trugen weiße Halbmasken vor ihren Gesichtern. In den dunkler werdenden Himmel über der Piazza stieg langsam ein Pulk Luftballons auf.

Ein paar Schritte von Urbino entfernt ließen sich spanische Touristen mit einer Flasche Wein nieder. Bald schon stießen Freunde dazu.

In der Nähe des Café Quadri sang und tanzte eine gedrungene Frau mittleren Alters ganz für sich allein und drehte sich dabei mit wilden Armbewegungen schnell im Kreise.

Eine gut gekleidete Frau neben Urbino starrte sie an.

»Die Leute sind schon verrückt«, sagte sie auf Englisch.

»Oder glücklich«, versuchte er sie zu korrigieren, bevor er über den Platz zum Florian ging. Wie er es nicht anders erwartet hatte, war das Florian voll besetzt. Unter der Arkade hatte sich eine Warteschlange gebildet, die vom allgemeinen Menschenstrom immer wieder auseinandergerissen wurde. Glücklicherweise hatte Urbino auch gar nicht die Absicht gehabt, sich in einen der Räume oder an einen der Tische unter der Arkade oder auf dem Platz zu setzen.

Der Türsteher ließ Urbino hinein.

Er ging zur Bar. Man gratulierte ihm, als sei er und nicht Claudio und Gildo vor ein paar Stunden solch ein tolles Rennen gefahren.

»Er ist nach dem Rennen hierhergekommen«, sagte der *baristà*. »Die Gäste waren ganz aufgeregt, als sie herausfanden, dass er an der Regatta teilgenommen hatte.« Er zuckte mit den Schultern. »Doch er hat nur kurz etwas getrunken, sich von uns gratulieren lassen und ist wieder gegangen.«

»Hat er gesagt, wohin er wollte?«

»Ob Sie es glauben oder nicht, er ist nach Hause! Nach Hause, nachdem er beim *gondolini*-Rennen dabei war!«

»Ist noch jemand vorbeigekommen, um ihn zu sehen?«

»Eine Frau. Sie hat eine *erboristeria* in Dorsoduro. Sie hat ihn um ein paar Minuten verfehlt. Ist gleich wieder los.«

Urbino wechselte ein paar Worte mit dem geschäftigen Manager. Claudio hatte den Umschlag abgeholt, den Albina für ihn hinterlegt hatte.

11

Urbino trat hinaus unter die Arkade. So weit er sehen konnte, war die lange breite Schneise vom Correr-Museum und dem napoleonischen Flügel auf der einen Seite bis zur Basilika auf der anderen Seite ein Meer aus einer sich langsam vorwärtsbewegenden, jubelnden Menge. Die gesamte Piazza schien in Bewegung und hatte nun, da im Sonnenuntergang die Laternen eingeschaltet waren, einen noch festlicheren Charakter als noch vor ein paar Minuten.

Überall schienen *carabinieri* in ihren charakteristischen Uniformen zu sein. Zwei von ihnen zerrten eine Gruppe betrunkener Teenager auseinander, die vor einem Juweliergeschäft versucht hatten, einander auf die Schultern zu klettern.

Etwas beunruhigte Urbino. Was war es nur?

Wieder hatte er das Bild der Frau vor Augen, die er vorhin gesehen und die Maisie Croy so geähnelt hatte, der Frau, deren Kopf sich im trügerischen Licht des Sonnenuntergangs in einen Totenkopf verwandelt hatte.

Was hatte ihn an diesem Anblick so gestört? Immer wieder ging er die Szene im Geiste durch.

Leute rempelten ihn an. Jemand stieß ihn nicht sehr freundlich, doch die Szene in seinem Kopf beschäftigte ihn zu sehr, um etwas anderes wahrnehmen zu können.

Vielleicht war die rothaarige Frau Maisie Croy gewesen. Croy, die Frau mit Malutensilien voller Kadmium und Kobalt, Croy mit dem zerknautschten Strohhut und den zerkratzten Armen, die Frau mit dem scharfen Blick, der die deutschen Worte auf Hollanders Ring und die ineinandergeflochtenen Buchstaben *B* und *A* auf dem Armband der Contessa aufgefallen waren, die Frau, deren Aquarell der Ponte dei Pungi in Zolls Wohnung am Canale Grande hing.

Was störte ihn an dieser Szene, die er vorhin vor dem Café beobachtet hatte?

Manchmal braucht es nur ein Erlebnis, einen Klang, ein Bild, ein Objekt, um eine Antwort oder ein Muster zu finden – das Muster, das alles in Einklang bringt.

Im Chemieunterricht hatte Urbino immer Spaß daran gehabt, in einer Flüssigkeit einen Niederschlag zu erzeugen, indem er eine kleine Dosis einer anderen chemischen Substanz zugegossen hatte – nicht zu viel und nicht zu wenig.

Und genau das tat er jetzt auch. Er fügte eine kleine Dosis aus dem Reagenzglas seiner Erinnerung hinzu, um eine feste Verbindung der Splitter und Stückchen zu erreichen.

Er musste so schnell wie möglich zu Claudios Wohnung.

Die Polizei würde ihm keine Hilfe sein. Es würde zu lange dauern, sie zu überreden, dorthin zu fahren, wenn er sie überhaupt überreden könnte.

Claudio war im Besitz des einen Gegenstands, der sie, wenn sie die Situation überhaupt verstanden hätten, wahrscheinlich dazu bewegt hätte, schnell zu handeln.

Urbino ging zurück ins Florian, um ein Wassertaxi zu rufen.

12

Bis das Taxi schließlich kam, war die Nacht hereingebrochen. Ungeduldig hatte Urbino vor Harry's Bar darauf gewartet und schon überlegt, in das nächste Vaporetto nach San Tomà zu springen.

Und nun kamen sie auch noch so langsam auf dem Canale Grande voran, dass seine Besorgnis stetig wuchs. Urbino wünschte, sie könnten schneller fahren, aber es waren einfach zu viele Boote auf dem Wasser, und zwar nicht nur öffentliche Transportmittel und Taxis, sondern auch mehr mit Nachtschwärmern vollbesetzte Gondeln als üblich und zahlreiche Ruderboote und andere kleine Boote, in denen Familien und Freunde den Feiertag ausklingen ließen.

Das Licht von den Fenstern der Paläste und von den mit Laternen beschienenen Booten spiegelte sich im dunklen Wasser. Das Gritti Palace Hotel war hell erleuchtet, und auf der Restaurantterrasse tummelten sich zahlreiche Gäste. Hinter den Vorhängen des Fensters, von dem Urbino annahm, dass es zu Hollanders Zimmer gehöre, schien Licht zu brennen, doch wie der Totenkopf der rothaarigen Frau war es vermutlich nur eine Sinnestäuschung.

Doch auf der gegenüberliegenden Seite des Kanals waren die Fenster von Zolls Wohnung nicht nur dunkel, sondern mit Läden fest verschlossen.

Auf der Accademia-Brücke tanzten Menschen, winkten und riefen etwas vom Geländer herunter. Vom Campo Santo Stefano schallte aus Lautsprechern Rockmusik herüber und ein Laserstrahl zeigte senkrecht in den Abendhimmel. Von den Fenstern der Paläste hinter der Holzbrücke drangen leisere Musik und sanfteres Licht zum Kanal. Auf den Balkonen standen Menschen. Trotz all der anderen Geräusche drang gelegentlich ein Lachen oder ein Gesprächsfetzen bis an Urbinos Ohr. Es erinnerte ihn daran, dass die meisten

Menschen an diesem Abend, zumindest während dieser Stunden, weit weg von jenen bangen Gedanken waren, die ihn gerade quälten.

Das Taxi fuhr an der *machina* vorbei, die zwischen der Ca'Foscari und dem Palazzo Balbi errichtet worden war. Die schwimmende Plattform war nun leer, und die vergoldeten Schnitzereien, Girlanden und Fahnen verstärkten nur den geisterhaften Eindruck und die Gedanken daran, dass der Tod jede menschliche Bühne erreicht, egal ob sie so pompös wie Zolls mit Fresken und Wandbehängen ausgestattete Räume ist oder so bescheiden wie die Wohnung der Gonellas.

Kurz darauf stieg Urbino bei San Tomà aus.

13

In der engen *calle*, die zu Claudios Wohnung führte, war es dunkel. Bis hierher war die Feierstimmung nicht vorgedrungen.

Hinter den Fenstern seiner Wohnung brannte Licht.

Die kaputte Eingangstür ließ Urbino ohne Schwierigkeiten eintreten. Dort, wo früher die Türen zu zwei Wohnungen gewesen waren, blickte er in dunkle, ausgebrannte, rechteckige Löcher im Flur.

Er begann vorsichtig – und leise – die Treppe bis zur ersten Etage hinaufzugehen. Er erinnerte sich an die kaputten Stufen kurz vor dem Treppenabsatz und bewegte sich dicht an der Wand entlang, wo die Stufen noch ganz waren.

Im Gebäude war es still.

Urbino ging hinauf bis zu Claudios Tür. Sie stand einen Spaltbreit offen, als sei sie nicht ordentlich geschlossen worden. Von innen drangen gedämpfte Stimmen zu ihm, die er jedoch nicht zuordnen konnte.

Plötzlich durchbrach das hohe, leicht hysterische Gelächter einer Frau die Stille. Urbino zuckte zusammen. Es klang genau wie Perla Beatos Lachen. Urbino konnte nicht entscheiden, ob es aus Claudios Wohnung oder aus der Nähe eines Brunnens hinter einer zerbrochenen Fensterscheibe gekommen war.

Er drückte so vorsichtig wie möglich die Tür ein wenig nach innen. Licht drang aus dem dunklen Flur bis zu ihm.

Im Türrahmen zum Wohnzimmer stand mit dem Rücken zu ihm Claudio. Er trug immer noch seine weiße Hose und das gestreifte T-Shirt. Eine Hand war alles, was Urbino von der Person sehen konnte, die er anstarrte. Die Hand hielt eine kleine, schmale Pistole, so eine, wie sie Frauen für gewöhnlich bevorzugten.

14

»Ich gebe es Ihnen«, sagte Claudio auf Englisch mit starkem Akzent.

»Sofort!«

Die Stimme gehörte zu Nick Hollander.

Urbino wusste, dass Claudio tot sein würde, sobald er ihm den Umschlag übergeben hatte.

Urbino trat ins Wohnzimmer.

»Nehmen Sie ihn und gehen Sie, Hollander. Ich hole ihn.«

»Wenn das nicht Venedigs bekanntester Schnüffler ist«, sagte Hollander. »Der von einem Ort zum nächsten kriecht.« Dieser schneidend kalte Tonfall war neu, doch Urbino spürte die darunter verborgene Angst und Unsicherheit. »Und woher wollen Sie wissen, wo er ist?«

»Weil Claudio all seine wertvollen Dinge im Schlafzimmer aufbewahrt. Und der Umschlag ist doch wertvoll, nicht wahr? Das Testament Ihres Schwiegervaters, in dem steht, dass Luca Benigni der Haupterbe ist. Aber vielleicht irre ich mich ja. Warum schauen wir nicht nach?«

Hollander starrte zwischen Urbino und Claudio hin und

her und bewegte dabei die Pistole von einer Person zur anderen. Schweiß perlte auf seiner Stirn und ließ sein wettergegerbtes Gesicht ölig und glänzend aussehen. Er schien wie betäubt.

Hollander war ein berechnender Mörder. Doch heute Abend war er sich nicht so sicher, wie er es hätte sein müssen. Urbinos plötzliches Auftauchen musste ihn aus dem Gleichgewicht gebracht haben.

»Bleiben Sie, wo Sie sind, Macintyre. Sie holen ihn.« Er wedelte mit der Pistole in Claudios Richtung. »Und keine Tricks, oder Ihr Freund hier, der sich überall einmischt, wird leiden.«

Urbino wechselte einen Blick mit Claudio in der Hoffnung, dass der andere verstehen würde, was er tun sollte.

Claudio ging in Richtung Schlafzimmer. Hollander beobachtete ihn eindringlich. Claudio trat in den dunklen Raum und ging links an der Wand entlang. Ein Augenblick verstrich. Aus dem Schlafzimmer drang kein einziges Geräusch.

»Was ist los?«, rief Hollander schwer atmend.

Er bewegte sich seitwärts auf die leere Schwelle zu. Mit schnellen Kopfbewegungen versuchte er sowohl Urbino als auch das Schlafzimmer im Blick zu behalten.

Er betrat das Schlafzimmer, schaute nach links und richtete die Pistole auf die Stelle, an der er Claudio vermutete.

Er stieß einen scharfen Schrei aus, als er auf einen der verrotteten, bloßliegenden Balken trat. Ein Schuss löste sich, als er hinunter auf den Steinboden fiel.

Epilog
Siegerehrung im Café Florian

Ein paar Tage später, nachdem Nick Hollander in den Tod gestürzt war, saßen Urbino und die Contessa im Chinesischen Salon des Florian. Es war ihre erste Gelegenheit, das Geschehene zu besprechen.

Die Piazza San Marco vor ihrem Fenster war wieder von einem gemächlicheren Rhythmus geprägt. Der Touristenstrom, der während des Wochenendes der Regatta deutlich angeschwollen war, hatte wieder abgenommen und war jetzt mit kleinen Pfützen und Rinnsalen zu vergleichen. Die Menschen hatten mehr Zeit und vor allem mehr Platz, die Schönheiten um sie herum zu genießen, und die Venezianer, die so ausgelassen gefeiert hatten, wirkten wieder so gelassen, wie man es ihnen gemeinhin nachsagte.

Urbino beobachtete zwei ältere Damen, die am Fenster vorbeigingen. Sie bewegten sich langsam und sprachen ruhig miteinander. Geduldig betrachteten sie die fotografierenden und Tauben fütternden Touristen auf dem Platz. Nicht lange und ihre Spaziergänge unter den Arkaden würden sie wieder um einen viel ruhigeren und gemütlicheren Platz führen. Sie mussten sich nur noch ein bisschen gedulden.

Urbino wandte seine Aufmerksamkeit wieder der Contessa zu, deren königsblaues Strickkleid ihr honigblondes Haar und das goldene Armband, das ihr der Conte einst geschenkt hatte, besonders gut zur Geltung brachte.

Sie hatte eigentlich stets einen guten Appetit, doch an diesem Nachmittag wirkte sie völlig ausgehungert.

Sie hatte fast das ganze Teegebäck aufgegessen, sodass Urbino schnell nach einem Plätzchen gegriffen hatte, als er sah, in welchem Tempo sie verschwanden. Dann hatte sie sich über Scones mit Marmelade und dicker Sahne hergemacht und anschließend den *Coppa Fornarina* daran gehindert, von alleine zu schmelzen. Genüsslich, aber entschlossen löffelte sie das mit Makronen und Kirschen garnierte *gelato*.

»Geht es Ihnen gut, Barbara?«

»Ich habe mich entschlossen, mich dieser Tage nicht zu kasteien, falls Sie das meinen. Ich will mir meinen Anteil holen und noch mehr als das. Denken Sie an den armen Zoll – und Albina und Luca Benigni. Vor einem Monat lebten sie noch und dachten, es gäbe ein Morgen. Vielleicht hat sogar Zoll daran geglaubt.«

Urbino konnte sich der Philosophie der Contessa nur anschließen. Er schwieg. Sie aß das Eis auf. Der Kellner brachte ihr eine Kanne First-Flush-Jasmintee und Urbino einen Campari Soda.

»Wie sind Sie darauf gekommen, *caro*?«

»Es war schließlich ganz einfach. Zum einen die Tische und Stühle. Nicht diese hier. Die bei Da Valdo. Aber die hätten mir nichts gesagt, wenn nicht Albina das Armband gefunden hätte.«

Urbino erklärte, wie ihm nach der Regatta auf dem Weg zum Florian die umgekehrt auf den Tischen stehenden Stühle in einem Café schließlich die Augen geöffnet hatten.

»Mir war aufgefallen, dass die Stühle im Da Valdo untendrunter lose Leisten hatten. An einigen Stellen konnte man einen Finger durchstecken.«

»Und was bedeutet das?«

»Alles. Dem Kellner im Da Valdo zufolge war Luca Benigni am Abend des ersten Sturms – in der Nacht, in der er gestorben ist – im Café. Er muss das neu aufgesetzte Testament dabeigehabt haben. Vermutlich hatte er sich gerade mit Hollander gestritten. Er musste dafür sorgen, dass dieser das

Testament nicht in die Finger bekam. Wenn dem Testament etwas zustieß, würde Luca leer ausgehen.«

»Und Hollander beinahe alles erben.«

»Genau.«

»Hollander muss ihm durch die Straßen gefolgt sein. Luca hat am Da Valdo angehalten und den Umschlag zwischen die Stuhlleisten geschoben, bevor er seinen Weg fortgesetzt hat. Er hat sich ausgerechnet, dass Hollander auf diese Weise keine Chance haben würde, das Testament von ihm zu bekommen, sollte dieser ihn anpöbeln. Luca hätte zurückgehen, nachdem er Hollander losgeworden war, das Testament unter dem Stuhl hervorholen und an einen sicheren Ort schaffen können, wohin er es eigentlich gleich zu Beginn hätte bringen müssen.«

»Aber das ist doch alles Spekulation. Alle drei sind tot – Zoll, Luca und Hollander.« Dann fügte die Contessa hinzu: »Und Albina.«

»Aber wir haben das Testament. Albina muss es beim Saubermachen zwischen den Stuhlleisten gefunden haben. Da Zoll es auf Deutsch verfasst hatte, verstand sie es nicht. Vielleicht hat sie nicht einmal gewusst, um welche Sprache es sich handelte. Sie gab es an Claudio weiter, wie alle Dinge, die sie fand – beziehungsweise sie hinterlegte es für ihn im Florian. Sie dachte, er würde schon wissen, was es zu bedeuten hätte.«

Die Contessa nickte.

Dann erklärte Urbino, wie Hollander, der davon ausging, dass Luca das Testament bei sich trug, ihn mit einem Mauerstück oder einem Stein erschlagen hatte, nachdem er ihm vom Da Valdo weiter bis nach Dorsoduro gefolgt war.

»Es hätte jeder der Steine dort von der Baustelle sein können«, sagte Urbino. »Oder vielleicht tatsächlich mit einem Stein aus der Brüstung, der schon vom Gebäude herabgefallen war. Wie auch immer, ob der Stein nun vor oder nach

Lucas Tod von der Brüstung fiel, auf jeden Fall kam er für Hollander gerade richtig. Was das Testament betrifft, so konnte er es bei einer schnellen Durchsuchung der Leiche nicht finden.«

Urbino machte eine Pause und trank einen Schluck Campari Soda.

»Und dann wusste Hollander, dass er nun wirklich in Schwierigkeiten steckte«, fuhr er fort. »Solange das Testament existierte, konnte man ihn mit Lucas scheinbaren Unfalltod im Sturm in Verbindung bringen. Er musste es finden. Vermutlich ist er Lucas Weg bis zum Da Valdo zurückgegangen und dann bis zu Zolls Wohnung. Doch natürlich hat er nichts gefunden. Der Gedanke, das Testament könnte weggeweht worden sein und nun irgendwo darauf warten, gefunden zu werden, quälte ihn. Er muss auch Zolls Wohnung auf den Kopf gestellt haben – und das nicht nur einmal. Als ich in der Wohnung war, während Sie mit ihm nach Torcello gefahren sind, ist mir aufgefallen, dass Bücher, Briefe und andere Dinge von ihrem angestammten Platz weggenommen und unordentlich wieder zurückgeräumt worden sind.«

»Und er hat sich gedacht, dass Luca es Albina gegeben haben muss oder dass sie es im Da Valdo gefunden hat.«

»So wie ich es sehe, ist er ihr in der zweiten Sturmnacht gefolgt, kurz nachdem sie wieder von zu Hause los ist. Ich hatte vorher schon das Gefühl, dass uns jemand verfolgt. Maurizio hatte in der ersten Sturmnacht das gleiche Gefühl. Hollander muss ihr beide Male nachgeschlichen sein. In der Nacht, in der sie gestorben ist, hat er sich ihr genähert, sie bedroht und vielleicht auch ein bisschen geschubst. Vielleicht hat sie erwähnt, dass sie etwas im Da Valdo gefunden hat, aber ich bezweifle, dass sie Zeit hatte, ihm zu sagen, dass sie es im Florian für Claudio hinterlegt hat. Sie brach zusammen. Es war zu viel für ihr schwaches Herz. Er ließ sie sterbend im Sturm zurück. Aber das Testament war immer noch irgendwo da draußen.«

»Und er musste logischerweise annehmen, dass es sich in der Wohnung der Gonellas befand. Also war er es, der dort eingebrochen ist.«

Urbino nickte.

»Aber immerhin fand er Giuliettas kleine Pistole«, meinte Urbino. »Er steckte sie ein für den Fall, dass er sie brauchen würde. Der Mann war verzweifelt. Es war nicht nur eine Frage des Geldes. Er war nun für den Tod zweier Menschen verantwortlich. Nicht der Verkauf von Zolls Wohnung hat ihn hiergehalten, sondern der Druck, das Testament als Beweisstück zu finden und zu vernichten. Auf unserer Regatta-Party entdeckte er den letzten Schritt, den er machen musste, um sich zu retten.«

»Meine Party? Wie meinen Sie das?«

»Ihr Armband. Perla erwähnte, dass Albina es Ihnen über Claudio zurückgegeben hat, nachdem Sie es verloren hatten.«

»Deswegen ist er hinter Claudio her.«

»Und hat ihn natürlich leicht gefunden. Jeder der Kellner hätte ihm sagen können, wo er wohnt. Im Florian war man sehr stolz auf ihn und ist es immer noch.«

Nicht nur Claudio war dieser Tage der Held des Florian und hing als Foto im Eingang, sondern auch Urbino wurde dort geehrt. Er hatte Claudio – ganz zu schweigen von sich selbst – vorm sicheren Tod durch Hollanders Hand gerettet. Giuliettas kleine Pistole hätte sie beide töten können, hätte Hollander das bekommen, wonach er gesucht hatte.

»Claudio sagt, als er nach der Regatta ins Florian zurückgekehrt ist, hat er sich selbst einen Drink gemixt und dann den Umschlag geöffnet, in dem zwei Blätter steckten. Er erkannte, dass sie in deutscher Sprache beschrieben waren. Durch die Unterschriften kam er drauf, dass es sich um irgendeine Form von Vertrag handeln musste. Er beschloss, mich am nächsten Morgen anzurufen. Ich würde einen Blick daraufwerfen und entscheiden, was damit zu tun sein. Er hatte sie gerade zwischen die Buchseiten des *Regate e Regatanti* gesteckt, als es an seiner Tür klopfte. Hollander kam hereingerannt, zückte die Waffe und forderte den Umschlag.«

»Wären Sie auch nur etwas später gekommen, hätten Sie gewusst, dass Hollander Claudio getötet hatte und sogar warum, aber Sie hätten keinen Beweis gehabt.«

»Es wäre eine schreckliche Situation gewesen.«

»Sie und Claudio werden doch keine Probleme mit der Polizei haben, oder?«

»Es wird eine Ermittlung geben, doch je nachdem, aus welchem Winkel man die Sache betrachtet, war es entweder Selbstverteidigung oder ein Unfall.«

»Ich fühle mich schuldig, wenn ich das sage, *caro*, aber es ist gut, dass er so gestorben ist.«

»Sie brauchen sich nicht schuldig zu fühlen. Es ist möglich, dass er ohne Bestrafung davongekommen wäre. Schließlich beweist das Testament nicht, dass er für Lucas und Albinas Tod verantwortlich war, sondern nur, dass er ein Motiv hatte. Mit einem guten Anwalt ...«

Die Contessa starrte ihn an.

»Und Zolls Tod?«

»Es gab keinen Grund, Zoll zu töten. Hollander musste nur eine kurze Zeit warten.«

Die Contessa beäugte ein Stück Schokoladenkuchen, das ihr Kellner gerade einem französischen Ehepaar an den Ecktisch brachte.

»Wer wird bekommen, was Zoll Luca hinterlassen hat?«, fragte sie.

»Erst einmal muss das Testament bestätigt werden. Vermutlich werden Zolls Verwandte, vielleicht sogar Hollanders Mutter, vor Gericht Einspruch erheben. Die Testamentszeugen sind Deutsche. Vermutlich ein Ehepaar, da sie den gleichen Nachnamen haben. Vermutlich Touristen, die Zoll getroffen hat. Die Polizei geht die Register durch, um herauszufinden, wo sie gewohnt haben.«

Sämtliche Touristen mussten sich bei der Polizei und beim Ministerium für Tourismus registrieren lassen. Es würde nur eine Sache der Zeit sein, bis die beiden Deutschen ausfindig gemacht und ihre Unterschriften überprüft worden waren.

»Danach«, fuhr Urbino fort, »wird Clementina alles bekommen. Es sieht nicht dananch aus, als hätte Luca selber ein Testament gemacht. In jungen Jahren denkt man ja auch nicht an so etwas. Clementina war seine einzig lebende Verwandte. Sie wird in der Lage sein, ihrem Geschäft eine finanzielle Spritze angedeihen zu lassen.«

»Luca und Clementina hatten genauso ein Mordmotiv wie Hollander.«

Urbino fiel auf, dass sie nicht mehr den Vornamen benutzte.

»Man könnte sogar sagen, dass Clementina ein Motiv für zwei Morde hatte. Erst Zoll und dann ihren Bruder, wenn sie vom Testament gewusst hätte. Sie behauptet immer noch, dass er ihr nie davon erzählt habe. Vielleicht hatte er es eine Weile für sich behalten wollen. Sie glaubt, dass er keine Hintergedanken gehabt habe, als er sich mit Zoll anfreundete und ihn pflegte.«

»Und was glauben Sie?«

»Wir sind nur Menschen. Es muss ihm in den Sinn gekommen sein, dass er dabei etwas zu gewinnen hatte. Aber ich denke immer noch an die beiden dort draußen unter der Arkade« – er zeigte auf die Stelle, wo sie Ende Juli Zoll und Luca gesehen hatten – »und sage mir, dass Zoll am Ende jemanden hatte, der sich um ihn gekümmert hat.«

Die beiden Bronzeriesen auf dem Uhrenturm begannen die fünfte Stunde zu schlagen. Die Blicke der beiden Freunde wanderten wie die der meisten Menschen auf dem Platz zu dem Turm. Die Uhr mit den goldenen Sternen, Sternzeichen und Planeten vor dunkelblauem Hintergrund war zum Meer hin gerichtet und glänzte in der Sonne. Darunter befand sich der Eingang zur Merceria, einer der Haupteinkaufsstraßen Venedigs.

Nachdem die beiden Mohren geendet hatten, starrte die Contessa weiter auf den Uhrenturm.

»So ein wunderhübsches Instrument, nur um das unausweichliche Verstreichen der Stunden zu messen.«

»Doch da das Verstreichen nun mal unausweichlich ist, ist es dann nicht besser, wenn es dabei auch noch wunderschön ist?«

»Ja, und ich weiß, dass ich Glück habe. Dass wir beide Glück haben.«

Urbino konnte ihr nicht widersprechen.

»Wie geht es Claudio?«, fragte die Contessa. »Fühlt er sich bei Gildo nicht etwas beengt?«

Claudio wohnte bei Gildo, bis er eine andere Wohnung gefunden hatte. Er wollte nicht mehr in San Tomà bleiben. Urbino hatte vorgeschlagen, ein Hotelzimmer für ihn zu finden, doch zumindest für den Moment zog er es vor, bei Gildo zu wohnen.

»Es scheint ihm gut zu gehen. Und in den nächsten Tagen wird es bei ihnen noch beengter zugehen. Sie werden in der Gondel wohnen. Sie fahren damit raus in die Lagune, um weit weg von allem ein bisschen Zeit allein zu verbringen. Keine Menschenmengen, kein Wettkampf, keine Gefahren, außer den natürlichen, keine –«

»Keine Perla für Claudio«, unterbrach ihn die Contessa. »Nicht dieses Püppchen für den netten Kerl.«

»Das ist vorbei, egal ob Claudio in Venedig bleibt oder raus in die Lagune fährt. Er ist von der Erfahrung mit Hollander so geheilt, dass er jetzt lieber auf Nummer sicher geht.

Und mir ist klar, dass Romolo seine Perla noch lange an der kurzen Leine hält.«

»Es gibt etwas, was ich noch zur Geschichte beitragen kann«, meinte die Contessa befriedigt lächelnd. »Perla und Romolo sind miteinander fertig. Das hat Oriana mir erzählt. Die ganze Liebe – falls es Liebe war – ist offensichtlich in Hass umgeschlagen.«

»Und all meine tiefe Liebe ist vom Winde verweht«, rezitierte Urbino und spitzte die Lippen, um das Wegblasen anzudeuten.

»Sie geben keinen sehr guten Othello ab, *caro*, und Perla war nie eine Desdemona und wird nie eine sein. Romolo hat sie so geliebt. Wieder eine dieser dünnen Grenzlinien, nicht wahr? Liebe und Hass.« Ihre grauen Augen blickten nachdenklich. »Was haben Sie jetzt für Pläne, nachdem die Verrücktheiten der Saison langsam ein Ende nehmen?«

»Als Erstes werde ich das kleine Buch über Albina zusammenstellen. Ich muss aus meiner Lüge eine Wahrheit machen. Ich habe bereits einen Teil geschrieben.«

»Wenn das Buch fertig und gedruckt ist, werden wir eine Gedenkfeier geben.«

»Und wenn ich das Buch fertig habe, tauche ich wieder in meinen Goethe ein. Ich möchte mit diesem Projekt vorankommen. Ich habe Goethe vermisst. Er ist ein ruhiger Begleiter.«

»Bevor Sie abtauchen – oder vielleicht sollte ich besser sagen, bevor Sie sich eingraben –, warum verbringen Sie nicht drei, vier Tage in Asolo mit Giulietta, Maisie Croy und mir? Es ist vielleicht das letzte Mal vor dem nächsten Frühling.«

In den letzten Tagen waren sich Giulietta und Maisie sehr nahegekommen. Giulietta lebte immer noch in der Ca'da Capo-Zendrini, und die Contessa hatte Maisie eingeladen, ebenfalls eine Weile bei ihr zu wohnen.

»Maisie wird dort malen. Und ich habe ihr gesagt, sie soll

die Bilder mitnehmen, die sie für die besten hält. Vielleicht kann sie dort einige davon verkaufen.«

Wie sich herausgestellt hatte, war das Aquarell in Zolls Wohnung eins von nur zwei Bildern, die sie bislang in Venedig verkauft hatte. Zoll hatte sie an der Accademia-Brücke arbeiten sehen und ihr das Bild abgekauft. Die Tatsache, dass sie Deutsch sprach, hatte ihn gefreut. Sie hatte keine Ahnung von seinem Tod oder von dem seines jungen Begleiters gehabt. Die Contessa hatte die Ereignisse mit dem Höhepunkt am Tag der Regatta für sie zusammengefasst.

»Haben Sie mit Maisie über ihre Gesundheit gesprochen?«

Das schöne Gesicht der Contessa nahm einen ernsten Ausdruck an.

»Sie hat erwähnt, dass sie eine Behandlung in London abgeschlossen hatte, bevor sie hierhergekommen war. Aber ich wollte sie nicht um Details bitten. Es ist ihr nicht wohl bei dem Thema.«

Und der Contessa auch nicht, das wusste Urbino.

»Übrigens möchte sie Ihnen etwas geben.«

»Eines ihrer Aquarelle. Welches hat sie ausgewählt?«

»Die Seufzerbrücke. Sie sagt, dass sie an Sie als Brücke denkt. Amerika und Italien. Verbrechen und Strafe, Kunst und Leben – oh, und sie fuhr immer weiter fort! Sie sagte sogar zwischen den Lebenden und den Toten, doch da habe ich sie unterbrochen. Ich wollte nichts mehr hören.«

Die Contessa schüttelte den Kopf. »Und was Giulietta betrifft; vielleicht haben einige meiner Freundinnen in Asolo Arbeit für sie. Also, was ist mit Ihnen? Werden Sie uns Gesellschaft leisten?«

»Ich bringe meinen Goethe mit und werde Arbeit mit Freizeit verbinden.«

»Dann ist es also abgemacht. Wir alle fahren Samstagmorgen im Bentley hinauf.« Sie sah über seine Schulter. »Oje, oje, was ist das denn?«

Urbino drehte sich um.

Der Kellner Marcello, zwei seiner Kollegen und der Manager standen nur ein paar Schritte entfernt und lächelten. Der Manager reichte Urbino eine schmale, dunkle Holzkiste, die kaum länger war als eine Schachtel für eine Armbanduhr. Es stand weder ein Name noch eine Inschrift darauf.

»Was könnte das wohl sein?«, fragte die Contessa lächelnd.

Urbino öffnete die Kiste. In der mit grünem Samt ausgeschlagenen Kiste befand sich, in Schleifen und über Kreuz gelegt, ein kleines purpurfarbenes Ordensband, das mit dem Logo des Florian und den mit goldenem Faden gewobenen Worten *»Mille Grazie«* versehen war.

»Um Ihnen zu danken, was Sie für Claudio und Albina getan haben«, sagte der Manager. »Und für das Florian.«

Die Contessa stand auf und ging hinüber zu Urbino.

»Geben Sie es mir«, meinte sie.

Auf der Rückseite des Bandes befand sich eine kleine goldene Anstecknadel. Sie steckte ihm das Band auf das Revers seines Sportjacketts. Die Gäste an den anderen Tischen sahen schweigend zu.

Als sie fertig war, fragte sie: »Eine kleine Rede?«

Verlegen und gerührt antwortete Urbino: »Alles, was ich sagen kann, ist danke. Mehr gibt es dazu nicht zu sagen.«

Der Manager schüttelte Urbinos Hand. Marcello küsste ihn auf beide Wangen. Leises Gemurmel ging durch den Saal, gefolgt von einem kleinen Applaus.

»Der Schutzengel des Florian«, erklärte die Contessa. »Und seiner Gäste.« Sie setzte sich wieder auf die Bank und erhob ihre Teetasse. »Sankt Urbino«, sagte sie.

Die anderen Gäste erhoben ihre Wein-, Cocktail-, Wasser- und Teegläser oder Kaffeetassen und wiederholten zum Teil etwas ungenau: »Sankt Urbino!« Sie hatten keine Ahnung von dem, was vor sich ging, und hielten es vermutlich für eine weitere ungewöhnliche Tradition der Stadt.

Urbino trank den Rest seines Campari Soda.

Draußen auf der Piazza intonierte das Orchester *Ecco la mia Venezia* aus Verdis *I Due Foscari*. Kein Geringerer als Michele Altieri, der die Gäste auf der Regatta-Party der Contessa unterhalten hatte, begann auf der Bühne des Platzes zu singen. Es war eine der Lieblingsarien Urbinos. Altieris sanfter Tenor erfüllte den Chinesischen Salon, als sei es die beste Loge der La Fenice:

Ecco la mia Venezia! Ecco il suo mare!
Regina dell'onde, io ti saluto!
Sebben meco crudele,
io ti son pur de'figli il più fedele.

Diese Worte des verbannten Dogen, der einen letzten Blick auf Venedig warf, berührten etwas in Urbino und erweckten seine melancholische Seite, die ihn quälte und erfreute.

Er blickte hinüber zur Contessa und lächelte anerkennend. Alles war perfekt arrangiert worden.

Alles war an seinem Platz – das goldene und blaue Zifferblatt, die Pflastersteine der Piazza, die Kuppeln der Basilika, die bronzenen *amorini* im Salon, die fließenden Noten des Tenors, das liebevolle, frische Gesicht der Contessa.

Urbino wünschte, dieser Moment würde ewig dauern.

Jo Nesbø

Kakerlaken

Kriminalroman

Deutsche Erstausgabe

ISBN 978-3-548-26646-6
www.ullstein-buchverlage.de

Harry Holes zweiter Fall: In Bangkok wurde der norwegische Botschafter ermordet. Hole soll die thailändische Polizei unterstützen und taucht tief ein in die Unterwelt einer Stadt, in der Moral und Gesetz keine Rolle spielen. Dabei findet er mehr über den Ermordeten heraus, als seinen Vorgesetzten lieb ist …

»Unglaublich spannend, eine originelle Story und meisterhaft geschrieben.« *Berlingske Tidene*

»Nesbø ist einer der absolut interessantesten Krimischriftsteller Skandinaviens.« *Skånska Dagbladet*

UB405

ullstein

Cora Harrison

Kein schöner Ort zum Sterben

Historischer Kriminalroman

ISBN 978-3-548-26617-6
www.ullstein-buchverlage.de

Irland im 16. Jahrhundert: Mit Milde und Klugheit sorgt Richterin Macha für Gerechtigkeit. Allwöchentlich verhandelt sie kleinere und größere Fälle – von Diebstahl über Eheverträge bis hin zum Totschlag. In jüngster Zeit herrscht allerdings wegen einer Vergewaltigung Unfriede in der Gemeinde. Dann wird auch noch der Assistent der Richterin ermordet aufgefunden. Schon bald stellt sich heraus, dass Coleman alles andere als beliebt war – ein Umstand, der die Suche nach dem Täter nicht gerade erleichtert …

ullstein